DROEMER

Über den Autor:

Ben Tomasson, Jahrgang 1969, ist Germanist und Pädagoge und promovierter Diplom-Psychologe. Ehe er sich ganz dem Schreiben gewidmet hat, war er einige Jahre in der Bildungsforschung tätig. Tomassons Leidenschaften sind die Geschichten, die das Leben schreibt, die vielschichtigen Innenwelten der Menschen, Motorradfahren und Reisen zu jenen Orten, an denen Sonne und Meer sich treffen. Tomasson ist verheiratet und lebt in Kiel.

BEN TOMASSON

FORSBERG
UND DER TEUFEL VON BJÖRLANDA

EIN SCHWEDEN-KRIMI

DROEMER

Besuchen Sie uns im Internet:
www.droemer.de

Aus Verantwortung für die Umwelt hat sich die Verlagsgruppe Droemer Knaur zu einer nachhaltigen Buchproduktion verpflichtet. Der bewusste Umgang mit unseren Ressourcen, der Schutz unseres Klimas und der Natur gehören zu unseren obersten Unternehmenszielen. Gemeinsam mit unseren Partnern und Lieferanten setzen wir uns für eine klimaneutrale Buchproduktion ein, die den Erwerb von Klimazertifikaten zur Kompensation des CO_2-Ausstoßes einschließt. Weitere Informationen finden Sie unter: www.klimaneutralerverlag.de

MIX
Papier | Fördert gute Waldnutzung
FSC® C083411
FSC www.fsc.org

Originalausgabe September 2023
Droemer Taschenbuch

Ein Imprint der Verlagsgruppe
Droemer Knaur GmbH & Co. KG, München

Redaktion: Silvia Kuttny-Walser
Covergestaltung: SO YEAH DESIGN, Gabi Braun
Coverabbildung: Collage unter Verwendung von plainpicture/BY und shutterstock.com
Satz: Adobe InDesign im Verlag
Druck und Bindung: CPI books GmbH, Leck
ISBN 978-3-426-30892-9

2 4 5 3 1

Für Reinders
Ohne dich wäre alles anders gekommen

Den ganzen Vormittag schon hatte sie ein ungutes Gefühl gehabt. Dabei war es ein wunderschöner Tag. Die Sonne glitzerte auf dem Wasser des Kattegats, das sie vom Küchenfenster aus sehen konnte. Das neue Haus war auf den Felsen unmittelbar an der Küste von Björlanda gebaut worden, nur ein paar Hundert Meter von der Werft entfernt. Weit genug, um nichts vom Lärm der Bootsbauer zu hören, aber doch nah genug, um in wenigen Minuten an ihrem Arbeitsplatz zu sein. Sie hatte Casper hundertmal gesagt, dass das nicht nötig war. Er arbeitete schließlich nicht auf der Werft, sondern bei der Zeitung in Göteborg. Sein Weg ins Büro hatte sich seit dem Wegzug aus der Stadt in den Vorort deutlich verlängert. Doch für Casper spielte das keine Rolle. Er wollte, dass seine Frau glücklich war, mit dem Meer vor der Tür und dem eigenen Steg, an dem das kleine Motorboot lag, mit dem sie so gern zwischen den Göteborger Schären herumfuhr.

Astrid lächelte. Alles in ihrem Leben hatte sich wundervoll gefügt, viel besser, als sie es sich jemals ausgemalt hatte. Sie hatte zwei großartige Söhne und den besten Mann, den sie sich wünschen konnte. Ein Wermutstropfen mochte sein, dass Casper wegen seiner Reportagen ständig in der Welt herumreiste und selten zu Hause war, doch im Grunde war es ihr so lieber, als mit einem Mann zusammen zu sein, der sich ständig in ihr Leben und ihre Arbeit einmischte.

Ihre Eltern waren nicht begeistert gewesen von diesem Schwiegersohn, der nicht aus der richtigen Gesellschaftsschicht stammte und sich überdies nicht für den Bootsbau interessierte. Ganz im Gegensatz zu Caspers Bruder Halvar, der gleich nach der Hochzeit von Astrid und Casper in der Werft von Astrids Eltern ange-

fangen hatte und seitdem als leitender Bootsbauingenieur arbeitete. Aber mit Halvar war es leicht. Im Gegensatz zu Casper war er ein ruhiger und ausgeglichener Mann, mit dem es noch nie Konflikte gegeben hatte. Casper dagegen war ein Sturkopf. Eine Eigenschaft, die ihm in seinem Job zweifellos zugutekam, die aber die Zusammenarbeit sicherlich erschwert hätte. Deshalb war es gut, so wie es war. Astrid konnte die Geschicke der elterlichen Werft ohne die Einmischung ihres Mannes lenken und die praktischen Dinge Halvar überlassen, und Casper, der verwegene Abenteurer, machte ihr Privatleben reich.

Astrid hängte das nasse Geschirrtuch auf und ging durchs Wohnzimmer mit den bodentiefen Fenstern auf die Terrasse, die ebenfalls einen großartigen Blick über das Meer und die Göteborger Schären bot. Sie beschirmte die Augen mit der Hand gegen die Sonne und spähte über das Wasser.

Casper war am Morgen mit seinem geliebten Kutter hinausgefahren. Das Fischen war die einzige Tätigkeit, bei der er entspannen und die Seele baumeln lassen konnte. Ansonsten stand er ständig unter Strom. Astrid dagegen langweilte sich dabei. Sie hatte den Tag lieber nutzen wollen, um ein paar dringende Angelegenheiten im Haushalt zu erledigen. Zumal ihr Schwager angeboten hatte, ihre beiden Söhne auf die Probefahrt mit der schnellen Jacht eines Göteborger Industriellen mitzunehmen. Sixten und Anders waren natürlich Feuer und Flamme gewesen, auch wenn es bedeutete, dass sie Zeit mit Halvars Sohn Lasse verbringen mussten, der anscheinend schon mitten in der Pubertät steckte und ständig Unfrieden stiftete, obwohl er erst zwölf war, genau wie ihr älterer Sohn Sixten. Anders dagegen war noch ein Kind, ein freundlicher, quirliger Junge, den sie über alles liebte.

Nun hatte sie bereits am frühen Nachmittag alle Arbeiten im Haus erledigt und bedauerte, dass sie nicht zusammen mit den Jungen aufs Meer gefahren war. Sie liebte Boote, und die Jacht war ein Prachtstück. Sie hätte es genossen, den starken Motor aufzudrehen und zwischen den Schären hindurchzufliegen. Es gab kaum etwas Schöneres als dieses Gefühl der Leichtigkeit, umgeben von den flachen grauen Steininseln mit dem niedrigen Bewuchs, dem hohen Himmel und dem Sonnenlicht, das sich im klaren Wasser brach.

Sie überlegte, ob sie mit ihrem eigenen Boot hinausfahren oder lieber in die Werft in ihr Büro gehen sollte. Auch dort wartete einiges an Arbeit auf sie.

Aber es war Sonntag. Sie sollte sich einen schönen Tag machen.

Sie zuckte zusammen, als in der Ferne plötzlich ein ohrenbetäubendes Krachen erklang. Das Kreischen von Metall auf Metall. Geräusche von splitterndem Holz und berstendem Glas.

Das Unbehagen, das sie verspürt hatte, kehrte mit einem Schlag zurück.

Hatte es da draußen auf dem Meer ein Unglück gegeben?

Astrid hastete über die glatten Felsen zum Wasser hinunter und legte die Hand über die Augen, um sie gegen die Sonne abzuschirmen. Sie spähte in die Richtung, aus der sie den Lärm zu hören geglaubt hatte, aber da war nichts. Kein Qualm, keine Rauchsäule über dem Wasser. Nichts, das in irgendeiner Weise auf eine Explosion hindeutete, und auch keine Sirene, die irgendwo heulte.

Astrid wischte sich die feuchten Hände an ihrer Jeans ab. Sie hatte keine Ahnung, was mit ihr los war. Sie war nie eine besonders ängstliche Frau gewesen. Was sie gerade gehört hatte, musste nichts mit ihrer Familie zu tun haben. Schließlich waren an einem Sommersonntag wie diesem unzählige Schiffe und Boote auf dem Meer zwischen den Schären unterwegs. Es war ja nicht einmal sicher, dass der Lärm vom Wasser gekommen war. Und selbst wenn, könnte es auch eine Fähre gewesen sein, die auf einen Felsen aufgelaufen war. So etwas kam vor.

Sie musste sich dringend beruhigen.

Mit raschen Schritten ging sie zurück ins Haus und setzte Wasser auf, um sich einen Tee zu kochen.

Zwei Minuten später pfiff der Kessel. Im selben Moment schrillte das Telefon auf dem kleinen Regal im Eingang.

Astrid nahm hastig den Wasserkessel von der Kochplatte und stürzte in den Flur. Ihre Hand zitterte, als sie nach dem Hörer griff.

Der Anruf konnte vollkommen harmlos sein. Aber ihre innere Stimme sagte ihr, dass es nicht so war.

1

Aus dem Erdgeschoss drang der Lärm zu ihm herauf. Das Scharren auf dem Boden von schweren Gegenständen, die hin und her geschoben wurden. Türen, die aufgestoßen wurden und gegen Wände krachten. Gepolter, weil Dinge unsanft abgestellt oder fallen gelassen wurden.

Sixten Nordin starrte aus dem Fenster seines Büros über das Kattegat und seufzte.

Er wusste genau, was dort unten passierte. In der großen Halle, in der die Konstruktionstische und Modelle standen, wurde alles Arbeitsmaterial beiseitegeschoben. Stattdessen baute man eine Bühne auf, Stehtische mit weißen Lacktischdecken und ein exquisites Büfett. Die Firma, *Nordins Schiffs- und Bootsbau*, feierte ihr fünfundsiebzigjähriges Bestehen. Es würde Reden geben und Musik, Häppchen mit Kaviar und Lachs und natürlich Champagner. Politiker, Honoratioren, Geschäftspartner, alle würden da sein. Und niemand würde ahnen, wie dünn das Eis war, auf dem sie tanzten.

Sixten fuhr sich mit der flachen Hand übers Gesicht. Er war ratlos, was er tun sollte.

Er hatte geglaubt, das beste Geschäft seines Lebens abzuschließen, und nun glitt ihm alles aus den Händen.

Eigentlich war es nicht seine Schuld. Sein Onkel Halvar hatte ihm den Kontakt zu dem deutschen Holzgroßhändler vermittelt. Er hatte ihm geraten, das Teakholz, das sich einer ihrer wichtigsten Kunden für das Deck seiner neuen Jacht wünschte, von dort zu beschaffen. Der Preis war günstig gewesen, die Lieferung schnell und unkompliziert, die Ware von hervorragender Qualität.

Wie hätte er wissen sollen, dass das Holz illegal geschlagen, falsch deklariert und gesetzeswidrig importiert worden war? Als ein paar Tage zuvor ein Ingenieur bei einem Treffen der Göteborger Schiffbau-Vereinigung davon berichtet hatte, dass das Lager des deutschen Großhändlers geräumt worden war und die Staatsanwaltschaft ermittelte, hätte ihn beinahe der Schlag getroffen. Noch hatte man die Lieferung nach Schweden offenbar nicht nachverfolgt, doch Sixten rechnete jeden Moment damit, dass die Sache aufflog. Der Schaden, der dem Familienunternehmen entstand, wenn er das Holz nicht verwenden konnte, den Kaufpreis nicht erstattet bekam und womöglich noch eine Geldstrafe zahlen müsste, wäre in der gegenwärtigen angespannten Lage nicht zu verkraften.

Fünfundsiebzig Jahre lang hatten drei Generationen von Nordins den Betrieb sicher durch unwägbare Gewässer geführt, Stürme und Flauten überstanden. Und er, Sixten Nordin, würde die Flotte möglicherweise im Handstreich versenken, zwei Jahre nur nachdem er die Geschäfte von seiner Mutter übernommen hatte.

Onkel Halvar hatte ihm geraten, das Angebot der Chinesen anzunehmen, ehe Polizei und Zoll in der Firma aufkreuzten. Zu verkaufen, solange der Betrieb noch etwas wert war. Aber das würde er nicht tun.

Er hatte das Geschäft mit den Deutschen nach bestem Wissen und Gewissen abgeschlossen. Die Rechtslage war kompliziert. Es war nicht gesagt, dass man ihn und die Firma zur Rechenschaft zog. Auf keinen Fall würde er einfach aufgeben. Er würde kämpfen und seiner Mutter beweisen, dass es kein Fehler gewesen war, ihm den Betrieb anzuvertrauen.

Allein um ihretwillen musste er weitermachen. Sie brauchte jetzt jeden Halt, den sie bekommen konnte. Alles andere würde über ihre Kraft gehen.

Sixten löste sich vom Fenster und ging über den Flur in den Waschraum. Er rückte den weißen Hemdkragen zurecht und korrigierte den Sitz der Krawatte, die das Firmenemblem trug, einen stolzen Dreimaster mit aufgeblähten Segeln. Sixten strich ein paarmal über die Aufschläge des dunklen Jacketts und befeuchtete seine Finger, um die blonden Haare zurückzustreichen. Er war zu blass, wie immer, aber daran konnte er nichts ändern. Seine Stärke waren nicht sein gutes Aussehen oder seine Ausstrahlung, sondern seine Intelligenz und sein Ehrgeiz. Zwei erfolgreich abgeschlossene Studiengänge und harte Lehrjahre im Bootsbaubetrieb. Er hatte das alles durchgestanden, weil er wollte, dass seine Mutter stolz auf ihn war.

Das war die Währung, in der man in ihrer Familie zahlte. Leistung und Anerkennung, nur darum ging es. Jedenfalls, seit sein Vater nicht mehr da war.

Sixten kehrte in sein Büro zurück und ließ den Blick erneut über die liebliche Göteborger Schärenlandschaft wandern. Kleine, graugrüne Perlen im blau schimmernden Meer. So unfassbar schön und friedlich. Und doch war genau dort das Schreckliche geschehen.

Sixten wandte sich vom Fenster ab. Er wollte nicht daran denken. Nicht an damals, nicht an seinen Vater und an das, was passiert war, und auch nicht an die Härte seiner Mutter. Die Vergangenheit spielte am heutigen Tag keine Rolle. Es ging einzig und allein um die Zukunft.

Ein leises Klopfen an der Tür ließ ihn zusammenzucken.

»Herein«, rief er heiser.

Es war Tuva, seine Frau. Sie blieb im Türrahmen stehen, eine schlanke Gestalt, die ihn mit einem warmen Lächeln ansah, wunderschön mit ihren langen blonden Locken und dem blauen Kleid, dessen Farbe sich in ihren Augen spiegelte.

»Bist du bereit?«, erkundigte sie sich. »Die beiden deutschen Studentinnen, denen du die Werft zeigen wolltest, sind jetzt da.«

»Ja«, sagte Sixten, obwohl er es ganz und gar nicht war.

Tuva kam mit leichten Schritten auf ihn zu und korrigierte noch einmal den Sitz seiner Krawatte. »Um sechs solltest du zu Hause sein, damit wir uns in Ruhe umziehen können.«

»Das schaffe ich«, versprach Sixten.

Er sah ihr an, dass sie sich auf den Abend freute. Tuva ging gern unter Menschen, und sie liebte es, zu feiern und zu tanzen. Sixten fragte sich gelegentlich, warum sie einen Mann wie ihn geheiratet hatte, der steif, verkopft und unbeholfen im Umgang mit Menschen war, wenn es nicht ums Geschäft ging, aber das behielt er für sich. Er war sich nicht sicher, ob er die Antwort hören wollte.

»Dann lass die jungen Frauen nicht warten.« Tuva griff nach seiner Hand, zog ihn aus dem Büro, und sie liefen gemeinsam die Treppe in die Halle hinunter.

Sixten atmete tief durch.

Was auch immer geschah, vor den Studentinnen und bei der Feier heute Abend würde er sich nichts anmerken lassen. Er würde seine Rolle spielen. Sixten Nordin, der erfolgreiche Geschäftsführer von *Nordins Schiffs- und Bootsbau.* Er würde dafür sorgen, dass der Betrieb keinen Imageschaden erlitt. Und nach den Feierlichkeiten würde er darüber nachdenken, wie er den Karren am besten aus dem Dreck holte.

Jeder Schritt auf dem steinigen Weg war eine Qual. Ihre Nerven gehorchten ihr nicht mehr. Eine fremde Macht in ihrem Kopf hatte die Kontrolle übernommen und stahl ihr jeden Tag mehr von ihrer Selbstständigkeit und ihrer Würde. Ihr war ständig schlecht von den Medikamenten, und ihr Körper war zu einer absurden Monstrosität aufgedunsen. Sie vermied den Blick in den Spiegel, aber sie wusste, dass von der schönen Frau, die sie einmal gewesen war, nichts mehr übrig war.

Sie sah es auch in Halvars Augen. Früher hatte er sie angebetet. Jetzt stieß sie ihn ab.

Natürlich sagte er das nicht, und er versuchte auch, sich nichts anmerken zu lassen, aber sie spürte es trotzdem. Er hatte aufgehört, sie zu begehren. Sie war nur noch eine Last für ihn.

Ihre Therapeutin riet ihr immer wieder, loszulassen. Es sich nicht unnötig schwer zu machen. Das Schicksal zu akzeptieren und ihren Frieden zu finden. Doch das konnte sie nicht.

Solange sie lebte, würde sie kämpfen. Schon allein deshalb, weil sie noch gebraucht wurde.

Sie blieb kurz stehen, um sich auszuruhen.

Das Haus war eigentlich ein alter Bootsschuppen. Es stand auf den flachen Felsen an der Küste vor Björlanda, direkt am Meer. Irgendwann einmal waren die Holzbretter tiefrot und die Kanten und Fensterrahmen weiß gewesen. Jetzt überwog das Grau; die typischen Schwedenfarben waren nur noch eine ferne Ahnung im verwitterten Holz. Das Dach sah aus, als müsste es dringend geflickt werden, und im großen Garten stand das Gras so hoch, dass man mit einem gewöhnlichen Rasenmäher kaum noch durchkommen würde.

Aber das alles interessierte Anders nicht. Er verwendete seine gesamte Energie auf die Skulpturen, die den Garten bevölkerten. Mannshohe, schlanke Figuren aus verschiedenen Holzarten, manche hell, aus Ahorn oder Birke, andere dunkel, fast schwarz wie Ebenholz. Es waren menschliche Gestalten, anmutig und zugleich verstörend, weil jede von ihnen Leid verkörperte. Grässliche, vor Schreck oder Schmerz verzerrte Gesichter, klagend zum Himmel gereckte Hände, weit aufgerissene Münder. Fehlende Gliedmaßen, gespaltene Schädel oder Stichwaffen, die noch im Körper steckten. Das Ausmaß des Grauens kannte keine Grenzen.

Handwerklich waren die Skulpturen Meisterwerke. Ernähren taten sie den Künstler nicht. Kein Wunder. Wer mochte sich schon solche fürchterlichen Gestalten ins Haus holen und sich beständig die Vergänglichkeit des menschlichen Lebens vor Augen führen? Aber Anders war nicht bereit, irgendetwas anderes herzustellen. Angebote hatte es durchaus gegeben, doch seine Antwort war immer dieselbe gewesen.

Ich bin Künstler. Keine Hure.

Astrid verzog den Mund. So primitiv. So vulgär. Das war nicht der Ton, in dem man in ihrer Familie miteinander sprach. Aber auch hier waren sie gescheitert.

Sie ging weiter und stieß die Luft aus, als sie endlich die Tür erreichte.

Die Klingel funktionierte schon lange nicht mehr, also klopfte sie ein paarmal mit der Faust gegen das Türblatt, bis im Inneren schließlich Geräusche erklangen. Schlurfende Schritte, ein asthmatisches Husten, eine raue Stimme, die irgendetwas Unverständliches murmelte.

Man könnte denken, dass man einen Achtzigjährigen besucht, schoss es Astrid durch den Kopf. Nur der Jetski, der am Ende des langen Holzstegs auf dem Wasser dümpelte, passte nicht dazu. Ein merkwürdiger Kontrast, leuchtend roter Lack, glänzend poliert, und, wie sie wusste, ein leistungsstarker Motor unter der Haube. Aber ihr Sohn war schon immer ein widersprüchlicher Charakter gewesen.

Die Tür schwang auf. Anders stand vor ihr. Er schwankte ein wenig und stützte sich mit einer Hand am Türrahmen ab. Unrasiert, mit wirren Haaren, die Augen blutunterlaufen. Im Mundwinkel hing eine selbst gedrehte Zigarette, die zur Hälfte heruntergebrannt war. Asche rieselte auf seine ausgeleierte Jogginghose. Dazu trug er ein fleckiges graues Hemd, das ihm aus der Hose hing, und ausgeblichene Stoffturnschuhe.

»Mutter.« Sein Blick war spöttisch. »Warum kommst du nicht einfach herein? Du weißt, dass ich nie abschließe.«

Sie sah seine glasigen Augen, roch den Alkohol in seinem Atem und wusste, dass es wieder einmal schwer werden würde.

»Es gehört sich nicht.« Astrid stützte sich auf ihre Krücken. Es war einer ihrer guten Tage. An den schlechten saß sie im Rollstuhl. Die Beine hatten als Erstes ihren Dienst versagt, damals, als sie plötzlich ständig gestolpert war. Als sie noch darüber gelacht hatten. Bevor sie wussten, dass sich der Feind in ihrem Gehirn eingenistet hatte.

Anders fuhr sich mit der Hand durch die Haare und machte einen Schritt zur Seite. Astrid betrat das Haus, das im Wesentlichen aus einem großen Raum bestand, der zugleich Wohnzimmer, Werkstatt und Küche war. Daneben gab es nur noch einen winzigen Schlafraum und ein noch kleineres Bad.

Es herrschte fürchterliches Chaos. Schmutzverkrustetes Geschirr neben der Spüle, leere Fast-Food-Verpackungen auf dem Couchtisch, getragene Kleidungsstücke, die über sämtlichen verfügbaren Stuhllehnen hingen. Überquellende Aschenbecher, leere Bier- und Schnapsflaschen, Werkzeuge, die auf dem Boden verteilt lagen. Und in der Mitte des Raums eine weitere Skulptur. Ein Mann, der auf einem Klotz saß, die Finger beider Hände an die Stirn gepresst. Der Unterleib war nur andeutungsweise aus dem Holz herausgeschält, aber das Gesicht war bereits fertig.

Astrid verspürte ein saures Brennen in der Kehle. Das hatte Anders noch nie getan. Er stellte Menschen dar, aber seine Figuren hatten keine Ähnlichkeit mit Personen aus seinem Umfeld. Es waren Fantasiegestalten. Bis auf diese.

»Das ist dein Bruder.«

Anders hob den linken Mundwinkel zu einem schiefen Lächeln. »Du erkennst ihn. Das ist gut.« Er nahm eine halb volle Schnapsflasche von der Anrichte und setzte sie an die Lippen. Anschließend stellte er sie mit einem Knall zurück und wischte sich mit dem Handrücken über den Mund. »Es wird ein Geschenk. Zum Firmenjubiläum. Allerdings fürchte ich, sie wird nicht rechtzeitig fertig.«

Astrid krallte die Finger um die Griffe der Krücken. Sie humpelte zu Anders' zerschlissenem Sofa und ließ sich vorsichtig darauf nieder.

Früher war sie regelmäßig gekommen, um für ihn aufzuräumen. Hatte das Geschirr gespült, die leeren Flaschen eingesammelt und in den Altglascontainer geworfen, die Aschenbecher geleert und den Boden gewischt. Die schmutzige Wäsche hatte sie mitgenommen und von ihrer Haushälterin waschen lassen. Sie hatte ihm auch Geld gegeben. Damit er sich etwas zu essen kaufen konnte und neue Kleidung. Doch er hatte es wohl eher in die Kneipe getragen.

Jetzt ging das alles nicht mehr. Sie war froh, wenn sie ihre Morgentoilette bewältigte und es schaffte, sich selbst anzukleiden. Nur Geld konnte sie ihm weiterhin geben, doch in der letzten Zeit hatte sie sich immer öfter gefragt, ob sie ihm damit eigentlich einen Gefallen tat. Ihre Therapeutin hatte das in aller Deutlichkeit ausgesprochen.

Hören Sie auf, seine Alkoholsucht zu unterstützen. Solange er nicht am Boden ist, wird er damit weitermachen.

Deshalb hatte sie auch ihr Testament geändert. Anders war krank. Man durfte die Geschicke der Werft nicht in seine Hände legen. Sonst wäre irgendwann nicht nur Anders, sondern auch der Betrieb am Boden.

Sie betrachtete die Skulptur. »Wenn das Sixten ist – warum sieht er so gequält aus?«

Anders griff erneut zur Flasche und trank. »Das hat er dir nicht gesagt, nehme ich an?« Sein Grinsen war breit und hässlich. Er machte ein paar schwankende Schritte auf sie zu. »Dein Vorzeigesohn. Brav. Erfolgreich. Nicht so ein Versager wie ich. Kein Säufer.« Wieder setzte er die Flasche an die Lippen. Mit der anderen Hand vollführte er eine ausholende Geste. »Vielleicht verrät er es ja heute Abend. Bei seiner Jubiläumsrede. Fünfundsiebzig Jahre *Nordins Schiffs- und Bootsbau,* und jetzt – puff! – der große Knall. Sixtens persönlicher Eisberg, an dem seine Titanic zerschellt.« Er gestikulierte; Schnaps rann aus der Flasche in seiner Hand. »Dann sitzt er nicht mehr auf seinem hohen Ross. Dann sieht er so aus.« Er wies mit ausgestrecktem Arm auf die Statue seines Bruders.

»Du bist betrunken.« Astrid stemmte sich mühsam vom Sofa hoch. Sie nahm ihre Krücken und humpelte zur Tür. »Eigentlich wollte ich dich einladen, heute Abend zu unserer Feier dazuzukommen, weil wir eine Familie sind«, sagte sie kühl. »Aber jetzt bitte ich dich, es nicht zu tun.«

Anders hob ihr die Flasche entgegen. »Das liegt ganz bei dir. Wenn du mir ein bisschen Geld dalässt, damit ich Nachschub besorgen kann, bleibe ich hier und arbeite an meinem Geschenk. Andernfalls … Auf der Feier gibt es sicher Champagner?«

Astrid starrte ihn an. Wie war es möglich, dass aus dem freundlichen Jungen von früher dieser verbitterte, gehässige Mann geworden war? Das Schicksal hatte sie alle verändert, aber nur Anders war daran zerbrochen. Dabei hatten sie sich gerade mit ihm so viel Mühe gegeben.

Sie öffnete ihre Handtasche, nahm die Geldbörse heraus und legte ihm ein paar Scheine auf den Tisch, obwohl sie es nicht mehr hatte tun wollen. Ein wenig lag es am schlechten Gewissen. Vielleicht war sie nicht die Mutter gewesen, die er gebraucht hätte. Vor allem aber wollte sie nicht, dass er ihr den Abend zerstörte.

Wer wusste schon, wie viele feierliche Anlässe es in ihrem Leben noch geben würde, an denen sie teilnehmen konnte? Und diesen besonderen wollte sie ungestört genießen.

»Verbindlichsten Dank.«

Sie hörte sein garstiges Lachen noch, als sie die Tür schon hinter sich zugezogen hatte und sich über die Felsen zurück zu ihrem Wagen schleppte.

Hoffentlich würde er wirklich zu Hause bleiben!

Halvar blickte von seinen Unterlagen auf und sah aus dem Fenster, als er den Wagen in der Auffahrt hörte. Es war Astrids blauer Golf. Er war bereits umgebaut, rollstuhlgerecht, sodass sie auch allein damit unterwegs sein konnte. Astrids Selbstständigkeit sollte so lange wie möglich erhalten bleiben.

Der Rollstuhl wurde von einem Mechanismus durch die hintere Tür ein- und ausgeladen und direkt neben der Fahrertür abgestellt, sodass sie nur hinüberrutschen musste. Aber wann immer es ging, verzichtete sie darauf und nahm lieber die beiden Krücken, die sie vor dem Beifahrersitz verstaute.

So auch jetzt.

Es tat ihm weh zu sehen, wie sie sich aus dem Auto quälte. Wie sie den Mund verzog, als sie sich auf die Krücken stützte. Die Wagentür mit dem Ellbogen zuwarf und mühsam den Schlüssel in ihrer Handtasche verstaute, nachdem sie den Wagen verriegelt hatte. Was absolut überflüssig war. Niemand würde hier, direkt vor der Nordin-Villa, ein Auto stehlen. Erst recht nicht eines, bei dem man über eine Handschaltung Gas gab und bremste.

Bis vor fünf Jahren war Astrid der Inbegriff einer Karrierefrau gewesen. Immer schick gekleidet, die schwarzen Haare modisch kurz geschnitten. Selbstbewusst und stets mit einem

Hauch von Ungeduld im Blick, wenn man ihrem rasanten Tempo nicht folgen konnte. Eine attraktive Frau mit feinen Gesichtszügen, schmaler Nase und energischen Lippen. Unter ihrer Führung hatte die Nordin-Werft ihre größten Erfolge zu verbuchen gehabt, und niemand hatte daran gezweifelt, dass sie den Chefsessel erst im hohen Alter räumen würde.

Doch das Schicksal hatte darauf keine Rücksicht genommen. Mit ein paar harmlosen Ausfallerscheinungen hatte es angefangen. Sie hatten das gar nicht ernst genommen. Bis sich die Vorfälle gehäuft hatten. Und dann war die niederschmetternde Diagnose gekommen. Das eine, fürchterliche Wort.

Unheilbar.

Am Anfang hatten die Ärzte ihnen Mut gemacht. Die Prognosen waren heutzutage günstiger als früher. Viele Erkrankte konnten dennoch ein langes und erfülltes Leben führen. Wie sich herausstellte, gehörte Astrid nicht dazu. Bei ihr verlief die Krankheit schnell und aggressiv.

Jetzt ging es darum, Zeit zu gewinnen. Tage, die noch Lebensqualität bedeuteten. Bevor die Systeme nach und nach das Funktionieren einstellten. Am Ende stand ein zu früher Tod, das wussten sie beide. Aber sie sprachen nicht darüber. Nur über Behandlungen, Möglichkeiten, Perspektiven. Astrid Nordin war nicht die Frau, die jammerte, Trost suchte, sich anlehnte.

Den Verfall aber konnte sie nicht aufhalten, weder mit Geld noch mit ihrem unbezwingbaren Willen. Er ließ sich auch nicht mehr verbergen. Die fehlende Bewegung und die Medikamente hatten ihren Körper verändert, er war aufgedunsen und hatte jegliche Spannung eingebüßt. Von ihrer Schönheit, ihrer Ausstrahlung und der starken Anziehung, die er früher gespürt hatte, war nichts mehr geblieben.

Wie sehr hatte er diese Frau geliebt! Und nun brachte er es kaum noch fertig, sie in die Arme zu schließen.

Er erhob sich und strich seinen anthrazitfarbenen Anzug glatt. Heute Abend mussten sie noch einmal Theater spielen. Weder Astrid noch die Gäste der Jubiläumsfeier durften merken, wie es um die Werft stand.

Die Luft wurde langsam dünn, sie mussten dringend eine Lösung finden.

Wie naiv er gewesen war zu glauben, es könnte alles gut ausgehen.

So funktionierte das Leben nicht. Das Schicksal hatte ihn mit Glück überhäuft, und nun nahm es ihm alles wieder weg.

Aber so leicht würde er nicht aufgeben. Er würde Astrid verlieren, daran war nichts zu ändern. Die Krankheit schritt rasant voran, rascher als bei anderen. Doch er würde nicht einfach untergehen wie ein leckgeschlagener Kahn im Sturm.

Jedem Ende wohnt ein neuer Anfang inne. Hieß es nicht so?

Nun, genau an dieses Motto würde er sich halten.

Unten öffnete sich die Eingangstür der Villa. Halvar verließ sein Büro, trat an die Treppe und breitete die Arme aus.

»Astrid, meine Liebe«, rief er so herzlich, wie er konnte. »Wo warst du denn? Ich habe mir Sorgen gemacht.«

Äußerlich mochte sie sich verändert haben, doch innerlich war sie immer noch unantastbar.

»Ich hatte etwas zu erledigen«, entgegnete sie kühl.

Halvar versuchte sich an einem gleichmütigen Lächeln. Sie sollte nicht merken, dass sie ihn verletzte, immer wieder. Es würde nicht ihr Mitleid wecken, sondern nur Verachtung hervorrufen.

Mit leichten Schritten ging er die Treppe hinunter, ihr entgegen.

Er hätte gern gewusst, ob sie ihn noch liebte. Ob sie ihn überhaupt jemals geliebt hatte.

Aber er stellte die Frage nicht.

2

Schon als kleines Mädchen war sie verrückt nach Schiffen gewesen. Seit ihr Vater sie zum ersten Mal mit in die Werft genommen hatte. Sie mochte vier oder fünf Jahre alt gewesen sein, doch die Erinnerung hatte sich fest in ihr Gedächtnis eingebrannt.

Der große Platz, auf dem die aufgebockten Boote standen. Die Halle, in der das Gerippe eines Schiffs bearbeitet wurde. Der Geruch nach Holz und Leim, nach Metall und Teer – und nach Tabak. Obwohl es gefährlich und verboten war, hatten die meisten Arbeiter eine Zigarette oder eine Pfeife im Mund. Breitschultrige, kräftige Männer, die lange Balken auf den Schultern trugen oder schwere Säcke mit unbekanntem Inhalt. Die mit Hämmern und Nägeln oder mit Schweißbrennern arbeiteten. In der Nordin-Werft wurden Jachten gebaut, teure Luxusmodelle für die Reichen, einfache Segelboote für die Einheimischen und manchmal auch ein Mittelklassemotorboot für die Touristen, die alljährlich in immer größerer Zahl in die Göteborger Schären zu kommen schienen.

Astrid mochte den Trubel im Sommer, die bunten Buden überall an den Promenaden, die zahllosen Boote, die in Zweier-, manchmal in Dreierreihen im Hafen von Björlanda lagen, die vielen fremden Stimmen, die sich mit dem Schwedischen mischten. Die große weite Welt schien direkt hier, vor den Toren Göteborgs zu beginnen.

Sie hatte schon früh gewusst, dass sie eines Tages diesen Betrieb leiten wollte. Da sie keine Geschwister hatte, war es auch kein Kunststück gewesen, ihren Plan in die Tat umzusetzen. Ihr Vater hatte ihr das Tagesgeschäft übergeben, als sie zuerst ihr Bootsbauingenieur- und anschließend ihr BWL-Studium abgeschlossen hatte, beides mit Bestnoten. Er war ungeheuer stolz auf seine

Tochter, die Nordins Schiffs- und Bootsbau *souverän und erfolgreich führte. Und ihm selbst hatte die Rolle als graue Eminenz gefallen. Statt die Tage im Büro zu verbringen, hatte er vom Garten seiner Villa aus die Fäden gezogen, sich um die Repräsentation bei solventen Kunden gekümmert und ausgedehnte Reisen zu anderen Werftbesitzern überall auf der Welt unternommen, meist gemeinsam mit ihrer Mutter.*

Es hatte sich alles genau so entwickelt, wie ihre Eltern und sie es sich immer gewünscht hatten. Und dennoch war es fast zum Bruch gekommen, als sie Casper getroffen hatte.

Einen Mann, der sie mehr fasziniert hatte als all die Kommilitonen, die sie während des Studiums kennengelernt hatte. Mutig und frei, unterwegs in den Krisengebieten der Welt, ein Abenteurer, der kein Risiko scheute. Und ein äußerst attraktiver Mann obendrein. Er hatte eine Menge Verehrerinnen gehabt, aber seine Blicke hatten einzig Astrid gegolten.

Ihre Eltern hatten gegen die Verbindung protestiert. Casper war der Sohn eines Werftarbeiters. Aus ihrer Sicht passte das nicht: die Alleinerbin des Bootsbaubetriebs und ein fast mittelloser Reporter.

Ihr Vater hatte sie vor die Wahl gestellt – Casper oder die Werft. Sie hatte sich für Casper entschieden, und ihr Vater, dem ihre Haltung widerwilligen Respekt abnötigte, hatte sein Testament trotzdem nicht geändert.

Das war ihre Stärke. Konsequent ihren Weg zu gehen, auch wenn man ihr Steine vor die Füße warf.

Doch jetzt war davon nichts mehr übrig. Alle Kraft schien aus ihrem Körper gewichen zu sein.

Sie konnte die beiden Männer mit den dunkelblauen Hosen und den hellblauen Hemden, die vor der Tür der Villa standen, nur anstarren. Sie wollte die Botschaft, die ihr die Polizisten überbracht hatten, nicht hören. Alles in ihr weigerte sich, die Wahrheit zu akzeptieren, doch sie konnte nicht verhindern, dass sie nach und nach in ihr Gehirn einsickerte. Am liebsten hätte sie geschrien oder sich die Ohren zugehalten, aber nicht einmal das schaffte sie. Ihr Leben lag von einer Sekunde zur nächsten in Trümmern.

Für Ende März war es ungewöhnlich warm. Als Paulina den Vorschlag gemacht hatte, war Jule nicht begeistert gewesen, doch mittlerweile hatte sie ihre Meinung geändert. Was konnte es Herrlicheres geben, als in der milden Morgensonne auf einem Campingplatz direkt am Meer aus dem Wohnmobil zu klettern und über die einmalige Schärenlandschaft zu blicken?

Jule war zum ersten Mal in Schweden, und sie bereute es keine Sekunde. Die Überfahrt in der beengten Kabine auf der Fähre von Kiel nach Göteborg war zwar furchtbar gewesen – eine Innenkabine ohne Fenster, nur mit einem aufgemalten Bullauge, das nicht für den fehlenden Ausblick entschädigen konnte, und die ganze Nacht das Dröhnen der Dieselmotoren im Ohr –, doch der Anblick am nächsten Morgen war es wert gewesen. Majestätisch schob sich das riesige Schiff vom offenen Meer in den Göta älv, den Fluss, an dem Göteborg lag. Vorbei an unzähligen flachen Felseninseln, auf denen die typischen rot-weißen Schwedenhäuser zu sehen waren. Zum Glück hatte sie ihre Kompaktkamera mit dem dreißigfachen Zoom mitgenommen. So konnte sie die Schären ganz dicht heranholen, mit den geduckten Büschen und Bäumen, die sich der vorherrschenden Windrichtung angepasst hatten, den Bootsstegen und der unfassbaren Idylle, die diese Landschaft ausstrahlte. Natürlich hatte sie vorher Bilder gesehen, doch in der Realität war diese Welt noch viel faszinierender.

Paulina drehte sich in ihrem Schlafsack von einer Seite auf die andere, und Jule, die ihre Freundin durch die Tür des Wohnmobils auf der schmalen Pritsche sehen konnte, musste lächeln.

Sie hatte ihr Studium in Hamburg ohne große Erwartungen angetreten. Schiffbau und Meerestechnik – das war etwas, das fast nur Männer studierten, und mit denen war sie noch nie gut zurechtgekommen. Überhaupt hatte sie nicht viele Freunde. Ihren Mitschülern hatte sie als Streberin gegolten, dabei interessierte sie sich einfach nur für alles Mögliche, und sie konnte sich Dinge gut merken. Gepaukt hatte sie nie, doch ihre Klassenkameraden waren ihr trotzdem fremd geblieben. Lieber war Jule mit dem Fahrrad an den Deich geradelt, hatte ein Buch gelesen oder den Schiffen zugesehen, die auf der Elbe fuhren und den Hamburger Hafen ansteuerten.

Doch ausgerechnet dort, an der Technischen Universität Hamburg-Harburg, hatte sie Paulina kennengelernt, die ebenfalls Schiffbau studierte und ihre beste Freundin geworden war. Gemeinsam hatten sie sich für diese Reise in den Semesterferien entschieden, um sich die Werften an der schwedischen Westküste anzusehen, in denen Bootsmodelle gebaut wurden, die es anderswo nicht gab. Paulinas Eltern hatten ihnen dazu ihr Wohnmobil geliehen. Um im Zelt zu schlafen, wäre es trotz der milden Frühlingstemperaturen noch zu kalt gewesen.

Paulina krabbelte aus ihrem Schlafsack und kam an die Tür des Campers. »Lass uns ans Meer gehen«, schlug sie vor.

»Ich würde vorher gern duschen und mir die Zähne putzen«, sagte Jule.

Paulina lachte. »Natürlich. Ich auch.«

Alles andere hätte Jule auch gewundert. Paulina war nicht nur nett, sie war auch außergewöhnlich hübsch – und ein bisschen eitel. Die langen brünetten Haare mussten jeden Morgen gewaschen und geglättet werden, bis sie Paulina glänzend über den Rücken fielen. Im Gegensatz zu Jule liefen Paulina die Männer hinterher, doch sie hatte kein Interesse. Sie wollte studieren und lernen und sich nicht ablenken lassen. Anders als Jule musste sie darauf einige Mühe verwenden. Aber Paulina war ehrgeizig. Jule war sicher, dass Paulina ihr Studium mit ebenso guten Noten abschließen würde wie sie selbst.

Sie kramten ihre Kulturbeutel hervor und gingen gemeinsam zu dem Gebäude, in dem sich die Waschräume befanden. Wie alles auf diesem Campingplatz waren sie sehr sauber. Schweden war genauso, wie Jule es sich vorgestellt hatte – freundlich, ordentlich und sicher.

Göteborgs Campingplatz an der Straße zwischen Lilleby und Sillvik bot einen Ferienhauspark mit achtzig schicken Cottages verschiedener Größe, die sie sich nicht hätten leisten können, aber auch Stellplätze für Wohnwagen, Wohnmobile und Zelte. Dazu gab es das jüngst renovierte Servicehaus mit Toiletten, Duschen und Waschküche. Zum Strand von Lilleby waren es nur zweihundertfünfzig Meter.

In den letzten Tagen hatten sie einige kleine Werften entlang der Küste aufgesucht und mehrfach ihren Standort gewechselt. Nun wollten sie die letzte Woche der Semesterferien hier verbringen, bevor sie am kommenden Samstag zurückfuhren, damit sie pünktlich zum Beginn des Sommersemesters wieder in Hamburg waren. Noch einmal die Tortur mit der Innenkabine … doch daran wollte Jule in diesem Moment nicht denken. Jetzt lagen erst einmal ein paar wundervolle Tage in der herrlichen Göteborger Schärenlandschaft vor ihr. Sie würde ungefähr zweitausend Fotos schießen und sie sich zu Hause immer wieder ansehen. Westschweden war einfach ein Traum!

Nachdem sie ihre Morgentoilette beendet und den Kaffee getrunken hatten, den sie auf dem kleinen Gaskocher zubereitet hatten, spazierten sie ans Meer. Es leuchtete blau in der Sonne, und die felsigen Inseln schienen auf der Wasseroberfläche zu schweben.

Erst als sie fast an der Wasserkante angelangt waren, entdeckte Jule, dass sie nicht allein waren. Ein Stück entfernt lag ein Mann ausgestreckt auf den flachen Steinen, die den Strand zur Meerseite begrenzten. Er hatte blondes Haar und steckte in einem schwarzen Neoprenanzug. Sein Kopf lag auf der Seite, das Gesicht zum Meer gerichtet.

»Was macht der denn da?«, wunderte sich Paulina. »Und weshalb bewegt er sich nicht?«

Jule zögerte. Sie nahm nicht gern Kontakt zu fremden Menschen auf. Aber womöglich brauchte der Mann Hilfe?

»Wir sollten vielleicht nachsehen.«

Paulina, die ihre Ängste nicht teilte, ging bereits mit raschen Schritten auf den Mann zu.

Aus der Nähe konnten sie sehen, dass er im Wasser gewesen war. Der Anzug glänzte feucht, und die blonden Haare waren nass und klebten am Kopf.

»Ist das Blut?« Paulina deutete auf den Hinterkopf des Mannes.

Jule spürte, wie sich ihre Kehle verengte. Beim Anblick von Blut wurde ihr schlecht. Aber Paulina hatte recht. An der Stelle, auf die sie zeigte, schimmerten die blonden Haare rötlich.

Hatte der Mann einen Unfall gehabt?

»Hallo! Können Sie uns hören? Alles in Ordnung bei Ihnen?« Paulina beugte sich vor und rüttelte ihn vorsichtig an der Schulter. Gleich darauf zuckte sie erschrocken zurück. »Der ist ganz kalt.«

»Das liegt am Wasser.« Jule machte nun auch beherzt einen Schritt auf den Mann zu. Sie hockte sich hinter ihn und legte ihre Finger an seinen Hals, um den Puls zu fühlen, doch da war nichts.

Jules Magen krampfte sich zusammen. Am liebsten wäre sie weggelaufen, doch das durfte sie natürlich nicht. Sie richtete sich wieder auf. Mit wachsendem Unbehagen trat sie um den leblosen Körper herum, um dem Mann ins Gesicht zu sehen, und schlug gleich darauf die Hand vor den Mund.

Die Augen des Mannes waren weit geöffnet und starrten blicklos in den Morgenhimmel. Er war tot, daran konnte es überhaupt keinen Zweifel geben. Doch das war noch nicht einmal das Schlimmste.

3

Es war alles wie immer, doch der Frieden und die Ruhe, die Frederik Forsberg all die Jahre an diesem Ort empfunden hatte, wollten sich nicht mehr einstellen. Bis zum letzten Sommer hatte er Emma hier in Sicherheit geglaubt. Dann hatte Arvid Ekström beschlossen, seine autistische Tochter nach Hause zu holen.

Es war nur ein kurzes Intermezzo gewesen. Arvid hatte rasch festgestellt, dass er mit diesem Kind nichts anfangen konnte. Und war gewalttätig geworden.

Lea hatte sich schützend vor Emma gestellt und seine Aggressionen abgefangen. Nicht zum ersten Mal, wie Frederik wusste. Er hatte Mutter und Tochter geholfen, ins Frauenhaus zu fliehen, doch Lea hatte nicht durchgehalten. Sie war zu Arvid zurückgekehrt. Dafür durfte Emma wieder ins Heim, das war der Deal.

Frederik hatte es fast das Herz zerrissen. Er liebte Lea. Zu wissen, dass sie sich Ekström auslieferte, um ihre Tochter zu schützen, war kaum zu ertragen. Aber er konnte nichts tun.

Jetzt betrachtete er Emma, die mit konzentrierter Miene den Containerlader aus ihrem neuen Lego-Technic-Kasten zusammenbaute. Daneben stand bereits der Sattelschlepper, der mit einer Lenkung, aufklappbaren Türen, einem abkoppelbaren Auflieger und zwei Containern zum Aufladen ausgestattet war. Der Containerlader besaß ebenfalls eine Lenkung und einen ausfahrbaren Ausleger mit Greifer, sodass Emma damit die Container auf den Sattelschlepper laden konnte. Darüber hinaus konnte man den Containerlader auch zu einem Portalhubwagen umbauen. Frederik hatte mit Emma vor einiger Zeit einen Ausflug in den Göteborger Containerhafen gemacht, und dort hatte Emma diese Gefährte bestaunt, die wie langbeinige Käfer auf Rädern zwischen den hoch aufgestapelten Containerreihen umherfuhren und die Container, quasi an den Bauch des Käfers gepresst, zu den wartenden Schiffen brachten.

Der Vorschlag, Emma den Technic-Kasten zu schenken, war von Mats Lundgren gekommen. Er war Psychologe in der Skogome-Anstalt und seit dem Fall der verschwundenen Lisbet vor zwei Jahren mit Frederik befreundet. Frederik hatte Zweifel gehabt, ob Emma mit dem anspruchsvollen Spielzeug zurechtkommen würde, doch Mats hatte recht behalten: Emma war traumatisiert und in ihren sozialen Fähigkeiten stark eingeschränkt, aber sie war intelligent. Überdurchschnittlich vielleicht sogar, wie viele Autisten. Der Containerlader war sofort ihr neues Lieblingsspielzeug geworden.

Trotzdem machte Frederik sich Sorgen. Emma war jetzt sechs. In diesem Alter kamen schwedische Kinder in die Vorschulklasse, *förskoleklass,* zur Vorbereitung auf die Grundschule. Wenn er sich mit Deutschen über dieses Thema unterhielt, stieß er oft auf Irritation, weil die schwedische *grundskola* etwas völlig anderes war als die deutsche Grundschule. Tatsächlich handelte es sich um eine Ganztags- und Gesamtschule, mit deren neunjährigem Besuch die Schulpflicht abgedeckt war. Anschließend konnte man sich für das dreiklassige Gymnasium entscheiden, auf dem man die Hochschulreife erwerben, aber auch eine Berufsausbildung absolvieren konnte.

Auch Emma würde in die *förskoleklass* gehen. Inklusion wurde in Schweden großgeschrieben. Nur Kinder mit geistigen Behinderungen kamen in Sonderschulen. Alle anderen wurden an den regulären Schulen aufgenommen. Sie bekamen einen Begleiter zur Seite gestellt oder wurden, wenn es gar nicht anders ging, in Sondergruppen unterrichtet, was an manchen Schulen besser, an anderen schlechter funktionierte.

Ob Emma dort gut aufgehoben war? Plötzlich mit so vielen Menschen konfrontiert, obwohl sie doch Kontakte lieber mied? Immer der Gefahr einer Reizüberflutung ausgesetzt, die bei ihr leicht einen epileptischen Anfall auslösen konnte? Zur Interaktion gezwungen, obwohl sie am liebsten für sich blieb? Und was würde geschehen, wenn ihre Routinen unterbrochen, ihre Zwänge gestört würden? Würde sie damit zurechtkommen? Und welche Möglichkeiten würde das Leben für sie bereithalten?

Größer war allerdings noch seine Angst, dass Ekström erneut das fragile Gefüge ins Wanken bringen könnte. Schließlich könnte er jederzeit wieder auf die Idee kommen, Emma zu sich zu holen, und diese Drohkulisse nutzte er schamlos aus, um Lea unter Druck zu setzen. Solange sie sich fügte, war ihre Tochter sicher, doch was würde geschehen, wenn sie es irgendwann einfach nicht mehr konnte?

Im Heim ging es Emma gut. Sie wurde hier bestens versorgt und liebevoll betreut. Frederik besuchte sie einmal in der Woche, immer samstags um halb zwei. Emma brauchte feste Strukturen und Verlässlichkeit.

Bei gutem Wetter fuhren sie mit seinem Elektroroller mit Beiwagen herum, den er extra für Emma angeschafft und umbauen lassen hatte. Wenn sie durch die Landschaft rollten,

Emma mit ihrem zartgelben Kinderhelm auf dem Kopf im Beiwagen, hatte er das Gefühl, dass sie glücklich war. Sagen konnte sie das natürlich nicht, aber er verspürte eine Harmonie, die sie sonst nur ausstrahlte, wenn sie in das Bauen und Sortieren vertieft war, das ihr Halt gab.

Heute hatte er allerdings eine Ausnahme machen und seinen Besuch auf den Sonntagvormittag legen müssen. Am Samstag hatte er Dienst gehabt. Ein komplizierter Fall hatte nach monatelangen Ermittlungen seine Auflösung erfahren, und es hatte bis zum späten Samstagabend gedauert, bis endlich alle Vernehmungen abgeschlossen waren.

Frederik fühlte sich zerschlagen. Der Fall hatte Kraft gekostet, genau wie die Arbeit mit seinem Team, das noch immer nicht zu einer Einheit zusammengewachsen war. Er hoffte, dass die nächsten Wochen ruhiger werden würden.

Zum Glück hatte Emma positiv auf den Besuch zur ungewohnten Zeit reagiert.

Frederik schaute aus dem Fenster in den strahlend blauen Himmel und dachte, dass er gern mit ihr an den Strand fahren würde, doch dafür fehlte ihm die Zeit. Im Büro wartete Arbeit auf ihn, die Berichte mussten noch geschrieben werden. Wenn er das nicht zeitnah erledigte, würde er die Details vergessen und alles mühsam nachlesen müssen. Die eine Stunde bei Emma hatte er sich gestohlen, aber die Ausfahrt konnten sie frühestens am nächsten Wochenende unternehmen. Da der Sommer vor der Tür stand, war das nicht weiter schlimm. Es würde in der nächsten Zeit noch mehr schöne Tage geben.

Das Telefon in seiner Sakkotasche vibrierte, und Emma blickte von ihrem Containerlader hoch. Frederik stellte sein Handy immer auf lautlos, wenn er sie besuchte, doch Emma nahm mit ihren feinen Antennen auch das Geräusch wahr, das der Vibrationsalarm verursachte. Sie war ein zartes, schmales Mädchen mit halblangen blonden Haaren und tiefblauen Augen, die ihm wie das Tor zu einer geheimnisvollen Unterwasserwelt vorkamen. Sie konnte sich ganz in eine Tätigkeit versenken, wurde aber durch die kleinste Störung herausgerissen – womit sie nicht gut umgehen konnte.

»Entschuldige.« Frederik, der im Schneidersitz auf dem Boden gesessen hatte, erhob sich. »Das ist wichtig.« Dafür sorgte der Anruffilter, den er ebenfalls aktivierte, wenn er hier war. Nur die Kollegen und Lea konnten ihn dann erreichen. Alle anderen mussten warten.

Er zog das Smartphone aus der Sakkotasche und warf einen Blick auf das Display.

»Hey, Birger«, begrüßte er seinen Vorgesetzten mit gedämpfter Stimme. »Ich nehme an, du hast keine guten Nachrichten?«

»Hey, Frederik. Tut mir leid, wenn ich dich bei Emma störe«, sagte Birger Holm. »Wieder einmal.«

»Ja.« Frederik lachte unfroh. »Man möchte meinen, es steckt ein System dahinter.« Aber vermutlich lag es nur daran, dass er so oft hier war. Oder dass er so häufig Fälle hatte, die einen sofortigen Einsatz erforderten.

»Was gibt es denn?«, fragte er.

»Wir haben einen Toten«, berichtete Birger. »Am Strand in Lilleby, gleich beim Campingplatz. Wahrscheinlich ein Unfall, aber der Mann hat eine Schädelverletzung. Es wäre mir lieb, wenn du dir das ansiehst, ehe der Leichnam abtransportiert wird. Ich könnte natürlich auch jemand anderen hinschicken, aber die Auffindungszeuginnen sind Deutsche.«

Damit war es das Einfachste, wenn Frederik die Sache übernahm. Er brauchte keinen Dolmetscher, weil er selbst Deutsch sprach. Seine Mutter, die vor vielen Jahren gestorben war, war Deutsche gewesen, und nach ihrem Tod war Frederik bei seinen deutschen Großeltern in Kiel aufgewachsen.

»Ich fahre gleich hin.« In Lilleby war er bereits. Das Heim, in dem Emma lebte, befand sich unweit des kleinen Ortes. Bis zu Göteborgs Campingplatz waren es nur knapp zwei Kilometer den Lillebyvägen entlang in Richtung Sillvik.

»Danke.« Der Göteborger Polizeichef räusperte sich.

Frederik wartete, doch Birger sprach nicht weiter.

»Noch irgendetwas, das ich wissen sollte?«, erkundigte Frederik sich.

Birger lachte leise. Er wusste, dass Frederik in ihm lesen konnte wie in einem offenen Buch, selbst wenn sie nur am Telefon miteinander sprachen.

»Der Fall wird vermutlich Wellen schlagen. Egal, ob es ein Unfall war oder irgendetwas anderes«, sagte er.

»Aha?«

Birger räusperte sich erneut. »Der Tote ist Sixten Nordin«, erklärte er dann.

Frederik war der Name geläufig. »Von *Nordins Schiffs- und Bootsbau?*«

»Richtig. Sixten ist der ältere Sohn der Eignerin Astrid Nordin.«

Frederik erinnerte sich dunkel. Den Betrieb hatte es schon gegeben, als er noch ein Kind gewesen war, und soweit er sich erinnerte, war sein Vater Sivard mit dem damaligen Besitzer befreundet gewesen. Immerhin war er im selben Gewerbe tätig. *Forsbergs Bootsfabrik* in Frederiks Geburtsort Långedrag vor den Toren Göteborgs existierte seit mehr als fünfzig Jahren. Sivard hatte das Geschäft von seinem Vater übernommen, genauso wie Astrid Nordin etliche Jahre später in Björlanda in die Fußstapfen ihres Vaters getreten war.

Frederik schob den Gedanken beiseite. Er hatte den Kontakt zu seinem Vater abgebrochen, als seine Mutter gestorben war, weil er ihn für ihren Tod verantwortlich gemacht hatte. Zu Unrecht, wie er heute wusste. Es war nicht Sivards Schuld gewesen, dass seine Frau sich das Leben genommen hatte. Frederiks Mutter war depressiv gewesen. Sivard hatte für sie sein Bestes gegeben, doch es hatte eben nicht gereicht.

Im letzten Jahr war Frederik seinem Vater wiederbegegnet. Sivard hatte ihn eingeladen, ihn zu besuchen, und Frederik hatte es ernsthaft vorgehabt, doch dann hatte er entdeckt, dass sein Vater eine neue Familie hatte.

Aber was hatte er denn erwartet, dreißig Jahre nachdem seine Mutter gestorben war? Sein Vater war damals noch ein junger Mann gewesen. Hätte er den Rest seines Lebens als Einsiedler verbringen sollen?

Trotzdem hatte Frederik das Gefühl, nicht mehr dazuzugehören. Er blickte von draußen durchs Fenster seines Elternhauses, Sivard saß drinnen in der Küche mit seiner neuen Frau und seinen neuen Kindern. Frederik war nur noch ein Zuschauer. Er hatte sich selbst ins Abseits katapultiert.

Mats hatte nur die Augenbrauen gehoben, als Frederik ihm davon erzählte. Er war Frederiks Freund, nicht sein Therapeut, konnte aber trotzdem nicht anders, als das, was Frederik ihm erzählte, durch die Brille des Psychologen zu betrachten. Mats brauchte nichts zu sagen; Frederik wusste selbst, dass er über seinen Schatten springen musste. Aber bisher hatte er es nicht geschafft.

Frederik merkte, dass er weit abgeschweift war, und konzentrierte sich wieder auf seinen Vorgesetzten.

»Ich sehe mir die Sache an«, versprach er Birger und beendete das Gespräch.

Emma schaute mit großen Augen zu ihm auf. Sie hatte mittlerweile ihre Sprache wiedergefunden nach dem Vorfall mit Ekström im letzten Sommer, doch sie gab nur selten eine Äußerung von sich. Nicht, dass sie vorher sonderlich mitteilsam gewesen wäre, aber jetzt schien es, als müsse sie noch gründlicher über alles nachdenken und ihre Kontakte zur Außenwelt noch sorgfältiger abwägen.

Frederik ging vor ihr in die Hocke. »Ich muss los«, sagte er. »Da ist jemand gestorben. Ich muss herausfinden, was passiert ist.«

In Emmas Blick veränderte sich nichts. Sie schien durch ihn hindurchzusehen. Erst nach einer gefühlten Ewigkeit nickte sie. Dann wandte sie sich ab und begann, den Containerlader auseinanderzubauen.

Frederik lächelte, weil es ihn rührte, mit welcher Ernsthaftigkeit Emma sich ihrem Spielzeug widmete. Er ging zur Tür, schlüpfte hinaus und zog die Tür leise hinter sich zu.

Emma machte es ihm nie schwer. Es gab kein Gejammer und Geschrei, wenn er sie allein ließ. Allerdings auch keinen Blick, den sie ihm nachwarf, kein Küsschen, das sie ihm zum Abschied auf die Wange hauchte.

Kurz streifte ihn ein Gefühl der Traurigkeit und Leere. Dann lief er entschlossen nach draußen.

Dies war nicht der Moment, um über sein eigenes Schicksal nachzugrübeln. Nur ein paar Kilometer Luftlinie von hier lag ein toter Mann am Strand. Ihm würde jetzt Frederiks Aufmerksamkeit gelten.

Lea Ekström stand auf dem verglasten Balkon im ersten Stock der Villa und schaute in den Garten, in dem sich hier und da das erste junge Grün hervorwagte. Sie selbst traute sich nicht nach draußen. Sie fürchtete sich vor den Blicken, wenn man ihr ins Gesicht sah oder ihren hinkenden Gang bemerkte. Dabei war sie einmal eine wirklich schöne Frau gewesen, mit ihren langen, glänzenden braunen Locken, den braunen Augen mit den goldenen Sprenkeln darin und den geschmeidigen Bewegungen einer Tänzerin.

Sie wandte sich von den Vorboten des Frühlings ab und ging zurück in den Raum, in dem sie seit dem letzten Sommer den Großteil ihrer Tage verbrachte. Der Balkon fühlte sich zu sehr nach einem Käfig an. Die ganze Welt lag vor ihr, aber die gläserne Trennwand verhinderte, dass sie nach dem Leben griff.

Das Zimmer war hell, mit weiß gestrichenen Wänden, cremefarbenen Möbeln und hellen Regalen, die mit langen Reihen von Büchern gefüllt waren, die einzigen Welten, in die sie fliehen konnte. Aber Lea hatte bereits zu viel Zeit in diesem Raum verbracht. Sie war von einer inneren Unruhe erfasst worden, die sich nicht mehr bändigen ließ.

Ihr Herz schlug schneller als gewöhnlich, ihre Wangen brannten, und ihre Hände waren feucht. Seit Jahren unterdrückte sie ihre Gefühle, ihre Wünsche, ihren Widerstand. Frederik hatte ihr mehr als einmal gesagt, dass ihr das irgendwann nicht mehr gelingen würde. Probleme, die man unter den Teppich kehrte, tauchten irgendwann wieder auf. Gefühle, die man verdrängte, brachen eines Tages erneut hervor, mächtiger, als sie es jemals gewesen waren.

Er hatte natürlich recht, doch was nützte diese Erkenntnis? Es gab nichts, das Lea an ihrem Leben ändern könnte.

Früher war sie gerne ausgegangen, zum Einkaufen in die Stadt, zum Bummeln durch den Park oder an den Kanälen entlang, oder, ihr größtes Vergnügen, ins Theater. Dort hatte sie Frederik kennengelernt, der in der langen Schlange vor der Kasse gewartet hatte in der Hoffnung, doch noch eine Karte zu ergattern, obwohl die Vorstellung bereits ausverkauft war. Arvid hatte an diesem Abend keine Lust gehabt, sie zu begleiten, und Frederik mit seinem wundersamen Gespür für das Ungesagte hatte ihr offenbar angesehen, dass sie eine überzählige Karte in der Handtasche trug, aber nicht den Mut besaß, sie laut zum Kauf anzubieten.

Er hatte seinen Platz in der Schlange und damit die Hoffnung auf eine Restkarte aufgegeben und war zu ihr gekommen. Sein Blick hatte ihr Leben verändert. Gemeinsam hatten sie sich das Stück angesehen und hinterher noch einen Kaffee zusammen getrunken, keinen Wein, aus dem sie sich beide nichts machten. Sie hatte sich in ihn verliebt, und eine Zeit lang waren sie glücklich gewesen, doch dann war alles nur noch schlimmer geworden.

Lea war schwanger geworden und hatte ein Mädchen auf die Welt gebracht, dem man sofort angesehen hatte, dass es anders war. Emma.

Arvid war zornig gewesen und hatte dafür gesorgt, dass Emma in ein Heim kam, sobald sie laufen gelernt hatte. Im letzten Jahr hatte Lea versucht, gemeinsam mit Emma zu fliehen, doch sie hatte es nicht geschafft. Nun war sie wieder bei Arvid, und Emma war sein Pfand. Wenn Lea nicht tat, was er wollte, würde Emma dafür bezahlen.

Deshalb ging Lea auch nicht mehr aus dem Haus. Früher hatte sie das einfach tun können, doch seit dem letzten Sommer ließ Arvid sie überwachen. Keine unbeschwerten Spaziergänge in Göteborg mehr, keine Kaffeekränzchen mit Freundinnen oder ihren Eltern, keine gestohlenen Stunden in Frederiks kleinem Haus direkt am Waldrand in Forsbäck. Die einzigen Momente, in denen sie sich ungestört mit Frederik treffen konnte, waren bei Emma im Heim in Lilleby. Auch dorthin folgten ihr Arvids Wachhunde, doch sie betraten das Heim nicht. Vermutlich machte ihnen die Vorstellung Angst, dass sie dort auf geistig beeinträchtigte Menschen treffen könnten. Dabei gab es niemanden auf der Welt, der geistig derart beeinträchtigt war wie Arvid. Er war abgrundtief böse, ohne Skrupel, ohne Gewissen. Ein Despot oder, wie Frederik es ausdrückte, ein Soziopath.

Aber wie immer man ihn nennen wollte, er war Leas gesetzlich angetrauter Ehemann. Lea hatte oft daran gedacht, ihren Eltern zu verraten, wie Arvid sie behandelte, aber sie hatte es nicht getan. Ihre Eltern würden es nicht einfach hinnehmen, und Arvid würde sie dafür büßen lassen, wenn sie sich gegen ihn stellten.

Nein, sie hatte sich dieses Leben selbst eingebrockt, und sie musste auch allein damit zurechtkommen.

Lea ging in das kleine Badezimmer, das direkt an die Bibliothek angrenzte, und ließ sich kaltes Wasser über die Handgelenke laufen, eine Methode, die ihre beruhigende Wirkung ebenso verfehlte wie die Yoga-Übungen, an denen Lea sich versucht hatte, die Entspannungsmusik oder das straffe Training auf dem Crosstrainer, der im Zimmer nebenan stand. Arvid geizte nicht mit Luxus in Leas Gefängnis. Das Einzige, was ihr fehlte, war die Freiheit.

Leas Blick fiel auf ihr Gesicht im Spiegel. Die Haut um ihr linkes Auge herum hatte sich lila verfärbt, über die rechte Wange zog sich eine tiefe rote Schramme. Sie stammte von dem scharfkantigen Siegelring, den Arvid am rechten Ringfinger trug. Wie so oft hatte er zuerst mit der flachen Hand zugeschlagen, eine Ohrfeige, die exakt auf Wange und Auge landete, und danach mit der Rückseite der Hand das Gleiche auf der anderen Seite wiederholt, nur ein wenig tiefer, damit der Stein nicht ihr Auge traf. Das war es, was Arvid auszeichnete und so gefährlich machte. Selbst wenn er rasend vor Zorn war, kontrollierte er die Gewalt, die er ausübte, mit beängstigender Präzision. Zum Abschluss hatte er ihr, als sie schon am Boden lag, so brutal auf den rechten Knöchel getreten, dass eine Sehne gerissen war, weshalb sie seit zwei Wochen nur noch humpeln konnte.

Aber sie war ja selbst schuld. Sie wusste, dass er Widerworte hasste. Sie hätte ihre Meinung zu der Frage, die er ihr gestellt hatte, einfach für sich behalten sollen. Doch das war genau das

Problem. Trotz allem, was Arvid ihr antat, verstummte ihre innere Stimme nicht. Arvid mochte auf sie einschlagen, aber ihren Lebenswillen hatte er bisher nicht zerstören können. Noch nicht. Lange würde sie dieses Leben allerdings nicht mehr ertragen können, das spürte sie.

Vielleicht war das der Grund, weshalb sie sich entschieden hatte, eine Sache zu klären, die sie schon lange mit sich herumtrug. Frederik hatte sie oft danach gefragt, aber sie hatte ihm die Auskunft immer verweigert. Nicht, weil sie ihm die Wahrheit nicht sagen wollte, wie er glaubte, sondern weil sie die Antwort selbst nicht kannte.

Lea ging die Treppe ins Wohnzimmer hinunter, wo das Telefon stand. Arvid hatte einen Geschäftstermin, und das Telefon zumindest überwachte er bisher nicht. Lea hatte das getestet, indem sie die Nummer der Telefonseelsorge gewählt hatte. Gesagt hatte sie nichts, aber wenn Arvid davon erfahren hätte, hätte er sie mit Sicherheit nach dem Anlass für diesen Anruf ausgequetscht.

Sie nahm das Mobilteil aus der Station und tippte die Nummer ein, die sie auswendig gelernt hatte. Ihr Smartphone wollte sie lieber nicht verwenden, weil es über denselben Netzanbieter lief wie Arvids Mobiltelefone. Ihr Mann kontrollierte regelmäßig die Abrechnungen für alle Geräte und würde sich über die Nummer wundern. Außerdem argwöhnte sie, dass Arvid gelegentlich auch ihre Chats und ihre Suchanfragen im Internet kontrollierte. Sie hätte das geheime Handy benutzen können, das Frederik ihr besorgt hatte, doch das Risiko, es aus dem Versteck zu holen, war ihr zu groß. Es war ihr kostbarster Besitz, und sie benutzte es ausschließlich für die gelegentlichen nächtlichen Gespräche mit Frederik, wenn Arvid im Bett lag. Aber es gab andere Wege, mit der Welt in Kontakt zu treten.

Die Anzeige des Instituts hatte sie in der Zeitung gefunden, die Anfrage hatte sie mit der Post geschickt. Umschläge und Briefmarken gab es in Arvids Arbeitszimmer. Solange er nicht zu Hause war, war die Tür abgeschlossen, aber in der Nacht, wenn er schlief, konnte Lea den Schlüssel aus seinem Sakko nehmen und sich besorgen, was sie brauchte. Eingeworfen hatte sie das Kuvert in Emmas Heim in Lilleby.

Erst als sie die Nummer bereits gewählt hatte, fiel ihr ein, dass am Sonntag vermutlich niemand dort sein würde. Anders als Arvids Firma hatte ein solches Institut sicherlich geregelte Arbeitszeiten.

Lea wollte den Anruf gerade abbrechen, als sich eine freundlich-professionelle Frauenstimme meldete. Offenbar gab es einen Wochenenddienst. Lea nannte ihren Namen und erklärte ihr Anliegen.

»Einen Moment bitte«, sagte die Frau.

Lea vernahm das Klappern einer Tastatur und hoffte, dass Arvid nicht gerade jetzt nach Hause käme.

»Frau Ekström? Hören Sie?«, meldete sich die Frau wieder.

»Ja?«

»Es ist leider niemand im Haus, mit dem ich Sie verbinden könnte. Ich selbst bin bedauerlicherweise nicht befugt, Ihnen Auskunft zu erteilen. Aber morgen früh wird jemand da sein. Könnten Sie dann bitte noch einmal anrufen?«

Lea wollte nachfragen, ob denn die Ergebnisse schon vorlagen, doch in diesem Moment erklang ein Geräusch von der Haustür her.

»Ja, vielen Dank«, verabschiedete sie sich eilig und stellte das Mobilteil zurück in die Station.

Gerade noch rechtzeitig. Im nächsten Augenblick öffnete sich die Wohnzimmertür, und Arvid trat ein.

Lea schaute auf das scharf geschnittene Gesicht, die eisblauen Augen unter den streng zurückgekämmten blonden Haaren und den schmalen, harten Mund. Irgendwann einmal hatte sie sich in diesen Mann verliebt. Arvid war intelligent und eloquent, und er konnte ausgesprochen charmant sein, wenn es seinen Interessen diente. Arvid hatte ihr die Welt zu Füßen gelegt, und Lea hatte sich von ihm einfangen lassen.

Arvid erwiderte ihren Blick, und sie sah die Begierde in seinen Augen aufblitzen. »Hallo, mein Schatz. Hast du auf mich gewartet?«

Lea trat auf ihn zu und strich ihm über die Brust. »Ja«, flüsterte sie. »Ich hatte Sehnsucht nach dir.«

Arvid legte seine Lippen auf ihre, und Lea erwiderte seinen Kuss.

Sie verspürte kein Verlangen danach, mit ihm zu schlafen, aber sie wusste aus Erfahrung, dass es weniger wehtat, wenn sie sich ihm freiwillig hingab. Passieren würde es ohnehin. Arvid nahm sich immer, was er wollte.

4

Alles lief wie in einem Nebel ab. Die Feier in der kleinen Kapelle. Die Prozession über den Friedhof, vorbei an den langen Reihen von Gräbern, alle mit den gleichen grauen Steinen eingefasst. Mit langsamen, gemessenen Schritten über die grauen Pflastersteine, an den schroffen Felsen entlang, die sich rechts von ihnen erhoben, zwischen den Statuen und den Bäumen hindurch. Göteborgs Västra Kyrkogården war ein Friedhof, der dem Begriff der letzten Ruhe angemessen war. Aber sie wollte nicht hier sein.

Wollte nicht zusehen, wie man den Sarg in die Grube hinabließ. Nicht die Worte auf den bunten Schleifen an den unzähligen

Kränzen lesen, die die Mitarbeiter des Bestattungsinstituts herangeschleppt hatten. Und vor allem nicht den Namen auf dem schlichten Holzkreuz am Kopfende des frisch ausgehobenen Grabs, das anstelle des Steins dort stand, der noch nicht fertig war.

Natürlich nicht. Das alles brauchte Zeit. Und das Unglück war erst wenige Tage zuvor geschehen.

Seit dem Moment, als man ihr die Nachricht überbracht hatte, schienen sich ihre Gedanken wie durch zähen Brei zu bewegen. Noch immer kam ihr alles wie ein böser Traum vor. Es konnte einfach nicht wahr sein. Es durfte *nicht wahr sein!*

Und doch stand dort auf dem Kreuz der Name ihres Mannes. Es war sein Bild, das in der hellen weißen Kapelle auf dem kleinen Tisch neben dem Sarg gestanden hatte.

Casper Nordin.

Geboren in einer kalten Winternacht in Björlanda. Gestorben an einem herrlichen Sommertag auf dem Meer. Er war nur vierunddreißig Jahre alt geworden.

Astrid spürte, wie sich alles in ihr zusammenzog. Ihr Magen. Ihre Kehle. Ihr Herz.

Eine Hand legte sich warm auf ihre Schulter. Sie gehörte ihrem Schwager Halvar. Er kümmerte sich um sie und die Jungen. Sie selbst wäre dazu nicht in der Lage gewesen. Jede Bewegung kam ihr vor, als hätte sie Bleigewichte an Händen und Füßen. Sie konnte nicht kochen, aufräumen, waschen. Und erst recht nicht trösten.

Dabei brauchten ihre Söhne genau das. Sie waren dabei gewesen, hatten gesehen, wie ihr Vater gestorben war. Fühlten sich schuldig. Auch Halvar fühlte sich schuldig, dabei hätte er nichts tun können. Er hatte alles versucht. Es war ein tragisches Unglück gewesen.

Ob sie jemals darüber hinwegkommen würden?

Sie merkte, dass alle sie ansahen, etwas von ihr erwarteten. Der

Pastor streckte ihr die Schaufel entgegen, mit der sie Erde auf den Sarg werfen sollte. Vor allen anderen, weil sie seine Frau gewesen war.

Die wenigen Schritte fühlten sich an, als würde sie durch eine starke Strömung waten. Sie zog Anders hinter sich her, der sich an ihren Ärmel klammerte und sie nicht loslassen wollte. Sixten folgte dahinter, steif wie ein Brett, die Arme seitlich an den Körper gepresst.

Sie ließ die Rose los, die sie die ganze Zeit in der Hand gehalten hatte. Sah zu, wie sie auf den Sarg fiel. Helles Holz, so wie es Casper vermutlich gefallen hätte. Sie hatten nie über dieses Thema gesprochen. Warum auch? Sie waren jung. Obwohl Casper ständig in Krisengebieten unterwegs gewesen war. Gefährliche Aufträge angenommen hatte. Wie oft hatte sie nachts vor lauter Sorgen kein Auge zugetan, weil sie sich vorgestellt hatte, wie um ihn herum Bomben fielen. Mit Maschinengewehren geschossen wurde. Aber er war nicht das Opfer eines fernen Krieges geworden. Nicht von einer verirrten Kugel getroffen oder von einer heimtückischen Tretmine zerfetzt worden. Er war vor der eigenen Haustür gestorben, im friedlichen, sicheren Schweden. Auf dem Boot, das er so sehr geliebt hatte.

Astrid nahm endlich die Schaufel, die der Pfarrer ihr unverwandt hinhielt. Sein Blick war mitfühlend, doch es lag auch Ungeduld darin. Für ihn war das hier Routine. Er musste weiter, der nächste Trauerfall, die nächste Bestattung. Dieser Tod war nur einer von vielen.

Für sie dagegen war es das Ende der Welt.

Sie warf drei Schaufeln Erde auf den Sarg.

Tuva Nordin stand in dem großen Raum, der Wohnzimmer, Werkstatt und Küche in einem war, und betrachtete die unfertige Skulptur. Den Mann, der auf einem Klotz saß, die Finger beider Hände an die Stirn gepresst. Das Gesicht war ihr vertraut. Es gehörte ihrem Ehemann Sixten Nordin.

Wie jedes Mal, wenn sie hier bei Anders war, quälte sie das schlechte Gewissen. Trotzdem kam sie immer wieder. Sie liebte Sixten, aber er konnte ihr nicht das geben, was sie brauchte. Kein einzelner Mann konnte das. Tuvas Bedürfnis, mit einem anderen Menschen zu verschmelzen, war einfach zu groß.

Sixten ahnte nichts davon. Er selbst wäre nie auf den Gedanken gekommen, sie zu betrügen, dazu war er viel zu korrekt. Er konnte sich sicher auch nicht vorstellen, dass sie es tat. Für ihn war sie ein Engel, eine Person ohne jeden Makel. Sixten vergötterte sie. Das genau war das Problem.

Tuva hatte viel Zeit und etliche Sitzungen bei einer Therapeutin damit verbracht, der Sache auf den Grund zu gehen. Sie begriff nicht, was ihr fehlte. Ihre Kindheit war unbeschwert und glücklich gewesen. Sie hatte keine Misshandlungen und keinen Missbrauch erlebt. Dennoch gab es irgendwo in ihrem Inneren diese dunkle Seite, die Sixten nicht befriedigen konnte.

Irgendwann war sie zu der Einsicht gelangt, dass es das Beste war, ihrem Bedürfnis einfach zu folgen. Solange Sixten nichts davon erfuhr, schadete es ihm nicht. Im Gegenteil. Ihre kleinen außerehelichen Abenteuer sorgten dafür, dass ihre Beziehung stabil blieb.

Ein Risiko war allerdings, dass ihre Gelegenheitsliebhaber mit dieser Rolle nicht zufrieden waren, und es war ausgesprochen ungut, dass ausgerechnet Sixtens eigener Bruder dazugehörte. Sie hätte sich besser außerhalb der Familie umgesehen, doch der Reiz bei Anders lag genau darin, dass er Sixten in manchen Dingen so unheimlich ähnlich war, während er in anderen das genaue Gegenteil ihres Mannes war.

Anders trat hinter sie und legte die Hände auf Tuvas Schultern. Langsam ließ er sie über den Stoff des karierten Flanellhemds gleiten, das er ihr geborgt hatte. Erst über die Oberarme, dann über die Brüste und von dort zum Bauchnabel. Er küsste ihren Hals und streifte ihr das Hemd ab. Darunter war sie nackt.

Anders drehte sie zu sich herum und zog sie in seine starken Arme. Er trieb keinen Sport, aber die tägliche Arbeit mit Hammer, Stechbeitel, Säge und anderen Werkzeugen erforderte Muskelkraft, umso mehr, je härter das Holz war. Anders liebte hartes Holz, wahrscheinlich weil sein Schaffen nicht nur Kunst, sondern auch Kampf war, ein Kampf vor allem gegen sich selbst, wie Tuva mutmaßte. Anders mochte es, sich zu verausgaben, und das nicht nur bei der Arbeit.

Als sie am Morgen zu ihm gekommen war, hatte er ausgesehen, als hätte er die ganze Nacht kein Auge zugetan. Was wahrscheinlich auch zutraf. Nach seinem Auftritt auf der Feier hatte er zu Hause sicher noch mehr getrunken als gewöhnlich.

Tuvas Entschluss, ihn zu besuchen, war spontan gefallen. Als sie aufgewacht war, hatte sie die Betthälfte neben sich leer vorgefunden, wie so oft. Wenn Sixten im Stress war, schlief er meistens im Gästezimmer, um sie nicht zu stören. Tuva wusste das zu schätzen. Schwere Gedanken führten bei Sixten dazu, dass er sich unablässig im Bett herumwälzte, sodass nicht nur er selbst, sondern auch sie keinen Schlaf fand. Zugleich beraubte es sie beide allerdings auch der Möglichkeit, den Stress auf angenehme Weise abzubauen.

Nach dem Eklat auf der Jubiläumsfeier wunderte es sie allerdings nicht, dass er nicht zu ihr gekommen war. Beinahe fluchtartig hatte er das Fest verlassen und war noch nicht zurück gewesen, als Tuva spät in der Nacht schließlich zu Bett gegangen war.

Tuva hatte versucht, die böse Ahnung zu verdrängen, die sie erfasst hatte, aber so ganz war es ihr nicht gelungen. Was, wenn es stimmte und Sixten die Firma tatsächlich in ernste Schwierigkeiten gebracht hatte? Tuva wollte lieber nicht daran denken, welche Konsequenzen das für sie alle hätte.

Die Sehnsucht, die sie, allein in ihrem Schlafzimmer, erfasst hatte, war größer gewesen als jede Vernunft. Und die Gelegenheit war günstig. Sixten war nicht da, und die Kinder waren bei Tuvas Eltern in Lindberg. Tuva hatte sie früh am Samstagmorgen dorthin gebracht. Sie sollten nicht gestört werden vom Partylärm vom nahe gelegenen Werftgelände und erst recht nicht von irgendwelchen Betrunkenen, die sich womöglich in den Garten der beiden Villen verirrten. Vor allem sollten sie nicht unfreiwillige Zeuginnen eines möglichen Stelldicheins ihrer Mutter werden. Man wusste schließlich nie, welche Gelegenheiten sich auf einer solchen Feier boten.

Aber es hatte sich nichts ergeben.

Also war Tuva zu Anders gegangen. Die Mädchen würde sie am Abend in Lindberg abholen. Tilde und Greta fühlten sich bei ihren Großeltern wohl, die eine Apfelplantage besaßen, und sie liebten es, ihrer Oma Hedvig im Hofladen und ihrem Opa Wilmer auf der Plantage zu helfen.

Sixten beanstandete manchmal, dass die Mädchen sich mehr für die Apfelwirtschaft als für die Werft interessierten, dabei waren sie doch die Zukunft des Unternehmens. Anders hatte keine Kinder, und Sixtens Stiefbruder ebenfalls nicht. Lasse selbst schied ohnehin als Nachfolger aus. Er war kein echter Nordin, und er war, soweit Tuva das einschätzen konnte, noch weiter vom Weg abgekommen als Anders.

Tuva verzichtete gewöhnlich darauf, Sixtens Bedenken zu kommentieren, aber heimlich hatte sie sich schon manches Mal gefragt, was denn wohl an der Werft besser war als am Apfelhof ihrer Eltern. Hedvig und Wilmer hatten schließlich auch nur eine Tochter, und sie wünschten sich ebenfalls, dass der Betrieb in der Familie blieb. Doch das war ein Thema, über das sie jetzt nicht nachdenken wollte.

Anders drängte sie rückwärts in den winzigen Schlafraum. Die Laken auf dem schmalen Bett waren zerwühlt, Bettdecke und Kissen lagen achtlos beiseitegeschleudert auf dem Boden. Ihr erstes Zusammentreffen war wie immer heftig gewesen, schnell, hemmungslos und wild. Erst beim zweiten Mal nahm Anders sich mehr Zeit. Sanft und vorsichtig wie Sixten war er dabei dennoch nicht. Auch jetzt warf er Tuva ohne große Umstände aufs Bett und kniete sich zwischen ihre Schenkel.

Tuva hatte sich schon oft gefragt, was sie an Anders reizte. Er war meistens betrunken, ein stark behaarter, bärtiger Mann, der im Chaos hauste. Nie im Leben hätte Tuva mit ihm zusammenleben wollen. Aber Anders war eine Naturgewalt. Tuva mochte es, wie er sie anfasste. Besitzergreifend und ein wenig grob, mit einem untrüglichen Gespür für ihre besonders reizempfindlichen Punkte.

Anders' blaue Augen, die genauso aussahen wie die von Sixten, blitzten auf sie herab, und Tuva spürte, wie die Hitze durch ihren Körper schoss.

»Nimm mich«, hauchte sie.

Anders ließ sich nicht lange bitten.

5

Die Strände von Lilleby und Sillvik lagen auf der Meerseite der Insel Hisingen. Dass es tatsächlich eine Insel war, sah man eigentlich nur beim Blick auf die Landkarte. Die Insel wurde von zwei Flüssen begrenzt, die abseits der Mündungen kaum hundert Meter breit waren, dem Göta älv im Süden und Osten und dessen rechtem Arm Nordre älv im Norden. Im Westen ragte die Insel weit in das Kattegat.

Faktisch war es ein dicht besiedeltes Gebiet im Nordwesten von Göteborg, mit der Stadt und dem Umland verbunden durch etliche Brücken. Im Süden verlief die Provinzstraße 155 zum Fähranleger in Hjuvik, der die Inseln des nördlichen Göteborger Schärengartens mit dem Straßennetz verband. Im Fall des verschwundenen Mädchens vor zwei Jahren hatten Frederik und seine Leute diese Fähren nach Öckerö, Björkö und Kalvsund oft benutzt.

Zwischen Lilleby und Göteborg befanden sich der Göteborger Seehafen, das anschließende Gewerbegebiet und das ausgedehnte Gelände des Volvo-Werks Torslanda. Erst dahinter traf man wieder auf dünn besiedelte Gegenden, wie sie für die Küste typisch waren. Zwischen Lilleby und Sillvik führte der Lillebyvägen vorbei an schroffen Felsformationen, über sanfte Hügel und durch lichte Laubwälder, bis man schließlich ans Meer kam.

Auf halbem Weg erreichte man die Abzweigung zu Göteborgs Campingplatz.

Frederik fuhr mit dem Elektroroller direkt aufs Gelände, zwischen den hübschen Cottages und den wenigen Wohnmobilen hindurch, die sich auf der freien Fläche verteilten, bis zu den Einsatzfahrzeugen.

Neben dem Wagen der Reichspolizei stand eine uniformierte Beamtin. Auf dem Rücksitz konnte Frederik zwei junge Frauen ausmachen. Die Auffindungszeuginnen vermutlich. Frederik würde sich später um sie kümmern. Zuerst musste er sich den Toten ansehen.

Die uniformierten Kollegen hatten den Strand bereits weiträumig abgesichert. Das weiß-blaue Flatterband mit der Aufschrift »Polizeiabsperrung« zog sich von der Wasserkante bis zu dem Weg, der zum Campingplatz führte, und auf der anderen Seite bis zu den flachen Felsen. Zusätzlich hatten sich die beiden Rettungssanitäterinnen in ihren gelb-grünen Uniformen vor dem Toten postiert, während ein Polizist in blauer Uniform darüber wachte, dass sich keiner der Schaulustigen Zutritt verschaffte oder Aufnahmen schoss, die sich später in den Medien oder den sozialen Netzwerken wiederfanden. Der Anblick hatte etwas Verstörendes, das frühlingshafte Schärenidyll im Kontrast mit den Requisiten von Polizei und Rettungssanitätern. Wie eine makabre Fotomontage.

Ob die Zuschauer das auch so empfanden?

Viele waren es zum Glück nicht. Ende März hatte die Saison noch nicht begonnen. Den meisten Urlaubern war es zu kalt zum Campen. In den beheizbaren Cottages konnte man es allerdings auch zu dieser Jahreszeit gut aushalten. Die Männer und Frauen, von denen etliche jene bunten Steppwesten trugen, die in der besseren Gesellschaft so beliebt waren, wohnten sicherlich dort.

Frederik nahm seine Umhängetasche aus dem Fach unter der Sitzbank und verstaute dann seinen Helm darin. Er zeigte dem Polizisten seine Dienstmarke, der daraufhin das Absperrband anhob, damit Frederik den Unglücksort betreten konnte.

Während er auf die beiden Rettungssanitäterinnen zuging, nahm er die Umgebung in Augenschein. Felsen, Sand und Steine. Allesamt schlechte Spurenträger. Wenn sich hier ein Verbrechen ereignet hatte, würde die Suche nach dem Täter schwer werden.

»Hey.« Die jüngere der beiden Sanitäterinnen hob grüßend die Hand. Ihre dicken blonden Haare waren zu einem Zopf geflochten, der ihr über den Rücken hing. Sie lächelte, aber ihre Augen waren traurig.

»Hey. Ich bin Frederik Forsberg von der Reichspolizei Göteborg. Danke, dass ihr gewartet habt.«

»Die Einsatzleitung hat uns gesagt, es dauert nicht lange«, erklärte die ältere Sanitäterin, die ebenfalls blond war, aber eine praktische Kurzhaarfrisur trug. »Der Notarzt ist schon weg, weil er nichts mehr ausrichten konnte.« Sie reichte Frederik das Formular, das der Arzt ausgefüllt hatte. »Wir müssen dann auch wieder los.«

»Klar.« Frederik überflog das Blatt, auf dem der Arzt »unnatürliche Todesursache, vermutlich Tod durch Ertrinken« notiert hatte, faltete es zusammen und verstaute es in seiner Umhängetasche. Anschließend ging er neben dem Toten in die Hocke, schaute ihm in die Augen und befühlte seine Gliedmaßen. »Irgendetwas Ungewöhnliches?«

»Die Wunde am Hinterkopf«, sagte die junge Sanitäterin. »Könnte von einem Unfall, aber auch von einem Schlag herrühren.«

Frederik begab sich auf die andere Seite und sah sich die Sache an.

Die Ältere schüttelte den Kopf. »Ich glaube das nicht«, stellte sie klar. »Ich denke, er hat sich die Verletzung im Wasser zugezogen. Aber bei Toten auf öffentlichem Grund müssen wir immer die Polizei informieren, genau wie bei unnatürlicher Todesursache. Wir haben uns einfach nur an die Vorschriften gehalten.«

»Was denkt ihr, was passiert ist?«

Die ältere Sanitäterin hob die Hände. »Das, was oft geschieht, wenn Menschen nicht aufpassen. Wir sehen das ständig. Die Leute feiern und kommen auf verrückte Ideen. In der Nacht schwimmen zu gehen zum Beispiel. Jetzt, im März. Da ist es stockfinster, und das Wasser ist viel zu kalt, selbst wenn man so einen Neoprenanzug trägt. Der Mann hat wahrscheinlich im Wasser die Orientierung verloren. Vielleicht hatte er Alkohol getrunken und war benebelt. Dann ist er mit dem Kopf irgendwo angeschlagen, bewusstlos geworden und unter die Oberfläche geraten.«

»Okay.« Frederik nahm sein Notizbuch aus der Umhängetasche und schrieb sich rasch ein paar Stichworte auf. Die Überprüfung des Blutalkohols gehörte zum Standardprogramm bei der Obduktion, die in diesem Fall nötig war. Nur dem Augenschein nach war nicht zu klären, ob der Mann bei einem Unfall ums Leben gekommen war oder ob Fremdverschulden vorlag. »Danke.« Frederik lächelte die beiden Frauen an. »Wir kümmern uns um alles Weitere.«

Er ließ sich die Namen und Dienstnummern der Sanitäterinnen geben und verabschiedete sich dann von ihnen. Während sie zurück zum Rettungswagen liefen, verstaute er das Notizbuch, holte sein Smartphone hervor und rief Birger an.

Sein Vorgesetzter nahm das Gespräch entgegen, ohne dass Frederik auch nur einmal den Klingelton gehört hätte.

»Frederik, hey. Bist du auf dem Campingplatz? Was ist dein Eindruck?«

»Das endgültige Urteil überlasse ich Torvald«, sagte Frederik. Torvald Hedlund war der Rechtsmediziner, der für gewöhnlich die Außeneinsätze übernahm. Frederik hatte schon oft mit ihm zusammengearbeitet und schätzte seine ruhige Art und seine Fachkompetenz. »Aber wenn du eine erste Einschätzung willst:

Der Mann war irgendwann in den letzten Stunden im Wasser. Drei bis fünf, würde ich schätzen. Sein Neoprenanzug ist noch feucht.« Je nach Zusammensetzung des Materials und Außentemperatur trocknete Neopren unterschiedlich schnell, das wusste Frederik aus den Jahren, in denen er es mit Paddeln und Windsurfen probiert hatte, ehe er sich für ein Segelboot entschieden hatte, für das man kein spezielles Equipment brauchte außer Bootsschuhen mit weißen Sohlen, um das Deck nicht zu beschädigen.

»Das heißt, er ist in den frühen Morgenstunden angespült worden? Oder war er schwimmen und man hat ihn anschließend niedergeschlagen?«

»Eher nicht. Die Totenstarre ist voll ausgeprägt, nicht nur im Kiefer und in den kleinen Gelenken, sondern im gesamten Körper.«

»Also ist der Tod vor mindestens zwölf bis vierzehn Stunden eingetreten. Deutlich vor dem Zeitpunkt, zu dem er aus dem Wasser an den Strand gelangt ist.« Birger Holm war mit den grundlegenden rechtsmedizinischen Fakten ebenso vertraut wie Frederik. »Woran ist er gestorben?«

»Er hat Einblutungen im Bindegewebe der Augen. Und einen Schaumpilz vor dem Mund.«

»Also Tod durch Ertrinken.«

»Das ist die vorläufige Diagnose des Notarztes, aber wir müssen natürlich abwarten, ob wir bei der Obduktion Wasser in der Lunge finden. Ich vermute, der Mann war aufgrund der Kopfverletzung bewusstlos. Wahrscheinlich ist er unter Alkoholeinfluss schwimmen gegangen und dabei verunglückt. Oder er hat sich die Verletzung bei einem Bootsunfall zugezogen. Wobei es in diesem Fall ein kleineres Wasserfahrzeug gewesen sein müsste. Auf einer Segeljolle oder einem großen Schiff trägt man keinen Neoprenanzug.«

Möglichkeiten gab es viele. Einem Einhandsegler konnte bei einem ungeschickten Wendemanöver der Baum gegen den Kopf prallen. Ein unerfahrener Windsurfer konnte beim Sturz von seinem eigenen Segel getroffen werden. Ein Kanute konnte kentern und sich unter Wasser den Kopf an einem Felsen anschlagen, genau wie ein Kitesurfer, Stand-up-Paddler oder Jetskifahrer. Das jeweilige Equipment könnte abgetrieben worden sein. Jeder Polizist hier an der schwedischen Westküste wusste, dass die Strömung auf einen menschlichen Körper auf andere Weise einwirkte als auf einen Schwimmkörper, sodass Leiche und Fahrzeug nicht notwendigerweise an derselben Stelle angespült wurden. Frederik würde die Kollegen von der Polizeiregion West und der Wasserschutzpolizei bitten, den gesamten Küstenbereich inklusive der Inseln von Marstrand im Norden bis nach Asperö im Süden sowohl vom Land als auch vom Wasser aus sorgfältig abzusuchen.

»Wir können allerdings auch nicht ausschließen, dass ihn jemand niedergeschlagen und anschließend ins Wasser geworfen hat«, fügte Frederik hinzu. »Wobei sich dann die Frage stellt, weshalb er einen Neoprenanzug trägt.«

»Gut.« Frederik hörte, wie Birger auf seiner Tastatur tippte. »Ich schicke dir die Rechtsmedizin und die Spurensicherung. Und den Bestatter natürlich.« Die Tippgeräusche verstummten kurz. »Soll ich auch jemanden aus deinem Team informieren?«

Frederik wandte sich von dem Toten ab und schaute über das blaue Wasser des Kattegats, das in der Sonne leuchtete. Sein Team, das Birger vor zwei Jahren auf die Schnelle neu hatte zusammenstellen müssen, war eine Ansammlung von Problemfällen. Sie hatten sich zusammengerauft, aber es war nach wie vor schwierig. Birger hatte ihm schon des Öfteren angeboten, personelle Veränderungen vorzunehmen, doch Frederik hatte abgelehnt. Er wollte es mit diesen Menschen schaffen. So wie in den alten Zeiten mit Torun, die wie alle Mitglieder seines früheren Teams bei einem Einsatz ums Leben gekommen war, würde es ohnehin nie wieder werden.

»Lass uns erst einmal abwarten. Solange die Möglichkeit besteht, dass es ein Unfall war, komme ich allein zurecht.«

»Gut.« Birger betätigte wieder ein paar Tasten. »Melde dich, wenn du mehr weißt.«

»Sicher.« Frederik verabschiedete sich und beendete das Gespräch. Dann machte er sich auf den Weg zum Polizeiwagen, um mit den beiden Auffindungszeuginnen zu sprechen.

Wilmer Nilsson spähte aus dem kleinen Küchenfenster in den Garten, wo die Kinder spielten. Beide waren blond und blauäugig wie ihre Eltern, aber damit endeten die Gemeinsamkeiten auch schon.

Die achtjährige Tilde war ein schwedisches Mädchen wie aus dem Bilderbuch. Auf dem Haar, das sie zu zwei ordentlichen Zöpfen geflochten hatte, saß ein gewundener Blumenkranz. Tilde trug ein hübsches weißes Kleid und rosafarbene Ballettschläppchen. Mit grazilen Sprüngen hüpfte sie über die Wiese, in den Händen zwei lange rosafarbene Bänder, die hinter ihr herflatterten.

Die sechsjährige Greta dagegen trug Jeans, Turnschuhe und ein knallrotes T-Shirt mit einem blauen Einhorn auf der Brust. Ihre Haare waren kurz und standen in alle Richtungen vom Kopf ab. Sie saß auf der Schaukel, die Wilmer an einem Ast im Apfelbaum befestigt hatte, und schwang sich in beängstigende Höhen. Wenn Tuva gesehen hätte, was ihre Tochter trieb, wäre sie sicherlich eingeschritten, aber Wilmer war der Ansicht, dass Kinder ihre eigenen Erfahrungen machen mussten. Greta war ein Wildfang. Sie hatte sich schon einige Male heftig auf die Nase gelegt, aber sie stand immer sofort wieder auf. Sie heulte nicht, sondern wischte sich nur mit dem Ärmel das Gesicht ab und machte weiter.

Wilmer wurde es stets warm ums Herz, wenn er die beiden beobachtete. Er hätte nicht sagen können, welche seiner Enkelinnen ihm lieber war. Jede von ihnen war etwas ganz Besonderes, genau wie ihre Mutter, seine Tochter Tuva.

Wilmer wandte sich vom Fenster ab und schaute zu seiner Frau, die am Herd stand. Hedvig war eine ältere und etwas rundlichere Ausgabe von Tuva. Beide hatten die gleichen herrlichen blonden Locken, auch wenn sie bei Hedvig mittlerweile gefärbt waren, das gleiche warmherzige, mütterliche Wesen und das gleiche Talent, die Menschen in ihrer Umgebung für sich einzunehmen. Wilmer hatte ebenfalls ein großes Herz, was er aber nicht gerne zeigte, sondern lieber hinter der Fassade des wortkargen, knorrigen Apfelbauern versteckte. Es war gut, dass Hedvig den Hofladen schmiss; er selbst hätte vermutlich kaum etwas verkauft.

In der Pfanne brutzelten Fischstäbchen, im Ofen bräunte ein riesiger Berg Pommes frites. Das war nicht gerade ein typisches schwedisches Sonntagsessen, aber die Mädchen liebten es. Und für ihre Enkelinnen taten Hedvig und Wilmer fast alles.

Seine Frau lächelte ihn an. »Holst du die Mädchen rein? Sie sollen sich die Hände waschen. Das Essen ist gleich fertig.«

Wilmer nickte und trat in den Flur, doch ehe er die Haustür erreichte, klingelte das Telefon auf der Anrichte. Wilmer machte einen Schritt zurück und nahm den Hörer ab.

»Hier ist Wilmer.«

»Wilmer. Halvar hier.«

»Halvar.« Wilmer mochte den Stiefvater seines Schwiegersohns. Halvar war genau wie Sixten ein ruhiger, bescheidener Mann, der seine Arbeit mit großem Ernst verrichtete. Obwohl die Werft einen Umsatz machte, der den ihres Apfelhofs sicher um das Zehn- bis Fünfzigfache überstieg, begegneten sich die Männer auf Augenhöhe. Halvar hatte Wilmer sogar schon manches Mal um Rat gefragt, wenn es Schwierigkeiten mit den Arbeitern gab. Halvar schätzte Wilmers Menschenkenntnis und die ruhige Gelassenheit, mit der er dem Leben begegnete. Halvar selbst schien immer ein wenig unschlüssig.

Das war das Einzige, was Wilmer an ihm störte und wohl auch der Grund war, warum sie keine engen Freunde geworden waren: Halvar schien sich immer noch nicht kompetent genug zu fühlen, um einen Betrieb zu leiten, dabei war er doch studierter Bootsbauingenieur und Betriebswirt. Dennoch plagte sich Halvar aus irgendeinem für Wilmer unverständlichen Grund ständig mit Selbstzweifeln.

Was natürlich daran liegen konnte, dass Astrid genau wie ihr Vater Gustav jeden seiner Schritte mit Argusaugen überwachte. Jedenfalls hatte sie das bis zu dem Moment getan, als sie krank geworden war. Nun hatten sie dieses Damoklesschwert über sich schweben, und da war es wahrscheinlich wirklich nicht leicht, zu entscheiden, wie man sich richtig verhielt.

Vielleicht lag es aber auch daran, dass Halvar nie das Gefühl losgeworden war, nur die zweite Wahl zu sein. Nach dem schrecklichen Unfall damals hatte er sich um Astrid und die Jungen gekümmert, und für Gustav war er mit Sicherheit der bessere Schwiegersohn, auch wenn er genau wie sein Bruder Casper nur der Sohn eines Werftarbeiters war. Aber zumindest einer, der eine anständige Ausbildung hatte und nicht als Journalist durch die Weltgeschichte tingelte.

Halvar hatte gemeinsam mit Astrid in den letzten zwanzig Jahren die Geschicke der Werft erfolgreich gelenkt und den Umsatz sicherlich verdoppelt oder gar verdreifacht. Aber es war Astrid gewesen, die die Entscheidungen getroffen hatte, und Halvar war trotz aller Kompetenz immer der Mann in der zweiten Reihe geblieben. Und als sie dann die Diagnose bekommen hatte, hatte sie ihre Aufgaben nicht an Halvar übertragen, sondern an ihren Sohn Sixten. Vermutlich hatte Halvars Selbstbewusstsein darunter noch einmal gelitten.

»Was sagst du?« Wilmer war so in seine Gedanken vertieft gewesen, dass er Halvar nicht zugehört hatte.

»Ob du weißt, wo Sixten ist. Oder Tuva.«

»Nein.« Wilmer war verwundert. Gestern war doch das große Firmenjubiläum gewesen. Sicher hatte man bis spät in die Nacht gefeiert, und die ganze Familie hatte sich gesehen. Was mochte so dringend sein, dass Halvar schon vor dem Mittagessen nach seinem Stiefsohn suchte?

»Es gab einen kleinen Vorfall gestern auf der Feier«, erklärte Halvar. »Sixten ist wutentbrannt davongestürmt. Ich dachte, er kommt zurück, wenn er sich ein wenig beruhigt hat. Aber als ich eben zu ihnen hinübergegangen bin, war niemand zu Hause, Sixten nicht und Tuva auch nicht. Ich dachte, sie haben sich vielleicht schon auf den Weg gemacht, um die Kinder abzuholen, deshalb rufe ich an.«

Wilmer verspürte einen kleinen Stich. Hedvig und er hatten sich auf den Sonntag mit den Mädchen gefreut. Es wäre schade, wenn Tuva und Sixten sie schon zur Mittagszeit abholten. Es war auch anders vereinbart gewesen. Aber tatsächlich hatte Halvar ja auch nichts dergleichen gesagt. Er fragte nur.

»Nein. Tuva wollte heute Abend kommen. Sie hat auch nicht davon gesprochen, dass Sixten sie begleiten würde.«

»Sie sind also nicht bei euch?«

»Nein.« Wilmer trat ungeduldig von einem Fuß auf den anderen. »Warum rufst du sie nicht einfach auf dem Handy an?« Er selbst stand mit diesen Geräten auf Kriegsfuß und besaß auch keines, anders als Hedvig, die für ihre Tochter und ihre Enkelinnen, die natürlich ebenfalls schon ein eigenes Smartphone hatten, jederzeit erreichbar sein wollte, aber für einen Geschäftsmann wie Halvar gehörte so ein Ding natürlich zum Alltag.

»Das habe ich selbstverständlich versucht«, entgegnete Halvar und klang ein wenig gekränkt. »Aber ich lande bei beiden nur auf der Mailbox.«

»Vielleicht haben sie es ausgeschaltet. Oder der Akku ist leer.« Das waren die Argumente, die Hedvig präsentiert bekam, wenn sie ihre Tochter oder die Mädchen nicht erreichen konnte.

»Sixten schaltet sein Handy nie aus«, entgegnete Halvar. »Und er achtet akribisch darauf, dass die Ladung des Akkus nie unter fünfzig Prozent fällt.«

Wilmer überlegte. Er wusste, dass Halvar recht hatte. Schließlich fiel ihm die Lösung ein.

»Dann ist er auf dem Wasser«, sagte er. »Mit dem Brett. Da kann er das Handy schlecht mitnehmen.« Oder war es dafür jetzt im März noch zu kalt?

»Ja«, bestätigte Halvar. »Das wird es wohl sein.«

»Wilmer?«, ertönte Hedvigs Stimme aus der Küche. »Wo bleibt ihr denn?«

Wilmer deckte die Sprechmuschel mit der Hand ab. »Ich komme gleich«, rief er zurück. »Ich habe Halvar am Telefon.«

»Grüß ihn. Und beeil dich«, entgegnete seine Frau. Wilmer hörte das Klappern aus der Küche. Offenbar holte Hedvig bereits die Pommes frites aus dem Ofen und gab die Fischstäbchen auf einen Teller. Er nahm die Hand wieder von der Sprechmuschel.

»Halvar?« Er fühlte sich im Zwiespalt. Einerseits wollte er gerne wissen, was auf der Feier vorgefallen war. Wenn Halvar so dringend mit seinem Stiefsohn reden wollte, dass er am Sonntag hinter ihm hertelefonierte, musste es etwas Ernstes sein. Aber er wollte auch Hedvig und die Mädchen nicht warten lassen. Sie würden ihm nicht verzeihen, wenn am Ende seinetwegen das Essen kalt wurde. »Ich rufe dich später wieder an, ja?«

Er wartete Halvars Anwort nicht ab, sondern legte einfach den Hörer auf und eilte in den Garten.

»Tilde! Greta! Das Essen ist fertig«, rief er.

Nur Sekunden später waren die beiden Mädchen bei ihm und schlangen ihm ihre dünnen Arme um Brust und Bauch. Wilmer tätschelte ihnen die Köpfe.

»Schnell nach oben, Hände waschen«, sagte er. »Oma wartet schon.«

Er sah ihnen nach, wie sie ins Haus und die Treppe nach oben hüpften, und brummte zufrieden. Den Anruf von Halvar hatte er schon fast wieder vergessen.

Frederik ging zu dem Polizeifahrzeug, das hinter dem Rettungswagen geparkt war. Die Türen auf der Beifahrerseite standen offen. Auf den Sitzen hockten zwei junge Frauen, Mitte zwanzig vielleicht, die Gesichter nach draußen auf den Leichenfundort gerichtet. Beide wirkten verstört und hatten gerötete Augen.

Die Frau auf dem Rücksitz hatte ihre Füße auf den Boden vor dem Wagen gestellt und die Hände zwischen die Beine geschoben. Die langen braunen Haare reichten ihr weit über die Schultern und ließen ihr Gesicht noch schmaler und blasser wirken, als es ohnehin schon war. Die Frau auf dem Beifahrersitz hatte ihre Füße auf den Türschweller gestützt und starrte auf ihre Arme, die sie um die Knie geschlungen hatte. Ihre kurzen roten Haare sahen aus, als hätte sie mit beiden Händen darin gewühlt.

Frederik trat zu der Beamtin, die neben dem Wagen stand. Sie war jung, mit einem frischen Gesicht und kurzen blonden Haaren, die unter der Uniformmütze hervorblitzten. Frederik blieb neben ihr stehen und blickte zu den beiden Frauen im Wagen.

Er musste nichts sagen, die Polizistin verstand ihn auch so.

»Sie wollten nicht auf der Rückbank sitzen bleiben«, erklärte sie. Dort hatten die beiden Frauen gesessen, als Frederik am Leichenfundort eingetroffen war. »Die Rothaarige sagte, sie brauche frische Luft. Ich habe versucht, sie auf die beiden anderen Plätze zu bugsieren, aber das haben sie abgelehnt. Ich habe ihnen auch angeboten, den Wagen an einen anderen Ort zu fahren. Aber sie wollten hierbleiben. Die Rothaarige hat gesagt, sie müssten es sehen, damit sie es begreifen können.«

Frederik nahm sein Notizbuch aus der Umhängetasche. »Niemand macht dir einen Vorwurf.«

Die Polizistin zückte ebenfalls ihr Notizbuch. Auch dieses Mal wusste sie, was Frederik wollte, ohne dass er sie darum bitten musste.

»Die Rothaarige heißt Jule Döring. Sie ist vierundzwanzig Jahre alt. Die Brünette ist Paulina Jacobs, dreiundzwanzig Jahre alt. Die beiden stammen aus Hamburg und studieren an der Technischen Universität Hamburg-Harburg Schiffbau und Meerestechnik.«

Frederik nickte und schrieb sich die Informationen auf. Die Polizistin sprach den deutschen Ortsnamen auf eine Weise aus, die ihn zum Schmunzeln reizte, aber er korrigierte sie nicht.

»Die beiden sind seit zwei Wochen entlang der Westküste unterwegs und haben sich verschiedene Werften angesehen«, berichtete die Beamtin weiter. »Zuletzt waren sie in Björlanda in der Nordin-Werft. Bei Sixten Nordin, dem Toten.«

Frederik hob die Augenbrauen. Es war eine Sache, eine angespülte Leiche am Strand zu finden, aber noch einmal etwas ganz anderes, wenn es ein Mensch war, den man gekannt hatte.

»Danke.« Frederik klappte sein Notizbuch zu und trat zu den Frauen. »Hey«, sagte er und wartete, bis sie ihn beide ansahen. »Ich bin Frederik Forsberg von der Reichspolizei Göteborg«, stellte er sich dann auf Deutsch vor. »Ich würde Ihnen gern ein paar Fragen stellen.«

Die beiden Frauen wirkten erleichtert, dass er ihre Muttersprache beherrschte, auch wenn sie sich vermutlich ebenso gut auf Englisch hätten verständigen können. Aber in einer Situation, die emotional derart belastend war, bot die vertraute Sprache Trost, und die Gefahr, dass wichtige Details durch Übersetzungsfehler verloren gingen, war deutlich geringer.

Frederik erkundigte sich zunächst nach der Reise der beiden, dem Datum der Überfahrt von Kiel aus, den Stationen entlang der schwedischen Westküste und den Werften, die sie besucht hatten. Es war wichtig, eine Verbindung zu ihrer Lebensrealität vor dem traumatischen Erlebnis herzustellen, damit sie ihr inneres Gleichgewicht wiederfanden. Anschließend ließ er sich die Auffindesituation schildern.

»Ich wollte es einfach nicht glauben«, brachte Jule mit krächzender Stimme hervor. Ihr Blick war immer noch starr, aber sie schaffte es zumindest, ihre Augen auf Frederik zu fokussieren. »Ich dachte, er kann es nicht sein. Aber er war es.«

»Sixten Nordin«, ergänzte Paulina, die sich besser im Griff zu haben schien und die Fakten referierte, während Jule ganz in ihren Gefühlen gefangen war.

»Wir haben ihn gestern erst getroffen«, berichtete Jule. »Er hat uns den ganzen Betrieb gezeigt und alles erklärt, obwohl er eigentlich gar keine Zeit hatte. Die hatten am Abend eine Feier, ein Firmenjubiläum.«

»Fünfundsiebzig Jahre«, ergänzte Paulina. »So lange gibt es *Nordins Schiffs- und Bootsbau* schon.«

Frederik nickte. Er hatte in der Zeitung davon gelesen. Es hatte ihn daran erinnert, dass er den Kontakt zu seinem Vater wieder aufnehmen wollte, aber der Impuls hatte nicht ausgereicht, um es wirklich zu tun.

»Da war unglaublich viel Betrieb, Leute, die Stehtische aufgebaut haben, und eine Cateringfirma, die Unmengen von Essen rangeschleppt hat«, berichtete Jule. »Richtig teures Zeug, Hummer und Langusten und Kaviar und kistenweise Champagner. Die müssen ein Vermögen machen in der Werft.«

»Zumindest wollten sie, dass es so aussieht«, bemerkte Paulina.

»Klar«, stimmte Jule zu. »Da geht es ums Prestige. Wenn nicht alles vom Feinsten ist, kommen schnell Gerüchte auf, dass die Firma in Schwierigkeiten steckt, und dann brechen mir nichts, dir nichts die Aufträge weg. Das hat Herr Nordin selbst gesagt, oder nicht?«

»Ja«, bestätigte Paulina.

»Welchen Eindruck hatten Sie von Sixten Nordin?«, erkundigte sich Frederik. »War er ausgeglichen? Besorgt? Hat er sich auf das Fest gefreut?«

Die beiden Studentinnen tauschten einen raschen Blick und sahen dann zu der Gruppe hinüber, die den Toten umringte.

»Sie meinen, er hat sich umgebracht?«, fragte Paulina.

Frederik musste das Bild, das vor seinem inneren Auge entstand, gewaltsam zurückdrängen. Er selbst, der Zwölfjährige, der durch das flache Wasser stürmte, auf die Person zu, die an der Oberfläche trieb, die langen blonden Haare wie ein Fächer auf den Wellen ausgebreitet. Seine Mutter, die sich das Leben genommen hatte. Frederik wusste, dass er an dem Trauma arbeiten musste, aber hier war weder die Zeit noch der Ort dafür.

»Darauf gibt es bisher keinen Hinweis«, entgegnete er. »Das muss die Rechtsmedizin klären. Im Augenblick sammeln wir nur Informationen.«

Die beiden Schiffbaustudentinnen nickten.

»Er war total nett«, berichtete Jule. »Er wirkte gar nicht wie ein Firmenchef, eher wie ein Tutor, trotz des teuren Anzugs. Er war ja auch noch nicht so alt. Anfang dreißig, schätze ich. Er hat erzählt, dass er die Firma übernommen hat, weil seine Mutter krank ist. Bis vor ein paar Jahren hat sie die Geschäfte geführt.« Sie zögerte. »Das ist jetzt nur ein Gefühl, aber mir kam es so vor, als würde er sich irgendwie überfordert fühlen.«

Frederik machte sich Notizen und dachte zugleich an den Mann, der tot am Strand lag. Mittelgroß und schmal, mit dünnem blondem Haar, das ihm in die Stirn hing, und blauen Augen, die verwaschen aussahen. Er machte keinen besonders durchtrainierten Eindruck. Das Alter hatte Frederik nicht schätzen können, weil das Gesicht von der Liegezeit im Wasser aufgedunsen war, aber Jules Schätzung mochte hinkommen. Frederik meinte sich zu erinnern, dass der alte Gustav Nordin gut zehn Jahre älter war als Frederiks eigener Vater Sivard, der im August seinen fünfundsechzigsten Geburtstag feiern würde. Dementsprechend war Astrid Nordin vermutlich ungefähr zehn Jahre älter als Frederik selbst, Anfang fünfzig also, und ihr Sohn wiederum zehn bis fünfzehn Jahre jünger als Frederik, also Anfang bis Mitte dreißig.

Was mochte das für eine Krankheit sein, die Astrid Nordin zwang, schon lange vor dem Rentenalter die Geschäftsführung abzugeben?

»Haben Sie das auch so empfunden?«, fragte er Paulina.

Die junge Frau zog ihre Hände zwischen den Beinen hervor und strich sich die langen braunen Haare nach hinten.

»Nein«, sagte sie, nachdem sie einen Moment nachgedacht hatte. »Ich fand ihn souverän. Bescheiden und sachlich, keiner, der sich aufplustert und Sprüche klopft, aber ich glaube, er hatte alles im Griff. In Schweden ist das anders, da hauen die Leute nicht so auf den Putz wie in Deutschland, oder?«

Frederik lächelte. Paulina hatte recht; das war einer der Unterschiede zwischen den Ländern und ein Grund, warum Frederik sich in Schweden wohler fühlte. Man legte hier mehr Wert auf ein offenes Miteinander, und das aggressive Streben nach Macht war weniger verbreitet.

»Ja«, sagte er. »In der Regel ist das so.«

Er stellte noch ein paar weitere Fragen, zu den Menschen, die den beiden Frauen außer Sixten Nordin auf der Werft begegnet waren, und nach Beobachtungen, die sie vielleicht gemacht hatten, aber es kam nicht viel dabei heraus. Möglicherweise würden sie sich später noch an Details erinnern, wenn der Schock abgeklungen war, doch für den Moment gab die Befragung nichts mehr her.

»Wo werden Sie die nächsten Tage verbringen?«, erkundigte Frederik sich.

Jule schaute in die Richtung, in der sich die Ferienhäuser und Wohnmobile befanden.

»Eigentlich wollten wir noch eine Woche hier Urlaub machen und uns Göteborg und den Schärengarten ansehen. Aber jetzt würde ich am liebsten sofort nach Hause fahren. Ich meine … wenn wir das dürfen.«

Frederik lächelte. Der Satz »Halten Sie sich zu unserer Verfügung« war ein Klassiker des deutschen Fernsehkrimis, obwohl er in Deutschland ebenso wenig der Realität entsprach wie in Schweden.

»Selbstverständlich«, erklärte er. »Ich gebe Ihnen meine Karte, dann können Sie mich anrufen, falls Ihnen noch etwas einfällt. Ihre Kontaktdaten haben wir ja bereits. Sie müssten nur noch bei einer Polizeistation haltmachen und das Protokoll Ihrer Aussagen unterschreiben, aber das sollte in einigen Stunden fertig sein. Wenn Sie wollen, erwischen Sie heute Abend noch die Fähre nach Kiel.«

Er wollte noch etwas hinzufügen, doch in diesem Moment bemerkte er die Fahrzeugkolonne, die sich von den Bungalows her näherte. Der dunkelblaue Volvo Kombi des Rechtsmediziners, zwei Busse der Spurensicherung und ein Leichenwagen. Es war besser, wenn die beiden Studentinnen den Schauplatz verließen, ehe die Kollegen mit ihrer Arbeit begannen.

Frederik verabschiedete sich von den Frauen und bat die Beamtin, die ein Stück abseits gewartet hatte, die beiden zu ihrem Wohnmobil zu begleiten. Einen Moment sah er ihnen hinterher und dachte darüber nach, wie es sich anfühlen mochte, wenn eine so freudig begonnene Reise ein so jähes und erschreckendes Ende fand. Vermutlich würden sie Hilfe brauchen, um das Trauma zu verarbeiten. Frederik griff nach seinem Mobiltelefon, kontaktierte den Leiter des zuständigen Polizeireviers und bat ihn, dafür zu sorgen, dass ein Polizeipsychologe vor Ort war, wenn die Studentinnen ihr Protokoll unterschrieben. Dann wandte er sich der Gruppe zu, die mit ihren Koffern auf ihn zukam, die Kriminaltechniker mit langen Schritten vorneweg, Torvald Hedlund, der Rechtsmediziner, mit dem ruhigen Ernst, mit dem er jedem Toten begegnete, dahinter. Die beiden Bestatter blieben bei ihrem Wagen. Sie wussten, dass ihr Einsatz erst anstand, wenn die Untersuchung des Rechtsmediziners und die Spurensicherung an der Leiche abgeschlossen waren.

Frederik begrüßte die Kollegen und kleidete sich gemeinsam mit ihnen ein. Weißer Schutzanzug mit Kapuze, blaue Latexhandschuhe und gleichfarbige Überzieher für die Schuhe. Anschließend gingen sie gemeinsam zum Leichenfundort und begannen mit ihrer Arbeit.

6

Sie müssen darüber reden.

Das war der Standardsatz ihrer Therapeutin. Aber sie konnte es nicht. Sie hatte es damals nicht gekonnt, als das Unglück geschehen war, und sie konnte es heute ebenso wenig.

Das Thema war tabu. Auch wenn sie alle wussten, dass es die Wurzel des Übels war.

Aber was sollte es nützen, darüber zu sprechen? Was geschehen war, war geschehen. Sixten und Anders hatten ihren Vater verloren. Sixten hatte sich immer mehr in sich zurückgezogen. Er war seit jeher ein stiller Junge gewesen, doch jetzt konnte man kaum noch darüber hinwegsehen, dass er sich ungewöhnlich verhielt für einen Vierzehnjährigen. Andere Jungen in seinem Alter fingen an, die Welt zu erobern. Mit ihren Eltern zu streiten. Sich für Mädchen zu interessieren.

Sixten dagegen saß Stunde um Stunde in seinem Zimmer und las. Oder er war auf der Werft und ließ sich von Halvar alles erklären, was man über Boote wissen musste. Irgendwann hatte sie nachgesehen, was es war, das er so gierig verschlang. Keine Krimis oder Liebesromane, wie sie angenommen hatte, keine Fantasiewelten, in die er sich flüchtete, sondern Fachbücher. Mathematik und Mechanik, Holzbearbeitung und Schiffbau. Er wollte ein unzerstörbares, unsinkbares Boot konstruieren. Es war natürlich nicht schwer zu erraten, woher dieser Wunsch rührte. Aber wenn das seine Art war, den schweren Schicksalsschlag zu verarbeiten, was war daran schlecht?

Nicht altersgemäß fand es ihre Therapeutin. Vielleicht hatte sie recht. Aber wie sonst sollte ein Junge damit umgehen, dass er seinen Vater verloren hatte? Er wurde eben früher erwachsen.

Sie hatte auch nicht die Zeit, sich darum zu kümmern, und womöglich auch nicht das Talent. Sie war nicht der warmherzige Muttertyp, bei dem die Jungen unter den Rock kriechen konnten. Das war sie nie gewesen. Casper war der Kuschelbär gewesen, der Vater, der sie auf den Schoß genommen, mit ihnen gebalgt und geschmust hatte. Astrid war in einem Elternhaus groß geworden, in dem es allein um Leistung ging. Sie kannte es nicht anders. Und sie wollte es auch nicht anders.

Ihr Halt war die Werft. Sie leitete sie nach wie vor, und daran würde sich auch nichts ändern.

Es war Halvar, der oft vorbeikam, um nach den Jungen zu sehen. Eigentlich verbrachte er seit dem Unglück fast seine gesamte Freizeit bei ihnen. Seine Beziehung war daran zerbrochen. Meret hatte es nicht ertragen, dass er sich nur noch um Astrids Familie kümmerte, aber nicht um sie und seinen eigenen Sohn. Irgendwann war sie einfach abgehauen und hatte Lasse bei Halvar zurückgelassen.

Jetzt lebte Lasse bei Emil und Rut, den Eltern von Casper und Halvar, doch die beiden kamen mit dem wilden Jungen nicht zurecht. Soweit Astrid gehört hatte, war Lasse schon mehrfach von der Polizei abgeholt worden. Weshalb genau, hatte sie nicht herausgefunden. Halvar ließ sich dazu nicht aus. Sie hatte auch nicht weiter nachgehakt.

Schließlich hatte sie ihren eigenen Problemfall in der Familie. Ihr jüngerer Sohn Anders war in der Schule ein paarmal beim Rauchen erwischt worden, und sie selbst hatte Alkohol in seinem Zimmer gefunden. Dabei war er gerade erst zwölf. Sie hatte keine Ahnung, wie er an das Zeug gekommen war, und er selbst schwieg sich beharrlich aus. Er war nicht frech und aggressiv wie Lasse, doch er war ebenso wenig zu bändigen wie sein zwei Jahre älterer Cousin.

Ihre Therapeutin sagte ihr immer wieder, dass sie öfter Zeit zu

Hause verbringen müsse, aber sie konnte es nicht. Stattdessen lud sie sich immer mehr Arbeit auf und überließ Halvar die Erziehung der Jungen.

Bestimmt war das ein Fehler. Aber für alles andere fehlte ihr die Kraft.

Zuerst dachte sie, das Geräusch käme von einer der Installationen in Anders' Garten. Sein Hauptwerk waren zwar gemarterte Gestalten aus Hartholz, aber gelegentlich wechselte er auch den Arbeitsplatz und zog aus dem Haus in den Bootsschuppen. Dort lagerte nicht nur sein Werkzeug für die Wartung seines Hochleistungsjetskis, es gab auch eine Werkbank mit einer ganzen Reihe von Löt- und Schweißgeräten. Hinter dem Schuppen sammelte Anders alle möglichen Holz- und Metallabfälle, von gebrochenen Masten bis zu rostigen Ankern, und wenn er eine Abwechslung von den gepeinigten Figuren suchte, baute er seltsame Gebilde aus Holz und Metall, ein Zwischending zwischen Skulptur und Mobile mit beweglichen Teilen. Wenn der Wind aus Westen kam, ratterte und schepperte es hinter dem Haus, als würden sich Roboterarmeen eine Schlacht liefern.

Doch dieses Mal waren es nicht die störrischen Kunstwerke. Irgendjemand klopfte an die Haustür.

Tuva richtete sich auf und rüttelte den Mann, der neben ihr schnarchte, an der Schulter. Sie mussten eingeschlafen sein, nachdem sie sich vollkommen verausgabt hatten. »Anders.«

Anders Nordin öffnete träge die Augen und blinzelte. »Tuva.« Er lächelte breit.

»Da ist jemand an der Tür.« Tuva zog die Bettdecke höher, weil Anders die Hand nach ihrer Brust ausstreckte.

»Na und? Ich will niemanden sehen.« Anders zupfte an der Decke. »Nur dich.«

Wieder klopfte es an der Tür, und dieses Mal ertönte auch

eine Stimme. Tuva fuhr der Schreck in die Glieder. Das war Astrid, ihre Schwiegermutter!

Sie musste hier weg!

Rasch streifte sie die Decke ab und sprang aus dem Bett. Mit einem Blick sah sie, dass sich keines ihrer Kleidungsstücke in Anders' winzigem Schlafzimmer befand. Sie erinnerte sich: Als sie am frühen Morgen zu ihm gekommen war, hatten sie sich gleich nach dem Schließen der Tür die Kleider vom Leib gerissen. Sie lagen verstreut in Anders' Wohn- und Arbeitsraum, wahrscheinlich über sämtliche Stühle und Sessel verteilt. Als sie ihre erste Gier gestillt hatten, hatte Tuva einfach eines von Anders' Flanellhemden übergestreift, die er bei der Arbeit trug. Sie hatten einen Kaffee getrunken und eine Weile auf dem Sofa gesessen, und dann hatte Tuva sich Anders' neue Skulptur angesehen. Wenig später hatten sie wieder im Bett gelegen.

Das Klopfen an der Tür gewann an Intensität, und die Stimme wurde lauter.

»Anders! Ich weiß, dass du da bist. Ich komme jetzt rein.«

Tuva, die bereits ein paar Schritte in den Wohnraum hinein gemacht hatte, drehte sich rasch um und floh zurück ins Schlafzimmer. Sie hatte komplett vergessen, dass Anders niemals die Haustür abschloss. Normalerweise wartete Astrid dennoch darauf, dass er ihr öffnete, aber heute schien ihr Anliegen dringlich zu sein. Wahrscheinlich hatte es irgendetwas mit dem Eklat gestern auf der Feier zu tun. Warum hatte sie, Tuva, das nicht vorausgesehen? Auf keinen Fall hätte sie ausgerechnet heute zu Anders gehen dürfen!

»Anders, tu irgendwas!«, wisperte Tuva. »Astrid darf mich hier nicht sehen.«

Anders grinste. »Das wäre ein Schock für sie. Die Schwiegertochter im Bett des falschen Sohnes.«

Tuva zitterte vor Angst, aber ihr entging trotzdem nicht die

Bitterkeit in Anders' Stimme. Sie kannte auch den Grund. Dass er nicht Tuvas Ehemann war, war nur der eine Teil des Problems. Der andere war, dass er im Gegensatz zu Sixten mit seinem Leben gescheitert war, jedenfalls in Astrids Augen.

Anders angelte sich Boxershorts von dem schmalen Regal an der Wand, das den Kleiderschrank ersetzte, der hier keinen Platz gefunden hätte, dazu ein hellblaues, von bunten Farbflecken übersätes Hemd. Er bedeckte seine Blöße und streifte das Hemd über die Schultern. Die Knöpfe ließ er offen.

Tuva hörte, wie sich die Haustür öffnete, und gleich darauf das Geräusch von Krücken auf den Holzdielen.

»Anders.« Astrids Stimme drang aus dem Nebenraum zu ihnen.

»Ich bin hier.« Er trat aus dem Schlafzimmer in den Wohnraum und drückte die Tür so weit zu, wie es ging. Ganz schließen ließ sie sich nicht, weil sich das Holz verzogen hatte.

Tuva schlang die Bettdecke um sich und huschte zur Tür. Sie presste sich an die Wand und sah durch den Spalt, wie Anders auf seine Mutter zuging. Auf halbem Weg nahm er eine Schnapsflasche vom Tisch und setzte sie an den Mund.

»Mutter.« Er stellte die Flasche zurück und wischte sich mit dem Handrücken über die Lippen. »Was kann ich für dich tun, so früh am Tag, noch vor Mittag?«

»Ich suche Sixten.«

»Hier?« Tuva konnte es von ihrem Posten aus nicht sehen, war sich aber sicher, dass Anders die Augenbrauen hochzog. Das Verhältnis zu seinem Bruder war problematisch, und nach dem Streit auf der Feier gestern umso mehr. Es war in der Tat seltsam, dass Astrid ihn ausgerechnet bei Anders vermutete. Die beiden Brüder mieden den Kontakt zueinander. Für Sixten war Anders ein undankbarer Schmarotzer, der sich auf Kosten der Familie ein bequemes Leben machte, und er verachtete ihn dafür, dass er trank. Für Anders wiederum war Sixten ein Spießer, dem er außerdem die Frau neidete.

Tuva selbst war davon ausgegangen, dass Sixten bereits in der Firma war, aber das war offensichtlich nicht der Fall. Sicher hatte Astrid dort nachgesehen, ehe sie sich auf den beschwerlichen Weg zu Anders gemacht hatte.

»Er ist weder zu Hause noch im Büro. Halvar war schon dort. Ohne Erfolg.«

»Dann wird er rausgefahren sein. Es ist Sonntag.«

Sixtens einziges Hobby bestand darin, gelegentlich mit dem Stand-up-Paddelbrett eine Runde auf dem Kattegat zu drehen.

»Das haben wir auch in Erwägung gezogen. Aber mittlerweile müsste er längst zurück sein. Es sei denn, er macht einen Besuch. Bei dir zum Beispiel.«

»Warum sollte er?« Anders wies mit der Hand zum Sofa, doch Astrid blieb stehen, obwohl sie sich mit sichtlicher Mühe auf ihre Krücken stützte.

»Um sich mit dir auszusprechen natürlich. Es ist nicht Sixtens Art, einen Streit im Raum stehen zu lassen, das weißt du doch wohl.«

»Sicher. Sixtens Harmoniebedürfnis ist legendär.« Anders griff wieder nach der Schnapsflasche. »Aber er ist nicht hier.« Er trank einen Schluck und legte den Kopf schief. »Weshalb sucht ihr ihn überhaupt so dringend, Halvar und du?«

»Weil die Behörden im Gegensatz zu dir kein Wochenende machen«, versetzte Astrid Nordin kühl. Obwohl ihr Gesicht vom Kortison aufgeschwemmt, ihr Körper durch die Medikamente aus der Form geraten war und ihr Hals fast aus dem Ausschnitt des schwarzen Kostüms quoll, strahlte sie auch an diesem Morgen die Unerbittlichkeit der Firmenchefin aus, die Tuva schon seit jeher Unbehagen bereitet hatte. Weil Astrid nicht nur ihre Untergebenen, sondern auch ihre Schwiegertochter und ihre Enkelinnen mit diesem Blick musterte, vor dem niemand bestehen zu können schien. Niemand außer Halvar und Sixten, die so perfekt waren. Zumindest äußerlich.

Anders war bei alldem die Ausnahme. Er war das schwarze Schaf der Familie, der Versager, die gescheiterte Existenz, aber Astrid überhäufte ihn trotzdem mit all ihrer Liebe, so wie es eine Mutter eben mit ihren Kindern tat. Nur dass Astrid davon abgesehen überhaupt nichts Mütterliches an sich hatte, ganz anders als Tuvas Mutter. Ein Grund, warum die Mädchen ihrer Großmutter Hedvig vom Apfelhof weitaus mehr zugetan waren als der *Werft-Oma*, wie die sechsjährige Greta ihre Großmutter Astrid ein wenig despektierlich nannte.

Heute allerdings hatte Astrid auch für Anders keine warme Geste und kein mütterliches Wort. Ihre blauen Augen waren hart wie Stahl. Der Nordin-Blick, mit dem sich Geschäftspartner in die Knie zwingen ließen. Alle Nordins hatten diese blauen Augen, vom Großvater Gustav über seine Tochter Astrid bis zu den Söhnen Sixten und Anders, und auch bei Tuvas Kindern hatte sich diese Farbe, das Nordin-Blau, durchgesetzt.

Anders ließ sich davon nicht beeindrucken. »Was soll das bedeuten?«, erkundigte er sich und strich sich die langen Haare aus der Stirn.

»Wir haben die Zollfahndung im Haus«, antwortete Astrid hart.

Anders grinste. »So?« Er ließ sich in seinen Sessel sinken und bot seiner Mutter mit einer ungeduldigen Geste erneut einen Platz auf dem Sofa an.

Astrid stützte sich schwer auf die Krücken und bewegte sich mit mühsamen Schritten zu dem Sitzmöbel. Es war kaum mit anzusehen, welche Schwierigkeiten es ihr bereitete, Platz zu nehmen. Tuva empfand tiefes Mitleid, das allerdings in der nächsten Sekunde von blanker Panik abgelöst wurde.

Auf dem freien Platz auf dem Sofa, direkt neben Astrid, lag Tuvas Bluse. Sie war ein Geschenk von Sixten, grün, mit Rüschen und Bändern verziert. Tuva besaß sie noch nicht so lange, drei oder vier Monate vielleicht, und sie hatte sie auch noch nicht oft getragen. Aber hatte Astrid sie tatsächlich noch nie gesehen? Oder hatte Tuva sie mal bei einem ihrer Familientreffen angezogen? Normalerweise speisten sie sonntags gemeinsam in der Villa ihrer Schwiegereltern, und Astrid legte bei diesen Anlässen Wert auf angemessene Kleidung.

Was, wenn sie die Bluse erkannte?

Tuva verfluchte sich selbst, dass sie so leichtsinnig gewesen war.

Ein Besuch bei Anders, an einem Sonntag, am Tag nach dem Firmenjubiläum, das komplett aus dem Ruder gelaufen war!

War sie denn völlig verrückt geworden? Wollte sie unbedingt ihre Familie zerstören?

Sie liebte Sixten doch. Er war der Mann, mit dem sie alt werden wollte, und er war der Vater ihrer Kinder.

Tuva faltete die Hände.

Wenn es dieses eine Mal noch gut ging, wenn Astrid sie nicht entdeckte, wenn sie nicht herausfand, was Tuva getan hatte, dann würde sie sich nie wieder mit einem anderen Mann treffen. Sie würde Sixten fortan eine treue und brave Ehefrau sein und Buße tun für ihre Verfehlungen.

Torvald Hedlund nahm sich Zeit. Gemeinsam mit Frederik zog er dem Toten den Neoprenanzug aus, nachdem die uniformierten Beamten vor Ort Sichtschutzwände aufgestellt hatten. Nötig war es nicht; die wenigen Schaulustigen hatten sich längst wieder verzogen, nachdem einer der Beamten sie aufgeklärt hatte, dass ein Toter angespült worden war, für den man nichts mehr tun konnte. Beobachtet hatte niemand etwas. Alle waren erst gekommen, als die Polizei bereits vor Ort war. Wenn es nötig war, konnte man später erneut mit den Leuten sprechen – sie wohnten alle auf dem Campingplatz. Frederik hatte nichts anderes erwartet. Hier an der Westküste gab es genügend Strände. Kaum jemand, der nicht hier Urlaub machte, würde ausgerechnet an diesem Strandabschnitt spazieren gehen.

Nachdem sie den Toten vollständig entkleidet hatten, nahm Hedlund die äußerliche Untersuchung vor.

»Was fällt dir auf?«, fragte der Rechtsmediziner.

Frederik fasste zusammen, was er auch Birger berichtet hatte. Voll ausgeprägte Totenstarre, nicht nur im Kiefer und in den kleinen Gelenken, sondern im gesamten Körper, Einblutungen im Bindegewebe der Augen, Schaumpilz vor dem Mund.

»Tod durch Ertrinken, irgendwann letzte Nacht. Angespült worden ist er heute Morgen zwischen sechs und neun, schätze ich. Der Anzug war noch feucht.«

Hedlund stimmte ihm zu. »Das entspricht meiner Einschätzung.«

»Was ist mit dem Blut am Hinterkopf?«, erkundigte sich Frederik. »Warum ist das im Wasser nicht abgewaschen worden?«

»Ich denke, es gibt zwei Möglichkeiten.« Hedlund betastete die Stelle. »Entweder er hat sich die Verletzung zugezogen, ehe er ins Wasser geraten ist. Oder er ist danach eine Weile bewusstlos an der Oberfläche getrieben. In jedem Fall muss er nach dem Schlag noch gelebt haben.«

Frederik nickte. Nach Eintritt des Todes wurde kein Blut mehr durch den Körper gepumpt und könnte also auch nicht aus einer Wunde austreten. Und der Tote konnte sich währenddessen nicht durchgehend unter Wasser befunden haben, sonst wäre das Blut sofort abgewaschen worden und hätte nicht das Haar verklebt.

»Er ist mit dem Baum seines Segelboots oder Surfbretts kollidiert und ins Wasser gestürzt? Oder hat ihn jemand niedergeschlagen?«

»Das lässt sich nicht eindeutig sagen. Wahrscheinlicher ist, dass es sich um einen Schlag gehandelt hat, aber er könnte auch kopfüber ins Wasser gestürzt sein und sich den Kopf an einem Felsen angeschlagen haben.«

Das Wasser war hier in Küstennähe zum Teil sehr flach, und an vielen Stellen fanden sich schon dicht unter der Oberfläche Steine.

»Ich vermute, dass das Blut zunächst eine Kruste gebildet hat, ehe die Wunde mit Wasser in Berührung gekommen ist. Erst dabei ist dann der Schmierfilm entstanden, den du hier siehst.«

Frederik fuhr sich mit der linken Hand über den Dreitagebart und schob die rechte in die Tasche seiner grauen Stoffhose. »Es könnte also ein Unfall gewesen sein?«

Hedlund nickte.

Frederik nahm sein Notizbuch aus der Umhängetasche und schrieb sich ein paar Stichworte auf. »Wann kannst du ihn obduzieren?«

»Heute ist kein Kollege im Haus, der mir assistieren kann. Wir versuchen, die Sonntagsdienste zu reduzieren. Auf die Dauer leidet die Arbeitsfähigkeit, wenn man keine Pausen macht. Aber morgen früh kommt er gleich als Erstes auf den Tisch. Ich denke, wir beginnen gegen acht.«

»Gut. Ich werde pünktlich da sein.«

Die beiden Männer verabschiedeten sich herzlich, und Frederik ging zur Absperrung und sprach einen der Beamten von der Spurensicherung an. »Habt ihr irgendetwas entdeckt?«

Der Kriminaltechniker schüttelte den Kopf. »Es sieht nicht so aus, als wäre er hier zu Tode gekommen. Der Leichnam ist hier angespült worden, aber Spuren gibt es keine. Neopren ist ohnehin ein undankbares Material, und bis auf den Anzug und die

Badehose hatte er ja nichts an. Wir haben die Fingernägel ausgekratzt, aber wenn wir da etwas finden, wäre das schon ein Wunder nach der langen Liegezeit im Wasser.«

Genau wie Frederik konnten auch die Beamten von der Spurensicherung Leichen lesen.

Frederik bedankte sich und streifte den weißen Anzug, die Füßlinge und die Handschuhe ab und warf alles in den großen Kunststoffeimer, der von den Kollegen am Rand der Absperrung aufgestellt worden war. Er überlegte, ob er Birger anrufen und ihn bitten sollte, ihm einen der Kollegen aus seinem Team zu schicken, entschied sich aber dagegen.

Anna hätte er gern dabeigehabt, doch sie war nach ihrem Fahrradunfall im letzten Jahr noch nicht wieder für den Außendienst einsetzbar. Sie war lange krankgeschrieben gewesen, nachdem sie ein Schädel-Hirn-Trauma und kurz darauf eine Thrombose erlitten hatte. Erst später hatte man den Schaden an der Hüfte festgestellt. Sie war angebrochen gewesen und machte nun trotz Physiotherapie und mehrerer Reha-Maßnahmen immer noch Schwierigkeiten. Deshalb saß Anna seit ihrer Rückkehr in den Dienst am Schreibtisch, und Frederik musste einen der anderen Kollegen zu den Außeneinsätzen mitnehmen. Das Problem war, dass sich das mit keinem von ihnen unkompliziert gestaltete.

Also würde er sich zunächst nur von Hedda ein paar Informationen zusammenstellen lassen und sie bitten, ein paar Kollegen in Nordins Wohnung und sein Büro zu schicken, die sich dort umsahen. Er selbst würde allein zur Nordin-Werft fahren, um die Familie zu informieren und sich einen ersten Eindruck zu verschaffen. Das war immer ein schwerer Gang, aber auch ein wichtiger und aufschlussreicher Teil seiner Arbeit.

Tuva zerbiss sich fast die Lippen, während sie auf die Bluse auf dem Sofa starrte, doch ihre Schwiegermutter hatte keinen Blick für das Kleidungsstück, das nur ein paar Zentimeter von ihr entfernt lag. Ihre blauen Augen fixierten Anders.

»Die Beamten behaupten, wir hätten illegales Teakholz aus Myanmar importiert«, sagte sie. »Vielleicht erklärst du mir das?«

Anders zeigte das verwegene Grinsen, das regelmäßig Tuvas Knie weich werden ließ. »Wieso meinst du, dass ausgerechnet ich das könnte?« Er angelte sich die Schnapsflasche vom Tisch und nahm einen Schluck. »Willst du auch etwas trinken? Kaffee? Tee? Schnaps?«

Astrid wehrte ab. »Das verträgt sich nicht mit den Medikamenten.«

Tuva konnte nicht anders, als ihre Haltung zu bewundern. Hätte man bei ihr diese fürchterliche Krankheit diagnostiziert, würde sie vermutlich nur noch in Tränen aufgelöst im Liegestuhl auf der Veranda hocken, über das Meer starren und das Leben beweinen, das noch vor ihr hätte liegen sollen und es nun nicht mehr tat.

Aber Astrid weinte nicht. Sie jammerte nicht, und sie gab sich auch nicht geschlagen. Sie kämpfte. Nur die Firmenleitung hatte sie abgegeben, aber das ungekrönte Oberhaupt der Familie würde sie trotzdem sein, wenn ihr Vater Gustav eines Tages das Zeitliche segnete. Noch saß er allerdings bei bester Gesundheit auf der Terrasse seiner Villa in Nolvik und hielt die Fäden in der Hand. Den Herzinfarkt vor acht Jahren, ein erster Warnschuss des nahenden Alters, hatte er zum Anlass genommen, seiner Tochter Astrid die Geschäftsleitung zu übergeben. Endlich. Er war damals schon siebzig gewesen und Astrid fünfundvierzig.

Astrid ihrerseits hatte nicht lange etwas von ihrer Beförderung gehabt. Nur drei Jahre nach der Machtübernahme in der Werft war die Krankheit festgestellt worden, und vor zwei Jahren hatte sie dann die Geschäfte komplett an Sixten übergeben.

Tuva hatte sich manches Mal gefragt, ob sie Halvar damit nicht gekränkt hatte, doch Sixtens Stiefvater schien damit zufrieden, sich um die praktischen Dinge zu kümmern. Er entwarf und baute Boote, während sich Sixten mit der Geschäftsführung und den Zahlen abmühte. Aus Tuvas Sicht hatte Halvar den besseren Part erwischt.

Anders nahm erneut einen Schluck aus der Flasche, während Astrid ihn weiter anstarrte.

»Du hast deinem Bruder gestern auf der Feier vorgeworfen, dass er unsaubere Geschäfte macht«, sagte sie scharf.

»Und du hast mir nicht geglaubt.« Anders stellte die Flasche beiseite und griff nach dem Tabakpäckchen.

»Ich glaube dir jetzt. Und ich möchte erfahren, was du über diese Sache weißt.«

Anders rollte seine Zigarette und zündete sie an. Er lehnte sich im Sessel zurück und produzierte einen Rauchkringel, den er zur Decke schweben ließ.

»Nicht mehr als du«, gab er gelassen zurück.

»Aber ich habe erst heute davon erfahren, als die Beamten vor der Tür standen. Dir war es ja offenbar schon vorher bekannt.«

Anders brummte etwas Unverständliches. Seine Mutter fixierte ihn.

»Woher, möchte ich wissen.«

Anders breitete die Arme aus. »Ich habe meine Quellen.«

Tuva sah, wie ihre Schwiegermutter den aufsteigenden Zorn mühsam unterdrückte. Wenn Anders in dieser Stimmung war, hatte es wenig Sinn, mit ihm zu diskutieren, und für Astrid gab es dringendere Themen.

»Wenn das wahr ist, dürfen wir das Holz nicht verwenden«, sagte sie. »Wir bekommen den Kaufpreis nicht erstattet, und obendrein müssen wir vermutlich eine Geldstrafe zahlen.«

»Richtig so.« Anders griff wieder zur Flasche, prostete seiner Mutter zu und nahm einen kräftigen Schluck. Als er sie abgesetzt hatte, rülpste er. »Das sind Verbrecher, die die letzten verbliebenen Urwälder roden. Der Schaden ist nicht wiedergutzumachen.«

Anders hatte eine besondere Beziehung zu Bäumen, was natürlich mit seiner Arbeit zusammenhing. Holz war für ihn nicht nur ein Werkstoff, sondern etwas Lebendiges, dessen Seele er mit Stechbeitel und Holzklöppel aus dem Stamm befreite. Wenn man die gequälten Gestalten betrachtete, die er schuf, konnte man daran zweifeln, aber fest stand, dass ihm der respektvolle Umgang mit den Wäldern am Herzen lag.

Astrid musterte ihn vorwurfsvoll. »Denkst du vielleicht auch an die Firma? Immerhin sichert sie deinen Lebensunterhalt. Deine Kunst vermag das ja nicht.«

Anders sah sie erstaunt an, vermutlich weil sie selten Kritik an ihm und seinem Lebensstil äußerte.

»Können wir uns das nicht leisten?« Er drückte die heruntergebrannte Zigarette im Aschenbecher aus und nahm einen weiteren kräftigen Schluck aus der Flasche.

»Ich weiß es nicht.« Astrid wirkte plötzlich mutlos und schien noch tiefer in Anders' Sofa zu sinken.

In Tuvas Schädel dröhnte es. Was sollte sie tun, wenn Astrid beschloss, den halben Tag hierzubleiben? Sie konnte nicht ewig in eine Decke gewickelt an der Tür stehen und die beiden beobachten.

Erst jetzt kam ihr der Gedanke, dass sie einfach aus dem Fenster steigen und nach Hause laufen könnte. Der Weg an der Küste entlang war nicht besonders weit. Sie war auch zu Fuß gekommen. Aber das Problem blieb bestehen, dass sich alle ihre Kleider in Anders' Wohnzimmer befanden. Sie könnte sich natürlich etwas aus seinem Schrank ausleihen, aber wie sollte sie es erklären, wenn sie jemand entdeckte, wie sie in Anders' viel zu großen Sachen herumlief? Es war ja auch nicht auszuschließen, dass Sixten inzwischen wieder zu Hause war.

Tuva zuckte zusammen, weil es erneut an der Tür klopfte. Was, wenn Sixten zu Anders kam, weil ihm jemand gesagt hatte, dass er Astrid hier finden würde? Er würde die Bluse auf dem Sofa sofort erkennen, schließlich hatte er sie selbst in Tuvas bevorzugter Boutique in Göteborg ausgesucht und gekauft.

Anders erhob sich vom Sofa. Sein Gang erinnerte an den eines Seemanns auf einem schwankenden Kahn. Er riss die Tür schwungvoll auf und verharrte dann mit der Hand auf der Klinke, die Stirn gerunzelt, weil er den Besucher auf der Schwelle offensichtlich nicht kannte.

Tuva seufzte erleichtert. Es war nicht Sixten, sondern ein mittelgroßer Mann mit breiten Schultern, blondem Kurzhaarschnitt und Dreitagebart. Er trug eine graue Stoffhose, sportliche Halbschuhe, ein blaues Hemd und ein dunkelgraues Sakko. Sein Gesicht war gleichermaßen freundlich wie ernst.

»Hey«, sagte er. »Entschuldigen Sie bitte die Störung. Mein Name ist Frederik Forsberg. Ich bin von der Reichspolizei in Göteborg.«

Tuvas Herzschlag beschleunigte sich. Astrid stemmte sich mühsam vom Sofa hoch und quälte sich auf ihren Krücken zur Tür.

»Was ist passiert?«

Forsberg blickte sie mitfühlend an. »Darf ich einen Moment hereinkommen? Es geht um Ihren Sohn.« Er sah zu Anders. »Ihren Bruder. Sixten Nordin.«

Astrid blieb in der Tür stehen. »Was ist mit Sixten?«

»Es tut mir leid.« Forsberg trat näher an Astrid heran, als würde er sich bereit machen, sie aufzufangen, wenn sie seine

Nachricht nicht verkraftete. »Ich muss Ihnen leider mitteilen, dass wir Ihren Sohn tot aufgefunden haben.«

Er hätte sich die Mühe sparen können.

Es war nicht Astrid, die zusammenklappte, sondern Tuva.

7

Hinter der Tür an der Rückseite des Raums, der offenbar Wohnzimmer und Werkstatt in einem war, polterte es. Irgendetwas Großes, Schweres schien zu Boden gestürzt zu sein. Astrid Nordin wandte den Kopf.

»Was war das?«

Anders Nordin, der augenscheinlich betrunken war, ging mit nicht ganz sicheren Schritten zur Tür des Nebenraums. Er verschwand dahinter, und Frederik hörte ihn leise murmeln. Gleich darauf kam der Mann zurück und zog die Tür so weit zu, wie es möglich war. Ganz schließen ließ sie sich anscheinend nicht. Frederik sah, dass das Holz aufgequollen war.

»Nur eine von meinen Figuren«, erklärte Anders, der lediglich mit dunkelblauen Boxershorts und einem offenen hellblauen, mit zahllosen Farbflecken übersäten Hemd bekleidet war, das einen großzügigen Blick auf seine dicht behaarte Brust gewährte. »Ich hatte sie vor dem geöffneten Fenster stehen. Eine Windbö hat das Fenster erfasst. Es ist gegen die Skulptur geknallt und hat sie umgekippt.«

Seine Mutter sah ihn ungnädig an. »Schläfst du jetzt schon mit deinen Holzkreaturen?« Sie bewegte sich mühsam mit ihren Krücken zum Sofa und ließ sich schwer daraufsinken.

Frederik ging zu dem Sessel, der dem Sofa gegenüberstand,

und setzte sich. Während er seine Umhängetasche öffnete und das Notizbuch herausnahm, ließ er den Blick durch den Raum schweifen.

Die Unordnung war allgegenwärtig. Frederik erspähte zerdrückte Leichtbierdosen sowie mehrere Schnapsflaschen, die an strategisch günstigen Plätzen im Raum verteilt waren. Der Aschenbecher auf dem Tisch war randvoll mit Kippen. Werkzeuge zur Holzbearbeitung und benutztes Geschirr stritten um die Vorherrschaft auf der Tischplatte. In der Spüle türmte sich weiteres Geschirr. Vor dem Fenster stand eine unfertige Skulptur, umgeben von einem breiten Ring aus Holzspänen und Holzstaub auf dem Dielenboden.

Frederik erkannte das Gesicht der Figur, die ihre Hände gegen die Stirn gepresst hatte. Es gehörte dem Toten vom Campingplatz.

»Mein Beileid«, sagte er. »Ich verstehe, dass das ein schwerer Schlag für Sie ist.«

Astrid Nordin hob das Kinn. Sie wirkte aufgedunsen, das Gesicht schwammig, die kurzen schwarzen Haare stumpf, aber ihr Blick war klar und streng, ihre Haltung tadellos. Ihre Hände ruhten auf den Griffen der Krücken, die sie senkrecht vor ihre Beine gestellt hatte, wie zwei Wachsoldaten, die sie beschützen sollten.

»Sagen Sie uns, was passiert ist?«

Frederik sah sie ernst an. »Wir wissen es noch nicht. Zwei junge Frauen haben Ihren Sohn heute Morgen am Strand von Sillvik gefunden. Er ist wahrscheinlich ertrunken.«

In Astrids Gesicht veränderte sich nichts, nur ihre Hände packten die Krücken noch fester.

Anders ging in Ermangelung weiterer Sitzmöbel zum Sofa. Sein Blick fiel auf die Bluse, die neben seiner Mutter auf dem Polster lag. Grün, mit Rüschen und Bändern verziert und aus

Seide, soweit Frederik das erkennen konnte. Für eine Sekunde stockte Anders. Dann griff er beherzt zu, warf die Bluse mit einer beiläufigen Bewegung hinter das Sofa und ließ sich neben seine Mutter fallen.

»Also ist er wohl von seinem geliebten Paddelboard gefallen und hat sich unter Wasser den Kopf angeschlagen«, bemerkte er mit schwerer Zunge, angelte die Schnapsflasche vom Tisch und setzte sie an die Lippen.

Frederik machte sich eine Notiz und schaute Mutter und Sohn an.

»Fühlen Sie sich in der Lage, mir einige Fragen zu beantworten?«

Anders breitete die Arme aus und schlug dabei beinahe seiner Mutter die Schnapsflasche vor die Brust. Als er es bemerkte, stellte er die Flasche weg, nahm stattdessen das Tabakpäckchen vom Tisch und begann, sich eine Zigarette zu drehen.

Astrid setzte sich so aufrecht hin, wie es ihr möglich war. Frederik sah, welche Anstrengung es sie kostete.

»Bitte. Fragen Sie.«

Frederiks Blick wanderte zwischen den beiden hin und her. Er war zunächst beim Haus von Sixten und Tuva Nordin gewesen. Weil er dort niemanden angetroffen hatte, war er zu der größeren Villa gegangen, die sich ebenfalls auf dem riesigen Grundstück in unmittelbarer Nähe der Nordin-Werft befand, und hatte dort geklingelt, mit demselben mangelnden Erfolg. Ein Mann im grünen Overall, der auf einem Rasentraktor saß und den aus Frederiks Sicht absolut perfekten Rasen mähte, hatte ihm verraten, dass der jüngere Sohn von Astrid und Halvar ein Stück weiter nördlich in einem ehemaligen Bootshaus direkt an der Küste lebte. Der Gärtner hatte ihm auch bestätigt, was die Hamburger Studentinnen berichtet hatten – dass am Abend zuvor auf dem Werftgelände eine große Feier zum fünfundsiebzigjährigen Bestehen des Unternehmens stattgefunden hatte.

»Sie hatten gestern Abend ein Fest. Ich nehme an, Sixten war anwesend?«

»Selbstverständlich.« Astrid Nordins Ton war kühl, beinahe verächtlich. »Mein Sohn leitet die Firma, seit ich es nicht mehr kann.«

Frederik blickte auf die Krücken, fragte aber nicht nach.

»Multiple Sklerose«, sagte Astrid Nordin hart.

»Das tut mir leid.«

Mutter und Sohn reagierten nicht. Astrid Nordin kniff die Lippen zusammen. Anders zündete seine Zigarette an und ließ eine lange Rauchfahne in Frederiks Richtung entweichen.

Frederik hatte kein Problem damit. Sein Großvater in Kiel hatte früher auch geraucht, und Frederik mochte den Geruch. Er erinnerte ihn an eine unbeschwerte Jugend und das Gefühl von Geborgenheit.

»Wann hat Sixten das Fest verlassen?«, erkundigte er sich.

»Gegen neun?« Astrid Nordin wandte Anders fragend den Kopf zu. »Einundzwanzig Uhr, meine ich.«

»Könnte hinkommen.« Anders blies Frederik eine weitere Rauchwolke entgegen.

Frederik machte sich eine Notiz. »Warum so früh?«

Wieder ein stummer Blickwechsel zwischen Mutter und Sohn, aber die Antwort blieben sie schuldig. Frederik entschied, sich von der anderen Seite zu nähern.

»Ich nehme an, Sie haben bereits am Nachmittag zu feiern begonnen?«

»Nein. Die Gäste waren für achtzehn Uhr geladen«, erklärte Astrid. »Es gab ein paar Reden. Ein Vertreter der Göteborger Schiffbau-Vereinigung, einer der Vorarbeiter von der Werft, Sixten und Halvar und natürlich mein Vater.«

»Gustav Nordin.«

Astrids Augenbrauen hoben sich eine Winzigkeit. »Sie kennen ihn?«

»Ich bin ihm wohl mal begegnet, als ich ein kleiner Junge war. Soweit ich weiß, besteht eine lockere Freundschaft mit meinem Vater, berufsbedingt.«

Astrids Augen durchbohrten ihn fast. »Forsberg, sagten Sie? *Forsbergs Bootsfabrik?* Sie sind Sivards verlorener Sohn?«

»Ja.«

Astrids Lippen wurden noch schmaler. »Sie haben Ihrem Vater unendlichen Schmerz zugefügt. Er war so verzweifelt, dass seine Frau ihn verlassen hatte, und dann hat ihn auch noch der einzige Mensch zurückgewiesen, der ihm geblieben war. Er hat Sie so sehr geliebt. Seinen einzigen Sohn.«

Frederik verspürte einen Knoten in der Brust. Das war nicht das Thema, über das er reden wollte, aber er hätte wohl voraussehen müssen, dass es früher oder später dazu kommen würde.

»Ich weiß«, sagte er. »Aber damals glaubte ich, dass mein Vater schuld wäre.«

»Das war er nicht.«

»Nein. Heute ist mir das klar.«

»Dann haben Sie jetzt eine Brücke geschlagen und ihm endlich die Hand gereicht?«

Frederik wich ihrem Blick nicht aus. »Das ist nicht so leicht.«

Astrid Nordin nickte. Eine Sekunde lang wurde ihre Miene weich. »Tun Sie es trotzdem«, sagte sie. »Er hat es verdient.«

Der Knoten in der Brust bekam Gesellschaft von einem Klumpen in der Kehle. Frederik musste sich ein paarmal räuspern, ehe er seine Stimme wieder in den Griff bekam.

»Ich werde es tun«, versprach er. »Aber zunächst muss ich herausfinden, was mit Sixten passiert ist.«

Auch wenn Astrid Nordin die Versöhnung zwischen seinem

Vater und ihm ein echtes Anliegen sein mochte, war Frederik klar, dass sie vor allem versuchte, vom eigentlichen Thema abzulenken.

»Nach den Reden gab es vermutlich etwas zu essen?«, fragte er.

»Wir hatten in der großen Halle ein Büfett aufgebaut.«

»Nur das Feinste vom Feinen«, steuerte Anders bei. »Lachs. Hummer. Kaviar. Champagner.«

»Sie waren also auch dort.« Frederik sah den Künstler an.

»Selbstverständlich.« Anders fuhr sich durch die langen Haare. »Warum sollte ich nicht?«

»Verzeihen Sie. Ich muss diese Fragen stellen, um mir ein möglichst genaues Bild zu machen.«

Frederik ließ sich nichts anmerken, aber ihm war nicht entgangen, wie Astrid ihren Sohn angesehen hatte. Wahrscheinlich hatte sie ihn gebeten, der Feier fernzubleiben, aber Anders hatte sich nicht daran gehalten.

»Es gab auch eine Live-Band«, berichtete Anders. »Die haben ein bisschen Schmusepop gespielt. Nicht meine Musik, aber der Gitarrist war wirklich gut.«

Frederik notierte sich ein paar Stichpunkte. »Wie lange hat die Feier gedauert?«

»Lange. Die letzten Gäste sind weit nach Mitternacht gegangen. Es wurde reichlich getrunken, gelacht und getanzt.«

Ein vorwurfsvoller Blick seiner Mutter streifte Anders.

Frederik legte den Stift ins Buch, klappte es zu und faltete die Hände darüber. Es war nicht nötig, Mutter und Sohn auf den Widerspruch hinzuweisen. Das Fest, das offensichtlich ein voller Erfolg gewesen war, und der Firmenchef, der es schon um neun verlassen hatte.

Anders hob die Hände, als wollte er sich ergeben. Die Asche seiner halb heruntergebrannten Zigarette fiel auf seine Boxershorts. Anders fegte sie achtlos beiseite.

»Ja. Wir haben gestritten. Wegen Geld.« Anders' Augen wurden schmal. »Ich habe ihn um einen kleinen Kredit gebeten, aber Sixten hat abgelehnt. Dabei macht die Werft Umsätze in Millionenhöhe.«

Frederik blickte sich erneut im Raum um. »Also müssten Sie doch Ihr Auskommen haben? Ihr Lebensstil erscheint mir nicht besonders kostspielig.«

Anders schnaubte. Astrids Augenbrauen wanderten so weit nach oben, dass sie beinahe unter ihrem Pony verschwanden.

Frederik wartete. Die Reaktion der beiden war aufschlussreich. Offenbar gab es Konflikte, die sie nicht öffentlich machen wollten, aber er nahm an, dass zumindest Anders nicht lange würde an sich halten können.

Er behielt recht. Der Künstler drückte seine Zigarette aus und funkelte erst seine Mutter, dann Frederik an. »Ich habe keine Aktien in der Firma.«

Dieses Mal war es Frederik, der wortlos die Augenbrauen hob, was Astrid Nordin zu einer Erklärung veranlasste.

»Keiner meiner Söhne besitzt Anteile. Mein Vater Gustav hält dreißig Prozent, ich selbst halte sechzig, mein Mann zehn. Ich hatte vor, Sixten die Hälfte meiner Anteile zu vermachen, wenn ich mich wegen meiner Krankheit ganz aus dem Geschäft zurückziehe, aber die Papiere sind noch nicht unterschrieben.«

Frederik notierte sich die Zahlen. »Wie kam es zu diesem Arrangement?«

»Mein Vater war früher der alleinige Eigner«, erklärte Astrid Nordin. »Als ich in die Firma eingestiegen bin, hat er mir dreißig Prozent seiner Anteile überschrieben. Halvar hat zehn Prozent von ihm bekommen, als wir geheiratet haben, und als mein Vater vor acht Jahren nach seinem Herzinfarkt offiziell aus der Firmenleitung ausgeschieden ist, hat er mir weitere dreißig Prozent übertragen, damit ich die alleinige Mehrheit besitze.«

Frederik schrieb sich auch das auf.

»Sixten sollte auch die Anteile meines Vaters erben«, erklärte Astrid weiter. »Zusammen mit den dreißig Prozent, die er von mir bekommt, hätte er dann mit sechzig Prozent die alleinige Mehrheit.«

Frederik sah zu Anders, dann wieder zu seiner Mutter. Astrid Nordin hob das Kinn.

»Anders hat mit der Werft nichts zu tun. Er hat sich gegen den Bootsbau entschieden und für die Kunst. Wir unterstützen ihn finanziell, aber Anteile an der Firma kann nur besitzen, wer sich aktiv dafür engagiert.«

Frederik verspürte einen Stich, obwohl es nicht ihn selbst betraf. Aber die Härte, mit der Astrid Nordin urteilte und handelte, erregte Frederiks Mitgefühl.

»Empfinden Sie das als gerecht?«, fragte er Anders.

Der Künstler drehte sich eine neue Zigarette und zündete sie an. Er nahm einen tiefen Zug und griff nach der Schnapsflasche. »Fragen Sie das im Ernst? Meine ganze Familie schwimmt im Geld, und für mich bleiben nur ein paar Brosamen.« Er machte eine weit ausholende Handbewegung, die den gesamten verlotterten Raum umfasste.

Astrid Nordin streckte die Hand aus und strich Anders über die bärtige Wange. »Du selbst hast dich für diesen steinigen Weg entschieden«, sagte sie traurig. »Du könntest jederzeit umkehren.«

Anders' Augen verdunkelten sich. »Du weißt, dass ich das nicht kann.«

Frederik beschloss, dass es an der Zeit war, auf den kritischen Punkt zurückzukommen. »Es gab also Streit mit Ihrem Bruder?«

Auch Astrids Miene wurde wieder hart. »Ich hatte Anders gebeten, zu Hause zu bleiben. Ich habe ihm sogar Geld gegeben, damit er sich seinen Schnaps kaufen kann. Aber er ist trotzdem auf der Feier aufgetaucht und hat sich volllaufen lassen. Dann hat er Sixten angebettelt. Sein Bruder hat ihn zurückgewiesen.«

»Er hat gesagt, er will meine Alkoholsucht nicht unterstützen«, schnaubte Anders. »Er meinte, er würde mir damit einen Gefallen tun.« Wieder zog er an seiner Zigarette. »Sixten war ja immer so ein Ehrenmann. Dabei …«

Ein scharfer Blick seiner Mutter brachte Anders zum Verstummen.

Frederik wartete darauf, dass er weitersprach, doch es kam nichts.

»Was ist dann passiert?«, fragte er. »Gab es Handgreiflichkeiten?«

Anders' Mundwinkel zuckten. »Ich habe die Champagnerflasche aus dem Kühler genommen und dann Sixten das Eiswasser über den Kopf gegossen. Damit er begreift, wie ich mich fühle.«

»Daraufhin hat er das Fest verlassen?«

Anders drückte die Zigarette im Aschenbecher aus und drehte sich schon wieder eine neue. »Er ist nach Hause gelaufen, um sich umzuziehen. Ich dachte, dass er wiederkommt, aber danach habe ich ihn nicht mehr gesehen. Ich bin allerdings auch bald darauf gegangen.«

Astrid Nordin nickte, wahrscheinlich, ohne es zu bemerken. Anders ließ sein Feuerzeug aufflammen.

Frederik war sich sicher, dass das nicht die ganze Geschichte war.

»Sagten Sie nicht, die letzten Gäste seien bis weit nach Mitternacht geblieben?«

»Ja.« Anders fletschte die Zähne. Der Alkohol machte es ihm vermutlich schwer, seine Gedanken zu kontrollieren, sonst hätte er sich wohl nicht ständig in Widersprüche verwickelt. »Ich bin später noch einmal zurückgekommen. Ich hatte Hunger. Ich vergesse manchmal, einzukaufen.«

»Wo waren Sie also letzte Nacht genau?« Um neun hatte Sixten Nordin noch gelebt, am frühen Morgen war er tot gewesen. Die Zeit dazwischen war entscheidend.

Anders nahm einen tiefen Zug von seiner Zigarette. »Ich bin zum Haus von Sixten und Tuva gegangen, als er nicht wiederkam. Ich dachte, ich kann noch einmal mit ihm reden, aber ich habe ihn nicht gefunden. Also bin ich nach Hause gelaufen. Habe an meiner Figur gearbeitet und getrunken. Gegen elf habe ich aufgehört. Mit der Arbeit.« Anders grinste. »Mein Magen hat geknurrt, und ich habe an die vielen guten Sachen auf der Party gedacht. Kaviar und Champagner. Das ist besser als Schnaps und Dosenwurst. Also bin ich noch mal zurückgegangen. Es war ungefähr Mitternacht, als ich wieder dort war. Die Party war noch in vollem Gang.«

Frederik notierte sich Anders' Angaben und wandte sich an Astrid. »Sie waren die ganze Zeit auf dem Fest?«

»Ja. Ich gebe Ihnen gerne die Gästeliste. Sie können alle befragen. Man wird Ihnen sagen, dass ich die meiste Zeit des Abends im Ohrensessel in der kleinen Sitzgruppe verbracht habe, die ich eigens zu diesem Zweck habe einrichten lassen. Meine Freunde, Bekannten und Geschäftspartner haben mir abwechselnd Gesellschaft geleistet.«

»Danke.« Frederik schrieb sich auch das auf.

Anders musterte ihn finster. »Sie sagen, Sie wissen nicht, was passiert ist, aber Sie fragen nach unseren Alibis?«

Seine Mutter unterbrach ihn scharf. »Kommissar Forsberg macht nur seine Arbeit.«

Anders gab einen verächtlichen Laut von sich. »So wie die Leute von der Zollfahndung, meinst du?«

Frederik horchte auf. Er sah, wie Astrids Augenlider zuckten.

Ihre Fassade bröckelte, aber sie brach nicht zusammen. Stattdessen packte sie die Griffe ihrer Krücken fester und stemmte sich mit aller Willenskraft vom Sofa hoch. Frederik merkte, dass sie Schmerzen hatte, sich aber verbot, es zu zeigen. Nur ihre Mundwinkel bebten leicht, und ihre Arme zitterten vor Anstrengung.

»Ich hätte wissen müssen, dass es ein Fehler ist, damit zu dir zu kommen«, versetzte sie, während sie sich mühsam zur Tür bewegte. Frederik stand rasch auf, um sie ihr zu öffnen.

»Danke.« Die blauen Augen ruhten einen Moment wie Laserstrahlen auf Frederiks Gesicht. »Finden Sie heraus, was mit meinem Sohn passiert ist. Und hören Sie nicht auf das Gerede. Wenn irgendjemand etwas Schlechtes über Sixten sagt, spricht daraus lediglich der Neid. Sixten war seinen Brüdern immer ein Vorbild. Nur genützt hat es leider nichts.«

Astrid mühte sich zu dem Wagen, den sie vor dem Haus abgestellt hatte. Frederik sah zu, wie sie einstieg und davonfuhr. Dann drehte er sich um und ging zurück zu Anders. Er hatte so viele Fragen, dass er gar nicht wusste, wo er anfangen sollte.

Was redete man Schlechtes über Sixten Nordin? Aus welchem Grund beschäftigte sich die Zollfahndung mit der Nordin-Werft? Wo waren Tuva und Halvar Nordin? Wer waren die *Brüder,* mit denen es offenbar Schwierigkeiten gab? Und was hatte das alles mit Sixtens Tod zu tun?

Sie hatten einen kleinen Transporter mitgebracht, und das war auch nötig. Die halbe Ladefläche war bereits vollgestellt, und die Beamten von der Zollfahndung trugen immer noch weitere Klappboxen mit Aktenordnern heran. Sie nahmen tatsächlich die gesamte Buchführung der Werft mit, zusammen mit sämtlichen Rechnern und Festplatten, auf denen die Daten digital gesichert waren.

Halvar, der mit verschränkten Armen auf dem Platz vor dem

Bürogebäude stand und ihnen zusah, fragte sich, wie sie in den nächsten Tagen überhaupt arbeiten sollten. Ohne die Computer konnten sie keine Aufträge akquirieren, keine Bestellungen aufgeben, keine Rechnungen stellen, keine Buchungen vornehmen.

Aber als der Vater von Gustav Nordin die Werft vor fünfundsiebzig Jahren gegründet hatte, war es ja auch irgendwie gegangen. Man würde eben auf Papier und Stift zurückgreifen müssen und die Dinge am Telefon erledigen. Die Apparate zumindest schienen die Zollfahnder dazulassen.

Einer der Beamten trat zu ihm, ein schlanker, grauhaariger Mann mit grünem Sakko und korrekter Krawatte.

»Es tut mir leid, wenn wir Ihren ganzen Betrieb auf den Kopf stellen, aber wir müssen der Sache nachgehen.«

»Selbstverständlich.« Halvar rang sich ein Lächeln ab und hoffte, dass der Mann nicht merkte, welche Mühe es ihn kostete.

Ein einziges Mal hatte er sich in die Geschäfte der Werft eingemischt, und was war dabei herausgekommen?

Dabei hatte er wirklich geglaubt, einen großartigen Deal mit einer einmaligen Gewinnspanne eingefädelt zu haben. Bestes Holz, das sich teuer verkaufen ließ, zu einem unschlagbar günstigen Preis, für die Luxusjacht eines ihrer besten Kunden. Von einem deutschen Großhändler, nicht von irgendeinem zwielichtigen Unternehmer, bei dem man auf der Hut sein musste.

Offensichtlich war er naiv gewesen. Das kam davon, wenn man Dinge tat, von denen man nichts verstand.

In all den Jahren, die er für die Werft arbeitete, hatte immer Astrid den administrativen Teil erledigt. Er selbst hatte sein Buch über den Bootsbau geschrieben, oder jedenfalls hatte er es versucht. Fertig geworden war es bis heute nicht. Er hatte sich um die praktischen Dinge gekümmert, Entwürfe und Pläne für die Boote, die gebaut wurden, und natürlich um die Kinder.

Er hatte nie etwas gefordert, und er hatte auch nie ein Problem damit gehabt, dass Astrid die Geschicke der Werft und der Familie lenkte und nicht er.

Aber nun war Astrid krank, und alles, was sie sich aufgebaut hatten, brach zusammen.

Halvar kannte Astrids Testament. Sie hatte für ihre Söhne gesorgt, nicht für ihn. Ihm würden nur die zehn Prozent Aktienanteile an der Firma bleiben, die er bereits hielt, und der Posten in der zweiten Reihe. Es sei denn, er unternahm etwas.

Der Teakholz-Deal war ihm als seine große Chance erschienen. Tatsächlich schien es eher der Nagel zu seinem Sarg zu sein.

Die Zollfahnder verstauten die letzten Kisten im Lieferwagen und schlugen die Türen zu. Zwei der Beamten kletterten auf die Sitze. Der Mann im grünen Sakko verabschiedete sich von Halvar, ehe er mit seinem Kollegen zu dem Pkw ging, der hinter dem Lieferwagen parkte.

Halvar sah zu, wie die beiden Fahrzeuge den Hof verließen.

Astrid, die sich auf den Weg gemacht hatte, um nach Sixten zu suchen, war nicht wieder in der Werft aufgetaucht, und Halvar stand da ganz allein unter dem wolkenlosen blauen Himmel, der ihm wie Hohn erschien.

Was, um alles in der Welt, sollte er tun?

Er fühlte sich müde, und seine Glieder waren schwer wie Blei.

Aber er durfte jetzt nicht aufgeben. Auf keinen Fall durfte er zulassen, dass alles um ihn herum zusammenbrach. Er musste beweisen, dass er mehr war als der freundliche, bescheidene Mann an der Seite einer starken Frau.

Halvar straffte die Schultern und machte sich auf den Weg nach Hause.

Als Erstes musste er mit Astrid reden und einen Plan entwickeln, wie es weitergehen sollte.

Als Frederik in den Wohnraum zurückkehrte, kniete Anders vor der Skulptur, die seinen Bruder darstellte. Weil die Figur fast lebensgroß war, befanden sich die Gesichter von Künstler und Holzfigur auf Augenhöhe. Anders strich über die zerfurchte Miene und die feingliederigen Hände, die der hölzerne Mann an die Stirn gepresst hielt.

Frederik trat zu Anders und sah, dass er weinte. Die Tränen eines Mannes, der seinen Bruder verloren hatte? Oder die Tränen des Mörders? Die Brüder hatten einen Streit gehabt, nur wenige Stunden bevor Sixten Nordin gestorben war. War der Streit ums Geld ein Motiv, den bevorzugten Bruder zu töten? Oder hatte Anders bei Sixten eine Wunde offengelegt, die ihn veranlasst hatte, sich das Leben zu nehmen?

Solange sie nicht wussten, woran Sixten Nordin gestorben war, waren diese Überlegungen müßig.

»Das ist ein großartiges Werk«, sagte Frederik. »Ich habe Ihren Bruder sofort erkannt.«

Anders sah zu ihm auf und suchte offenbar in seinem Gesicht nach Anzeichen dafür, dass Frederik ihn verspottete. Als er keines entdeckte, lächelte er flüchtig, ehe er sich aufrichtete und zum Sofa zurückging.

Frederik nahm wieder im Sessel Platz, und Anders genehmigte sich einen weiteren Schluck aus der Flasche.

»Sie gehören damit einer Minderheit an«, erklärte er, während er sich die x-te Zigarette drehte. »Die meisten Leute mögen meine Figuren nicht.«

Frederik sah aus dem Fenster zu seiner Linken auf das Kattegat, das gleich hinter den flachen grauen Felsen begann, auf denen das Haus stand, dann aus dem Fenster zu seiner Rechten in den Garten, der mit mannshohen Skulpturen und Installationen vollgestellt war.

Anders Nordin wohnte an einem Ort, der ein Paradies hätte

sein können, aber die gepeinigten Gestalten machten eine Hölle daraus.

War das Nordins Art, seine Verachtung für die Welt auszudrücken? Oder war es ein Akt der Selbstbestrafung?

»Ich würde nicht behaupten, dass sie mir gefallen«, sagte Frederik. »Aber sie zeigen, dass Sie Ihr Handwerk beherrschen. Es sind ausgezeichnete Arbeiten.«

Anders Nordin blinzelte. »Danke. Für das Kompliment. Und für Ihre Ehrlichkeit.« Er zündete sich die Zigarette an.

»Sie können sich revanchieren«, sagte Frederik. »Indem Sie mir gegenüber ebenfalls ehrlich sind.«

Anders hielt sich die Faust vor den Mund. Erst dachte Frederik, dass er hustete, stellte dann aber fest, dass es ein Lachen war, rau und bitter, wie eingerostet.

»Sie gefallen mir, Kommissar Forsberg.« Anders wandte sich zur Küchenzeile um, auf der sich das schmutzige Geschirr stapelte. »Trinken Sie einen Kaffee mit mir? Ich sollte wohl zusehen, dass ich wieder einen klaren Kopf bekomme.«

»Gern. Sofern Sie die Kanne und die Kaffeebecher vorher gründlich abwaschen«, erwiderte Frederik. Anders Nordin gehörte offenbar zu den Menschen, bei denen man mit Offenheit am weitesten kam.

Der Künstler drückte die Zigarette im Aschenbecher aus und erhob sich. Er setzte Wasser auf, spülte zwei Becher aus und nahm eine saubere Glaskanne aus dem Schrank.

»Stark?«

»Ja.«

Nordin löffelte Pulver in die Kanne und goss es mit dem kochenden Wasser auf. Nachdem der Kaffee gezogen hatte, drückte er den Kolben hinunter, füllte die Becher und reichte Frederik einen davon.

»Milch?«

»Nein, danke.«

»Gut.« Nordin kehrte zum Sofa zurück und setzte sich. Frederik machte es sich im Sessel bequem und nippte an seinem Becher. Das Gebräu schmeckte ein wenig bitter, aber Frederik hatte schon schlechteren Kaffee getrunken. Er spürte, wie ihn das Koffein belebte.

Sein Arzt riet ihm seit Jahren, seinem Herz zuliebe den Konsum einzuschränken, aber ohne Kaffee konnte Frederik nicht denken, und er bekam Kopfschmerzen.

»Warum sind Sie gestern Abend auf die Feier gegangen? Wegen des Alkohols? Oder weil Sie so dringend Geld brauchten?«

»Nein.« Anders grinste. »Ich wollte Sixten ein Foto von der Skulptur zeigen. Sie ist ein Präsent zum Firmenjubiläum. Aber sie ist noch nicht fertig.«

»Ein Geschenk? Ich dachte, Sie wollten einen Kredit von Ihrem Bruder? Deshalb der Streit.«

»Na ja. Eine Hand wäscht die andere. Ich schenke ihm die Figur, er schreibt mir einen Scheck. Aber er wollte ja nicht. Mein Kunstwerk hat ihm nicht gefallen. Weil ich den Nagel auf den Kopf getroffen habe, nehme ich an. Wer lässt sich schon gern den Spiegel vorhalten?«

Frederik betrachtete die Skulptur erneut. »Warum quält sich der Mann so?«

Anders lächelte. »Sie machen das gut.« Er griff nach dem Tabakpäckchen. »Sixten hat sich offenbar auf ein Geschäft eingelassen, das die Firma in ernste Schwierigkeiten bringen könnte. Deswegen ist die Zollfahndung da. Er hat Teakholz gekauft, das wohl aus Myanmar stammt und illegal eingeführt worden ist.«

Frederik, der sich auch einige Jahre lang mit Umweltkriminalität befasst hatte, verspürte heißen Zorn, ließ sich aber nichts anmerken.

»Wusste Ihr Bruder das?«, fragte er ruhig.

Anders schüttelte den Kopf. »Mittlerweile war es ihm wohl bekannt, aber ich glaube nicht, dass er es gewusst hat, als er das Holz gekauft hat. Sixten hätte so etwas nicht getan. Er ist …« Anders geriet ins Stocken. Tabak krümelte aus der nicht ganz fertig gedrehten Zigarette. Anders fegte ihn zurück auf das dünne Papierchen und rollte es zusammen. »Er war ein aufrechter und grundanständiger Mensch«, setzte er dann neu an und ließ das Feuerzeug aufflammen. »Hat sich immer für alle aufgeopfert und nie etwas nur für sich selbst getan.«

So wie Anders es sagte, klang es nicht nach einem Kompliment.

»Und Ihre Mutter?«

»Hatte keine Ahnung.« Anders besah sich die Glut der Zigarette. »Bis die Zollfahnder vor der Tür standen.«

»Aber Sie wussten es.«

»Ja.«

»Woher?«, erkundigte sich Frederik.

Anders grinste. »Ich kenne Leute, die Leute kennen. Da hört man so einiges.«

Frederik sah, wie seine Augen zu einer kleinen, halb durchsichtigen Plastikbox auf dem Tisch schweiften, in der sich, soweit Frederik das erkennen konnte, mehrere Klümpchen einer bräunlichen Substanz befanden. Frederik musste nicht lange rätseln.

Anders griff rasch nach der Box und steckte sie in die Hemdtasche, doch Frederik hätte auch so gewusst, dass der Inhalt illegal war. Er tippte auf Cannabis, aber da Drogen nicht in sein Ressort fielen und er Wichtigeres zu tun hatte, ging er darüber hinweg.

»Sie haben Ihren Trumpf nicht ausgespielt, gestern Abend bei dem Streit mit Ihrem Bruder auf der Feier?«

»Nein. Ich … wollte Sixten vor Mutter nicht anschwärzen. Ich dachte, wenn ich ihm Zeit gebe, überlegt er es sich vielleicht noch. Ich habe nur ein paar Andeutungen gemacht. Mutter hat mir ohnehin nicht geglaubt. Sie dachte, ich fantasiere mir im Rausch etwas zusammen.«

»Was genau haben Sie von Ihrem … Bekannten erfahren?«

Anders grinste schief. »Nichts Konkretes eigentlich. Er kennt ein paar Fahrer der Spedition, die das Holz geliefert hat. Da wurde geredet. Dass das Holz womöglich illegal geschlagen wurde. Bei Teakholz kommt das wohl öfter vor, und die Fahrer wussten, dass es aus Myanmar stammte. Angeblich von einer legalen Plantage, aber die Papiere kamen ihnen komisch vor. Ich habe einfach gepokert. Sixtens Reaktion gestern hat mich bereits vermuten lassen, dass ich richtiglag, und meine Mutter hat es mir gerade eben unfreiwillig bestätigt.«

Frederik dachte nach. Sixten Nordin hatte die Geschäfte von seiner Mutter übernommen, als diese erkrankt war, und nun hatte er mit einem unbedachten Kontrakt womöglich die gesamte Firma ins Wanken gebracht. Ein Strafverfahren hatte nicht nur finanzielle Konsequenzen, es schädigte auch den Ruf des Unternehmens und konnte zu empfindlichen Umsatzeinbußen führen.

»Denken Sie, Ihr Bruder könnte sich deshalb das Leben genommen haben?«

»Woher soll ich das wissen? Ist es nicht Ihre Aufgabe, das herauszufinden?« Anders lehnte sich auf dem Sofa zurück und verschränkte die Arme vor der Brust – ein deutliches Zeichen, dass er das Gespräch beenden wollte.

Frederik tat ihm den Gefallen. Wenn Anders mauerte, würde er ohnehin nichts mehr erfahren. Er stand auf, steckte sein Notizbuch ein und legte seine Karte neben dem Aschenbecher auf den Tisch.

»Rufen Sie mich an, wenn Ihnen irgendetwas einfällt, das uns weiterhelfen könnte.«

»Klar.« Anders hob die Hand.

Frederik ließ den Blick ein letztes Mal durch den Raum wandern, über die Skulptur von Sixten Nordin, die Tür, die nicht richtig schloss, und die Fenster mit ihrem Ausblick auf Himmel und Hölle. Dann verließ er das Haus.

Anders blieb auf dem Sofa sitzen, bis die Tür hinter dem Kommissar ins Schloss gefallen war. Dann sprang er auf und lief zum Fenster. Er presste sich an die Wand und spähte vorsichtig durch die Scheibe.

Der Kommissar öffnete gerade die Sitzbank eines großen Motorrollers, nahm einen Helm heraus und verstaute dort danach seine Umhängetasche. Anschließend stülpte er den Helm über die blonden Haare, zog ein Paar dünne Lederhandschuhe an und startete den Motor.

Im ersten Moment dachte Anders, der Kommissar hätte ein Problem, weil kein Geräusch zu hören war. Dann begriff er, dass es sich um einen Elektroroller handeln musste. Lautlos glitt das große, blaumetallic lackierte Gefährt über den Schotterweg vor dem Haus. Als der Kommissar wendete, sah Anders, dass der Roller auch einen Beiwagen hatte. Ein solches Fahrzeug hatte er nie zuvor gesehen. Offenbar hatte der Kommissar den Beiwagen eigens anfertigen lassen.

Anders wartete, bis der Roller seinen Blicken entschwunden war. Dann eilte er zur Schlafzimmertür.

Tuva saß auf dem Bett, die Decke um die Schultern gehängt, das Gesicht bleich und tränenüberströmt. Sie blickte auf und sah ihn aus großen blauen Augen an.

»Das kann doch nicht wahr sein. Sixten ist tot?«, schluchzte sie.

Anders wusste nicht, was er sagen sollte. Er ging zu ihr, setzte sich neben sie auf die Bettkante und legte den Arm um sie.

»Was soll ich denn jetzt tun?«, flüsterte Tuva mutlos.

»Du musst nach Hause gehen. Schnell.«

Wenn man die Straße nahm, waren es fünf oder sechs Kilometer bis zum Haus von Sixten und Tuva. Ging man über die flachen Felsen an der Küste entlang, waren es weniger als zwei. Weil man auf den Felsen nicht immer ganz einfach laufen konnte, brauchte man ungefähr eine halbe Stunde, aber für Tuva war das keine Herausforderung. Sie nahm immer diesen Weg.

»Was soll ich denn sagen, wo ich war?«

»Du hast einen Spaziergang gemacht. Das tust du doch oft am Sonntagvormittag.«

Zumindest behauptete sie das der Familie gegenüber. In Wirklichkeit führten ihre Spaziergänge fast immer zu ihm, und sie verbrachten die gemeinsame Zeit nicht im Freien, sondern in seinem Schlafzimmer.

Tuva biss sich auf die Lippen.

»Du musst dir die Tränen abwischen«, sagte Anders. »Und wenn dir jemand mitteilt, dass Sixten tot ist, musst du so tun, als würdest du es gerade erst erfahren. Wärest du nicht hier gewesen, könntest du es ja nicht wissen.«

Und dass sie bei ihm gewesen war, durfte auf keinen Fall irgendjemand erfahren.

Nur ganz kurz ging ihm durch den Kopf, dass sie jetzt frei war. Aber er wäre vermutlich ein Narr, wenn er glaubte, sie würde sich nun ganz auf ihn einlassen. Nicht, solange er als Einsiedler in dieser Bruchbude hauste und sein Geld mit hässlichen Skulpturen verdiente. Oder eben nicht.

Aber er könnte ja auch Sixtens Stelle in der Werft übernehmen. Sofern der Betrieb den Teakholz-Skandal überhaupt durchstand.

Tuva presste ihr Gesicht an seinen Hals, und er spürte die heißen Tränen, die ihm über die Brust rannen.

»Ich kann das nicht.«

Anders überlegte. Vielleicht wäre es besser, wenn sie nach Lindberg zum Apfelhof ihrer Eltern fuhr und die Mädchen abholte? Aber so war es nicht verabredet gewesen. Ihre Eltern würden sich wundern, und Tuva müsste nicht nur der Polizei und Astrid, sondern auch ihren Eltern und den Kindern etwas vorspielen. Und wäre sie überhaupt in der Lage, die Strecke mit dem Wagen zu bewältigen, nachdem sie derart unter Schock stand?

Anders schob sie ein Stück von sich und nahm ihr Gesicht in die Hände. »Hör mir zu«, sagte er. »Du bist eine starke Frau. Du schaffst das.«

Tuva schniefte, sah dann aber offenbar ein, dass er recht hatte. Sie war auf Astrids und Halvars Hilfe angewiesen, jetzt, wo Sixten nicht mehr da war, und es war kaum anzunehmen, dass ihre Schwiegereltern diese Hilfe gewähren würden, wenn sie erfuhren, dass Tuva ihren Mann mit dessen Bruder betrogen hatte.

Tuva war eine sinnliche Frau, aber sie war auch vernünftig. Sie strich Anders über die Wange und löste sich dann aus seinen Armen. Ihre Bewegungen wirkten mechanisch, als sie ins Wohnzimmer ging, aber sie brachte es fertig, ihre Sachen einzusammeln und sich anzuziehen.

Anders begleitete sie zur Tür und hauchte ihr zum Abschied einen Kuss auf die Lippen.

Tuva schob ihn von sich weg. »Das muss aufhören«, sagte sie. »Wir dürfen uns nicht mehr treffen. Nicht, solange Sixten nicht unter der Erde und alles geregelt ist.«

Anders wusste, dass sie recht hatte, aber es war trotzdem wie ein Stich ins Herz.

»Ich warte auf dich«, murmelte er, wusste aber nicht, ob sie ihn noch gehört hatte. Sie ging bereits über den Schotterweg zu den Felsen am Meer, erst mit langsamen, tastenden Schritten, als wüsste sie nicht recht, ob ihre Beine sie trugen, dann immer schneller und entschlossener.

Anders trat vor die Tür und sah ihr nach, wie ihre Silhouette immer kleiner wurde, eine zarte Gestalt vor dem blauen Meer, das in der Sonne dieses wolkenlosen Sonntags glitzerte, mit dem blonden Haar, das im Wind wehte. Eine schöne Frau an einem wunderschönen Tag, ein Bild, das Hoffnung verhieß, Zukunft und Glück.

Nichts davon würde es für Anders geben.

Er ging zurück ins Haus, schlug die Tür hinter sich zu und griff nach der Schnapsflasche. Der Kaffee hatte seinen Kopf wieder klar gemacht, aber dafür war der Schmerz, der in seinen Eingeweiden wütete, unerträglich geworden. Er musste dringend dafür sorgen, dass er wieder verschwand.

Und noch etwas musste er tun.

Anders stellte die Schnapsflasche beiseite und nahm den Dexel, ein Beil mit einer quer stehenden Klinge. Er ging zu der Skulptur seines Bruders und hob das Werkzeug. Eine Sekunde zögerte er. Dann ließ er den Dexel niedersausen und spaltete den Kopf der Figur mit einem sauberen Schlag genau in der Mitte.

Mit einem Ruck zog er die Klinge wieder aus dem Holz und schlug erneut zu, wieder und wieder, bis von dem gepeinigten Mann, der die Hände an die Stirn presste, nur noch ein Haufen Splitter und Späne übrig war, der zu seinen Füßen lag.

Anders sah auf das Bild der Zerstörung und ließ den Dexel fallen. Langsam sank er auf die Knie, schlug die Hände vors Gesicht und schluchzte.

8

Wer hätte geglaubt, dass sie nach allem, was geschehen war, noch einmal glücklich werden könnte? Dass sie erneut im weißen Kleid und mit einem Blumenkranz im Haar vor dem Altar stehen würde? Mit einem Mann an ihrer Seite, der sie mindestens genauso liebte, wie Casper es getan hatte. Und den auch sie liebte.

Natürlich würde sie Casper nie vergessen. Die Zeit mit ihm würde immer etwas ganz Besonderes bleiben. Aufregend und abenteuerlich, mit diesem Gefühl von Freiheit und Unbesiegbarkeit, das man nur empfand, wenn man jung war. Wenn man noch keine Schicksalsschläge, keinen Verlust zu verkraften hatte.

Halvar war in fast jeder Hinsicht das Gegenteil seines Bruders. Ruhig, ausgeglichen, bodenständig. Er war ihren Söhnen ein väterlicher Freund, ohne ihren richtigen Vater verdrängen zu wollen, unterstützte Astrid in der Werft bei den praktischen Dingen und schrieb nebenbei an einem Buch über Bootsbau.

Was die Jungen anging, hatte er nur bei Sixten Erfolg, der seinem Onkel glich. Astrids älterer Sohn verbrachte fast seine gesamte Freizeit in der Werft und lernte begierig alles, was es über Bootsbau zu wissen gab. Seine Noten in der Schule waren hervorragend, und für ihn stand ohne jeden Zweifel fest, was er nach dem Abitur tun wollte, genauso wie es damals bei Astrid gewesen war.

Vor allem seinen Großvater Gustav erfüllte das mit Stolz. Ihm lag daran, dass die Werft in den Händen der Familie blieb, und mit Sixten stand eine weitere Generation bereit, irgendwann das Ruder zu übernehmen.

Aber noch hatte er selbst die Leitung inne und lenkte gemeinsam mit seiner Tochter die Geschicke der Werft. Astrid war erst fünfunddreißig und entschlossen, sich das Leben zurückzuerobern. Nach Caspers Tod war sie in Depressionen versunken, doch Halvar hatte es geschafft, sie aus ihrem Loch herauszuholen. Und ihre Therapeutin natürlich. Astrid hatte es niemandem in der Familie gesagt, aber sie ging noch immer einmal in der Woche dorthin, während sie Halvar und den Jungen vorgaukelte, einen Physiotherapietermin wegen ihrer verspannten Schultern wahrzunehmen.

Das ist nichts, wofür Sie sich schämen müssen, *sagte ihre Therapeutin immer wieder.* Im Gegenteil. Es erfordert Mut, sich mit seinen seelischen Verletzungen auseinanderzusetzen.

Aber Astrid fand trotzdem, dass es nicht zum Bild der erfolgreichen Geschäftsfrau passte, und zumindest Gustav hätte den Worten ihrer Therapeutin auf keinen Fall zugestimmt. Ein Nordin machte seine Probleme mit sich selbst ab, das war seine Haltung. Hart gegen sich selbst und gegen andere. So wie er auch mit dem Tod ihrer Mutter umgegangen war.

Sie spürte, wie die dunklen Wolken wieder aufzogen, und schüttelte ungeduldig den Kopf. Heute war ein Freudentag. Sie würde wieder heiraten und einen neuen Lebensabschnitt beginnen.

Sie schaute zu der Bank in der vordersten Reihe, in der die Jungen saßen. Der fünfzehnjährige Sixten in einem gut sitzenden grauen Anzug, die kurzen blonden Haare mit reichlich Gel oder Wachs zurückgekämmt. Im Gegensatz zu den beiden anderen lächelte er.

Der dreizehnjährige Anders steckte ebenfalls in einem Anzug, doch der dunkelblaue Stoff war zerknittert, und Anders hatte die Hände in die Hosentasche gestopft und die Beine von sich gestreckt; eine unmissverständliche Demonstration, dass ihm die Sache hier nicht gefiel. Nicht, weil er etwas gegen Halvar hatte, sondern weil ihm alles Konventionelle widerstrebte. Er schwänzte ständig die Schule und trieb sich herum. Halvar und Astrid versuchten, einen Mittelweg zu finden, nicht zu streng, aber auch nicht zu nachgiebig zu sein. Die Schule war wichtig. In seiner Freizeit ließen sie ihm seinen Freiraum.

Aber Anders' Unwille war nichts gegen Lasses Widerborstigkeit. Halvars Sohn war in zerrissenen Jeans, Turnschuhen und einem schwarzen Kapuzenshirt mit dem Aufdruck irgendeiner Heavy-Metal-Band, die Astrid nicht kannte, in die Kirche gekommen. Wie Anders hatte er die Hände in den Hosentaschen versenkt, und sein Gesicht war eingefrorene Missbilligung.

Er wollte nicht, dass sein Vater wieder heiratete. Er wollte keine neue Mutter.

Geben Sie ihm Zeit, *war der Rat ihrer Therapeutin.* Er hat noch nicht verkraftet, dass seine Mutter die Familie verlassen hat. Er fühlt sich gekränkt, verraten, verletzt.

Das war sicher richtig, aber Astrid sah nicht, dass sich in absehbarer Zeit etwas daran ändern würde. Lasse war erst fünfzehn, doch Halvar und sie fanden keinen Weg, mit ihm umzugehen.

Nun, sie würden sich zumindest ihr Leben nicht kaputt machen lassen. Astrid wandte ihren Blick von den Kindern ab und schaute ihren Bräutigam an. Er sah gut aus in seinem dunkelgrauen Cut und mit dem Zylinder auf dem Kopf. Zwar war er nicht so attraktiv wie Casper, aber das war ja auch nicht das Wichtigste. Halvar war zuverlässig und treu wie Gold. Er war ihr Fels in der Brandung. Der Hafen, in den sie einlaufen konnte, nachdem sie drei Jahre lang umhergetrieben war wie eine Nussschale auf einem sturmgepeitschten Ozean. An Halvars Seite würde sie endlich ihren Frieden finden.

Ihr Bräutigam lächelte ihr zu, und sie erwiderte das Lächeln. Gemeinsam würden sie es schaffen.

Es war alles vorbei. Ihre Hoffnungen. Ihre Träume. Alles am Ende. Keine Zukunft mehr, nur noch die Trümmer eines Lebens, das viel zu kurz gewesen war.

Der Himmel war von einem klaren Blau, das Meer schimmerte im Sonnenlicht, die frisch gestrichenen Rümpfe der Boote, die vor der Werkshalle aufgebockt waren, glänzten, aber es hätte ebenso gut regnen, stürmen oder schneien können. Ihr persönlicher Himmel war pechschwarz, und er würde auch nicht mehr aufreißen.

Sie zuckte zusammen, als direkt neben ihrem Kopf ein energisches Klopfen ertönte.

»Astrid!« Halvars Stimme drang wie durch eine Nebelwand zu ihr.

Nur langsam gelang es ihr, den Blick von der Werft zu lösen und nach links zu schauen. Halvar stand neben ihrem Wagen, eine Hand an die Scheibe gelegt, um das Licht abzuschirmen, die andere erhoben, um ein weiteres Mal gegen das Glas zu klopfen. Astrid hatte keine Ahnung, wie lange sie schon hier auf dem Firmenparkplatz regungslos im Wagen gesessen hatte.

Sie betätigte den Fensterheber, und die Scheibe fuhr herunter. »Halvar.«

Ihr Mann legte die Hände auf den Fensterholm. »Die Leute von der Zollfahndung sind weg. Sie haben alles mitgenommen. Die gesamte Buchführung. Und die Computer. Ich habe keine Ahnung, wie wir in den nächsten Tagen arbeiten sollen.«

Astrid sah durch ihn hindurch.

»Astrid?« Halvar berührte sie sacht an der Schulter. »Was ist mit dir?«

»Sixten.« Astrid räusperte sich, weil ihre Stimme ihr nicht gehorchen wollte. »Sixten ist tot.«

»Was?« Halvar fuhr hoch und starrte sie an.

»Man hat ihn am Strand von Sillvik gefunden. Er ist ertrunken.«

»Ertrunken?«

»Bist du ein Papagei?« Astrid funkelte ihren Mann wütend an.

»Entschuldige.« Halvar hob die Hände und trat einen Schritt zurück. Sie hatte ihn offensichtlich verletzt, aber wie immer protestierte er nicht. Seine Augen blickten mitfühlend. »Ich bin schockiert. Wie konnte das passieren?«

»Ein Unfall mit dem Paddelbrett vermutlich. Er ist doch gestern Abend noch hinausgefahren, oder nicht? Nach dem Streit mit Anders?«

»Ich weiß es nicht.« Halvar wischte unsichtbare Fusseln von seiner hellgrauen Anzugjacke. »Ich habe nur gesehen, dass er zum Haus gegangen ist. Um sich umzuziehen, habe ich angenommen, nachdem Anders ihm das Eiswasser über den Kopf gegossen hatte. Danach habe ich ihn nicht mehr zu Gesicht bekommen. Aber du hast wohl recht. Wenn ihn etwas bedrückt, paddelt er immer mit dem Brett raus.« Er strich mit beiden Händen durch die kurzen blonden Haare, in die sich bereits etliche graue Strähnen mischten. »Paddelte, meine ich.«

Astrid richtete den Blick wieder nach vorn auf das Bürogebäude. Das Lebenswerk ihrer Familie. Was sollte nun daraus werden? Ihr Vater war alt, sie selbst krank, und Sixten, der einzige ihrer Söhne, der die Eignung besaß, die Firma zu führen, war tot.

»Wie hast du überhaupt davon erfahren?«, fragte Halvar. »Hat dich jemand angerufen? Oder hat Anders es dir gesagt?«

Astrid zwang sich, ihrem Mann in die Augen zu sehen. »Da war ein Kommissar. Bei Anders. Er hat Tuva gesucht.«

»Tuva.« Halvar hob die Hände an den Mund. »Weiß sie es schon?«

»Nein. Wenn der Kommissar sie in der Zwischenzeit nicht gefunden hat, wohl nicht. Oder dachtest du, sie wäre bei Anders gewesen?«

»Bestimmt nicht.« Halvar schüttelte den Kopf. »Was sollte sie dort?«

»Eben. Aber wo ist sie? Der Kommissar war schon bei ihr zu Hause und auch bei uns, hat jedoch niemanden angetroffen.«

»Ich war hier. Wegen der Zollfahnder.«

»Das ist mir bekannt.« Astrid wusste, dass sie ungerecht war, aber es tat gut, ihren Schmerz in Aggression umzuwandeln. Eine Strategie, die ihr längst in Fleisch und Blut übergegangen war. Eine ungünstige Methode im Hinblick auf ihre Beziehung zu Halvar, das hatte ihre Therapeutin ihr oft genug gesagt, aber Astrid hatte nicht die Absicht, ausgerechnet jetzt etwas daran zu ändern. Sie verlor den Kampf gegen ihre Krankheit, und die Wut darüber fraß sie mindestens genauso auf, wie es die Entzündungen mit ihren Nervenbahnen taten. Solange sich Halvar als Blitzableiter zur Verfügung stellte, würde sie ihn nicht daran hindern. Wenn sie ihn demütigen konnte, hatte sie die Kontrolle. Der Punkt, an dem sie völlig hilflos der Krankheit und ihren Mitmenschen ausgeliefert war, würde früh genug erreicht sein.

Halvar wehrte sich auch dieses Mal nicht. Vermutlich konnte er längst nicht mehr aus seiner Haut.

»Dann macht sie vermutlich einen Spaziergang am Meer«, sagte er sanft.

»Ich hoffe, sie genießt ihn«, entgegnete Astrid. »Es wird für lange Zeit das letzte Mal sein.«

Manchmal wünschte sie sich, Halvar würde sie für ihre Bösartigkeit tadeln, doch er tat es nicht. Was ihr zeigte, dass sie in seinen Augen längst die kranke alte Frau war, die man nur noch mit Samthandschuhen anfasste. Er hatte ja auch recht. Wenn sie in den Spiegel blickte, sah sie nichts anderes.

»Lass uns zu ihr hinübergehen«, schlug er vor. »Es ist besser, wenn sie es von uns erfährt statt von der Polizei.«

Astrids Herz wurde für eine Sekunde weich. Halvar war einfach zu gut für diese Welt. Sie spürte die Liebe, die sie einmal für ihn empfunden hatte, drängte sie aber rasch wieder zurück.

Sie war keine liebenswerte Frau mehr, und erst recht keine begehrenswerte. Es war besser, sich rechtzeitig daran zu gewöhnen.

Die Steine erschienen ihr glatter als sonst, die Spalten dazwischen tückischer, das Meer, obwohl es so ruhig und blau dalag, bedrohlicher. Sixten war tot, und sie selbst hatte sich geradewegs an den Rand des Abgrunds manövriert.

Dabei hatte sie doch nie jemandem wehtun wollen. Aber sie hatte wohl falsche Hoffnungen geweckt. Es war eben naiv zu glauben, Männer und Frauen könnten einfach nur Spaß miteinander haben. Früher oder später entstanden immer Begehrlichkeiten. Einer von beiden war mit dem, was er bekam, nicht zufrieden.

Hatte einer ihrer Liebhaber Sixten aus Eifersucht aus dem Weg geräumt? Oder hatte Sixten herausgefunden, was sie getan hatte, und sich aus Verzweiflung das Leben genommen?

Sie war zu nah an die Wasserkante geraten und rutschte auf einem nassen Stein aus. Im letzten Moment fing sie sich und verhinderte den Sturz.

Das war wohl ein Sinnbild ihres Lebens. Sie bewegte sich auf schlüpfrigem Untergrund, und irgendwann würde sie abstürzen.

Aber vielleicht hatte Sixten ja auch nur einen Unfall gehabt? Er war ohne Frage ein erfahrener Stand-up-Paddler und ein vorsichtiger und besonnener Mann. Aber nach dem Streit mit Anders war er aufgewühlt gewesen. Womöglich hatte er die Kontrolle über sein Brett verloren, war ins Wasser gestürzt und hatte sich unter der Oberfläche den Kopf angeschlagen.

Tuva blieb kurz stehen. Sie nahm das Haargummi aus der Tasche und fasste die langen blonden Locken zu einem Pferdeschwanz zusammen, wie er für einen Frühlingsspaziergang praktisch war. Anschließend strich sie ihre Kleider glatt und holte tief Luft. Sie durfte sich nicht verrückt machen. Noch wusste die Polizei nicht, was passiert war.

Entschlossener als zuvor setzte sie ihren Weg fort. Sie konnte schon die beiden Villen und ein gutes Stück dahinter die Umrisse der Werkshalle und des Bürogebäudes der Werft sehen. Nur noch fünf Minuten, bis sie zu Hause war. Dann kam es darauf an, ihre Sinne beisammenzuhaben und sich zu konzentrieren.

Sie musste die Rolle ihres Lebens spielen.

Astrid und Halvar Nordin hatten ihn eingeladen, eine Tasse Kaffee mit ihnen zu trinken, und die Haushälterin hatte frisch gebackene Zimtschnecken dazu serviert. Frederik nahm sich dankbar ein Gebäckstück. Sein Mittagessen war ausgefallen, weil er an den Strand von Sillvik gerufen worden war. Mittlerweile war es später Nachmittag, und sein Magen hatte schon einige Male geknurrt.

Während er aß, sah er sich im Raum um. Die Villa war kein Prunkbau, eher ein Kleinod, aber die Räume hatten hohe Decken, und vom Wohnzimmer aus konnte man durch große Fenster über die Felsen aufs Kattegat sehen. Die Einrichtung war nicht mondän, aber auch keine Massenware. Frederik hatte als Kind von seinem Vater viel über Holz gelernt und erkannte, dass für die Möbel hochwertiges Material verwendet worden war.

»Die Schränke sind Halvars Werk«, erklärte Astrid Nordin, die bisher schweigend an ihrer Zimtschnecke gezupft hatte. »Er hat auf dem Gymnasium eine Ausbildung zum Tischler absolviert.«

Halvar wehrte bescheiden ab. »Ich arbeite gern mit den Händen. Das entspannt mich.«

»Halvar ist auch in der Werft für das Praktische zuständig.

Obwohl er genauso Bootsbau und Betriebswirtschaft studiert hat wie mein Sohn Sixten und ich«, erläuterte Astrid. »Aber die Buchführung ist ihm eine allzu trockene Materie. Halvar kümmert sich um die Entwürfe für neue Schiffsmodelle und die Arbeitsplanung.«

Frederik betrachtete die beiden. Nichts von dem, was Astrid gesagt hatte, war inhaltlich in irgendeiner Weise negativ oder abwertend, und dennoch vernahm Frederik einen leicht verächtlichen Beiklang. So als würde Astrid ihren Mann nicht ganz für voll nehmen. Aber das mochte auch daran liegen, dass sie diejenige war, die das Unternehmen in die Familie eingebracht hatte. Er würde noch herausfinden müssen, aus welchen Verhältnissen Halvar stammte.

Die Rollen jedenfalls schienen klar verteilt zu sein. Astrid erteilte die Anweisungen, Halvar bediente sie. Oder war es ihrer Krankheit geschuldet, dass er seine gesamte Aufmerksamkeit auf sie richtete und ihr jeden Wunsch von den Augen ablas?

Frederik kam nicht dazu, eine Frage zu stellen, weil von der Eingangstür her Geräusche zu hören waren. Gleich darauf trat eine Frau ins Wohnzimmer. Sie hatte ein klares, von der frischen Luft gerötetes Gesicht, lange blonde Locken, die zu einem Pferdeschwanz gebunden waren, und eine ausgesprochen sinnliche Ausstrahlung. Sie war geschmackvoll gekleidet, mit Hose, Top, Strickjacke und Sneakers in dezenten Grün- und Grautönen.

»Tuva!« Halvar sprang von seinem Stuhl auf und stürzte auf die Schwiegertochter zu, als wollte er sie in die Arme ziehen und an seine Brust pressen. Dann änderte er seine Absicht und blieb abrupt stehen. Seine Arme sanken herab, und er wirkte plötzlich hilflos.

Tuva hielt ebenfalls inne. Sie sah zwischen Halvar, Astrid und Frederik hin und her. »Was ist denn los?«

Astrid wies auf den freien Stuhl am Tisch. »Tuva, bitte setz dich.«

Ihre Schwiegertochter kam der Aufforderung nach, und auch Halvar nahm wieder Platz.

»Es ist etwas Schreckliches passiert«, erklärte Astrid. »Sixten ist tot.«

»Was?« Tuva riss die Augen auf und schlug die Hände vor den Mund. »Aber … wie?«

Frederik nahm sein Notizbuch aus der Tasche und legte es auf den Tisch.

»Ich möchte Ihnen mein aufrichtig empfundenes Beileid aussprechen«, sagte er und stellte sich vor. »Fühlen Sie sich in der Lage, mir ein paar Fragen zu beantworten?«

Tuva wandte sich an Halvar. »Kannst du mir ein Glas Wasser bringen?«

»Natürlich.« Halvar sprang wieder auf. Er musste über fünfzig sein, aber er benahm sich wie ein Kind, das es seinen Eltern recht machen wollte.

Frederik wartete, bis Tuva ihr Wasser bekommen und einen Schluck getrunken hatte.

»Wo waren Sie heute Morgen?«, erkundigte er sich.

»Ich habe einen Spaziergang gemacht. Am Strand entlang, in Richtung Norden. Ich laufe die Strecke jeden Sonntag.«

Frederik zeichnete rasch eine Skizze in sein Buch.

»Ihr Weg führt am Haus von Anders Nordin vorbei?«

»Ja. Aber ich mache dort nicht halt. Wir haben keinen guten Kontakt zu Anders.«

»Darf ich fragen, warum?«

»Das Verhältnis zwischen Anders und Sixten ist schwierig.« Tuva presste die Finger an die Stirn. »Es war schwierig, meine ich.« Ihre Hände wanderten über den Hals zum Top, an dessen Ausschnitt sie zerrte, obwohl er weit war und sie unmöglich beim Atmen behindern konnte. »Was ist denn passiert? Warum ist Sixten tot?«

»Im Augenblick wissen wir nur, dass er eine Kopfverletzung hat und vermutlich ertrunken ist. Er wurde am Strand von Sillvik gefunden. Haben Sie eine Idee, wie er dort hingekommen sein könnte?«

Tuva blinzelte. »Mit seinem Paddelbrett, nehme ich an. Es gab einen Streit mit Anders gestern auf der Feier. Danach ist er weggegangen. Ich vermute, er wollte ein wenig hinausfahren, um sich abzureagieren.«

»Mitten in der Nacht?«

»Er ist oft nachts gepaddelt. Er mochte die Dunkelheit und die Stille auf dem Wasser.«

»Sixten brauchte immer seine Ruhe«, steuerte Astrid Nordin bei. »Schon als Kind.«

Einen Moment lang schwiegen sie alle vier.

»Haben Sie Ihren Mann nach dem Streit noch einmal gesehen?«, fragte Frederik dann.

»Nein.« Tuva schüttelte den Kopf. »Er sagte, er wolle sich umziehen, aber er ist nicht zurückgekehrt. Als ich nach Hause kam, war alles dunkel. Ich habe angenommen, dass er noch unterwegs ist, und als ich heute Morgen das Bett neben mir unbenutzt vorfand, dachte ich, dass Sixten im Gästezimmer übernachtet hat, weil er mich nicht stören wollte. Da er nicht im Haus war, nahm ich an, dass er schon früh in die Firma gegangen war.«

Frederik notierte sich ein paar Stichworte. Charakterlich schien Sixten Nordin nach seinem Stiefvater Halvar zu kommen. Aber es war ja oft so, dass sich familiäre Strukturen über die Generationen hinweg wiederholten. Frederik selbst hatte sein Herz an eine Frau verschenkt, die es nicht schaffte, ihr Leben in die Hand zu nehmen, sein Vater hatte eine schwer depressive Frau geliebt, die schließlich ins Wasser gegangen war.

Frederik schob den Gedanken beiseite.

Vom Beziehungsmuster abgesehen waren die Vorzeichen bei Tuva und Sixten anders als bei Astrid und Halvar. Astrid war die Firmenchefin, Halvar war ihr mehr oder weniger untergeordnet. Sixten dagegen hatte die Geschäfte der Werft geleitet und war nicht von seiner Frau abhängig. Aber vielleicht war ihm Tuva in anderer Hinsicht überlegen?

»Sind Sie berufstätig?«, erkundigte sich Frederik.

»Nein.« Tuva ließ endlich den Ausschnitt ihres Tops los und zog den Stoff glatt. »Seit der Geburt der Mädchen kümmere ich mich ausschließlich um die Kinder. Vorher habe ich in einer Vorschule gearbeitet. Jetzt helfe ich nur noch gelegentlich auf dem Apfelhof meiner Eltern.«

»Was man kaum einen Beruf nennen kann«, bemerkte Astrid.

Frederik registrierte die unverhohlene Kritik, ging aber nicht darauf ein. Astrid, die seit Beginn ihres Berufslebens an der Spitze eines Unternehmens gestanden hatte, obwohl sie ebenfalls Mutter war, fehlte vermutlich das Verständnis dafür, dass sich eine Frau auf diese Rolle reduzieren ließ oder, was in ihren Augen womöglich noch schlimmer war, sich freiwillig darauf beschränkte.

Tuva zeigte sich sichtlich gekränkt. »Ich will eben für unsere Kinder da sein. Du hast diesen Part ja Halvar überlassen.«

Astrid hob das Kinn. »Es kommt nur darauf an, dass es getan wird, nicht darauf, wer es tut«, versetzte sie. »Und ich konnte es nicht. Du weißt sehr genau, warum. Vielleicht verstehst du es jetzt auch.«

Tuva senkte den Blick. Sie schluckte, und nun quollen unter ihren Lidern Tränen hervor.

Frederik machte sich rasch eine Notiz und klappte dann sein Buch zu. »Könnte mir jemand von Ihnen zeigen, wo Sixten sein

Paddelbrett aufbewahrt hat? Ich würde gerne nachsehen, ob es an seinem Platz ist.«

Halvar stand sofort auf. »Ich begleite Sie.«

Frederik verstaute das Notizbuch in der Umhängetasche und erhob sich ebenfalls. »Danke, dass Sie sich die Zeit genommen haben«, sagte er zu Astrid und Tuva und legte seine Visitenkarte auf den Tisch. »Ich melde mich bei Ihnen, sobald ich etwas Neues weiß, aber Sie können mich auch jederzeit anrufen.«

Astrid reagierte mit einer Geste, die man bestenfalls als huldvoll bezeichnen konnte, Tuva nickte unter Tränen. Frederik spürte die Spannung im Raum, beschloss aber, dass jetzt nicht der rechte Zeitpunkt war, tiefer zu dringen. Stattdessen folgte er Halvar nach draußen und registrierte, wie Astrids Ehemann leise aufatmete, als er die Haustür ins Schloss drückte.

»Kommen Sie.« Halvar ging mit großen Schritten durch den weitläufigen Garten zum Zaun, der das Grundstück vom Werftgelände abgrenzte. Er hielt Frederik die Tür auf und strebte dann zu der kleineren der beiden Hallen, die direkt am Meer standen. Sie war so gebaut, dass man vom Wasser aus mit dem Boot hineinfahren konnte.

Halvar geleitete Frederik ins Innere. Es war mit Kränen und Hebevorrichtungen ausgestattet, die es erlaubten, Boote aus dem Wasser zu hieven. Gerüste und verschiebbare Rampen boten die Möglichkeit, an der Außenhaut der Schiffe zu arbeiten. Außerdem gab es eine Betonrampe für die Trailer, mit denen man kleinere Boote herauszog oder zu Wasser ließ.

Im Augenblick befand sich kein Schiff in der Halle, was in Frederiks Augen ungewöhnlich war.

»Wir sind gerade vorgestern mit einem Boot fertig geworden«, erklärte Halvar, der Frederiks suchenden Blick bemerkte. »Das nächste kommt morgen herein, es liegt noch vor der Werft auf Reede.«

Frederik schaute durch das große offene Tor und sah eine Motorjacht, die vor der Werft auf dem Kattegat dümpelte, ein altes Boot aus dunklem Holz, wie man sie früher zu Hunderten gebaut hatte. Mittlerweile waren sie rar geworden und entsprechend wertvoll.

»Das ist die erste Jacht, die Gustav Nordin für sich selbst gebaut hat«, erklärte Halvar. »Sie ist mit Sicherheit das bestgepflegte Boot an der gesamten Westküste.«

Frederik bemerkte den angespannten Unterton in seiner Stimme, wusste aber nicht zu sagen, ob es Bewunderung oder Neid war, was daraus sprach.

Halvar ging weiter und öffnete die Tür zu einem Nebenraum, der allerhand Ausrüstungsgegenstände enthielt. An der Wand lehnte ein Paddelbrett, daneben hing ein kurzärmeliger Neoprenanzug auf einem Bügel an einem Wandhaken.

Halvar stieß einen langen Seufzer aus. »Das zweite Board fehlt. Und der langärmelige Anzug.«

Frederik nickte. Sixten Nordin war also mit dem Brett unterwegs gewesen, genau wie es seine Angehörigen vermutet hatten, und vielleicht war er einfach nur gestürzt und kopfüber gegen einen Felsen unter Wasser geprallt, der die Kopfverletzung verursacht hatte. Weil er aufgewühlt gewesen war oder betrunken, oder beides. Aber natürlich konnte es auch ganz anders gewesen sein.

Für heute würde Frederik die Sache ruhen lassen. Wenn morgen das Ergebnis der Obduktion vorlag, würde man weitersehen.

9

Über Nacht waren Wolken aufgezogen. Vom Meer her kam ein eisiger Wind, als hätte der Frühling beschlossen, eine Pause einzulegen, und der Winter wäre zurückgekehrt. Frederik hatte wieder die gefütterte Jacke aus dem Schrank geholt, aber trotzdem hatte er gefroren, als er mit dem Roller von seinem Haus in Forsbäck, dem kleinen Ort nördlich von Kungsbacka, die knapp fünfundzwanzig Kilometer nach Göteborg gefahren war.

Der Obduktionssaal im Keller des Rechtsmedizinischen Instituts des Universitätsklinikums war wenig geeignet, um sich wieder aufzuwärmen, weil es auch dort kühl war. Frederik fröstelte, obwohl er seine Jacke anbehalten hatte.

Torvald Hedlund erfasste das Problem mit einem Blick. »Lass uns in mein Büro gehen«, schlug er vor. »Es gibt schon ein paar Laborergebnisse.«

Frederik folgte ihm dankbar durch den langen Flur. Hedlunds Büro war ein behaglicher Ort. Durch die kleinen Fenster knapp unter der Decke fiel zwar nur wenig Licht herein, aber der Rechtsmediziner hatte eine Tageslichtlampe installiert, die einen guten Ausgleich schuf. Der Raum war nicht besonders groß, vollgestellt mit Bücherregalen und angenehm temperiert. Außerdem gab es genau wie in Frederiks Büro eine Espressomaschine, mit der Torvald ohne weitere Nachfrage zwei Tassen produzierte. Er wusste, dass man bei Frederik mit Kaffee nie etwas falsch machte.

Frederik legte die Jacke ab, behielt den dicken Pullover, den er darunter trug, aber an. Er nippte an seiner Tasse und genoss die Wärme, die sich in seinem Magen ausbreitete. Torvald winkte ihn zu seinem aufgeräumten Schreibtisch, auf dem ein farbiger Computerausdruck lag.

»Die Kollegen haben das Blut analysiert, das ich dem Toten gestern abgenommen habe, gleich nachdem der Leichnam hier eingetroffen war«, erläuterte er. »Keine Auffälligkeiten, die auf irgendeine Krankheit hindeuten, aber der Blutalkohol lag bei fast drei Promille.«

Frederik hob die Augenbrauen. »Also ist er ins Wasser gestürzt, weil er betrunken war?«

»Das erfahren wir hoffentlich, wenn wir den Leichnam genauer untersuchen«, erwiderte Torvald.

»Okay.« Frederik leerte rasch seine Tasse und folgte dem Rechtsmediziner in den Obduktionssaal. Ein weiterer Arzt und der Obduktionsassistent waren bereits dort und hatten den Toten vorbereitet. Torvald legte Schürze, Haube und Handschuhe an, ehe er an den Tisch trat und mit der Leichenschau begann. Frederik blieb in angemessenem Abstand stehen und sah den dreien aufmerksam bei der Arbeit zu.

Er tat sich noch immer schwer damit, zu beobachten, wie ein Toter aufgeschnitten wurde, aber er hatte eine Technik entwickelt, die es ihm ermöglichte, die Sache durchzustehen. Torvald hatte ihm verraten, dass er es genauso machte: Er blendete alle Gefühle aus und richtete seine volle Konzentration auf die Aufgabe, die vor ihm lag. Nur so konnte man professionell agieren, und das war schließlich im Interesse aller Beteiligten, auch des Toten.

Torvalds Kollege und der Obduktionsassistent drehten den Leichnam auf die Seite, und Torvald vermaß die Wunde am Hinterkopf. Anschließend untersuchte er sie Zentimeter für Zentimeter mit der Lupe.

»Ein harter Gegenstand«, konstatierte er. »Schlag oder Sturz kopfüber ins Wasser, das lässt sich anhand der Verletzung nicht entscheiden. Unter anderen Umständen könnte man gegebenenfalls anhand von Materialspuren Rückschlüsse auf das Objekt ziehen, mit dem der Schädel kollidiert ist, aber hier hat das Wasser alles weggespült.«

Der Kollege und der Assistent rollten den Toten wieder auf den Rücken, und Torvald setzte die äußerliche Untersuchung fort. Die Ergebnisse diktierte er in das Gerät, das über dem Sektionstisch hing. Als er sich dem geöffneten Mund des Verstorbenen widmete, merkte er auf. »Das ist interessant.« Er winkte Frederik heran.

Frederik nahm die Lupe, die Torvald ihm hinhielt.

»Siehst du die Rötungen hinten im Rachen?«, erkundigte sich der Rechtsmediziner.

Frederik kniff die Augen zusammen. Mit viel Fantasie konnte er ein paar Stellen ausmachen, die von einem tieferen Rot zu sein schienen als die Umgebung.

»Was ist das?« Er gab Hedlund die Lupe zurück.

»Mikroverletzungen.« Torvald reichte die Lupe an den Kollegen weiter, der sich die Sache ebenfalls ansah. »Jemand hat dem Toten irgendetwas gewaltsam in den Mund gestopft.«

»Einen Knebel?«

»Nein. Es muss ein harter Gegenstand gewesen sein, sonst sähen die Verletzungen anders aus.«

Der Kollege nickte. »In Anbetracht des hohen Blutalkohols muss man an einen Flaschenhals denken.«

Frederik verspürte ein Kribbeln. »Ihr meint, jemand hat ihm den Alkohol gegen seinen Willen eingeflößt? Ihm die Flasche bis in den Rachen gedrückt und ihn gezwungen zu trinken?«

»Wahrscheinlich hat ihm der Täter die Nase zugehalten, sodass ihm nichts anderes übrig blieb, als zu schlucken.«

»Aber er ist nicht am Alkohol gestorben.«

»Nein. Ich nehme nicht an, dass das die Todesursache war.

Aber warte, bis wir ihn obduziert haben, dann können wir mehr sagen.«

Frederik trat einen Schritt zurück und sah zu, wie die beiden Rechtsmediziner erst den Schädel des Toten öffneten, dann den Brustkorb. Der Obduktionsassistent trug die nierenförmigen Metallschalen mit den entnommenen Organen zur Waage und notierte die Ergebnisse an einer Tafel an der Wand.

Torvald hielt Frederik eine weitere Schale hin, in der sich etwas von der Flüssigkeit befand, die der Rechtsmediziner der Lunge des Toten entnommen hatte. »Wasser in der Lunge«, diktierte er. »Er wurde folglich nicht erschlagen, sonst hätte er keine Flüssigkeit inhaliert.« Torvald deutete mit der Pipette auf ein paar grüne Teilchen, die in der Flüssigkeit schwammen. »Diese Partikel hier sehen wie Algen aus«, erklärte er. »Das deutet darauf hin, dass es sich um Meerwasser handelt.«

Da man Sixten Nordin an einem Meeresstrand gefunden hatte, war die Annahme naheliegend, aber trotzdem musste die Sache geprüft werden. Es hatte auch schon Fälle gegeben, in denen das Opfer zu Hause in der Badewanne ertränkt und anschließend vom Täter ins Meer geworfen worden war, um einen Badeunfall vorzutäuschen.

Torvald nahm ein Stück Lackmuspapier und tauchte es in die Flüssigkeit in der Schale. Das orangefarbene Papier verfärbte sich grünlich. »pH-Wert ungefähr acht, leicht alkalisch. Das ist eindeutig Salzwasser. Der Mann ist im Meer ertrunken.«

»Und was ist das hier?« Frederik fixierte ein paar winzige orangefarbene Teilchen, die ebenfalls in der Flüssigkeit schwebten.

»Wir müssen es untersuchen«, sagte Torvald. »Ich schicke eine Probe ins Labor. Aber ich würde auf Rostpartikel tippen.«

Frederik hatte sofort ein Bild vor Augen. Das kleine Dock, in dem Sixten Nordin seine Paddelbretter und Neoprenanzüge verwahrte, mit dem Wasserbecken, das direkt mit dem Meer verbunden war. Bei der Arbeit an den Schiffen gerieten sicherlich Rostpartikel ins Wasser.

Im Kopf setzte er das Puzzle zusammen. Auf der Feier am Abend hatte es Streit gegeben. Sixten Nordin hatte das Fest verlassen, um mit dem Paddelboard hinauszufahren, aber im Dock war er auf seinen Mörder getroffen. Ein weiterer Streit vielleicht, und dann hatte der andere ihn niedergeschlagen. Hatte ihm gewaltsam Alkohol eingeflößt, ihn im Becken des Docks ertränkt und ihn dann mit dem Brett aufs offene Meer treiben lassen, um einen Paddelunfall vorzutäuschen.

Er fragte trotzdem noch einmal nach. »Das heißt, wir können einen Unfall ausschließen?«

Der Kollege wies auf den Streifen leicht verfärbter Haut an Brust und Oberarmen, den sie bei der äußerlichen Leichenschau festgestellt hatten. Er zog sich wie ein Ring um Nordins Oberkörper.

»Diese Spuren könnten entstanden sein, weil man ihm die Arme festgebunden hat, als er bereits den Neoprenanzug trug. Deswegen sind sie so blass.«

Torvald nahm erneut die Lupe zur Hand und stimmte dem Kollegen zu.

»Mit ziemlicher Sicherheit«, sagte er zu Frederik, »können wir hier von Fremdverschulden ausgehen.«

Frederik bedankte sich beim Team der Rechtsmedizin und verließ das Gebäude. Der Wind war immer noch eisig, und die Sonne versteckte sich nach wie vor hinter dunklen Wolken, aber trotzdem erschien ihm die Atmosphäre hier draußen mild, verglichen mit der Kälte im Keller des Krankenhauses.

Frederik nahm sein Mobiltelefon aus der Tasche. Er rief Birger an, um ihm das Ergebnis der Obduktion mitzuteilen, und bat ihn, sein Team in einer Stunde zu einer Sitzung zusammenzurufen.

Er wollte das Telefon schon wieder zurückstecken, überlegte es sich dann aber anders. Das ganze Wochenende hatte er nichts von Lea gehört. Das musste nichts heißen, sie hatte nicht oft die Gelegenheit, ihr geheimes Handy zu benutzen. Aber Frederik hatte ein ungutes Gefühl, eine Ahnung, als läge eine Gefahr in der Luft.

Rasch tippte er eine SMS und schickte sie ab.

Ein paar Minuten stand er vor dem Krankenhaus und starrte auf das Display, weil er hoffte, dass Lea antwortete, bis er schließlich einsah, dass es keinen Sinn hatte.

Sie schnitt ihr Brot in winzig kleine Stücke, hatte aber trotzdem Mühe, zu schlucken. Der Blick aus Arvids eisblauen Augen schnürte ihr die Kehle zu.

Normalerweise war er um diese Zeit an einem Montagmorgen in seinem Büro, doch heute hatte er offenbar andere Pläne. Er hatte Ellinor, die Haushälterin, die er vor ein paar Monaten eingestellt hatte, angewiesen, den Tisch im Wintergarten zu decken und ein reichhaltiges Frühstück zu servieren.

Und nun spielten sie Theater. Arvid trug einen seiner maßgeschneiderten Anzüge, Lea ein flaschengrünes Etuikleid, mit dem sie für diese Tageszeit vollkommen overdressed war. Auf dem Tisch brannten Kerzen, deren Licht sich in den Kristallschälchen mit dem aufgeschnittenen Obst spiegelte. Vor dem Fenster präsentierte sich der Garten im frischen Frühlingsgrün. Ein unbedarfter Beobachter wäre vermutlich zu dem Schluss gekommen, hier das Bild vollkommenen Glücks von Mitgliedern der High Society vor Augen zu haben. Doch was Lea empfand, wenn Arvid mit seinen streng zurückgekämmten blonden Haaren und dem harten, schmalen Mund vor ihr saß, war nicht Glück, sondern Angst.

Wie hatte sie in diesem Mann einmal ihren Traumprinzen

sehen können? Er war attraktiv, und natürlich hatte er ihr nach allen Regeln der Kunst den Hof gemacht und sie in seine berauschende Glitzerwelt entführt, aber hätte sie nicht trotzdem seine dunkle Seite spüren müssen? Doch sie war jung gewesen und naiv.

Es klopfte an der Tür, und Ellinor kam durch das Wohnzimmer in den Wintergarten. Arvid bestand darauf, dass sie bei der Arbeit ein schwarzes, kaum knielanges Kleid trug, dazu schwarze Ballerinas, eine weiße Serviererinnenschürze und ein weißes Häubchen auf den kurzen grauen Haaren. Wie ein Dienstmädchen im England des ausgehenden neunzehnten Jahrhunderts sah sie damit aus. Ellinor hatte sich gefügt, so wie sie sich auch in allem anderen Arvids Wünschen fügte. Lea wusste, dass sie das Geld brauchte. Ellinors früherer Arbeitgeber, einer von Arvids Geschäftspartnern, war kürzlich verstorben, und Ellinors Mann konnte nach einem Unfall nicht mehr arbeiten.

»Die Post, Herr Ekström.« Ellinor legte einen Stapel Briefe neben Arvids Teller und knickste. Wie meist vermied sie es, Lea anzusehen, aber wenn sie es doch einmal tat, blitzte tiefes Mitleid in den grauen Augen auf.

»Danke, Ellinor.« Arvid wedelte mit der Hand, als müsste er eine Fliege verscheuchen. Ellinor knickste erneut und eilte hinaus.

Wie demütigend musste es sein, in ihrem Alter, mit über fünfzig, wie eine Dienstmagd herumgescheucht zu werden? Aber Lea musste sich ja nur an die eigene Nase fassen. Sie selbst wurde kaum besser behandelt.

Man hatte eben nicht immer die Möglichkeit, frei über das eigene Leben zu entscheiden.

Arvid blätterte den Stapel mit den Briefen durch, während er von seinem dick mit Mett belegten Brot abbiss. Das meiste warf er achtlos beiseite, doch dann hielt er inne. Seine Augen verengten sich. »Post für dich.«

Lea spürte, wie sich ihr Herzschlag beschleunigte. Wer sollte ihr schreiben?

»Von einem Labor in Göteborg.«

Lea stockte der Atem. Ihr Herz schien plötzlich stillzustehen, das Blut in ihren Adern gefror.

Warum hatte sie nicht daran gedacht, dass man im Labor auf den Gedanken kommen könnte, ihr das Ergebnis schriftlich zuzusenden, statt darauf zu warten, dass sie es telefonisch erfragte?

Arvid riss den Umschlag auf und entfaltete den Briefbogen.

»Sehr geehrte Frau Ekström«, las er mit kalter Stimme vor. »Leider müssen wir Ihnen mitteilen, dass ein Teil des von Ihnen vorgelegten Materials nicht verwendbar ist, da die Haarwurzel fehlt. Wir möchten Sie deshalb bitten, uns eine neue Probe des mutmaßlichen Vaters zuzusenden. Einen verschließbaren Plastikbeutel und einen frankierten Rückumschlag haben wir beigelegt.«

Lea wagte es nicht, ihren Mann anzusehen. Die Stille im Raum dröhnte in ihren Ohren, während sie Arvids anschwellenden Zorn wahrnahm wie eine Lawine, die auf sie zurollte.

Sie spürte, wie er aufstand und neben sie trat. Mit einer Hand griff er ihr in die Haare und zog sie von ihrem Stuhl hoch.

»Der mutmaßliche Vater, ja?« Sein Gesicht war so dicht vor ihrem, dass sie seine eisblauen Augen nur unscharf sah. »Wer ist denn der andere?«

»Ich weiß es nicht«, murmelte Lea.

Was sollte sie anderes sagen? Dass sie ihn betrogen hatte, war offensichtlich, warum sonst hätte sie einen Vaterschaftstest in Auftrag geben sollen? Das Einzige, was sie noch tun konnte, um Emma und Frederik zu schützen, war, Frederiks Namen geheim zu halten. Sonst wäre es auch mit Frederiks Besuchen im Heim vorbei, und Emma würde noch weiter traumatisiert.

»Du weißt es nicht? Waren es so viele?« Arvid zerrte sie an den Haaren durch den Raum, die Treppe hinauf in den Flur im ersten Stock und drängte sie ins Bad. Aus den Augenwinkeln glaubte sie, Ellinor zu erkennen, die in der Nische unter der Treppe stand, doch die Haushälterin tat nichts, um ihr zu Hilfe zu eilen.

Wie sollte sie auch? Sie hätten auch zu zweit keine Chance gegen Arvid.

Er ließ ihre Haare los, griff in das Regal neben der Tür und schob Lea vor den Spiegel.

»Sieh dich an«, sagte er. »Schau, was für eine wunderschöne Frau ich geheiratet habe. So schön, dass alle Männer sie bespringen wollen.«

Lea blickte gehorsam in den Spiegel. Sie hatte sich sorgsam geschminkt, sodass man die Prügelspuren in ihrem Gesicht kaum noch sah. Ihre langen braunen Locken fielen offen über ihre Schultern, und sie sah die goldenen Einsprengsel in ihren braunen Augen, die Frederik so mochte.

»Aber das werden wir ändern.« Arvid hob die Hand, und Lea sah erst jetzt, was er darin hielt. Es war die Haarschneidemaschine, mit der sie ihm einmal wöchentlich den Nacken ausrasierte, weil er es nicht leiden konnte, wenn ihn die Haare im Hemdkragen kitzelten.

Lea riss entsetzt die Augen auf. »Arvid, nein. Bitte nicht.«

Arvid legte von hinten den Arm um sie und umklammerte ihr Kinn mit der linken Hand so fest, dass sie den Kopf nicht mehr bewegen konnte. Mit der rechten schaltete er die Haarschneidemaschine ein.

»Sieh genau hin«, zischte er und führte die Klinge grob von ihrem Nacken über den Hinterkopf bis zur Stirn. Lea sah im Spiegel, wie dicke Strähnen ihrer schönen braunen Locken zu Boden fielen. In der Mitte ihrer Haarpracht entstand eine kahl rasierte, fünf Zentimeter breite Schneise. Leas Körper wurde taub.

Arvid führte den Haarschneider ein zweites, drittes, viertes Mal über ihren Kopf und rasierte weitere kahle Bahnen in ihr dichtes Haar. Dann ließ er Lea los, schaltete die Maschine aus und legte sie beiseite.

»Den Rest kannst du später selbst erledigen«, erklärte er und öffnete den Reißverschluss seiner Anzughose. »Jetzt sorgen wir erst einmal dafür, dass das Labor eine verwertbare Probe bekommt.« Er drehte sie zu sich herum, griff ihr in die verbliebenen Haare und zwang sie auf die Knie. »Du musst nur aufpassen, dass du nicht alles hinunterschluckst.«

Das Toastbrot war schwarz, die Rühreier trocken, der Schinken angebrannt. Wilmer war gerade noch rechtzeitig in die Küche gekommen. Hedvig hatte am Herd gestanden und auf die rauchenden Pfannen gestarrt, ohne einen Handgriff zu tun. Wilmer hatte die Flammen abgeschaltet und versucht, zu retten, was zu retten war. Da er kein besonders begabter Koch war, sah das Ergebnis entsprechend kläglich aus.

Deshalb hatte er die ungesunden Sachen auf den Tisch gestellt, die Tuva den Mädchen verbot, Frosties und Cornflakes mit Schokostückchen, dazu Milch und Schokoladenkekse. Doch weder Tilde noch Greta hatten irgendetwas davon angerührt.

Auch Hedvigs Teller war leer. Sie hielt ihre Teetasse umklammert und schüttelte unablässig den Kopf.

Wilmer biss krachend von seinem Toastbrot ab. Er hatte das Schwarze abgekratzt und den Toast dick mit Butter bestrichen, aber er bekam ihn trotzdem nicht hinunter. Das Brot blieb in seiner Kehle stecken, und er musste würgen, bis es sich endlich bewegte.

Der Anruf war am späten Abend gekommen. Sie hatten schon gerätselt, wo Tuva blieb. Sie hätte längst in Lindberg sein müssen, um die Mädchen abzuholen. An einem Sonntagnachmittag Ende März war der Verkehr nie so dicht, dass man mit großen Verzögerungen rechnen musste.

Hedvig war unruhig geworden. Sie hatte sich Sorgen gemacht, dass etwas passiert war, ein schrecklicher Autounfall oder etwas in der Art. Sie hatte Wilmer gedrängt, anzurufen, doch er hatte abgewiegelt. Hedvig war eine Glucke. Tuva brauchte ihre Freiheit.

Irgendwann hatte sie ihn doch so weit gehabt, aber gerade als er zum Telefon greifen wollte, hatte es geklingelt. Es war erneut Halvar gewesen, allerdings nicht, um ihm zu verraten, was auf dem Firmenjubiläum vorgefallen war.

Wilmer hatte noch nie erlebt, dass Halvar weinte, nicht einmal auf der wunderschönen Hochzeit von Sixten und Tuva, auf der Wilmer selbst ein paar Tränen zerdrückt hatte. Aber wahrscheinlich war es etwas anderes, die Tochter herzugeben, als einen Sohn. Eigentlich war Sixten nur Halvars Stiefsohn, aber so hatte Wilmer das nie gesehen. Halvar hatte die Jungen großgezogen, seit Sixten zwölf und Anders zehn gewesen war. Für Wilmer war er ihr Vater.

Gestern Abend am Telefon aber hatte er Halvar kaum verstehen können, weil er beim Sprechen immer wieder aufschluchzte und seine Stimme brach. Er hatte Wilmer mitgeteilt, dass Sixten tot war und dass die Mädchen noch ein paar Tage auf dem Apfelhof bleiben sollten, bis man wusste, wie es weiterging. Die Polizei war da gewesen und hatte Fragen gestellt, doch niemand konnte sagen, was eigentlich genau geschehen war. Im Augenblick ging man davon aus, dass Sixten mitten in der Nacht betrunken vom Paddelbrett gestürzt war.

Was für ein Unsinn! Wilmer glaubte nicht einen Moment

lang, dass es sich so abgespielt hatte. Sixten war ein vernünftiger und zuverlässiger Mann gewesen, genauso wie Halvar. Die beiden waren sich so ähnlich, dass kein Mensch auf die Idee gekommen wäre, dass Halvar nicht Sixtens leiblicher Vater war.

Sixten wäre niemals betrunken mit dem Brett hinausgefahren. Er hatte schließlich die Verantwortung für eine Frau und zwei kleine Mädchen und darüber hinaus für den Betrieb der Familie, der ihm am Herzen lag. Irgendetwas musste vorgefallen sein, doch Halvar hatte sich nicht dazu äußern wollen.

Er hatte Wilmer nur gebeten, den Kindern die furchtbare Nachricht zu überbringen, weil Tuva es nicht am Telefon tun wollte, die beiden aber erfahren mussten, was geschehen war, ehe es ihnen auf irgendeinem anderen Weg zu Ohren kam. Der Hofladen war gut besucht, und irgendwer würde sicher die Nachricht in der Zeitung lesen und Wilmer und Hedvig darauf ansprechen.

Also hatten sie sich mit den Mädchen hingesetzt, nachdem Wilmer seiner Frau erzählt hatte, was passiert war. Sie hatten versucht, es ihnen schonend beizubringen, aber wie erklärte man zwei kleinen Mädchen, dass sie ihren geliebten Vater nie wiedersehen würden?

Tilde hatte sich schluchzend in die Arme ihrer Großmutter geworfen. Greta war auf Wilmers Schoß geklettert und hatte ihn angesehen. Ihre Augen waren trocken, aber ihr Blick war so voller Schmerz gewesen, dass es ihm das Herz zerriss.

Nun waren Tildes Tränen getrocknet, doch die Trauer, die wie eine giftige Wolke im Raum hing, war kaum zu ertragen.

Er fragte sich, wie es Tuva ging. Seine Tochter hatte sich bisher nicht gemeldet und seine Anrufe nicht entgegengenommen. Früher war sie mit all ihren Sorgen zu Hedvig und ihm gekommen, doch seit sie verheiratet war, hatte sich das natürlich geändert, wie so vieles andere auch.

Manches davon bedauerte Wilmer. Als sie noch bei ihnen auf dem Apfelhof gewohnt hatte, war Tuva eine lebenslustige und offenherzige junge Frau gewesen. An Sixtens Seite war sie stiller geworden, und ihre Probleme machte sie mittlerweile meistens mit sich selbst ab. Hedvig und er mussten das akzeptieren. Tuva war erwachsen.

Wilmer stand auf, um Kakao zu kochen. Sie brauchten alle vier etwas, um bei Kräften zu bleiben. Wenn niemand etwas essen mochte, dann half vielleicht eine heiße Schokolade.

Ehe Frederik in den Gruppenraum ging, schaute er bei seinem Chef Birger Holm vorbei.

Birger hatte die Morgenausgabe des *Dagens Nyheter,* der auflagenstärksten schwedischen Tageszeitung, vor sich liegen. Der Tod des *Kronprinzen der Nordin-Werft,* wie die Zeitung titelte, hatte es bereits in die Nachrichten geschafft. Der Verfasser des Artikels spekulierte darüber, ob es sich um einen Unfall, Mord oder Selbstmord handelte, blieb aber vage.

»*Götegorgs-Tidningen*, *Göteborgs-Posten* und *Aftonbladet* schreiben ungefähr dasselbe«, erklärte Birger und drehte den Monitor seines Rechners so, dass Frederik draufschauen konnte. Frederik griff nach der Maus und überflog die geöffneten Online-Artikel. Alle berichteten von einem Toten am Strand von Sillvik, doch darüber hinaus waren keine Informationen weitergegeben worden. Nicht einmal von der Kopfverletzung wussten die Zeitungen.

»Sag deinen Leuten, dass sie auf keinen Fall mit den Journalisten sprechen sollen«, bat Birger. »Das ist eine sensible Angelegenheit. Alle Informationen müssen über unsere Pressestelle laufen und mit mir abgestimmt sein.«

Frederik nickte nur. Er hatte lange genug in heiklen Fällen wie dem Waffenschmuggel von Russland über Schweden in den

Nahen Osten ermittelt, um sich der Tragweite unerwünschter Berichterstattung bewusst zu sein.

Birger hob die Hände. »Ich sage das nur, weil Gustav Nordin sich bereits mit Carl-Axel Nyström in Verbindung gesetzt hat. Er verlangt eine rasche Aufklärung des Falls. Und er hat sich darüber beschwert, dass man ihn nicht persönlich informiert hat.«

Frederik seufzte. Es war vermutlich keine Überraschung, dass der alte Besitzer der Nordin-Werft einen direkten Draht zum westschwedischen Polizeichef hatte. Für die Ermittlungen war es eher hinderlich, umso mehr, da Nyströms Tochter zu Frederiks Team gehörte.

»Ich habe die Ehefrau und die Mutter in Kenntnis gesetzt«, sagte er. »Gustav Nordin ist nur der Großvater.«

Birger lächelte. »Du weißt, dass das kein Vorwurf ist. Ich wollte dich nur informieren.« Er legte den Kopf schief. »Kommst du zurecht?«, fragte er. »Mit deinen Leuten, meine ich? Ich kann jederzeit weiteres Personal anfordern.«

»Das ist nicht nötig.«

Mit seinem Team war es schwer, aber Frederik war nach wie vor entschlossen, es mit diesen Kollegen zu schaffen. Mittlerweile war es nicht nur eine Herausforderung, sie waren ihm auch ans Herz gewachsen.

Er verabschiedete sich von Birger und ging über den Flur zum Konferenzraum.

Seine Kollegen waren vollzählig versammelt. Irgendjemand – Hedda vermutlich – hatte Teller mit Zimtschnecken und Keksen auf den Tisch gestellt, dazu Kaffee, Tee und Flaschen mit Kaltgetränken. Frederik bekundete ihr mit einem stillen Lächeln seinen Dank.

Göran, der wie immer schlaff auf seinem Stuhl saß, hatte bereits eine angebissene Zimtschnecke vor sich auf dem Teller liegen. Viveka, die Tochter des westschwedischen Polizeichefs

Carl-Axel Nyström, hatte ihren Teller dagegen weit von sich geschoben und nippte an einer Tasse, in der sich eine hellgrüne Flüssigkeit befand, irgendein Gesundheitstee vermutlich. Ihre langen blonden Haare glänzten ebenso wie ihre weiß lackierten Fingernägel. Sie trug ein hellblaues Kostüm mit weißer Bluse, eine zartblaue Strumpfhose und azurblaue Pumps.

Der Kontrast zu Anna, die neben ihr saß, hätte kaum größer sein können. Die Kollegin mit den halblangen roten Haaren steckte wie immer in ihrer schwarzen Lederkluft, die sie auch im Hochsommer nicht ablegte. Eine Rüstung, das war Frederik klar, die sie seit ihrem Fahrradunfall im vergangenen Jahr dringender zu brauchen schien als je zuvor.

Khalid war der Einzige, der nicht am Tisch saß, sondern wie meistens an der Wand lehnte. Diese Gewohnheit hatte er beibehalten, auch wenn er sich nicht mehr ganz so widerborstig gab wie am Anfang. Aber er schien noch immer zu argwöhnen, dass man ihn hier nicht haben wollte, in diesem Land ebenso wenig wie in diesem Beruf. Khalid war ein syrischer Flüchtling, der als Integrationsbeamter bei der schwedischen Polizei angefangen hatte. Zu Frederik war er versetzt worden, nachdem es mit einem Kollegen, der ihn provoziert hatte, zu Handgreiflichkeiten gekommen war.

Frederik setzte sich an seinen Platz am Kopfende des Konferenztisches und nahm sich Kaffee und eine Zimtschnecke. Er informierte sein Team rasch über die Ereignisse des Vortags und berichtete von der Begegnung mit Astrid und Anders Nordin im Haus des Künstlers.

»Anders hatte offenbar einen Gast, den er vor seiner Mutter und mir verstecken wollte«, sagte er und schilderte das Gepolter im Nebenraum, das Anders mit dem offenen Fenster und der umgestürzten Skulptur begründet hatte. Eine Erklärung, die Frederik nicht eine Sekunde lang geglaubt hatte.

»Du hast nicht nachgesehen?«, fragte Viveka.

»Dazu bestand kein Anlass. Wir erheben ja bisher keine Anschuldigungen gegen Anders Nordin, und als ich dort war, stand nicht einmal fest, ob wir es mit einer Straftat zu tun haben.«

»Aber das ist jetzt anders?« Annas Augen funkelten neugierig.

»Ja.« Frederik referierte das Ergebnis der Obduktion.

»Ein Mord also.« Viveka tippte auf ihrem Tablet, Anna und Hedda machten sich handschriftliche Notizen. Khalid dagegen lehnte weiter an der Wand, die Hände in den Hosentaschen, als ginge ihn das alles nichts an. Göran nahm sich die zweite Zimtschnecke.

»Richtig«, bestätigte Frederik. »Und das macht Anders' Damenbesuch interessant.«

Khalid runzelte die Stirn. »Woher weißt du, dass es eine Frau war?«

»Auf dem Sofa lag eine Damenbluse, die Anders unauffällig hat verschwinden lassen, bevor er sich neben seine Mutter setzte.«

»Nicht unauffällig genug für dich, offensichtlich.« Anna grinste.

Khalid gab ein ungeduldiges Schnauben von sich. »Schön. Anders Nordin schläft also mit einer Frau, die wahrscheinlich verheiratet ist. Inwiefern hilft uns das?«

»Es könnte ein Mordmotiv sein«, sagte Frederik.

Er erntete ratlose Blicke aus vier Augenpaaren.

»Ich denke, die Frau im Schlafzimmer war Tuva Nordin«, erklärte er.

»Die Frau des toten Bruders?« Viveka schüttelte den Kopf. »Das erscheint mir doch sehr weit hergeholt. Wie kommst du darauf?«

»Ihre Reaktion auf die Todesnachricht war sonderbar. Sehr

verhalten, obwohl sie eine offene und gefühlsbetonte Person zu sein scheint. Bei Astrid war es ähnlich; sie war ebenfalls sehr zurückhaltend. Aber zu ihr passt es. Ich denke, es ist Astrids Art, mit Schicksalsschlägen umzugehen, distanziert und unterkühlt. Von Tuva dagegen hätte ich etwas anderes erwartet. Deshalb glaube ich, dass sie nicht wirklich überrascht war, als ich mit ihr gesprochen habe.« Frederik präsentierte das Puzzlestück, das das Bild vervollständigte. »Das Gepolter in Anders' Schlafzimmer hat exakt in dem Moment eingesetzt, als ich Astrid und Anders mitgeteilt habe, dass wir Sixten Nordin tot aufgefunden haben.«

Göran nickte und stopfte den Rest seiner Zimtschnecke in den Mund. »Sie ist zusammengeklappt«, nuschelte er.

Hedda sah Frederik mit großen Augen an. Obwohl sie seit mehr als dreißig Jahren für die Polizei arbeitete, war sie immer noch unsicher und leicht zu beeindrucken. Frederik hätte gerne gewusst, warum ihr Selbstwertgefühl auf so tönernen Füßen stand, hatte es bisher aber nicht geschafft, sich dem Geheimnis, das sie zweifellos verbarg, zu nähern.

Dasselbe galt für Göran. Auch er trug offensichtlich einen Ballast mit sich herum, der ihn behinderte, doch auch seinen Schwierigkeiten war Frederik noch nicht auf die Spur gekommen. Aber er war sich sicher, dass mehr hinter Görans Schwerfälligkeit und mangelnder Motivation steckte als das sichtbare Übergewicht, das vermutlich nur der äußere Ausdruck eines tiefer liegenden Problems war.

»Du denkst an Eifersucht«, sagte Anna. »Die typische Geschichte. Zwei Brüder lieben dieselbe Frau, und der, der sie nicht haben kann, gönnt sie dem anderen nicht.«

Frederik, der sehr genau wusste, wie es war, eine Frau zu begehren, die unerreichbar war, nickte. »Es ist eine Möglichkeit. Aber wir müssen natürlich in alle Richtungen ermitteln.« Er suchte die Seite in seinem Notizbuch, auf der er sich die Aufgaben für die Kollegen notiert hatte. »Da liegt eine Menge Arbeit vor uns.«

Er schaute Hedda an, die sich in ihrem zentralen Büro, von dem alle anderen Räume abzweigten, besonders wohlfühlte. Es war die Schaltzentrale des Teams, und Hedda selbst erledigte am liebsten Rechercheaufträge.

»Zunächst brauchen wir alle Informationen, die wir über die Familie Nordin bekommen können.«

Hedda lächelte schüchtern. »Das erledige ich.«

»Des Weiteren müssen wir uns einen Überblick über die finanzielle Situation der Werft verschaffen und Kontakt zur Zollfahndung aufnehmen, um mehr über diese Teakholz-Sache zu erfahren.« Frederik blickte zu Viveka.

»Kein Problem.« Die Tochter des westschwedischen Polizeichefs lächelte. »Ich kann auch meinen Vater fragen. Er ist mit Gustav Nordin befreundet.«

Frederik sagte nichts. Er sah sie nur ernst an.

»Ja, schon gut.« Viveka wedelte mit der Hand. »Ich nehme den offiziellen Dienstweg.«

»Fein.« Frederik lächelte knapp und wandte sich an Anna. »Die Kollegen, die sich im Haus von Sixten und Tuva Nordin und in der Firma umgesehen haben, haben Sixten Nordins Laptop sichergestellt. Du bekommst eine Kopie der Festplatte. Die Firmenrechner hat die Zollfahndung mitgenommen. Kümmere dich darum, dass sie dir ebenfalls die Daten schicken.«

Anna machte sich eine Notiz. »Was ist mit dem Handy des Toten?«

»Das ist bisher nicht aufgetaucht, aber du könntest versuchen, über den Anbieter an seine Telefondaten zu kommen.«

»Das mache ich.« Technik und Datenanalyse gehörten zu Annas Stärken.

»Ansonsten hat die Durchsuchung der Wohn- und Firmenräume leider nichts zutage gefördert, das uns weiterhilft«, berichtete Frederik. Er wandte sich an die Männer, die beide eine unübersehbare Abwehrhaltung eingenommen hatten, wenn auch, wie Frederik mutmaßte, aus gänzlich unterschiedlichen Gründen. Khalid, der die Hände tief in den Taschen seiner Jeans versenkt hatte und Frederik mit finsterem Blick maß, und Göran, der in seinem Stuhl so weit nach unten gerutscht war, wie es nur ging, mit der dritten Zimtschnecke, hinter der er sich versteckte.

»Was tust du?«, fragte Khalid, als wäre es Frederiks Gewohnheit, in seinem Büro die Füße hochzulegen. »Und was machen Göran und ich?«

»Ich möchte als Erstes mit Tuva sprechen«, entgegnete Frederik. »Sie ist die Ehefrau des Toten. Falls es kein Mord aus Eifersucht war, kann sie uns helfen, ein klareres Bild von Sixten Nordin zu bekommen.«

»Hm.« Khalid zog die Hände aus den Hosentaschen und verschränkte jetzt die Arme vor der Brust. Er hatte Frederik im vergangenen halben Jahr oft begleitet, schien aber immer noch zu glauben, dass Frederik ihn nicht gern dabeihatte.

»Jemand muss den Kontakt zu den Kollegen von der Wasserschutzpolizei halten und sich an der Suche nach dem Paddelbrett beteiligen.« Frederik trug die letzten Posten seiner Aufstellung vor. »Wir brauchen auch die Gästeliste der Jubiläumsfeier. Jeder, der dort war, könnte ein möglicher Zeuge sein und muss befragt werden.«

Frederik sah den Ausdruck blanker Panik in Görans Augen. Er blinzelte ihm zu. »Das erledigt Khalid. Wir beide fahren zur Werft, sprechen mit Tuva und sehen uns das Becken im Dock an, in dem man Sixten Nordin mutmaßlich ertränkt hat.«

Der Schachzug glückte. Göran, der sich sonst mit Händen

und Füßen gegen Außeneinsätze wehrte, griff geradezu dankbar nach dem Angebot, das so viel weniger Arbeit zu bedeuten schien als die Befragung der Zeugen und die Suche nach dem Paddleboard. Khalid dagegen, der sich stets gering geschätzt fühlte, freute sich über die verantwortungsvolle Aufgabe, das konnte Frederik sehen, auch wenn Khalid sich große Mühe gab, seine Mundwinkel, die unwillkürlich nach oben gezuckt waren, im Zaum zu halten.

10

Nun war es also passiert. Die Polizei hatte vor der Tür gestanden, mit Halvars Sohn Lasse. Er sah fürchterlich aus, Hände und Gesicht zerschrammt und blutig, und er stank nach Alkohol und Zigaretten.

Er hatte sich geprügelt, irgendwo in der Hochhaussiedlung in Torslanda.

Der andere *lag im Krankenhaus.*

Lasse erfüllte das ganz offensichtlich mit Stolz. Er grinste, und seine Augen, von denen das eine beinahe zugeschwollen war, glitzerten. Er murmelte irgendetwas, das sie nicht richtig verstand, aber es wäre auf jeden Fall nicht geeignet gewesen, ihr Entsetzen zu mildern. Und es klang verächtlich und vulgär.

Die Beamten hatten etwas von einem Ritual gesagt, von einer Bewährungsprobe, von Banden und organisierter Kriminalität.

Quatsch, *hatte Lasse nur entgegnet, als sie ihn darauf angesprochen hatten. Er hatte sich an ihnen vorbeigedrängt und war in sein Zimmer gegangen. Hatte die Tür zugeknallt, und gleich darauf hatte unfassbar laute Musik eingesetzt, kreischende Gitarren und ein Sänger, der brüllte, als würde ihm bei lebendigem Leib die Haut abgezogen. Wenn das ein Spiegelbild von Lasses innerer Verfassung war …*

Astrid schüttelte den Kopf.

Lasse war sechzehn. Er steckte mitten in der Pubertät. Musste damit leben, dass seine Mutter die Familie verlassen und sein Vater eine neue Frau geheiratet hatte. Er probierte sich aus, und er war offenbar in schlechte Gesellschaft geraten. So etwas passierte. Aber das würde sich alles wieder einrenken.

Sie wusste, dass sie sich etwas vormachte. Doch was hätte sie sonst tun sollen?

Ihr eigener Anblick im Spiegel trieb ihr die Tränen in die Augen. Sie hatte geglaubt, dass Arvid sie bereits in die tiefsten Tiefen hinabgestoßen hätte, dass er sie nicht mehr weiter demütigen könnte, doch sie hatte sich getäuscht.

Sie hatte die restlichen Haarsträhnen abrasiert. Die Verwüstung, die Arvid auf ihrem Schädel angerichtet hatte, war zu groß, als dass man noch irgendeine Art von Frisur daraus hätte machen können.

Ohne Haare fühlte sie sich nackt, und die plötzliche Kühle um ihren Kopf bereitete ihr Unbehagen. Sie hatte ihre goldbraunen Locken geliebt, und sie waren ihr immer als das schönste Geschenk erschienen, dass der liebe Gott ihr gemacht hatte.

Mittlerweile wusste sie nicht mehr, ob es ihn überhaupt gab. Konnte ein gütiger Gott wirklich zulassen, was mit ihr geschah? Oder war sie selbst es, die versagt hatte? Weil sie die falschen Entscheidungen getroffen und den falschen Weg eingeschlagen hatte und nun die Konsequenzen tragen musste?

Es würde Monate dauern, bis überhaupt wieder genügend Haare da waren, die man frisieren könnte, und Jahre, bis die Locken ihre ursprüngliche Länge erreicht hätten.

Lea ließ sich erschöpft auf den Toilettendeckel sinken.

Wenn Emma nicht wäre, würde sie einfach Tabletten schlucken und mit reichlich Alkohol nachspülen. Oder sich ein warmes Bad einlassen und sich die Pulsadern aufschneiden. Aber sie konnte ihre Tochter nicht allein lassen. Und dann war da ja auch noch Frederik …

Die beiden Menschen, die sie liebte und die sich nun ihretwegen in größter Gefahr befanden. Sie konnte sie nicht schützen, dazu fehlten ihr die Kraft und die Mittel. Aber sie konnte sie zumindest warnen.

Erst als sie auf dem Parkplatz des Polizeipräsidiums gegenüber vom Ullevi-Stadion neben seinem Roller standen, erkannte Frederik das Problem. Er konnte Göran nicht mitnehmen. Auf der Sitzbank war nicht genügend Platz für ihn und den übergewichtigen Kollegen, und in den Beiwagen könnte Göran seine Leibesfülle nie im Leben hineinzwängen.

Göran, der zu seinen weiten, abgetragenen Jeans und dem verwaschenen hellblauen Jeanshemd, das über dem Bauch spannte, eine feste dunkelblaue Stoffjacke übergezogen hatte, ließ die Arme hängen.

»Also ist es wohl doch besser, wenn Khalid dich begleitet«, sagte er. »Oder wir müssen einen Dienstwagen nehmen.«

Frederik zögerte. Er fuhr bei fast jedem Wetter mit dem Roller, weil er den Wind und die frische Luft zum Nachdenken brauchte. Mats Lundgren, der Psychologe der Skogome-Anstalt, den er im Fall des verschwundenen Mädchens vor zwei Jahren kennengelernt hatte und mit dem er sich seitdem regelmäßig traf, hatte einmal angemerkt, dass Frederiks Abneigung gegen geschlossene Räume etwas mit dem Tod seiner Mutter zu tun haben könnte, doch Frederik hatte abgewehrt. Er mochte es, mit Mats sein eigenes Verhalten zu reflektieren, und freute sich, wenn er etwas dazulernte, aber um dieses Thema machte er nach wie vor einen großen Bogen. Trotzdem gingen ihm Mats' Worte seitdem immer wieder durch den Kopf.

Ertrinken ist eine Art des Erstickens. Und du hast Angst, zu wenig Sauerstoff zu bekommen.

Frederik schob den Gedanken beiseite und betrachtete Göran und den Roller. Er wollte nicht mit dem Wagen fahren, aber er wollte auch seine Entscheidung, Göran mitzunehmen, nicht revidieren. Schließlich kam ihm die rettende Idee.

»Hast du einen Motorradführerschein?«

»Ja.« In Görans Augen blitzte etwas auf, eine Erinnerung an eine vergangene und offenbar schöne Zeit. »Als junger Mann war ich oft mit dem Motorrad unterwegs.« Dann verdüsterte sich Görans Blick wieder, weil anscheinend eine andere und sichtlich weniger schöne Erinnerung die erste verdrängte. »Aber ich bin lange nicht mehr gefahren.«

»Das verlernt man nicht.«

Frederik öffnete das Fach unter der Sitzbank und reichte Göran einen der beiden Helme. Den anderen setzte er selbst auf. Er steckte den Zündschlüssel ins Schloss und stieg in den Beiwagen.

Es war ein merkwürdiges Gefühl, nicht hochaufgerichtet im Sattel zu sitzen mit dem weiten Blick über die Straße, sondern nur ein paar Zentimeter über dem Asphalt in einer Blechkapsel, aber zugleich verspürte Frederik auch ein freudiges Kribbeln. Er war noch nie im Beiwagen eines Motorrads mitgefahren.

Göran befestigte mühsam den Helmverschluss unterm Kinn und klappte das Visier hoch. »Bist du sicher?« Er schaute unschlüssig auf Frederik und den Roller.

»Absolut.«

»Okay.« Göran hievte sich schwerfällig auf die Sitzbank und startete den Motor.

»Wow. Der ist ja elektrisch.«

»Ja.« Frederik schämte sich plötzlich, weil ihm bewusst wurde, wie wenig Aufmerksamkeit er Göran in den vergangenen zwei Jahren gewidmet hatte. Als ob sich dessen Trägheit auf ihn übertragen hätte. Aber das sollte sich jetzt ändern.

Göran lenkte den Roller vom Parkplatz und fuhr durch den Göteborger Stadtverkehr in Richtung Norden. Zunächst ein wenig zögerlich, doch als sie den Tingstadstunnel durchquert hatten und auf dem Björlandavägen zwischen flachen Gesteinsformationen und lichten grünen Wäldern ihrem Ziel entgegenfuhren, merkte Frederik, wie Göran sich entspannte, und als sie das Werftgelände in Björlanda erreichten, lächelte der Kollege.

Frederik dirigierte ihn an der Werft vorbei zum Grundstück der Nordins und bat ihn, vor der Villa von Sixten und Tuva zu halten.

Göran nahm den Helm ab, und Frederik sah seine strahlenden Augen. Plötzlich wirkte der Kollege gar nicht mehr so behäbig.

Frederik verstaute die beiden Helme unter der Sitzbank und ging auf die Haustür zu, dicht gefolgt von Göran, dessen Arme im Takt der Schritte mitschwangen. Frederik drückte auf den Klingelknopf, und im Inneren ertönte eine Glocke.

Eine Weile lang passierte überhaupt nichts. Dann öffnete sich die Tür, aber es war nicht Tuva, die vor ihnen stand, sondern Halvar Nordin. Der blonde Mann mit den grauen Schläfen trug einen schwarzen Anzug mit anthrazitfarbenem Hemd und schwarzer Krawatte und einen Ausdruck tiefer Trauer im glatt rasierten Gesicht.

»Hey.« Frederik stellte Göran vor und bat darum, mit Tuva sprechen zu dürfen.

»Bitte. Kommen Sie herein. Meine Schwiegertochter ist im Wintergarten.« Halvar machte einen Schritt zur Seite, damit sie eintreten konnten, und führte sie dann durch einen kleinen Flur und ein gemütliches Wohnzimmer in den Wintergarten, der seinem Namen alle Ehre machte. Mehrere mannshohe Palmen und zahlreiche exotische Pflanzen in Terrakottatöpfen vermittelten ein südliches Flair. Die komplett verglaste Front bot einen eindrucksvollen Blick über die flachen grauen Felsen zum Kattegat.

Tuva Nordin saß in einem der beiden Korbsessel, die zwischen den üppigen Pflanzen standen, eingehüllt in eine dicke Wolldecke. Auf dem kleinen Caféhaustisch neben ihr standen zwei Teetassen.

Frederik reichte ihr die Hand.

»Hey«, sagte er. »Ich bedaure, wenn ich Sie in Ihrer Trauer störe, aber ich muss Ihnen leider noch einige Fragen stellen. Wie sich herausgestellt hat, ist Ihr Mann nicht bei einem Unfall ums Leben gekommen. Wir gehen davon aus, dass er ermordet wurde.«

Tuvas Hand erschlaffte in seiner. Ihr Mund öffnete sich, aber es kam kein Ton heraus.

Halvar sank auf den zweiten Stuhl und schüttelte den Kopf. »Das kann nicht sein. Es muss sich um einen Irrtum handeln. Wer sollte Sixten denn ermorden wollen?«

»Genau das wollen wir herausfinden.« Frederik schaute zu Halvar. »Wären Sie so freundlich, uns allein zu lassen?«

Halvar hob das Kinn. »Wir haben keine Geheimnisse.«

»Schön.« Frederik lächelte. »Aber ich wäre Ihnen dankbar, wenn Sie meinem Kollegen in der Zwischenzeit das Dock zeigen könnten, in dem Ihr Schwiegersohn sein Paddelbrett aufbewahrt hat. Wir haben Grund zu der Annahme, dass er dort ums Leben gekommen ist.«

»Hier? In der Werft?« Halvar wirkte verstört. »Wie sollte das passiert sein?«

»Das wird hoffentlich die Spurensicherung klären. Die Kollegen sind schon unterwegs.« Frederik wandte sich an Göran. »Weist du sie ein?«

Göran machte ein Gesicht, als hätte Frederik ihm einen schweren Rucksack umgehängt, den er zusätzlich zu seinem Körpergewicht auf keinen Fall tragen konnte, aber er nickte trotzdem.

»Bitte.« Göran machte eine entsprechende Geste in Halvars Richtung, dem nichts anderes übrig blieb, als Göran vorauszugehen.

Frederik wartete, bis die beiden Männer das Haus verlassen hatten, und setzte sich dann in den zweiten Sessel. Tuva nahm ihre Teetasse und nippte daran. Sie war sichtlich schockiert, wirkte aber zugleich umso entschlossener, ihr Geheimnis nicht preiszugeben.

»Ich habe wirklich keine Ahnung, was ich Ihnen noch sagen soll«, erklärte sie. »Sie wissen doch schon alles.«

Frederik schaute aus dem Fenster auf das Meer, das bleigrau unter den dunklen Wolken lag. »Vielleicht erzählen Sie mir etwas über Ihre Beziehung zu Anders Nordin?«

Er spürte, wie Tuva ihn ansah, hielt den Blick aber weiter aufs Meer gerichtet.

»Sixten und Anders hatten kaum Kontakt, weil sie sich nicht gut verstanden haben. Das habe ich Ihnen bereits erklärt«, sagte Tuva.

Frederik wandte sich ihr zu. »Das war auch nicht meine Frage. Ich wollte wissen, was *Sie* mit Anders verbindet.«

Tuva gab sich wirklich Mühe, ein unschuldiges Gesicht aufzusetzen, aber das Flackern in ihren Augen konnte sie nicht unterdrücken. »Was unterstellen Sie mir?«

»Würden Sie mir Ihren Kleiderschrank zeigen?«, fragte Frederik. »Ich wüsste gern, ob sich darin eine grüne Seidenbluse mit Schleifen und Bändern befindet.«

Er sah, wie es in Tuva arbeitete.

»Es tut mir leid«, sagte er. »Ich möchte mich nicht in Ihre Privatangelegenheiten einmischen. Aber ich will wissen, wer Ihren Mann ermordet hat, und dazu muss ich mir ein Bild von Ihrer Ehe machen.«

Tuva schlug die Hände vors Gesicht, und Frederik sah, wie ihr ganzer Körper bebte. Er wartete, bis sie sich ein wenig beruhigt hatte und die Hände wieder herunternahm. Dann öffnete er seine Umhängetasche, nahm ein Päckchen Taschentücher heraus und reichte es ihr. Sixtens Witwe schnäuzte sich umständlich.

»Also gut«, seufzte sie und schob das benutzte Taschentuch unter ihr Sitzkissen. »Ich habe eine Affäre mit Anders.«

»Seit wann?«

»Im Sommer werden es drei Jahre.«

Frederik sagte nichts, sondern blickte sie nur fragend an.

»Seit die Mädchen beide in den Kindergarten gehen. Ich habe Sixten geliebt, aber er … konnte mir einfach nicht das geben, was ich brauche.«

Frederik zog sein Notizbuch heraus. »Für moralische Fragen bin ich nicht zuständig. Ich sammle nur Informationen.«

Tuva griff wieder nach ihrer Teetasse.

»Lieben Sie Anders?«, erkundigte sich Frederik.

»Nein.«

»Und Anders? Liebt er Sie?«

Er sah, wie es hinter ihrer Stirn arbeitete. »Sie meinen … dann hätte er ein Motiv gehabt, Sixten zu ermorden?«

»Sehen Sie das anders?«

»Ja, allerdings.« Die Teetasse landete mit einem Klirren auf der Untertasse. »Anders ist Künstler. Er setzt seine Emotionen in einen kreativen Schaffensprozess um. Nie im Leben würde er hingehen und Sixten etwas antun.«

»Wenn seine Arbeit sein Inneres widerspiegelt, muss er ein zutiefst gequälter Mann sein.«

»Das ist er. Er leidet darunter, dass ihn niemand akzeptiert. Für die Familie ist er das schwarze Schaf, und die Kunstwelt lehnt seine Werke ab. Er verdient kaum Geld, während der Rest der Familie darin schwimmt, und er hat Schulden, weil er trinkt und spielt.«

Frederik sah ein, dass er zum entscheidenden Punkt kommen musste. »Wusste Ihr Mann, dass Sie ihn betrügen?«

»Nein.« Tuva richtete sich auf. »Ganz sicher nicht.«

»Der Streit gestern Abend drehte sich also nicht darum, sondern ausschließlich um Geld?«

»Ja.«

»Gut.« Frederik klappte sein Notizbuch zu und erhob sich. »Ich danke Ihnen für Ihre Offenheit«, sagte er.

Tuvas blaue Augen wurden feucht. »Finden Sie das Schwein, das Sixten das angetan hat.«

»Ich verspreche Ihnen, dass ich alles tun werde, was in meiner Macht steht«, sagte Frederik. Für alles andere konnte er nicht garantieren.

Halvar Nordin bewegte sich mit der sparsamen Effizienz eines Mannes, der keine unnötigen Fettpolster mit sich herumschleppte und überdies ein klares Ziel vor Augen hatte. Göran, der Mühe hatte, ihm zu folgen, fühlte sich noch schwerfälliger als gewöhnlich.

Halvar schob das Tor des Docks auf und forderte Göran mit einer knappen Handbewegung zum Eintreten auf. Göran blieb auf der Schwelle stehen und signalisierte Halvar, dasselbe zu tun.

»Wir warten auf die Spurensicherung«, erklärte er und betrachtete das Becken für die Boote, die zur Reparatur ins Dock kamen. Höchstwahrscheinlich war Sixten Nordin in diesem Becken ertränkt worden, nachdem man ihn niedergeschlagen, gefesselt und mit Alkohol abgefüllt hatte.

»Sie werden ohnehin jede Menge Spuren von mir finden«, sagte Halvar. »Ich war bereits mit Kommissar Forsberg hier, und außerdem ist es mein Arbeitsplatz.«

»Wir sollten trotzdem jede weitere Kontamination des möglichen Tatorts vermeiden«, erklärte Göran.

Halvar wandte sich ab. »Ich kann nicht fassen, dass jemand meinen Sohn getötet hat«, presste er hervor.

Göran spürte, wie es in seinem Innern rumorte. Jahrelang hatte er sich in seine Schutzhaut zurückgezogen und alle Emotionen an sich abprallen lassen. Er hatte sich eingerichtet und sein Image als behäbiger und wenig motivierter Beamter gepflegt. Und dann hatte man ihn ausgerechnet zu Frederik Forsberg versetzt. In die Abteilung für Mordermittlungen.

Göran hatte seine Mauern noch höher gezogen, und eine ganze Weile war es ihm gelungen, sich zu distanzieren, doch jetzt geriet alles ins Wanken. Die Fahrt mit dem Roller hatte Erinnerungen geweckt, und nun musste er sich auch noch ausgerechnet um den Stiefvater des Verstorbenen kümmern.

Der Blick aus Halvars blauen Augen war flehentlich. »Sind Sie sicher, dass es kein Unfall war?«

»Das sagt die Rechtsmedizin«, entgegnete Göran steif. Er hoffte, dass die Kollegen von der Spurensicherung bald kamen. Auf der anderen Seite war ihm klar, dass Frederik mehr von ihm erwartete, als nur hier herumzustehen.

»Ich kann das nicht glauben.« Halvar nahm seine Brille ab und rieb sich die Nasenwurzel.

»Sixten Nordin hat den Betrieb geleitet. Da gab es doch sicher Reibereien? Konflikte? Meinungsverschiedenheiten? Streit?«

»Eigentlich nicht.« Halvar setzte die Brille wieder auf. »Sixten hat die Geschäftsführung übernommen, weil Astrid es nicht mehr kann. Sie hat MS, falls Sie das nicht wissen.«

»Oh.« Göran fühlte sich unbehaglich.

»Sixten hat die Werft ganz in ihrem Sinne geführt. Er war ein guter Chef, ruhig, freundlich, bescheiden. Wenn es Probleme gab, hat er mit den Leuten darüber gesprochen. Die Auftragslage ist gut, und die Arbeitsbedingungen sind es auch. Wir zahlen anständige Gehälter, und wir mussten schon lange niemanden mehr entlassen.«

Göran versuchte, sich daran zu erinnern, welche Fragen der engagierte junge Polizist gestellt hätte, der er vor vielen Jahren einmal gewesen war. »Warum hat Ihre Frau die Firmenleitung nicht Ihnen übergeben?«

Halvar lachte. Ein wenig gekünstelt, wie Göran fand, aber vielleicht bildete er sich das auch nur ein. Er war kein Experte für das Ungesagte, ganz anders als Frederik.

»Ich bin eher der Mann für das Praktische«, erklärte Halvar. »Ich entwerfe Boote und baue sie. Mit Geschäftsbüchern kann ich nicht so viel anfangen, auch wenn ich Betriebswirtschaft studiert habe. Aber es liegt mir nicht.«

»Sie haben sich also nicht übergangen gefühlt?«

Halvar rückte seine Krawatte zurecht. »Nein. Ich würde es auch zeitlich gar nicht schaffen. Ich möchte mich um meine Frau kümmern, jetzt, wo sie so viel Unterstützung braucht.«

Göran kratzte sich am Kinn. Er hatte das Gefühl, dass Halvar etwas zurückhielt, wusste aber nicht, wie er ihn packen könnte. Da ihm das Subtile nicht lag, versuchte er es auf dem direkten Weg.

»Können Sie sich vorstellen, dass Anders seinen Bruder ermordet hat?«

»Anders? Weshalb denn das, um alles in der Welt?«

Göran überlegte kurz. Frederik würde vermutlich nicht wollen, dass er den Verdacht, dass Anders und Tuva eine Affäre hatten, öffentlich machte.

»Neid«, sagte er deshalb nur.

Halvar schüttelte den Kopf. »Nein. Nicht Anders.« Halvar sah aus, als würde er auf etwas herumkauen.

Göran neigte den Kopf. »Sondern wer?«

Halvar setzte sich plötzlich in Bewegung und ging mit großen Schritten in Richtung Meer. Göran beeilte sich, ihm zu folgen, konnte aber mit seinem Tempo nicht mithalten.

Halvar blieb auf einem großen, flachen Felsen stehen. Als Göran ihn etwas atemlos erreichte, wandte sich Halvar zu ihm um.

»Mein Gott.« Halvar fuhr sich mit beiden Händen durch die Haare. »Können Sie sich vorstellen, wie das ist? Wenn man an seinem eigenen Sohn zweifelt?«

Es war wie ein Faustschlag in den Magen. Göran spürte, wie ihm der Atem stockte und die Säure seine Speiseröhre hochschoss. Er schluckte und drängte die Empfindungen mit aller Macht zurück. Es ging hier nicht um seine Geschichte.

»Sie glauben also doch, dass es Anders war?«

»Nein.« Halvar blinzelte. »Ich rede nicht von Anders, sondern von Lasse. Meinem leiblichen Sohn.«

Wieder zerrte eine unsichtbare Hand an Görans Eingeweiden, wieder riss er sich gewaltsam von den Emotionen los. »Wie kommen Sie darauf?«

Halvar legte den Kopf in den Nacken. »Ich habe ihn gesehen, letzte Nacht. Er war auch auf dem Fest, obwohl er nicht eingeladen war.«

»Davon hast du gestern kein Wort gesagt.«

Göran zuckte zusammen, als plötzlich die scharfe Stimme hinter ihm ertönte. Er drehte sich um und fand sich einer Frau gegenüber, die sich mühsam auf ihre Krücken stützte, aber dennoch auf Halvar und ihn herabzuschauen schien. Sie trug einen strengen schwarzen Hosenanzug mit einem schwarzen Tuch, der zu ihrem kurzen schwarzen Haar passte, aber in seltsamem Kontrast zu ihrem aufgedunsenen Gesicht und ihrem dicken Hals stand.

Kortison, vermutete Göran.

»Ich wollte dich nicht beunruhigen.« Halvar klang kleinlaut, und Göran dachte, dass Astrid Nordin offenbar nicht nur die Firmenchefin war, sondern auch in der Ehe das Heft in der Hand hielt.

»Diese Entscheidung kannst du getrost mir überlassen«, entgegnete Astrid. »Mein Körper mag mir nicht mehr gehorchen, aber mein Kopf ist nach wie vor klar.«

Halvar hob abwehrend die Hände. »Das wollte ich auch nicht infrage stellen. Es ging mir nicht um deine geistige Verfassung, sondern um unseren Seelenfrieden.«

Astrids Miene wurde für eine Sekunde weich, doch gleich darauf war ihr Mund wieder ein harter Strich. »Ja. Du hast recht. Zur Beruhigung meiner Seele trägt ein Besuch von Lasse tatsächlich nicht bei.«

11

Frederik hatte die Gelegenheit genutzt, den Roller im Hof der Werft an die Ladestation zu hängen, und es sich auf der Sitzbank bequem gemacht, während er auf Göran wartete. Als der Kollege von den Bootshallen herüberkam, stellte Frederik fest, dass er verändert wirkte. Sein Gesicht war ein wenig gerötet, und die hellblauen Augen, die sonst so gleichgültig dreinblickten, hatten einen Glanz, den Frederik noch nie vorher gesehen hatte.

»Lasse«, schnaufte Göran, als er ihn erreichte. »Der Sohn von Halvar Nordin. Er war gestern Abend hier. Halvar hat ihn gesehen. Er hat Sixten abgepasst, als er nach Hause gegangen ist, um sich umzuziehen. Die beiden haben gestritten.«

»Worüber?«

»Geld.«

Frederik hätte beinahe gelacht. Wie viele Menschen träumten vom Reichtum, weil sie ihn mit einem sorglosen Leben gleichsetzten? Dabei fing in Wirklichkeit oft genug genau damit der Unfrieden an.

»Und weiter?«

»Nichts. Halvar wollte nicht zusehen, wie sich seine Söhne streiten. Er ist zurück zur Feier gegangen.«

»Weshalb ist er Sixten überhaupt gefolgt?«

»Um sicherzustellen, dass Sixten zurückkommt. Er sagt, Sixten hätte sich Konflikte mit seinem Bruder immer sehr zu Herzen genommen, und er wollte nicht, dass Sixten sich von ihm die Party verderben lässt.«

»Aber dann hat er es sich anders überlegt?«

»Ja.« Göran ließ offenbar das Gespräch mit Halvar vor seinem geistigen Auge Revue passieren. »Ich hatte den Eindruck, dass er sich seinem Sohn nicht gewachsen fühlt. Er hat auch seiner Frau nichts davon erzählt, dass er Lasse gesehen hat. Er wollte nicht, dass sie sich aufregt, wegen ihrer Krankheit.«

Frederik dachte nach. Halvars Sohn hatte Sixten Nordin also nach dessen Streit mit seinem Bruder Anders getroffen, und auch Lasse hatte sich mit Sixten wegen Geld gestritten.

»Das heißt, dass möglicherweise beide Brüder ein Motiv hatten«, stellte er fest.

»Anders hatte zwei«, korrigierte Göran. »Das Geld und die Frau.«

Frederik überlegte, wie sie weiter vorgehen sollten. Mit Anders reden? Die Ergebnisse der Spurensicherung abwarten? Oder Lasse einen Besuch abstatten? Bisher wussten sie nichts über ihn, und es reizte Frederik, ihn kennenzulernen.

Er nahm sein Mobiltelefon aus der Umhängetasche und wählte Heddas Nummer im Präsidium. Sie meldete sich sofort, mit dem ängstlichen Unterton in der Stimme, der Frederik mittlerweile vertraut war.

»Frederik. Ich bin noch nicht besonders weit gekommen mit meinen Recherchen«, entschuldigte sie sich, ehe er sein Anliegen vorbringen konnte.

»Wie solltest du auch? Wir haben ja eben erst angefangen«, entgegnete er freundlich. »Ich wollte dich nur fragen, ob dir schon die Kontaktdaten von Halvars Sohn Lasse vorliegen. Wir würden ihn gerne aufsuchen.«

»Lasse. Ja.« Heddas Erleichterung drang ebenso ungefiltert durch das Telefon zu Frederik wie ihre Besorgnis. Er musste wirklich bald herausfinden, was ihr Problem war. Aber nicht jetzt.

»Lasse Hansson heißt er mit vollem Namen«, berichtete Hedda. »Zweiunddreißig Jahre alt, ledig, keine feste Anstellung. Er wohnt in Torslanda, mitten im Brennpunktviertel, in einem dieser gesichtslosen Hochhäuser.« Sie nannte Frederik die Adresse.

»Danke.«

Erst in diesem Moment wurde ihm bewusst, dass Halvar den Namen seiner Frau angenommen haben musste. Nordin war der Name ihres Vaters, Gustav Nordin, dem Sohn des Gründers von *Nordins Schiffs- und Bootsbau*. Irgendwann würde Frederik auch ihm einen Besuch abstatten müssen, aber weil das zugleich eine Konfrontation mit seiner eigenen Vergangenheit war, wollte er sich vorbereiten und vorher mit Mats darüber sprechen.

»Hast du auch etwas über Halvars Eltern?«, erkundigte er sich.

»Ja.« Frederik hörte Tastaturgeklapper, ehe Heddas Stimme wieder ertönte. »Rut und Emil Hansson. Sie leben schon lange nicht mehr. Rut ist vor fünfzehn Jahren verstorben, Emil vor zwölf, jeweils mit Mitte sechzig. Sie haben beide auf der Nordin-Werft gearbeitet, Rut als Sekretärin, Emil als Schiffbauer.«

Interessant, fand Frederik. Er klemmte das Handy zwischen Ohr und Schulter, angelte sein Notizbuch aus der Tasche und schrieb sich die Angaben auf.

»Das war gute Arbeit, Hedda«, lobte er.

»Danke.« Er konnte geradezu vor sich sehen, wie Hedda errötete. »Ich bin sicher, bis du zurückkommst, habe ich noch mehr.«

»Prima«, sagte Frederik und verabschiedete sich.

»Man möchte wirklich wissen, was es ist, das sie so hemmt«, bemerkte Göran zu Frederiks Erstaunen.

»Ja.« Frederik verstaute Mobiltelefon und Notizbuch. »Das fragt man sich. Nicht nur bei Hedda.«

Göran wandte rasch den Blick ab. Er hatte Frederiks Botschaft zweifellos verstanden, war aber offensichtlich nicht gewillt, das Rätsel um seine eigene Person zu lösen.

Frederik ritt nicht darauf herum. Wenn er es wollte, würde Göran ihm irgendwann aus eigenem Antrieb berichten, was ihn bewegte. Und wenn nicht, musste er, Frederik, das eben akzeptieren.

»Fahren wir?«, fragte er und holte die Helme unter der Sitzbank hervor. »Ich nehme an, die Kollegen von der Spurensicherung werden noch eine Weile zu tun haben.«

»Ja.« Göran schaute zum Werftgelände hinüber. »Ein ganz undankbarer Tatort, haben sie gesagt. Zu viel Wasser, das alles verwischt und wegschwemmt.«

Frederik nickte. Er hatte nichts anderes erwartet.

An den süßen Tee aus den winzig kleinen Tassen würde er sich nie gewöhnen, ebenso wenig wie an den Țuică, diesen Schnaps mit dem süßlichen Pflaumengeschmack. Warum konnten die Leute nicht Kaffee und anständigen finnischen Wodka trinken? Aber der Mann und die Frau, die ihm auf dem Sofa gegenübersaßen, und die anderen, die auf Sesseln rechts und links von ihm um den Tisch herum Platz genommen hatten, waren die einzige Familie, die er hatte.

Anuschas Eltern, ihre beiden Brüder, ihr Onkel und ihre Tante. Menschen mit dunklen Gesichtern, die so viel Gelassenheit, Zuversicht und Wärme ausstrahlten. Wenn man nicht wusste, womit die Familie ihr Geld verdiente, würde man sie für die typischen bescheidenen, unterwürfigen Einwanderer halten, die vor lauter Dankbarkeit, dass man sie in diesem Land aufgenommen hatte, nicht den Kopf zu heben wagten. Dabei waren sie alles andere als das.

Anuschas Vater Dragos hielt hier im Viertel die Fäden in der Hand. Er war ein äußerst wohlhabender Mann, auch wenn er seinen Reichtum unter verblichenen Hemden und selbst gestrickten Pullovern verbarg. Nur die goldene Rolex am Handgelenk und die goldene Kette mit dem Marienbild, die er um den Hals trug, verrieten ihn. Seiner Lebensführung zum Trotz war Dragos Radu ein gottesfürchtiger Mann.

Anuschas Mutter Daria verließ das Wohnzimmer und kehrte mit einer neuen Kanne Tee zurück. Reihum füllte sie die Tassen der Männer und Frauen am Tisch. Anuscha hatten sie hinausgeschickt. Es gehörte sich nicht, dass die Braut anwesend war, wenn über die Mitgift verhandelt wurde.

Die Mitgift, die er nicht aufbringen konnte. Dragos hatte ihm angeboten, ins Geschäft einzusteigen, und das wäre für ihn nicht weniger als die Erfüllung eines Traums. Endlich jemand zu sein, jemand, der seinem erfolgreichen Stiefbruder in nichts nachstand. Doch das Geld, das er sich mit seinen Aushilfsjobs zusammengespart hatte, reichte natürlich hinten und vorne nicht für eine Teilhaberschaft.

Deshalb hatte er seinen Stiefbruder um Geld gebeten. Er war ihm etwas schuldig, oder etwa nicht? Schließlich hatte er sein Geheimnis all die Jahre gewahrt, und dafür könnte ihm Sixten doch nun wohl etwas zurückgeben. Als Geschäftsführer der Werft hatte er schließlich Zugriff auf die Konten und musste nicht mehr seine Mutter um Erlaubnis fragen.

Aber Sixten hatte sich geweigert, ihm überhaupt zuzuhören, geschweige denn, ihm etwas von seinem Reichtum abzugeben. Die Werft sei in einer schwierigen Situation, und er wisse selbst nicht, ob der Betrieb überhaupt überleben würde. Dabei waren die Auftragsbücher voll, und die Kunden, die sich in der Nordin-Werft ein Boot bauen lassen wollten, standen Schlange. Teure Boote, nicht irgendwelche Fischkutter oder kleine Segeljollen für die Feriengäste. Sogar ein arabischer Scheich hatte eine Luxusjacht bei Nordins in Auftrag gegeben. Lasse hatte das selbst gesehen, als er sich hinter dem Rücken der Gäste hinauf in die Büroräume geschlichen hatte. Sixtens Computer war noch eingeschaltet gewesen, und sein vertrauensseliger Stiefbruder verwendete nicht einmal ein Passwort für seine Geschäftsdokumente.

Und trotzdem hatte er ihn auflaufen lassen. Nicht, weil er ihm nicht helfen konnte, sondern weil er es nicht wollte. Sixten hatte sich ihm schon immer hoffnungslos überlegen gefühlt. Weil er ein echter Nordin war, kein angeheirateter Bastard.

Aber so sprang man mit ihm nicht um. Er hatte dafür gesorgt, dass Sixten seine Entscheidung bereute. Im Hinblick auf die Summe, die ihm fehlte, brachte ihn das allerdings nicht voran.

»Also, wie sieht es aus?«, fragte Dragos Radu und hob seine Teetasse.

Lasse erwiderte die Geste. »Es dauert noch ein paar Tage, aber dann habe ich das Geld«, entgegnete er.

Nachdem Sixten ihm nicht hatte helfen wollen, musste er sich eben an seinen Vater wenden. Der hatte schließlich ebenfalls ein Interesse daran, dass die Wahrheit nicht ans Licht kam, und im Gegensatz zu Sixten war Halvar vermutlich auch klug genug, den Ernst der Lage zu erkennen.

Anuschas Vater lächelte. »Sehr schön«, sagte er herzlich. »Ich freue mich darauf, dass du bald ganz zu unserer Familie gehören wirst.«

Sein Bruder Dorin schenkte eine weitere Runde Ţuică aus, und die Männer erhoben sich. Sie stießen an, leerten ihre Gläser und umarmten sich.

»Genug gefeiert«, erklärte Dragos. »Lasst uns wieder an die Arbeit gehen.« Er wandte sich an Lasse. »Komm wieder, wenn du das Geld hast. Wir warten auf dich.«

Lasse verabschiedete sich höflich von allen und verließ die Wohnung. Eilig sprang er die Stufen bis ins Erdgeschoss hinunter und blieb erst stehen, als er ein paar Straßen zwischen sich und seine neue Familie gebracht hatte.

Er hatte hoch gepokert, und alles hing jetzt davon ab, dass sein Plan aufging. Wenn nicht, würde Dragos nicht amüsiert sein.

Lasse wusste, dass ihm das nicht gut bekommen würde.

Viveka Nyström kochte vor Zorn, als sie über den gepflegten Kieselsteinweg auf die Villa ihrer Eltern zulief. Wie kam ihr Vater dazu, sie mitten am Tag aus der Arbeit zu reißen, um sie zum Kaffeetrinken zu bitten? *Zu zitieren,* wäre wohl der zutreffendere Ausdruck gewesen.

Natürlich hätte sie Nein sagen können. Nein sagen *müssen.* Sie war eine erwachsene Frau. Sie hatte ihr eigenes Leben, ihre eigene Wohnung, ihr eigenes Geld. Sie musste ihrem Vater nicht mehr gehorchen wie das kleine Mädchen, das mit großen Augen zu dem strengen Mann aufschaute.

Aber Carl-Axels herrische Stimme hatte immer noch denselben Effekt. Ihr Selbstbewusstsein schrumpfte binnen Sekunden auf die Größe einer Erbse. Deshalb war sie jetzt hier.

Die Haushälterin öffnete ihr die Tür und führte sie in den Wintergarten, wo der Tisch bereits gedeckt war. Das feine Porzellan, filigrane Tassen und Teller für zwei Personen. Ihre Mutter war offenbar unterwegs. In der Tischmitte stand eine Servierplatte mit Zimtschnecken und Kardamomkringeln. Selbst gebacken vermutlich und äußerst delikat. Vivekas Mutter hatte ein Händchen für diese Dinge, ebenso wie für die prächtigen Rosen vor dem Haus, an denen schon die ersten Knospen zu sehen waren.

»Viveka.« Ihr Vater stand plötzlich hinter ihr.

Viveka drehte sich zu ihm um und hauchte ihm Küsschen rechts und links auf die Wange.

»Setz dich.« Carl-Axel Nyström wies ihr den Platz an, und Viveka ließ sich so grazil wie möglich auf dem Stuhl nieder.

Ihr Vater setzte sich ihr gegenüber. Wie immer trug er einen Dreiteiler mit Krawatte, die eisgrauen Haare streng zurückgekämmt.

Erst jetzt fragte sie sich, ob er nicht ebenfalls im Büro sein müsste an einem Montagnachmittag. Was war so wichtig, dass er sie zu einem privaten Treffen bat?

Die Haushälterin kam herein und schenkte Kaffee ein, ehe sie lautlos wieder verschwand.

»Bedien dich.« Ihr Vater wies auf den Teller mit dem Gebäck.

Viveka suchte sich den kleinsten Kardamomkringel aus und biss ein winziges Stück ab. Sie mied Süßigkeiten, weil sie furchtbare Angst davor hatte, Fett anzusetzen. Aber bei ihrem Vater war Widerspruch zwecklos.

»Du bist immer noch nicht weitergekommen, wenn ich das richtig sehe?«, sagte er kühl.

»Ich bin ein Teil des Teams«, entgegnete Viveka lahm.

»Aber Frederik Forsberg hat nicht dich zur ständigen Partnerin an seiner Seite gemacht.«

»Nein.« Tatsächlich hatte Frederik sie bisher bei keinem Fall mitgenommen. Der einzige Außentermin, den sie wahrgenommen hatte, war die Reise nach Oslo gewesen, gemeinsam mit Anna.

»Also hast du ihn wohl nicht hinreichend beeindruckt.«

»Frederik schätzt mein Recherchetalent. Deshalb vertraut er mir diesen Teil der Ermittlungen an«, sagte Viveka und versuchte, den Neid auf die Kollegen zurückzudrängen. Selbst jetzt, wo Anna auf absehbare Zeit nur Innendienst verrichten durfte, hatte Frederik nicht sie als Begleitung gewählt. Im letzten Jahr hatte er den eigensinnigen Khalid mitgenommen, und jetzt hatte er ihr sogar den schlaffen Göran vorgezogen, der sein Engagement schon vor Jahren an der Garderobe abgegeben hatte.

Ihr Vater lachte verächtlich.

»Wenn du dich hervortun würdest, würde er sich anders entscheiden, glaub mir.« Er legte die Hände auf den Tisch und fixierte sie. »Oder hat dich dein Recherchetalent schon auf die Spur des Goldes geführt?«

»Bis jetzt noch nicht«, gab Viveka zähneknirschend zu. »Ich versuche, mir einen Überblick über die Finanzen der Nordin-Werft zu verschaffen. Aber das ist ein komplexes Feld.«

»Sicher.« Carl-Axel sah sie von oben herab an. »Du hast Glück, dass dein Vater in den richtigen Kreisen verkehrt.«

Viveka verspürte ein Kribbeln. Sie würde es ihrem Vater gegenüber nicht zugeben, aber insgeheim hoffte sie darauf, den maßgeblichen Hinweis zur Aufklärung eines Falls zu finden. Dann, davon war sie überzeugt, würde Frederik sie auch endlich akzeptieren.

»Hast du mit Gustav Nordin gesprochen?«, fragte sie.

»Nein. Gustav weiß nichts davon, und wenn er es wüsste, würde er den Teufel tun, es hinauszuposaunen. Aber ich war heute zum Mittagessen im Rotary Club, und da habe ich ein paar sehr interessante Dinge gehört.«

Viveka legte den Kringel beiseite und rückte näher an ihren Vater heran. Ein wenig fühlte sie sich wie ein Hund, der Männchen machte, weil man ihm einen Leckerbissen hinhielt, doch um solche Kleinigkeiten konnte sie sich jetzt nicht kümmern. Mit etwas Glück half ihr Vater ihr soeben ein ordentliches Stück die Karriereleiter hinauf.

Der Ausländeranteil in Torslanda war hoch, höher als irgendwo sonst an der schwedischen Westküste. Das Problem dabei war nicht, dass es sich um Menschen nichtschwedischer Herkunft handelte, sondern dass es schlecht integrierte Immigranten waren.

Schweden hatte sich immer als einwandererfreundliches Land verstanden. Das war auch nicht falsch, aber die Flüchtlingswellen der letzten Jahrzehnte hatten gezeigt, dass es auch in Schweden Probleme gab. Die viel beschworene Toleranz und das schwedische Gerechtigkeitsempfinden endeten bei manch einem plötzlich, wenn er persönlich tangiert wurde. Wenn der eigene Arbeitsplatz betroffen war, die eigene Nachbarschaft oder die – in diesem Fall eher fragwürdige – eigene Moral. Auch in Schweden war es zu gewalttätigen Angriffen auf Einwanderer gekommen. Es hatte brennende Autos gegeben, brennende Flüchtlingsheime, brennende Menschen. Überhaupt hatte Schweden ein sehr viel gravierenderes Gewaltproblem, als man gemeinhin glauben wollte.

Torslanda war das beste Beispiel dafür. Es gab mächtige Clans, die um die Vorherrschaft stritten, Konflikte unter sich ausfochten und nach ihren eigenen Gesetzen handelten und urteilten. Oft genug war es kein schwedischer Richter, sondern ein Clanchef, der Recht sprach und Strafen verhängte.

Die schwedische Polizei kämpfte dagegen an, doch noch waren die richtigen Mittel nicht gefunden, und in Orten wie Torslanda herrschte ein labiles Gleichgewicht zwischen Rechtsstaat und Bandenwesen.

Die Familie Radu war einer dieser Clans, die in Torslanda die Gesetze schrieben, rumänische Einwanderer in zweiter, dritter, vierter Generation. Ins Land gekommen als Gastarbeiter, die bei Volvo in Torslanda am Fließband gestanden hatten. Ein Teil der Familie arbeitete immer noch dort. Der andere betrieb Nachtclubs und Bordelle, handelte mit Waffen, Drogen und Menschen und wusch in großem Stil Geld.

Eines der Etablissements des Radu-Imperiums war der Bowlingclub im Zentrum von Torslanda. Der frühere Besitzer lag im Sahlgrenska-Krankenhaus. Ein paar Vermummte hatten ihn einige Wochen zuvor auf offener Straße zusammengeschlagen, und Dragos Radu, der Clanchef persönlich, hatte ihm ein Angebot gemacht. Ein faires, das musste der Besitzer zugeben, aber trotzdem hatte er das Geschäft gegen seinen Willen verkauft. Es hatte keine konkreten Drohungen vonseiten Radus gegeben, aber der Clanchef hatte durchblicken lassen, dass sich der Vorfall mit den Schlägern jederzeit wiederholen könnte, und dann vielleicht mit einem schlimmeren Ausgang als ein paar gebrochenen Rippen und einem zertrümmerten Nasenbein.

Diese Informationen hatte Hedda Frederik aufs Handy geschickt, während Göran den Elektroroller nach Torslanda lenkte, und hinzugefügt, dass Lasse Hansson der derzeitige Geschäftsführer des Bowlingclubs und der designierte Nachfolger des früheren Besitzers war. Allerdings stand, so hatten die Kollegen von der Wirtschaftskriminalität es Hedda mitgeteilt, noch eine nicht unerhebliche Zahlung von Lasse an den Clanchef aus, mit dem er sich in das Unternehmen einkaufen sollte.

Göran stellte den Roller auf dem Parkplatz des Bowlingclubs ab, und Frederik kletterte aus dem Beiwagen und fasste Heddas Neuigkeiten für den Kollegen zusammen. Er hatte gerade die Helme unter der Sitzbank verstaut, als er hörte, dass das Mobiltelefon in seiner Umhängetasche klingelte. Rasch nahm er es heraus und schaute auf das Display.

Als er die Nummer erkannte, stockte ihm für eine Sekunde der Atem.

»Entschuldige«, sagte er zu Göran und trat ein paar Schritte zur Seite, während er den grünen Hörer auf dem Bildschirm antippte.

»Lea.« Er hielt sich das Telefon ans Ohr. »Endlich. Ich habe mir Sorgen gemacht, weil ich so lange nichts von dir gehört habe.«

»Frederik.« Leas Stimme klang anders als sonst, rauer, verzagter, gebrochener. »Ich habe einen furchtbaren Fehler gemacht. Arvid ist außer sich. Ich habe Angst, dass er Emma dafür büßen lässt.«

Frederik spürte, wie ihm innerlich kalt wurde. »Was ist passiert?«

Fassungslos hörte er zu, was Lea berichtete.

»Er hat mir ein Ultimatum gestellt«, schloss sie. »Wenn ich ihm bis heute Abend nicht sage, wer der Mann ist, mit dem ich ihn betrogen habe, holt er Emma aus dem Heim.«

Frederik blinzelte. »Also sagst du es ihm?«

Er würde sich in Acht nehmen müssen, wenn Ekström erfuhr, dass ausgerechnet er, Frederik Forsberg, derjenige war, der ihm Hörner aufgesetzt hatte. Es hatte bereits in den vergangenen Jahren Zusammentreffen mit Ekströms Leuten gegeben, die ihn bedroht hatten, weil er sich in Ekströms Privatleben eingemischt hatte. Jetzt wäre die Situation noch weitaus brenzliger.

»Nein«, sagte Lea. »Wenn ich das tue, wird er sie erst recht bestrafen. Ich muss ihm eine Lüge auftischen oder schweigen. Aber er wird das nicht akzeptieren.« Lea holte tief Luft. »Du musst sie in Sicherheit bringen, Frederik. Sie kann nicht länger in diesem Heim bleiben.«

In Frederiks Ohren rauschte das Blut. Er liebte Emma wie eine eigene Tochter, auch wenn er nicht wusste, ob sie es war. Doch das spielte keine Rolle. Emma war ein wunderbares und ganz besonderes Mädchen. Aber sie war auch in besonderer Weise verletzlich. Er musste sie retten. Er hatte nur keine Ahnung, wie er das anstellen sollte.

»Mach dir keine Sorgen, Lea«, sagte er wider jede Vernunft. »Ich lasse mir etwas einfallen.«

»Danke«, hauchte Lea. »Ich muss Schluss machen.«

Die Verbindung brach ab, ehe er ihr sagen konnte, dass er sie liebte. Aber das wusste sie ja auch so.

»Probleme?«, fragte Göran, als Frederik sich ihm wieder zuwandte.

»Ja.« Außer Birger wusste keiner seiner Kollegen etwas von Emma, und Frederik nahm nicht an, dass sich ausgerechnet Göran in seine Situation hineinversetzen könnte. »Aber das kann warten.«

Göran musterte ihn. »Den Eindruck habe ich nicht.« Er hielt ihm den Zündschlüssel hin. »Kümmere dich um das, was dich bedrückt, was auch immer es ist. Ich erledige das Gespräch mit Lasse Hansson und nehme für den Rückweg den Bus. Wir sehen uns dann morgen früh zur Besprechung im Präsidium, um neun, wie geplant.«

Frederik zögerte nur kurz. Er trug die Verantwortung für eine wichtige Mordermittlung, aber er konnte auch Lea und vor allem Emma nicht im Stich lassen.

»Danke«, sagte er und nahm den Schlüssel entgegen.

12

Lasse war einfach abgehauen. Hatte seine Sachen gepackt, die wenigen Dinge, an denen ihm wirklich etwas lag, und ihnen gesagt, dass er nicht wiederkommen würde.

Es war sein achtzehnter Geburtstag gewesen. Er war jetzt volljährig und konnte tun und lassen, was er wollte. Die Berufsausbildung auf dem Gymnasium hatte er abgebrochen. Halvar hatte versucht, ihm seine Begeisterung für den Bootsbau zu vermitteln, und ihm eine Anstellung in der Werft in Aussicht gestellt. Tatsächlich hatte Lasse sich darauf eingelassen und nach dem Abschluss der Pflichtschulzeit das Gymnasium besucht, um dort das Tischlerhandwerk zu lernen. Doch nach zwei Jahren hatte er festgestellt, dass ihn weder Tische noch Boote interessierten. Genauer gesagt: Der Bau von Booten interessierte ihn nicht. Mit einem Schnellboot zwischen den Göteborger Schären herumzurasen machte ihm eine Menge Spaß. Zu diesem Zweck hatte er sich bei seinem Praktikum in der Nordin-Werft die Jachten einiger Eigner ausgeliehen, deren Boote zum Überarbeiten dort lagen. Ohne Erlaubnis natürlich. Als Gustav davon Wind bekommen hatte, hatte er Lasse hochkant hinausgeworfen und ihm gesagt, dass er niemals einen Job in der Werft bekommen und auch niemals Anteile erben würde.

Astrid konnte ihren Vater verstehen, aber sie war sich sicher, dass das der Auslöser gewesen war. Lasse fühlte sich als fünftes Rad am Wagen. Der Sohn, der nicht akzeptiert wurde, weil kein Nordin-Blut in seinen Adern floss. Dabei machten Halvar und sie keine Unterschiede. Sie hatten nie einen der Jungen bevorzugt. Jedenfalls hatten sie es versucht. Nachdem Emil und Rut nicht mit ihm zurechtgekommen waren, hatten sie Lasse zurück in ihr Haus geholt, und irgendwie hatten sie es geschafft, miteinander auszukommen. Doch es war wohl schon zu spät gewesen. Lasse hatte seine eigenen Schlüsse gezogen und sich eine neue Familie gesucht, irgendwo in der Hochhaussiedlung in Torslanda, wo er schon als Jugendlicher seine falschen Freunde gefunden hatte.

Die Phase war nicht vorbeigegangen, es war mit dem Ende der Pubertät nicht besser geworden. Lasse war jetzt ein junger Mann, der sich sein Geld als Türsteher, Geldeintreiber oder Schläger verdiente. Seine freie Zeit verbrachte er im Fitnessstudio. Er war muskulös und hatte einen Ausdruck in den Augen, der Astrid Angst machte. Ein einziges Mal nur waren sie in seiner Wohnung in Torslanda im achten Stock gewesen. Billige Möbel, ein riesiger Flachbildfernseher, eine Hantelbank in der Ecke vor dem Fenster, und über allem hing der süßliche Geruch von Marihuana. Astrid hatte sich abgestoßen gefühlt, aber versucht, sich nichts anmerken zu lassen. Sie hatten Lasse überreden wollen, die Schule zu beenden. Doch Halvars Sohn hatte nur auf dem Sofa gesessen, Dosenbier in sich hineingeschüttet und sie ausgelacht.

Wenn sie ihm wirklich helfen wollten, sollten sie ihm sein Erbe vorzeitig auszahlen. Dann könnte er hier im Viertel ein Wettbüro eröffnen und richtig Geld verdienen. Seine neuen Freunde würden ihm dabei helfen.

Halvar hatte so ausgesehen, als würde er ernsthaft darüber nachdenken, doch Astrid hatte kategorisch abgelehnt. Man warf das Firmenkapital nicht für ein unseriöses und zweifelhaftes Un-

ternehmen aus dem Fenster. Wenn Lasse etwas erreichen wollte, musste er das aus eigener Kraft schaffen. Er hatte sich entschieden, nicht den Weg zu gehen, den sie ihm vorgezeichnet hatten. Nun musste er mit den Konsequenzen leben.

Torslanda lag auf halber Strecke von Göteborg nach Lilleby. Frederik durchquerte den Ort jedes Mal auf dem Weg zu Emmas Heim. Auch jetzt wäre er am liebsten sofort dorthin gefahren und hätte sie in Sicherheit gebracht. Aber zuerst brauchte er einen Plan.

Emma reagierte empfindlich auf jegliche Abweichung von ihrem gewohnten Tagesablauf. Er konnte nicht einfach mit ihr im Beiwagen kreuz und quer herumfahren, bis er eine Lösung gefunden hatte. Er musste ihr etwas anbieten können, ehe er sie abholte.

Frederik lenkte den Roller ein paar Querstraßen hinter dem Bowlingclub an den Straßenrand und schaltete den Motor aus. Die triste Umgebung war nicht gerade dazu angetan, das Denken zu fördern, aber er konnte es sich jetzt nicht leisten, nach Sillvik an den Strand zu fahren und müßig übers Meer zu schauen. Die Zeit drängte, in Emmas Fall ebenso wie bei den Ermittlungen im Mordfall Sixten Nordin.

Einen Moment blieb er einfach sitzen, schloss die Augen und gab sich dem Gefühl tiefer Erschöpfung hin, das ihn überrollte. Dann stieg er ab. Er holte die Tasche unter der Sitzbank hervor, hängte sie sich über die Schulter und nahm das Handy heraus. Er brauchte jetzt einen guten Rat.

Das Telefon klingelte dreimal, dann kam die Verbindung zustande.

»Hey, hier ist Mats«, meldete sich Mats Lundgren.

»Frederik hier. Störe ich dich?«

»Nicht, wenn es schnell geht. Ich habe gerade eine kurze Pause zwischen zwei Sitzungen. Mein nächster Klient kommt in zehn Minuten.«

»Gut.« Frederik wusste nicht recht, wie er anfangen sollte.

»Ist es ein privates oder ein dienstliches Problem?«, fragte Mats. Dem Psychologen war klar, dass Frederik ihn nicht bei der Arbeit anriefe, wäre es nicht dringend.

»Privat.«

Frederik hörte ein leises Seufzen am anderen Ende. Frederiks komplizierte Beziehung zur Frau seines Widersachers Arvid Ekström war schon etliche Male Gesprächsthema gewesen, und sie kamen nicht weiter, weil es einfach keine Lösung gab.

»Ekström hat das Schreiben eines Instituts gefunden, das Genanalysen macht«, sagte Frederik.

»Sie hat sich endlich entschlossen zu klären, wer Emmas Vater ist?« Mats war wie immer in der Lage, rasch zu kombinieren.

»Leider gibt es noch kein Ergebnis. Die Probe, die sie hingeschickt hat, war nicht verwertbar. Deshalb hat man sie angeschrieben. Ekström hat problemlos die richtigen Schlüsse gezogen. Jetzt will er wissen, wer sein Nebenbuhler ist. Wenn Lea es ihm nicht sagt, will er Emma aus dem Heim holen.«

Sie wussten beide, was das für das autistische Mädchen bedeutete.

»Verdammt. Was willst du jetzt tun?«, fragte Mats.

»Ich muss Emma von dort wegbringen, bevor er kommt. Ich weiß nur nicht, wo ich mit ihr hinsoll. Am liebsten sähe ich sie bei meinen Großeltern in Kiel, aber die beiden sind zu alt. Sie würden es nicht mehr schaffen, für ein Kind zu sorgen.«

Frederik wartete auf eine Entgegnung, aber Mats Lundgren schwieg.

»Warum sagst du nichts? Bist du anderer Meinung?« Frederiks Großeltern waren noch rüstig und lebten nach wie vor ohne fremde Hilfe im eigenen Haus, aber sie gingen beide auf die neunzig zu. Frederik hatte Mats erzählt, dass sein Opa langsam vergesslich wurde und dass bei seiner Oma die Sehkraft nachließ.

»Ich sage nichts, weil du die Antwort kennst«, entgegnete Mats. »Du willst sie nur nicht akzeptieren.«

Frederik seufzte. Der Psychologe der Skogome-Anstalt hatte recht.

»Eine andere Lösung siehst du nicht?«

Mats lachte leise. »Ich kann die Kleine jedenfalls nicht nehmen. Ich arbeite hier mit Sexualstraftätern, falls du es vergessen hast. Das wäre kaum ein geeignetes Umfeld für ein kleines Mädchen.«

»Nein, natürlich nicht.« Frederik seufzte erneut. Er hatte gehofft, dass er die Begegnung mit seinen Dämonen noch eine Weile vor sich herschieben könnte, doch nun blieb ihm wohl keine andere Wahl. Für Emma musste er über seinen Schatten springen.

»Danke, Mats«, sagte er. »Du warst mir wie immer eine Hilfe.«

»Melde dich heute Abend noch mal, ja? Dann können wir in Ruhe über alles reden.«

Sie verabschiedeten sich, und Mats beendete das Gespräch. Frederik schaute auf das Telefon in seiner Hand.

Er könnte einfach anrufen, doch das war wohl eine Sache, die er persönlich erledigen musste.

Die Tasche über seiner Schulter fühlte sich plötzlich wie ein Mühlstein an. Frederik nahm sie ab, stopfte das Mobiltelefon hinein und verstaute sie unter der Sitzbank. Dann startete er den Motor wieder.

Je schneller er den Besuch hinter sich brachte, desto besser.

Göran Persson schwitzte. Zum zweiten Mal an diesem Tag stand er vor einer Aufgabe, die ihn überforderte, dabei hatte er doch seit Jahren erfolgreich einen Bogen um all diese Dinge gemacht. Und nun hatte er sich sogar freiwillig gemeldet, damit Frederik sich um sein privates Problem kümmern konnte.

Göran hätte gern gewusst, was es war, aber er hatte nicht gefragt. So eng waren sie nicht miteinander, und wenn Frederik ihm seine Sorgen anvertraute, würde er erwarten, dass sich auch Göran öffnete, und das wollte er auf keinen Fall tun. Es war schwer genug, den Schmerz unter Aufbietung all seiner Kraft zurückzudrängen und ihn unter der dicken Fettschicht zu begraben, die er sich seitdem angefressen hatte. Wenn der Geist einmal aus der Flasche war, würde er ihn nie mehr dorthin zurückbekommen, und das könnte er nicht ertragen.

Das Beste war wohl, er machte seine Arbeit, und anschließend zog er sich wieder zurück. Er würde Frederik sagen, dass er in Zukunft Khalid oder eine von den Frauen zu seinen Außenterminen mitnehmen sollte, dann konnte er selbst in seinem Büro hocken bleiben, wo die Kekstüte in der Schublade jederzeit in Reichweite war, wenn er Nervennahrung brauchte. Viveka würde sich sicherlich freuen. Sie brannte darauf, Frederik zu beweisen, wie gut sie war. Also würde er der Jugend eine Chance geben und sich dorthin verkriechen, wo er hingehörte.

Die Tür des Bowlingclubs stand offen. Göran trat in einen dämmerigen Flur, der in einen großen, holzvertäfelten Raum führte. Hinter einer Reihe von Plexiglasscheiben sah er die Bowlingbahnen. Gegenüber gab es einen langen Tresen, hinter dem sich die Regale mit den Bowlingschuhen reihten. Ein Muskelprotz mit kurzen braunen Haaren und Dreitagebart stand hinter dem Tresen, die Hände auf das dunkle Holz gestützt.

»Hey. Kann ich helfen?«

Göran trat auf den Mann zu. »Ich suche Lasse Hansson.«

Der Mann blinzelte träge. »Was wollen Sie von ihm?«

»Ich habe ein paar Fragen.«

»Das hier ist aber kein Auskunftsbüro, sondern eine Bowlingbahn.« Der Mann sah auf Görans Füße. »Welche Schuhgröße haben Sie?«

»Sechsundvierzig.«

Der Mann wandte sich um, zog ein Paar Bowlingschuhe aus dem Regal und stellte sie vor Göran auf den Tresen. »Wie lange wollen Sie spielen?«

Göran schaute auf die Bahnen. »Eine halbe Stunde. Aber nur, wenn Sie mitspielen.«

Der Mann grinste. »Klar.« Er nannte den Preis. Göran reichte ihm seine Kreditkarte, damit er den Betrag abbuchen konnte.

Sie gingen zu den Bahnen. Göran streckte die Hand aus. »Ich bin Göran.«

»Lasse.«

Es war das, was Göran erwartet hatte, aber er hatte die Bestätigung gebraucht.

Lasse nahm eine Kugel und steckte die Finger in die Löcher. »Also. Los geht's.«

Göran wartete, bis Lasse zum Wurf ausholte. »Sixten ist tot«, sagte er dann.

Lasse geriet aus dem Gleichgewicht. Die Kugel landete mit einem harten Knall auf der Bahn und bewegte sich schlingernd auf die Bowling-Pins zu.

»Was?«

»Hat Ihnen niemand Bescheid gesagt? Ihr Vater? Ihre Stiefmutter? Oder Ihr Stiefbruder?«

Die Kugel erreichte das Ende der Bahn, und ein einzelner Pin fiel mit einem trockenen Geräusch um.

»Nein.« Lasse sah völlig konsterniert aus. Wenn er derjenige war, der Sixten Nordin getötet hatte, war er ein begabter Schauspieler.

Göran holte seinen Notizblock aus der Jackentasche. »Ich

muss Sie fragen, wo Sie am Samstagabend waren. Zwischen einundzwanzig Uhr und Mitternacht.«

»Ich wusste gleich, dass Sie ein Bulle sind.«

Die Pins am Ende der Bahn wurden an ihren Fäden nach oben gezogen und ausgeschüttelt. Dann senkte sich das Ensemble, und gleich darauf standen alle Pins wieder an ihrem Platz.

»Schön.« Göran tippte mit dem Bleistift auf seinen Block. »Aber das ist keine Antwort auf meine Frage.«

Lasse grinste. »Ich war hier. Den ganzen Abend. Samstags ist hier Hochbetrieb.«

»Kann das jemand bezeugen?«

»Meine Mitarbeiter.«

»Namen?«

»Ich schreibe sie Ihnen auf.« Lasse streckte die Hand aus, und Göran reichte ihm Block und Stift.

Als er ihn zurückbekam, standen fünf Namen darauf, inklusive Adressen und Telefonnummern.

»Sonst noch was?«

»Es gibt einen Zeugen, der behauptet, Sie seien am Samstag auf dem Firmenjubiläum gewesen und hätten mit Ihrem Bruder Sixten gestritten.«

Lasse verschränkte die Arme vor der Brust. »Wer das sagt, lügt.« Seine Augen verengten sich. »Es war mein Vater, stimmt's? Für den bin ich immer schuld, wenn irgendwas passiert.«

»Ich darf Ihnen über die Identität des Zeugen keine Auskunft geben«, entgegnete Göran steif. Frederik hätte vermutlich gewusst, wie man mehr aus diesem Gespräch herausholte, aber Göran war kein Vernehmungsspezialist. Seine Stärke waren die Fakten.

»Das ist auch nicht nötig.« Lasse sah auf die Uhr. »Ihre Zeit ist um.«

»Ich denke nicht.« Göran nahm eine Kugel, steckte die Finger in die Öffnungen und trat an die Bahn. Er ging leicht in die Knie, nahm mit den Augen Maß und holte Schwung. Dann ließ er die Kugel rollen. Sie lief wie an der Schnur gezogen auf die Pins zu, die einer nach dem anderen umfielen, bis keiner mehr stand. Göran lächelte zufrieden und drehte sich zu Lasse um.

»Eine Frage habe ich noch«, sagte er. »Können Sie sich vorstellen, wer Ihren Bruder ermordet haben könnte?«

Lasse schien tatsächlich darüber nachzudenken.

»Nein«, sagte er schließlich. »Sixten war überhaupt nicht in der Lage, sich Feinde zu machen. Ich wüsste wirklich nicht, warum ihn irgendjemand kaltmachen sollte. Sind Sie sicher, dass es kein Unfall war?«

»Ja. Leider sind wir das.« Göran hob zum Abschied die Hand und ging zurück in die Halle. Mit leisem Bedauern zog er die Bowlingschuhe aus und stellte sie auf den Tresen. Es war wirklich schade, dass er seit damals nicht mehr gespielt hatte. Aber es ging einfach nicht. Die schönen Erinnerungen waren die schlimmsten.

Es war merkwürdig, an einer Tür zu klingeln, die er tausendmal selbst geöffnet hatte, umso mehr, als die Glocke noch immer denselben Klang hatte wie damals. Sein Vater gehörte zu den Menschen, die Dinge lieber reparierten als austauschten. Genauso verfuhr er auch auf der Werft. Natürlich baute er auch neue Schiffe, aber seine Leidenschaft war das Restaurieren alter Boote.

Die Frau, die ihm öffnete, war ungefähr Mitte fünfzig. Sie hatte dunkle Haare, die von zahlreichen grauen Strähnen durchzogen waren. Zu engen Jeans trug sie ein schwarzes Top und gelbe Plastikcrocs. Frederik erkannte sie wieder. Er hatte sie mit seinem Vater und zwei fast erwachsenen Kindern am Küchentisch sitzen sehen, als er im letzten Jahr heimlich durchs Fenster gespäht hatte. Aber die Frau kannte ihn natürlich nicht.

»Hey«, sagte sie und lächelte freundlich. »Kann ich Ihnen helfen?«

»Hey.« Frederik erwiderte das Lächeln. »Ich suche Sivard.«

»Mein Mann ist bei der Arbeit. Die Werft unten am Wasser, *Forsbergs Bootsfabrik*.«

Frederiks Magen verknotete sich. Er hatte akzeptiert, dass sein Vater eine Freundin hatte, oder jedenfalls hatte er das geglaubt, aber aus irgendeinem Grund hatte er nicht in Erwägung gezogen, dass Sivard wieder geheiratet haben könnte. Albern, befand er, und es spielte ja schließlich auch keine Rolle. Frederik lebte sein eigenes Leben. Er hatte sich von seinem Vater distanziert, und Sivard hatte sich eben wieder eingerichtet. Man konnte nicht erwarten, dass er jahrzehntelang seiner toten Frau die Treue hielt. Jedenfalls war es das, was Mats Frederik immer wieder sagte. Der kleine Teufel in Frederiks Kopf behauptete etwas anderes.

Auf der Treppe im Haus waren Schritte zu hören, und dann erschien ein groß gewachsener junger Mann mit blonden Haaren hinter der Frau.

»Hey.« Er lächelte Frederik flüchtig zu und drückte der Frau einen Kuss auf die Wange. »Ich gehe rüber zu Papa in die Werft. Soll ich ihm irgendwas ausrichten?«

Der Knoten in Frederiks Magen zog sich so fest zusammen, dass es wehtat.

In seiner Fantasie hatte sich sein Vater irgendwann mit dieser Frau zusammengetan, die ihre Kinder mit in die Beziehung gebracht hatte, doch offenbar waren es ihre gemeinsamen Kinder. Was bedeutete, dass der junge Mann vor ihm sein Halbbruder war.

»Sag ihm, wir essen um sieben.« Sie wandte sich wieder an

Frederik. »Wenn Sie wollen, kann mein Sohn Sie mit hinübernehmen zur Werft.«

»Danke. Ich bin mobil, und ich kenne den Weg.« Frederik hörte, dass seine Stimme krächzte.

»Also. Bis um sieben.« Der junge Mann lief mit großen Schritten zur Straße und verschwand in Richtung Wasser. Die Frau sah ihm nach, und ihr Blick fiel auf Frederiks Roller, den er vor dem Haus abgestellt hatte.

»Ist das Ihr Fahrzeug? Ein Motorroller mit Beiwagen?«

Sie beäugte das Gefährt neugierig. Dann schien ihr etwas einzufallen. Frederik sah, wie es hinter ihrer Stirn arbeitete. Sie hob den Kopf und musterte ihn. Mit einem unterdrückten Laut des Erschreckens schlug sie die Hände vor den Mund.

»Entschuldigung. Ich muss ja vollkommen blind gewesen sein. Dabei ist die Ähnlichkeit beim besten Willen nicht zu übersehen.« Sie biss sich auf die Lippe, und Frederik sah, dass ihre Augen feucht wurden. Dann streckte sie die Hände aus. »Komm doch rein. Oder willst du lieber gleich zur Werft gehen?« Ihre braunen Augen waren voller Wärme. »Sivard wird sich freuen, dass du endlich da bist. Er hat dich so vermisst.«

Frederik verspürte den dringenden Wunsch, davonzulaufen, und zugleich schienen seine Füße am Boden festzukleben. All die widersprüchlichen Gefühle, die auf ihn einstürmten, brachten sein Herz zum Beben, und er merkte, wie ihm ebenfalls Tränen in die Augen stiegen. So lange hatte er sich dagegen gewehrt, der Sehnsucht nachzugeben, doch jetzt versagten all die Strategien, die er aufgebaut hatte.

Die Frau auf der Schwelle machte seinem Schwanken ein Ende. Sie griff nach seiner Hand, zog ihn ins Haus und dirigierte ihn in die Küche.

»Ich mache uns erst mal einen Kaffee«, sagte sie und drückte ihn auf die Bank.

Frederik ließ die Finger über den rot-weiß-blau gemusterten Stoff gleiten. Auch die Küchenbank hatte es damals schon gegeben, und er hatte so oft hier gesessen. Frederik erinnerte sich an glückliche Tage, an die Momente, als seine Mutter bei ihnen gewesen war und nicht auf dem Sofa im abgedunkelten Wohnzimmer gelegen hatte, Opfer der schweren Depressionen, die sie immer wieder überfielen.

Als die Frau die Kaffeetasse vor ihn auf den Tisch stellte, sah er überrascht auf. Er hatte überhaupt nicht gemerkt, wie die Zeit über seinen Erinnerungen verflogen war. Sie setzte sich ihm gegenüber, ebenfalls eine Tasse Kaffee in der Hand.

»Hey«, sagte sie. »Ich bin Lykke.«

Frederik hatte sofort ein Bild vor Augen. Lykke, die vor einer Klasse stand und ein Kind nach dem anderen aufforderte, seinen Namen zu nennen.

»Du bist Lehrerin«, sagte er.

Lykke sah ihn verblüfft an. »Woher weißt du das?«

»Der pädagogische Tonfall. Du zeigst, dass du nicht nur eine Information gibst, sondern auch eine Gegenleistung erwartest.«

Lykke lachte entwaffnet. »Stimmt.«

»Also dann.« Frederik lächelte. »Hey. Ich bin Frederik«, sagte er auf dieselbe Weise.

»Ich weiß.« Lykke prostete ihm mit der Kaffeetasse zu. »Freut mich.«

Frederik trank einen Schluck und stellte die Tasse zurück auf den Tisch. Ihm brannten tausend Fragen auf der Seele, aber was ihm über die Lippen schlüpfte, war: »Wann habt ihr geheiratet?«

Lykke sah ihn ernst an. »Er hat deine Mutter nicht verraten, wenn du das meinst. Wir haben uns vor dreiundzwanzig Jahren kennengelernt und vor zweiundzwanzig Jahren geheiratet. Zehn Jahre nach dem Tod deiner Mutter.«

Frederik nickte. Er wusste, dass er kein Recht hatte, seinem

Vater oder Lykke einen Vorwurf zu machen. Es war ja auch nicht sein Vater gewesen, der ihn verstoßen hatte. Sivard hatte unzählige Briefe nach Kiel geschickt und Frederik um eine Aussprache gebeten. Erst nach Jahren hatte er aufgegeben. Und trotzdem fühlte es sich so an, als hätte sein Vater ihn aus seinem Leben gelöscht und einfach neu angefangen, während Frederik in der Vergangenheit verhaftet geblieben war.

Er wusste, dass er ein Stück Trauerarbeit nachholen musste, das er damals versäumt hatte. Das hatte ihm Mats oft genug gesagt. Nun, offenbar war jetzt der richtige Zeitpunkt dafür gekommen.

»Ich freue mich, dass er mit dir noch einmal glücklich geworden ist«, sagte er und fragte sich, ob sein Vater mit seiner Mutter überhaupt glücklich gewesen war. Aber Sivard hatte seine Frau geliebt, und zwischen den dunklen Stunden hatte es auch leichte Momente gegeben, in denen die beiden sich nah gewesen waren.

»Danke«, entgegnete Lykke und wollte noch etwas hinzufügen, doch in diesem Moment erklangen erneut Schritte auf der Treppe, und im nächsten Moment stürmte ein junges Mädchen in die Küche, wie Lykke mit einem knappen Top und engen Jeans bekleidet, die allerdings im Unterschied zu denen ihrer Mutter zahlreiche modische Löcher aufwiesen.

»Haben wir noch mehr von der Apfelschorle?«, fragte sie, ehe sie Frederik am Tisch entdeckte. »Hey.« Sie hob flüchtig die Hand.

»Hey«, erwiderte Frederik.

Lykke stand auf und legte ihrer Tochter von hinten die Hände auf die Schultern.

»Das ist Nellie«, sagte sie zu Frederik. »Und das«, fuhr sie an ihre Tochter gewandt fort, »ist Frederik.« Sie machte eine kleine, effektvolle Pause. »Dein Bruder.«

Nellie kannte offensichtlich die Familiengeschichte, zumindest war ihr keine Überraschung anzumerken.

»Cool.« Sie rutschte neben Frederik auf die Küchenbank. »Das hat ja ganz schön lange gedauert. Wir dachten, du kommst früher.«

Frederik zog verlegen die Schultern hoch. Lykke setzte sich wieder auf ihren Stuhl.

»Ich hoffe, wir überfallen dich nicht zu sehr. Aber wir legen Wert darauf, einfach zu sagen, was wir denken.«

»Schon gut.« Frederik merkte, wie er sich entspannte. Lykke und ihre Tochter waren von einer so aufrichtigen Herzlichkeit, dass er hier in der alten Küche seines Elternhauses plötzlich wieder die Geborgenheit empfand, die ihm Sivard und auch seine Mutter vermittelt hatten, ehe alles zusammengebrochen war.

Lykke legte die Hände auf den Tisch und sah ihn aufmerksam an. »Es ist kein Zufall, dass du ausgerechnet heute gekommen bist, richtig? Mitten am Tag und ohne dich vorher anzukündigen.«

Das Gefühl des Aufgehobenseins löste sich binnen einer Sekunde in nichts auf. Stattdessen fühlte Frederik wieder die Angst um Lea und Emma.

Er wusste nicht recht, wie er anfangen sollte, aber Lykke hatte ja gesagt, dass sie den direkten Weg bevorzugten.

»Eine Freundin von mir ist in Schwierigkeiten«, erklärte er. »Ihr Mann bedroht sie und ihre sechsjährige Tochter. Emma ist Asperger-Autistin und lebt in einem Heim in Lilleby. Er will sie zu sich nach Hause holen, um ihrer Mutter wehzutun. Ich habe keine Ahnung, was er ihr oder ihrer Mutter antun wird, aber ich kann das nicht zulassen. Ich muss Emma retten.«

Nellie blickte ihn erschrocken an, Lykke nachdenklich.

»Emma ist deine Tochter?«

Frederik lachte auf. Lykke war offensichtlich keine Frau, der man etwas vormachen konnte.

»Ich weiß es nicht«, anwortete er. »Und Lea, meine Freundin, ist sich auch nicht sicher.« Er berichtete von dem Drama mit dem Vaterschaftstest und dem Ultimatum, das Arvid gestellt hatte.

»Du musst Emma aus dem Heim holen«, sagte Nellie.

»Ja. Aber ich habe keine Ahnung, wo ich mit ihr hinsoll. Ekström weiß, dass Lea und ich uns kennen. Ich könnte mich auch nicht um sie kümmern, wenn ich sie zu mir nach Hause brächte, und meine Großeltern in Kiel sind zu alt, um es zu tun.«

»Ist Ekström der Mann, dessen Leute dich bis in Papas Werft verfolgt haben letztes Jahr?«

»Ja.« Damals hatte Lea ihren ersten Fluchtversuch unternommen, und Ekström hatte ihm seine Schläger auf den Hals gehetzt, um sie zurückzubekommen. Sein Vater hatte die Männer vertrieben.

»Also wäre sie hier auch nicht sicher«, schloss Nellie.

Lykke musterte ihre Tochter nachdenklich. »Was hältst du von ein paar Tagen Heimunterricht?«

Nellie sah sie fragend an. »Wozu?«

»Ich könnte mich für den Rest der Woche krankmelden, und wir beide fahren mit der Kleinen nach Sälvik ins Sommerhaus.« Sie sah Frederik an. »Es gehört meinen Eltern und ist auf ihren Namen eingetragen. Arvid Ekström würde uns dort wohl nicht finden.« Sie hob die Hände. »Es wäre natürlich nur ein Aufschub. Aber du hättest ein wenig Luft, um nach einer tragfähigen Lösung zu suchen.«

Frederik griff nach ihrer Hand und drückte sie. Das war mehr, als er sich erhofft und erwartet hatte.

»Können wir uns gleich auf den Weg machen?«

»Wir müssten noch ein paar Dinge vorbereiten. Warum

fährst du nicht ins Heim und holst Emma, und ihr beide kommt um sieben zum Abendessen? Bis dahin haben wir gepackt, und wir fahren direkt nach dem Essen nach Bohuslän.«

Frederik schluckte. Er würde dann mit seinem Vater und dessen neuer Familie am Tisch sitzen. Doch es war ja auch höchste Zeit dafür. Und war es nicht genau das, was er sich insgeheim wünschte?

»In Ordnung«, sagte er. »Um sieben sind wir hier.«

13

Frederik wollte gerade die Umhängetasche unter der Sitzbank verstauen, als er das Klingeln des Handys hörte. Rasch zog er es heraus und meldete sich. Es war Göran, der ihm erklärte, dass Lasse Hansson bestritt, am Samstagabend auf der Feier gewesen zu sein. Stattdessen hatte er sich angeblich im Bowlingclub aufgehalten. Sämtliche Zeugen, die Lasse auf dem Zettel für Göran notiert hatte, hatten das bestätigt.

»Ich sehe zwei Möglichkeiten«, fasste Göran zusammen. »Entweder Lasse bezahlt alle diese Leute für eine Falschaussage. Oder er war tatsächlich nicht dort.«

»Also hat Halvar die Anschuldigung gegen seinen eigenen Sohn erfunden? Oder hat er sich geirrt?«

»Ich hatte nicht den Eindruck, dass er besonders scharf darauf war, seinen Sohn anzuschwärzen. Eher scheint er mir jemand zu sein, der einfach nicht lügen kann. Aber ich bin kein Experte. Vielleicht wäre es besser gewesen, wenn du mit ihm geredet hättest.«

Frederik stieg nicht auf Görans Selbstzweifel ein. »Angenommen, Lasses Alibi stimmt. Dann wäre Anders derjenige, dem unser Hauptinteresse gelten sollte. Er hat eine Affäre mit der Frau seines Bruders, und er hat ihn um Geld gebeten, das Sixten ihm verweigert hat. Darüber könnte er so wütend geworden sein, dass er seinem Bruder ins Dock gefolgt ist und ihn getötet hat.«

»Also redest du mit ihm?«

Frederik sah auf die Uhr. Björlanda lag ebenso wie Torslanda nicht weit entfernt von Lilleby. Er könnte auf dem Weg zu Emma einen Abstecher dorthin machen, um noch einmal mit Anders zu sprechen.

»Ich hätte dich gern dabei«, sagte er zu Göran. »Wenn es dir nichts ausmacht, statt von Torslanda von Björlanda aus mit dem Bus zurückzufahren?«

»Das eine ist mir so recht wie das andere«, entgegnete Göran. »Ich habe Zeit.«

Erst als er das sagte, ging Frederik auf, dass er überhaupt nichts über Göran wusste. War er verheiratet? Hatte er Kinder? Lebte er allein oder mit einer Familie, in einem Haus oder einer Wohnung, in der Stadt oder auf dem Land?

Er nahm sich vor, das bei nächster Gelegenheit in Erfahrung zu bringen.

»Wo bist du jetzt?«, fragte er.

»In einem Café gegenüber dem Bowlingclub. Ich hatte Hunger, und es ist ein guter Platz, um ungestört zu telefonieren.«

»Bleib einfach dort«, schlug Frederik vor. »Ich hole dich ab. In ungefähr zwanzig Minuten müsste ich da sein.«

»Dann trinke ich noch einen Kaffee.«

»Mach das. Ich lade dich ein.«

Göran bedankte sich, und Frederik beendete das Gespräch. Es würde nicht ganz einfach werden, im Feierabendverkehr wie geplant nach Torslanda zu kommen, mit Anders zu reden,

Emma abzuholen und rechtzeitig zum Abendessen bei seinem Vater zu sein, aber Frederik würde sein Bestes geben. Auf einen der Programmpunkte verzichten wollte er nicht.

Die grüne Bluse ging ihr nicht aus dem Kopf. Anders hatte sie mit einer so beiläufigen Bewegung vom Sofa genommen und beiseitegeworfen, dass sie keinen Verdacht geschöpft hatte, aber je länger sie darüber nachdachte, desto sicherer war sie, diese Bluse schon einmal gesehen zu haben. Zwei Wochen zuvor, als Sixten und Tuva zum Sonntagsessen bei ihnen gewesen waren.

Sie hatte mit Tuva darüber sprechen wollen, doch als sie es mit ihren Krücken endlich zu ihrem Haus geschafft hatte, hatte sie gerade noch gesehen, wie Tuva über die Felsen am Strand davonging.

Es war keiner von Astrids guten Tagen, aber selbst dann wäre es ihr nicht möglich gewesen, Tuva zu folgen. Doch sie hatte ja ohnehin einen Verdacht, wo Tuva hinwollte.

Astrid ließ sich auf einen gusseisernen Poller sinken, der dekorativ am Weg zur Haustür stand. Eine ganze Weile starrte sie über das Kattegat und dachte nach. Wollte sie die Wahrheit wirklich wissen? Aber es war nie ihre Art gewesen, die Augen zu verschließen. Was sollte es auch nützen?

Entschlossen stand sie wieder auf. Sie quälte sich zurück zum Haus und sank erleichtert auf den Fahrersitz ihres umgebauten Golf. Rasch brachte sie die kurze Strecke zu Anders' einsam gelegenem Bootshaus hinter sich und parkte den Wagen hinter ein paar Büschen, sodass er vom Grundstück aus nicht zu sehen war.

Sie nahm ihre Krücken und näherte sich dem Haus von hinten, durch den Garten, der von den mannshohen Skulpturen und den Installationen bevölkert war, die sich im Wind drehten und dabei schepperten. Sie verstand einfach nicht, wie Anders sich mit so viel Hässlichkeit umgeben konnte. Halvar und sie hatten sich doch alle Mühe mit ihm gegeben und alles getan, um seinen Weg zu ebnen. Aber Anders war trotzdem gestolpert, über Fallstricke, die Astrid beim besten Willen nicht zu erkennen vermochte.

Wenn Sixten ins Straucheln gekommen wäre, hätte sie es verstanden. Auch wenn es nicht seine Schuld gewesen war, hätte sie nachempfinden können, dass er sich schuldig fühlte und mit dem Schrecklichen nicht fertigwurde. Aber Sixten hatte sein Leben zielstrebig in die Hand genommen. Die beiden anderen Jungen dagegen, die nicht seine Last zu tragen hatten, waren gestrandet.

Astrid kämpfte sich zur Rückseite des Hauses und spähte durch Anders' Schlafzimmerfenster ins Innere.

Was sie sah, überraschte sie nicht, aber es war trotzdem ein Schock.

Sie hatte immer den Eindruck gehabt, dass Anders seinem Bruder die Frau neidete. Das mochte man vielleicht verstehen, aber das, was er daraufhin offensichtlich getan hatte, war unverzeihlich. Anders hatte Sixten Hörner aufgesetzt, und er tat es sogar jetzt, nach Sixtens Tod, erneut. Astrid sog verzweifelt die kühle Meeresluft ein. Dieser Betrug allein war furchtbar, aber was, wenn das noch nicht alles war? Wenn Anders noch mehr getan hatte? Etwas, das noch viel schrecklicher war?

Astrid spürte, wie ihre Kräfte sie verließen. Ihre Knie begannen zu zittern. Sie stützte sich schwer auf die Krücken, konnte sich aber nicht halten. Ihre Beine gaben nach, und sie sank zu Boden wie eine Marionette, deren Fäden man durchtrennt hatte.

Genauso fühlte sie sich auch.

Göran steuerte den Motorroller mit einem glückseligen Lächeln den Weg zu Anders' Bootshaus entlang. Frederik ließ den Blick über die klare westschwedische Landschaft schweifen, die flachen grauen Felsen mit dem niedrigen Bewuchs, dahinter das blau schimmernde Meer. Dann entdeckte er den Wagen, der hinter ein paar hohen Büschen abgestellt war. Es war ein blauer Golf mit einer Rollstuhlplakette am Heck.

»Stopp mal.« Frederik legte Göran die Hand auf den Arm.

Göran sah ihn verwundert an, kam der Aufforderung aber nach.

Frederik kletterte aus dem Beiwagen und ging zu dem Fahrzeug. Göran folgte ihm schnaufend.

»Das Auto gehört Astrid Nordin«, erklärte Frederik.

Göran grunzte. »Sie besucht ihren Sohn. Was findest du daran so verwunderlich?«

»Warum parkt sie nicht vor dem Haus? Sie kann kaum gehen, jeder Schritt bereitet ihr Mühe.« Frederiks Blick glitt zum Grundstück, und er kannte die Antwort, bevor Göran etwas erwidert hatte. »Komm.«

Sie liefen zwischen den Skulpturen und den beweglichen Installationen hindurch. Frederik vergegenwärtigte sich die Anordnung der Räume im Haus und übernahm die Führung.

»Meine Güte. Was für eine Ansammlung von Scheußlichkeiten«, keuchte Göran. »Ich kann kaum glauben, dass es Leute gibt, die so etwas kaufen.«

»Es sind wohl auch nicht viele«, entgegnete Frederik. »Leben kann Anders Nordin davon jedenfalls nicht.«

Sie bogen um die Hausecke, und Göran gab einen erschrockenen Laut von sich.

Unter dem Fenster hockte eine Frau im strengen schwarzen Geschäftskostüm und versuchte vergeblich, mithilfe ihrer Krücken wieder auf die Beine zu kommen.

Frederik und Göran griffen ihr unter die Arme und zogen sie hoch.

»Danke.« Astrid Nordins Miene blieb kühl und gab keine Regung preis, aber Frederik spürte, dass sie zitterte.

Aus dem Haus waren Geräusche zu hören, und dann tauchte Anders' bärtiges Gesicht hinter der Scheibe auf. Seine Augen weiteten sich, als er seine Mutter und Frederik erkannte.

Er blickte sich hektisch um, wohl auf der Suche nach etwas, womit er das Fenster verhängen könnte, sah dann aber ein, dass es für jedes Versteckspiel zu spät war. Mit einem schiefen Grinsen öffnete er das Fenster.

»Warum kommt ihr nicht herein? Die Tür ist offen.«

Frederik und Göran stützten Astrid, während sie mit mühevollen Schritten um das Haus herumging. Gemeinsam betraten sie den Wohnraum, in dem das Chaos seit dem gestrigen Tag noch zugenommen zu haben schien. Frederiks Blick fiel auf die Holzstücke und Späne, die überall verteilt lagen. Holz, das denselben Farbton hatte wie die Skulptur, die Anders von seinem Bruder Sixten angefertigt hatte und die nun fehlte. Anders hatte sie offenbar zerstört.

Weil ihn der Tod seines Bruders so getroffen hatte? Oder weil die Figur wie eine stumme Anklage gewesen war?

Weder auf dem Sofa noch auf dem Sessel war ein freier Platz für Astrid Nordin.

Frederik fand ein Tablett, das am Tisch lehnte, und häufte die Dinge darauf, die auf dem Sessel lagen, darunter ein Stechbeitel, ein flacher Karton mit aufgerissener Folienverpackung, in dem sich noch eine halbe Zimtschnecke befand, zwei zerdrückte Leichtbierdosen, die aktuelle Ausgabe der *Göteborgs-Tidningen* und ein BH mit Körbchengröße D, den Frederik diskret unter der Zeitung platzierte. Anschließend stellte er das Tablett neben den Sessel, und Göran half Astrid Nordin, sich hinzusetzen.

Sie wirkte erschöpft und musste Schmerzen haben, ließ sich aber nichts anmerken.

Frederik sah zu Anders, der mit verschränkten Armen im Rahmen der Schlafzimmertür stand. Wie am Tag zuvor trug er blaue Boxershorts und hatte sich das verwaschene, mit Farbflecken gesprenkelte Hemd übergezogen, das freien Blick auf seine behaarte Brust gewährte.

»Setzen Sie sich doch.« Frederik wies auf das Sofa. »Und bitten Sie auch Ihre Freundin dazu.«

Anders knurrte irgendetwas, das Frederik nicht verstand. Er ging zum Sofa und beförderte die Dinge, die darauf lagen, mit ein paar schnellen Handgriffen auf den Boden.

Tuva erschien in der Tür des Schlafzimmers, in ein rot-grün kariertes Flanellhemd in Größe XXL gehüllt, das sie über der Brust zusammenhielt. Darunter sahen ihre nackten Beine hervor. Schlanke, wohlgeformte Beine, um die sie sicher von mancher Frau beneidet wurde.

Das heimliche Paar nahm auf dem Sofa Platz, darauf bedacht, möglichst viel Abstand voneinander zu halten, als ob sich das, was alle wussten und gesehen hatten, damit ausradieren ließe.

»Ich nehme an, Tuva hat Ihnen erzählt, dass Ihr Bruder keinem Unfall zum Opfer gefallen ist, sondern ermordet wurde?«, eröffnete Frederik das Gespräch.

Anders griff nach dem Tabakpäckchen auf dem Tisch und drehte sich eine Zigarette. »Ja.«

»Es schockiert Sie nicht?«

Anders ließ sein Feuerzeug aufflammen. »Er ist tot. Das schockiert mich.«

»Haben Sie deshalb die Skulptur zerstört?«

Tuvas Blick wanderte zu den Splittern und Spänen, und sie keuchte auf. »Warum hast du das gemacht?«

Anders starrte auf die Zigarette in seiner Hand. »Ich weiß es nicht.«

»Was genau haben Sie am Samstagabend zwischen einundzwanzig Uhr und Mitternacht getan?«

Anders blinzelte. »Das habe ich Ihnen doch bereits gesagt. Nach dem Streit mit Sixten bin ich am Wasser entlang nach Hause gelaufen. Ich habe getrunken und an der Skulptur gearbeitet. Irgendwann hatte ich keine Lust mehr und bin zurück zur Party gegangen.«

»Sie waren nicht im Dock?«

»Nein.« Anders zog an seiner Zigarette. »Hören Sie. Ich war wütend auf Sixten, ja. Deswegen habe ich ihm das Eiswasser über den Kopf gegossen. Und es hat mich verrückt gemacht, dass er die Frau besaß, die ich liebe.«

Tuva warf ihm einen ungehaltenen Blick zu. »Ich bin kein Besitz.«

Anders winkte ab. »Du weißt, was ich meine. Ich wollte, du wärst meine Frau.«

Tuva schüttelte den Kopf und sah bedeutungsvoll auf das Chaos um sie herum. »Nie im Leben würde ich einen Mann wie dich heiraten.«

Anders breitete die Hände aus. Asche rieselte von seiner Zigarette auf den Boden. »Da sehen Sie es. Ich hatte keinen Grund, Sixten umzubringen. Das Geld, das ich brauche, bekomme ich dadurch nicht, und die Frau, die ich will, auch nicht.«

Astrid, die bisher stocksteif und stumm auf ihrem Sessel gesessen hatte, richtete sich auf. »Hast du denn nicht einen Funken Anstand im Leib? Wie konntest du das tun? Deinen Bruder mit seiner Frau betrügen?« Ihr Blick richtete sich auf Tuva. »Und du? War Sixten dir kein guter Mann? Hat er nicht alles für dich und eure Kinder getan?«

Tuva sah beschämt zu Boden. Anders blitzte seine Mutter an. »Ausgerechnet du redest von Anstand? Sixten hat alles bekommen, und für mich sind immer nur die Reste geblieben.«

»Ich habe stets versucht, dir zu helfen.«

»Mit ein paar Almosen.«

»Wenn ich dir Anteile an der Werft überschrieben hätte, hättest du den Betrieb in den Ruin gewirtschaftet.«

»Natürlich.« Anders drückte die heruntergebrannte Zigarette mit einer heftigen Bewegung im Aschenbecher aus. »Weil ich ein Versager bin und Sixten ein Engel war. Aber wer hat denn nun am Ende den Betrieb vor die Wand gefahren mit dieser Teakholz-Geschichte? Das war nicht ich.«

Astrid Nordin blickte zu Frederik. »Bitte bringen Sie mich nach Hause.«

Frederik sah zwischen den drei Mitgliedern der Familie Nordin hin und her. Er hatte nicht das Gefühl, dass er hier noch viel erfahren würde, und es war auch nicht gut, sich zu einem so frühen Zeitpunkt der Ermittlungen auf einen Verdächtigen festzulegen.

»Selbstverständlich.« Er reichte Astrid Nordin die Hand, und Göran kam ebenfalls dazu, um ihr zu helfen.

»Wir werden uns sicher noch einmal mit Ihnen unterhalten wollen«, sagte er zu Anders und Tuva.

Anders griff nach der Schnapsflasche auf dem Tisch und prostete ihm zu. »Tun Sie sich keinen Zwang an. Sie wissen ja, wo Sie mich finden.«

Frederik brachte Astrid mit Görans Hilfe zu ihrem Wagen. Göran stützte sie fürsorglich. »Lassen Sie mich fahren«, bat er.

Zuerst sah es so aus, als wollte Astrid protestieren, doch dann nickte sie und ließ sich auf den Beifahrersitz helfen. Göran reichte Frederik den Schlüssel für den Motorroller.

»Du hast noch etwas zu erledigen. Ich begleite Astrid Nordin. Von der Werft komme ich schon irgendwie nach Hause.«

Frederik legte dem Kollegen kurz die Hand auf den Arm. »Danke. Das vergesse ich dir nicht.«

14

Sie verstand einfach nicht, wie sich zwei Kinder so unterschiedlich entwickeln konnten. Sie hatten doch dasselbe Blut in den Adern und waren unter denselben Umständen aufgewachsen. Und doch lagen zwischen Sixten und Anders Welten.

Ihr älterer Sohn Sixten studierte höchst erfolgreich Schiffbau, hatte sich parallel für Betriebswirtschaft eingeschrieben und arbeitete nebenbei tageweise in der Geschäftsleitung der Werft mit. Ihr jüngerer Sohn Anders dagegen war auf der Suche. Immerhin, die Tischlerausbildung hatte er abgeschlossen, anders als sein Cousin Lasse. Sie hatten ihn daraufhin in der Werft untergebracht, aber den Job hatte er bereits nach einem halben Jahr hingeworfen. Anders hatte in der Ausbildung seine Liebe zu Holz entdeckt, doch er wollte sich keine Vorschriften machen und sich gängeln lassen. Ein geregelter Arbeitstag war nichts für ihn, und er wollte keine seelenlosen Objekte zimmern, sondern etwas von Bedeutung erschaffen.

Brotlose Kunst, hatte Gustav geurteilt, und wie es aussah, hatte ihr Vater damit vollkommen recht. Ihr selbst fiel es ebenfalls schwer, Anders' Entscheidung zu akzeptieren, doch die Liebe zu ihrem Jüngsten war so groß, dass sie ihn unterstützte, so gut es ging. Sie kaufte für ihn den alten Bootsschuppen ein Stück die Küste hinauf, den er sich zu Atelier und Wohnung umbaute. Sie vermittelte ihm Kontakte zu Göteborger Galeristen und Kunsthändlern. Schließlich gehörten viele davon zu ihren Kunden. Doch was Anders erschuf, ließ sich nicht verkaufen. Und er weigerte sich, etwas an seinem Stil zu ändern.

Zu allem Überfluss trank er immer mehr. Er verkam, verlotterte, scheiterte, doch ihm selbst war das egal. Er selbst bezeichnete sich als Bohemien. Gustav nannte ihn einen Versager und Schmarotzer, und wenn Astrid ehrlich war, musste sie ihrem Vater recht geben. Aber was sollte sie tun?

Aufhören, ihm Geld zu geben. Seine Wohnung aufzuräumen, seine Wäsche zu waschen und die leeren Schnapsflaschen zum Altglascontainer zu bringen. Das war Gustavs Antwort. Doch sie brachte es nicht übers Herz.

Anders war am Tod seines Vaters zerbrochen. Konnte man ihm das wirklich vorwerfen?

Halvar blinzelte. Die Hand mit der Gabel, die er gerade zum Mund führen wollte, hielt auf halbem Weg inne. Halvar blickte auf das aufgespießte Stück gebratenen Fischfilets, als wüsste er nicht mehr, was er damit anfangen sollte. »Sie hat *was?*« Langsam sank die Gabel zurück auf den Teller.

Astrid war überrascht. Sie hatte nicht erwartet, dass Halvar ihre Empörung teilen würde. Er war ein ruhiger, sachlicher und freundlicher Mann, keiner, der seine Gefühle zeigte. Ein typischer Schwede eben.

Darüber hinaus hatte sie geglaubt, dass Männer generell eine andere Einstellung zu Seitensprüngen hatten und sie als nicht so dramatisch empfanden. Doch Halvar wirkte geradezu verstört.

»Eine Affäre mit Anders?« Er sah den Fisch auf seinem Teller so angewidert an, als hätte man ihm verdorbenes Essen serviert. »Wie konnte sie das tun?«

Dieselbe Frage hatte Astrid sich auch gestellt. Sie hatte alles für Anders getan, und sie liebte ihn, weil er ihr Sohn war, aber sie war durchaus in der Lage, ihn objektiv zu sehen. Anders war eine gescheiterte Existenz, ein erfolgloser Künstler und Alkoholiker, der in einem vollkommen verlotterten Haus lebte und sein Leben einfach nicht auf die Reihe bekam. Er war nicht unattraktiv, aber vollkommen verwildert mit dem Bart und den langen

Haaren. Doch vermutlich war es ja genau das, was Tuva angezogen hatte.

»Wahrscheinlich hat ihr bei Sixten etwas gefehlt«, sagte sie. »Er war immer zuverlässig und strebsam, aber nie besonders fantasievoll.«

»Und deswegen geht sie mit Anders ins Bett?« Halvars blaue Augen glühten vor Zorn.

»Ja. Das hätte sie nicht tun dürfen.«

Astrid versuchte, den Fisch auf ihrem Teller zu zerteilen, doch die Finger wollten ihr nicht gehorchen.

Halvars Miene wurde sofort wieder sanft. »Lass mich das machen.«

Er schob seinen Teller beiseite und schnitt das Filet auf ihrem sorgsam in mundgerechte Stücke. Anschließend zog er seinen eigenen Teller wieder zu sich heran und spießte energisch ein Stück Fisch auf.

»Wir müssen darauf reagieren, oder was denkst du?«, fragte er, nachdem er gekaut hatte.

Astrid probierte ihren Fisch und nickte. Die Haushälterin hatte gute Arbeit geleistet.

»Sie kann mit ihren Kindern nach Lindberg auf die Apfelplantage ihrer Eltern fahren und gleich dortbleiben. Ich will sie hier nicht mehr sehen.«

Halvar legte sein Besteck wieder beiseite. »Denkst du, dass das so einfach ist?«

Astrid sah ihn streng an. »Du kennst die Regeln. Alle Testamente sind so verfasst, dass die Werft in den Händen der Familie bleibt. Sixtens Anteile fallen zurück an mich, und das Haus, in dem Sixten und Tuva gewohnt haben, gehört ohnehin uns.«

»Du willst sie vor die Tür setzen?«

Da war sie wieder, Halvars weiche Seite. Er konnte einfach nicht konsequent sein. Astrid wusste, dass sie froh sein sollte über sein mitfühlendes und hilfsbereites Wesen, aber dennoch verachtete sie ihn dafür, dass er so wenig Rückgrat hatte.

»Sie hat ihr Recht auf familiäre Unterstützung verwirkt, meinst du nicht?«, fragte sie kühl.

Halvar seufzte. »Aber sie ist immerhin die Witwe unseres Sohnes.«

»Den sie betrogen hat«, erinnerte Astrid ihn.

Halvars Blick flackerte. Auch ihn bewegten offensichtlich widersprüchliche Emotionen in Bezug auf Tuva. Wenigstens das.

»Trotzdem. Wie soll sie zurechtkommen, ohne ein Zuhause und ohne eigenes Einkommen?«

Astrid hob das Kinn. »Sie erhält, was ihr gesetzlich zusteht. Das ist immerhin das Vierfache des allgemeinen sozialversicherungsrechtlichen Grundbetrags.«

Zu viel für die Frau, die ihren Sohn so schändlich hintergangen hatte, fand Astrid, obgleich die Summe, die für manchen verwitweten Ehegatten eine Menge Geld sein mochte, aus Tuvas Perspektive vermutlich kaum mehr als ein Almosen war. Aber nichts Besseres hatte ihre Schwiegertochter Astrids Ansicht nach verdient.

Halvars Augen verdunkelten sich. »Und die Kinder? Unsere Enkelinnen? Liegt dir gar nichts an ihnen?«

Astrid blickte auf ihre Hände, die kaum noch zu gebrauchen waren. »Es ist besser für sie, wenn sie meinen körperlichen Verfall nicht mit ansehen müssen.«

Halvar schaute auf das Familienfoto an der Wand, die ganze Familie Nordin im Garten der Villa von Gustav Nordin in Nolvik. »Also übernehme ich die Geschäfte der Werft? Du kannst es ja wohl nicht mehr.«

»Nein.« Astrid biss die Zähne zusammen. Mehr als alle Folgeerscheinungen der Krankheit schmerzte sie, dass sie den Familienbetrieb nicht weiterführen konnte. Aber sie würde kämpfen.

Halvar hatte nicht das Format, eine Werft zu leiten. Anders fiel ohnehin aus, und Lasse war kein echter Nordin. Also musste sie durchhalten, bis die Mädchen alt genug waren, um in die Firma einzusteigen. Die Nordin-Werft musste um jeden Preis in der Familie bleiben, und bis dahin würde sie tun, was nötig war.

»Wir stellen einen Geschäftsführer ein«, sagte sie. »So lange, bis Tilde oder Greta den Platz ihres Vaters einnehmen. Du kümmerst dich weiter um die Planung und den Bootsbau wie bisher.«

Und um mich, dachte sie, sprach es aber nicht aus.

Halvar sah sie gekränkt an, aber natürlich fasste er sein Befinden nicht in Worte. »Die beiden sind sechs und acht«, sagte er stattdessen.

Astrid schob ein weiteres Stück Fischfilet auf ihre Gabel. Es war wichtig, dass sie bei Kräften blieb. »Also sollten wir uns wohl jemanden suchen, der langfristig bei uns bleibt«, beendete sie die Diskussion, sofern es überhaupt eine gewesen war. Sie wollte jetzt nicht über die Probleme nachdenken, die in den nächsten Jahren auf sie zukamen, über ihre labile Gesundheit, über Sixtens Teakholz-Geschäft und erst recht nicht über den Tod ihres Sohnes. Sie musste nach vorn blicken, nicht zurück. So hatte sie es immer gehalten, und irgendwie hatte sie es geschafft. Wer in der Vergangenheit verhaftet blieb, kam nicht voran, das war stets ihre Einstellung gewesen, an der auch die zahlreichen Therapiestunden nichts geändert hatten. Sich dem Schmerz zu stellen, ihre Trauer zuzulassen und zu akzeptieren, dass es Dinge gab, die man nicht kontrollieren konnte, war keine Option. Leistung und Anerkennung waren die Grundpfeiler ihrer Existenz. So hatte sie es von ihrem Vater gelernt, und so hatte sie ihre eigenen Kinder erzogen. Niemals würde sich daran etwas ändern.

Sein Vater saß auf den Stufen vor der Haustür, in der Hand ein Stück Holz, an dem er herumschnitzte. Neben ihm lagen weitere Teile aus Holz und Stoff und ein paar Schnüre.

Frederik stoppte den Roller und schaltete den Motor aus. Er wandte sich Emma zu, die neben ihm im Beiwagen saß. Seit sie in Lilleby losgefahren waren, hatte sie kein Wort gesagt, doch das war nicht weiter verwunderlich. Emma sprach nur wenig, und Frederik hatte sie aus ihrem gewohnten Rhythmus gerissen.

Im Heim hatte man ihm keine Schwierigkeiten gemacht. Die Betreuerinnen hatten Arvid Ekströms Auftritt im letzten Jahr miterlebt, als er auf Emmas Spielsachen herumgetrampelt war und ihr damaliges Lieblingsspielzeug, das gelbe Plastikauto mit den beweglichen Rädern, zerstört hatte. Niemand wollte, dass Ekström sie erneut mit zu sich nach Hause nahm.

Frederik hatte mit den Betreuerinnen vereinbart, dass sie Ekström sagen sollten, Emma sei vom Jugendamt abgeholt worden, weil sie Verhaltensauffälligkeiten gezeigt habe. Ekström war kein Freund der Behörden, und er verabscheute Emmas Behinderung. Frederik hoffte, die Behauptung würde ausreichen, um Ekström davon abzuhalten, nach Emmas Verbleib zu forschen. So wie er ihn einschätzte, würde es Ekström vermutlich ausreichen, Lea damit zu demütigen, dass ihre Tochter anscheinend noch gestörter war, als man gedacht hatte. Lea dagegen würde hoffentlich wissen, dass nicht das Jugendamt Emma fortgebracht hatte, sondern Frederik. Er hatte ihr eine entsprechende Nachricht auf das geheime Handy geschickt, wusste aber nicht, ob Lea Gelegenheit gehabt hatte, sie zu lesen.

Emma hatte wenig Interesse gezeigt, das Heim zu verlassen, aber Frederik hatte sie geduldig davon überzeugt, dass ihr das Ziel ihres Ausflugs gefallen würde.

Jetzt nahm er ihr den Kinderhelm ab und verstaute ihn im Topcase am Heck des Rollers. Seinen eigenen Helm legte er unter die Sitzbank. Die Tasche mit Emmas Sachen, die er sich für die Fahrt um die Schultern gehängt hatte, nahm er mit.

Emma kletterte aus dem Beiwagen und ging neben Frederik her zur Haustür. Sivard stellte seine Schnitzarbeit ein und sah sie an.

»Hey, Emma. Ich habe etwas für dich.«

Er hielt sein Schnitzwerk so, dass Emma erkennen konnte, worum es sich handelte. Es war ein Bootsrumpf. Sivard nahm eines der Teile von der Treppe und steckte es in eine vorbereitete Öffnung. Anschließend befestigte er weitere Teile. Das Boot bekam einen Mast, dann ein Segel und eine Ruderpinne. Sogar die Schoten zum Bewegen des Segels hatte Sivard originalgetreu nachgebaut.

Als das Segelboot fertig war, hielt er es Emma hin.

Emma stand ein paar Meter von ihm entfernt und rührte sich nicht. Sie betrachtete erst das Boot, dann Sivard. Frederik fragte sich, ob sie die Ähnlichkeit sah. Die Augen seines Vaters hatten das gleiche Grau wie seine eigenen, und auch Sivards Haare waren vom gleichen Blond gewesen. Mittlerweile war er komplett ergraut, und die energischen Gesichtszüge waren weicher geworden, aber Sivard strahlte noch immer dieselbe selbstbewusste Zuversicht aus wie früher.

Frederik war beeindruckt, mit welcher Ruhe sein Vater dem Mädchen begegnete. Das Spielzeugboot lag in seinen ausgestreckten Händen, und er lächelte leicht, machte aber keine Anstalten, sich Emma weiter aufzudrängen oder sich zurückzuziehen. Er wartete einfach ab.

Frederik tat dasselbe. Er hatte keine Ahnung, wie Emma auf seinen Vater und die vielen Menschen, die im Haus auf sie warteten, reagieren würde. Sie war keine sozialen Kontakte außer zu den Betreuerinnen, Lea und ihm gewohnt. Am liebsten war sie allein und ordnete ihre Spielsachen.

Als er schon dachte, dass sie den halben Abend hier stehen würden, nickte Emma. Sie trat auf Sivard zu und nahm ihm das Boot aus den Händen. Sivard ließ die Arme sinken. Emma betrachtete das Boot mit der konzentrierten Neugier, die so typisch für sie war.

Wieder verstrichen etliche Minuten. Dann wandte sich Emma zu Frederik um. »Gehen wir rein?«

»Ja. Lykke wartet mit dem Abendessen«, sagte Frederik.

Sivard stand auf und öffnete die Tür. Er ging voran, und Emma und Frederik folgten ihm.

In der Küche saßen Lykke und die Kinder bereits am gedeckten Tisch. Von der dampfenden Schüssel in der Tischmitte ging ein äußerst appetitlicher Geruch aus.

»Hey, Emma. Ich bin Lykke«, sagte Lykke in demselben Tonfall, mit dem sie sich auch Frederik vorgestellt hatte. Sie erwartete allerdings keine Antwort, sondern fuhr gleich fort: »Das da ist meine Tochter Nellie, und das ist mein Sohn Neo.«

Emma ließ sich Zeit, um die drei Personen zu betrachten, ehe sie sich auf den Platz setzte, den Lykke ihr wies.

Frederik nutzte die Gelegenheit, um seinen Vater zu begrüßen und sich bei ihm zu bedanken. »Das hast du wunderbar gemacht, diese Sache mit dem Segelboot.«

Sivard lächelte. »Es war Lykkes Idee.« Er legte Frederik den Arm um die Schultern, zog ihn zu sich heran und verstrubbelte ihm die Haare, so wie er es früher oft getan hatte, als Frederik ein Junge gewesen war. »Schön, dass du endlich wieder da bist.«

Frederik spürte, wie seine Augen feucht wurden. Er legte den Kopf an Sivards Schulter und gab sich für einen Moment dem Gefühl hin, das er als Kind immer gehabt hatte. Dass sein Vater der sichere Hafen war, der Mensch, der ihm Halt gab, der alle Probleme lösen konnte und der dafür sorgte, dass ihm nichts Böses widerfuhr.

Sivard klopfte ihm auf den Rücken, und Frederik löste sich wieder von ihm.

Warum hatte er sich so sehr davor gefürchtet, diesen Schritt zu tun? Jetzt, wo er hier war, schien ihm auf einmal alles so leicht.

»Setz dich.«

Frederik wandte sich dem Tisch zu und sah, dass Emma bereits Platz genommen hatte und sich von Lykke Nudeln mit Fleischwurst in Tomatensauce auf den Teller schöpfen ließ. Emmas Lieblingsgericht, diese Information hatte er Lykke auf dem Weg nach Lilleby noch aufs Handy geschickt, als er die entsprechende Nachfrage gefunden hatte.

Frederik setzte sich zu Emma, Sivard rückte zu seinen Kindern auf die Küchenbank. Die beiden warfen Frederik neugierige Blicke zu, aßen aber schweigend.

Frederik betrachtete Emma, die das Essen auf ihrem Teller sortierte. Abwechselnd wanderten jeweils zwei Nudeln und ein Stück Fleischwurst in ihren Mund. Als ihr Teller leer war, nickte sie. Das Puzzle war aufgegangen.

»Wir haben schon gepackt«, sagte Lykke, die ihren Teller ebenfalls geleert hatte, und schaute zu ihrer Tochter. »Wenn ihr so weit seid, fahren wir los.«

Nellie nickte. Sie stand auf, stellte ihren Teller in die Spüle und trat zu Emma.

»Wir fahren in unser Sommerhaus«, sagte sie. »Nach Sälvik. Dort ist es wunderschön. Kommst du mit?«

Emma hob den Blick und sah Nellie lange an. Dann nickte sie. »Ja.«

Sie kletterte von ihrem Stuhl und ging in den Flur, wo Frederik ihre Tasche abgestellt hatte. Frederik folgte ihr und trug die Tasche zu Lykkes Wagen, der vor dem Haus parkte. Gerührt sah er, dass sie auf der Rückbank einen Kindersitz eingebaut hatte.

»Der ist von Nellie. Zum Glück wirft Sivard nie etwas weg. Er war noch im Keller.« Lykke stellte die Taschen in den Kofferraum und hielt die hintere Wagentür für Emma auf. Geduldig wartete sie, bis das Mädchen auf den Sitz geklettert war und den Gurt geschlossen hatte. Sein Vater hatte definitiv eine Frau mit Fingerspitzengefühl geheiratet.

Als Emma fertig war, winkte Frederik ihr zu und drückte die Tür ins Schloss.

»Danke«, sagte er zu Lykke. »Ich bin froh, dass ihr euch um sie kümmert.«

Lykke strich ihm flüchtig über die Wange. »Das tun wir gern.«

Nellie kam aus dem Haus und verstaute zwei große Taschen im Kofferraum. Dann umarmte sie Frederik. »Pass gut auf dich auf, Bruder.«

Frederik hatte schon wieder Tränen in den Augen. »Du auch auf dich, Schwester.«

Lykke und Nellie stiegen ein, winkten ihm noch einmal zu, und dann fuhr das Auto mit ihnen und Emma davon.

Frederik sah ihnen nach, bis sie um die nächste Ecke gebogen waren. Dann ging er zurück ins Haus.

Sivard und Neo hatten den Tisch abgeräumt und das benutzte Geschirr auf der Spüle gestapelt. Stattdessen standen jetzt drei Schnapsgläser und eine Flasche finnischer Wodka auf dem Tisch.

»So«, sagte Sivard. »Jetzt feiern wir. Die Rückkehr des verlorenen Sohns.« Er zwinkerte Frederik zu.

Frederik wehrte ab. »Ich muss noch fahren.«

»Keine Chance.« Neo streckte die langen Beine unter dem Tisch aus und legte die Arme auf die Lehne der Küchenbank. »Du hast Feierabend. Wir lassen dich nicht gehen, bevor wir nicht alles wissen, was du die letzten dreißig Jahre gemacht hast.

Schlafen kannst du hier. Wir haben ein Gästezimmer.« Er legte den Kopf schief. »Es wartet doch niemand auf dich.«

Frederik dachte an Lea. Er wäre jetzt gern bei ihr gewesen, hätte sie gehalten und getröstet. Aber Lea war bei Ekström und für Frederik unerreichbar.

»Nein«, sagte er deshalb. Kurz dachte er daran, dass er vorgehabt hatte, mit Mats zu telefonieren, aber der Psychologe würde verstehen, warum er es nicht getan hatte.

»Na also.« Neo öffnete die Wodkaflasche und schenkte ein. »Dann lass mal hören.«

Draußen vor dem Fenster schepperte es.

Das war nicht ungewöhnlich, die Installationen bewegten sich im Wind, und die mit Schnüren befestigten Scheiben aus Glas und Metall spielten ihre eigene Symphonie, wenn sie zusammentrafen. Aber diese Geräusche waren anders.

Anders drückte die Zigarette aus und stemmte sich aus dem Sessel hoch. Nach einer halben Flasche Schnaps glich sein Weg zum Fenster einer Schlangenlinie. Als er sah, was draußen geschah, war er allerdings mit einem Schlag nüchtern.

»Ihr verdammten Schweine!«

Anders rannte zur Haustür, riss sie auf und stürmte nach draußen. Die beiden Männer, die auf seine Skulpturen und Installationen einschlugen, ließen die Baseballschläger sinken und wandten sich gelassen zu ihm um.

»Was soll das?« Anders zeigte auf die Figuren, die am Boden lagen. Eine Statue hatte ihren Kopf verloren, eine andere einen Arm. Eine seiner Installationen war in sämtliche Einzelteile zerlegt worden, ein Haufen bunter Glas- und Metallteile bedeckte den dürren Rasen.

Die Männer, beide groß, muskulös, mit kurz geschorenen blonden Haaren und schwarzen Sonnenbrillen, grinsten träge.

»Ein kleiner Gruß von unserem Chef«, sagte der eine. »Er möchte wissen, wann er sein Geld sieht.«

»Sobald ich welches habe.«

»Wann wird das sein?«

»Keine Ahnung.«

Die Männer tauschten einen kurzen Blick.

»Der Chef wartet nicht gern.«

Anders ballte die Fäuste. »Ich kann es nicht herzaubern.«

Der Schlag kam so schnell, dass er keine Chance hatte zu reagieren. Er hörte nur ein leises Sirren, dann traf ihn der Baseballschläger direkt unterhalb der Rippen.

Sämtliche Luft wurde aus Anders' Lunge gepresst, und er sank auf die Knie.

»Du solltest dich besser anstrengen«, riet der Wortführer. »Sonst stößt dir womöglich Schlimmeres zu als ein blaues Auge.«

Anders presste die Hände auf seinen Bauch, von dem Schmerzimpulse durch seinen ganzen Körper ausstrahlten.

»Wenn dein Freund das Auge treffen wollte, hat er aber schlecht gezielt«, brachte er keuchend hervor.

Der Wortführer grinste. »Wir waren ja noch nicht fertig.«

Im nächsten Moment landete eine Faust krachend in Anders' Gesicht. Sein Nasenbein brach mit einem lauten Knacken, und Blut schoss aus der Nase. Ein Schrei kam aus seiner Kehle, erstickte aber, als der Baseballschläger mit voller Wucht seine Nieren traf.

Anders kippte zur Seite und hob die Arme schützend vors Gesicht. Er bekam ein paar Tritte mit dem Stiefel gegen den Hinterkopf, dann einen Schlag mit dem Baseballschläger in den Unterleib. Anders krümmte sich und stöhnte. Sein ganzer Körper schien nur noch aus Schmerzen zu bestehen.

Einer der Männer zog ihm gewaltsam die Hände vom Gesicht.

»Ich denke, du hast die Botschaft verstanden«, sagte der Mann.

Anders sah zu ihm auf.

»Wir kommen in zwei Tagen wieder«, erklärte der Mann. »Besser, du hast dann das Geld.«

Die beiden gingen über den steinigen Weg davon, und gleich darauf hörte Anders einen PS-starken Motor starten.

Mühsam kam er auf die Beine und wankte zum Haus. Im Bad betrachtete er sein völlig verunstaltetes Gesicht und hielt den Kopf unter den Wasserhahn. Die Nase saß schief. Vermutlich sollte er ins Krankenhaus gehen und sie richten lassen, aber dort würde man zweifellos die Polizei informieren, und dann hätte er noch größere Probleme als zuvor.

Anders ging ins Wohnzimmer und trank die Schnapsflasche leer. Sein Kopf wurde ein wenig leichter, und der Schmerz wurde etwas dumpfer.

Mit zusammengebissenen Zähnen stellte er sich wieder vor den Spiegel und rückte die gebrochene Nase zurecht, bis sie dort saß, wo sie hingehörte. Der Schmerz war so grauenvoll, dass ihm schwarz vor Augen wurde, doch irgendwie schaffte er es.

Benommen taumelte er zurück ins Wohnzimmer, warf ein paar Schmerztabletten ein und suchte nach der Box mit dem Marihuana. Ohne ausreichende Betäubung würde er die nächsten Stunden nicht durchstehen. Er baute sich einen Joint, zündete ihn an und öffnete die nächste Schnapsflasche. Langsam ebbte der höllische Schmerz in der Nase ab.

Anders streckte sich auf dem Sofa aus und ließ den Rauch zur Decke schweben.

Die Abreibung der Geldeintreiber hatte er überlebt. Jetzt musste er nur noch das Geld beschaffen.

Halvar würde ihm nichts geben, genauso wie Sixten, aber

wenn er seiner Mutter klarmachte, dass sein Leben davon abhing, würde sie ihm hoffentlich unter die Arme greifen. Schließlich hatte sie jetzt nur noch einen Sohn.

15

Frederik dröhnte der Schädel, als er am nächsten Morgen mit dem Roller, den er über Nacht an der Ladestation auf der Werft aufgeladen hatte, zum Polizeipräsidium fuhr. In Bezug auf seine Arbeitsfähigkeit war der Abend mit Sivard und Neo keine gute Idee gewesen. Andererseits konnte er sich nicht erinnern, wann er sich zuletzt so wohlgefühlt und so oft und herzlich gelacht hatte.

Sivard hatte es ihm leicht gemacht.

»Du warst ein Kind. Du hast dir dein eigenes Bild erschaffen, und später hattest du nicht den Mut, daran zu rühren«, hatte er nur gesagt, und damit war das Thema für ihn erledigt. Über die verlorene Zeit zu lamentieren, ergab in seinen Augen keinen Sinn. Man sollte sich an dem freuen, was man hatte, und seine Energie darauf verwenden, die Zukunft zu gestalten.

Den Gedanken, dass es auch diese Haltung war, die es seiner Mutter schwer gemacht hatte, mit ihren Sorgen Gehör zu finden, hatte Frederik beiseitegeschoben. Er würde sich noch intensiver mit seinem Vater auseinandersetzen müssen, doch am gestrigen Abend hatte er sich einfach nur daran erfreut, dass er die tiefe Kluft endlich überwunden und seine Familie wiedergefunden hatte.

Sein Halbbruder Neo war ein großartiger junger Mann. Optimistisch und zupackend wie sein Vater, aber auch einer, der zuhören konnte. Neo begeisterte sich ebenso wie Sivard für Schiffe und studierte Bootsbau in Göteborg. Nach dem Studium würde er in den väterlichen Betrieb einsteigen und eines Tages die Werft übernehmen.

Frederik war froh darüber. Es gefiel ihm, dass *Forsbergs Bootsfabrik* in der Familie blieb.

Wenn der Mord an Sixten Nordin geklärt war, würde er sich mit Sivard und Neo zusammensetzen und Pläne für ein neues Boot entwerfen. Die Geschichte von der Segeljolle, die vor zwei Jahren explodiert war, hatte er am Abend in allen Details erzählen müssen.

Frederik stellte den Roller auf dem Parkplatz des Polizeipräsidiums ab und ging die Treppen hinauf. Auf dem Weg schaute er kurz bei Birger hinein und setzte ihn über den Stand der Ermittlungen in Kenntnis. Er hätte auch gern von Emma erzählt, doch das Telefon auf Birgers Schreibtisch klingelte im Minutentakt. Der Mord am Geschäftsführer der Nordin-Werft wirbelte nicht nur bei der Presse, sondern auch in der Politik Staub auf.

»Wir reden später.« Frederik winkte Birger zu und verließ das Büro. Es war bereits kurz nach neun, und sein Team wartete im Besprechungsraum.

Der Anblick, der sich ihm bot, als er eintrat, unterschied sich in nichts von dem am Tag zuvor. Kaffee und Kekse auf dem Tisch, Hedda, Anna, Viveka und Göran auf ihren Stühlen, Khalid mit den Händen in den Hosentaschen an die Wand gelehnt. Nur wirkte Göran nicht so lethargisch wie sonst.

»Hey.« Frederik setzte sich auf seinen Platz am Kopfende des Konferenztisches, holte seinen Laptop aus der Umhängetasche und verband ihn mit dem Beamer, der auf dem Tisch stand.

Hedda reichte ihm einen USB-Stick, den er in den entsprechenden Steckplatz schob. Der Stick enthielt nur eine Datei, die

Frederik öffnete. An der Wand erschien eine Tabelle, in der Hedda ihre Rechercheergebnisse zusammengefasst hatte.

»Sixten Nordin, zweiunddreißig Jahre alt, Bootsbauingenieur und Betriebswirt, war der ältere Sohn von Astrid und Casper Nordin«, erläuterte sie. »Sein Bruder, der Skulpturenkünstler Anders Nordin, ist zwei Jahre jünger. Der Vater der beiden, der Journalist Casper Nordin, ist verstorben, als die Jungen zehn und zwölf waren. Drei Jahre nach dem Tod ihres Mannes hat Astrid Nordin wieder geheiratet, und zwar Halvar Hansson.« Hedda warf einen Blick in die Runde. »Den Bruder ihres verstorbenen Mannes.«

»Ach was.« Göran verschränkte die Arme vor der Brust. »Das ist ja ein Ding.«

Hedda lächelte flüchtig. »Astrid Nordin ist die Tochter von Gustav und Selma Nordin. Die Mutter ist vor fünfundzwanzig Jahren gestorben. Gustav Nordin lebt auf seinem Alterssitz in Nolvik. Astrid hat den Berichten in der Presse zufolge vor einigen Jahren die Geschäfte von ihm übernommen, aber dazu kann Viveka sicher mehr sagen.« Hedda sah auf die handschriftlichen Notizen, die sie vor sich auf dem Tisch ausgebreitet hatte. »Halvar Nordin, ebenfalls Bootsbauingenieur und Betriebswirt, ist der jüngere Sohn von Emil und Rut Hansson. Emil war Werftarbeiter, Rut Sekretärin auf der Nordin-Werft. Mittlerweile sind beide tot, genau wie Halvars zwei Jahre älterer Bruder Casper.« Hedda seufzte leise, riss sich dann aber zusammen. »Halvar hat ebenfalls einen Sohn. Lasse Hansson.«

»Den habe ich kennengelernt«, warf Göran ein.

»Er hat ein ziemlich langes Strafregister«, berichtete Hedda. »Ist schon als Jugendlicher auf die schiefe Bahn geraten. Hat eine Zeit lang im Heim gewohnt, dann bei seinen Großeltern Emil und Rut, ehe er schließlich zu Astrid und Halvar Nordin gekommen ist. Er hat eine Tischlerlehre in der Nordin-Werft angefangen, aber nicht zu Ende gebracht. Inzwischen ist er zweiunddreißig, genau wie der verstorbene Sixten Nordin. Vorbestraft wegen Einbruchs und Körperverletzung. Er hat als Türsteher und Geldeintreiber gearbeitet und wird mit einem der kriminellen Clans in Torslanda in Verbindung gebracht, der Familie Radu.«

Frederik schlug sein Notizbuch auf und notierte sich ein paar Stichworte.

»Also ist er der aussichtsreichste Kandidat für den Mord an Sixten, oder nicht?«, sagte Anna.

»Er hat für die Tatzeit ein Alibi«, bemerkte Göran. »Allerdings könnte das auch eine Gefälligkeit der Zeugen sein. Möglicherweise bezahlt er sie dafür.«

Frederik lächelte Hedda an. »Hast du noch mehr?«

Hedda blätterte in ihren Zetteln. »Nein. Das wäre fürs Erste alles.« Sie klang verunsichert, war sich wohl wie immer nicht sicher, ob ihre Leistung gut genug war.

»Kannst du herausfinden, woran Casper Nordin gestorben ist?« Frederik nahm nicht an, dass das für die Ermittlung eine Rolle spielte, aber er verschaffte sich immer gern einen umfassenden Überblick.

Hedda nickte und machte sich eine Notiz.

»Gut.« Frederik zog den Stick aus dem Rechner. »Viveka?«

Die Tochter des Polizeichefs lächelte. »Ich habe mit dem Finanzamt gesprochen. Die Nordin-Werft macht gute Umsätze. Die Einnahmen liegen insgesamt im oberen Mittelfeld der Branche. Die Steuern wurden immer pünktlich gezahlt. Es gab nie Hinweise auf irgendwelche Unregelmäßigkeiten.«

Frederik notierte sich auch das. Es passte zu dem Bild, das er von Gustav und Astrid Nordin hatte, und der ältere Sohn Sixten schien in dieser Hinsicht ganz nach seiner Mutter und seinem Großvater gekommen zu sein.

»Außerdem habe ich die Kollegen vom Zoll kontaktiert«, fuhr Viveka fort und wischte auf ihrem Tablet. Nicht zum ersten Mal fragte sich Frederik, wie sie mit ihren langen, weiß lackierten Fingernägeln überhaupt mit Tastatur und Touchscreen arbeiten konnte. »Der Impuls für die Aktion in der Nordin-Werft kam vom deutschen Zoll. Dort läuft zurzeit eine Ermittlung gegen einen Großhändler, der illegal geschlagenes Holz aus Myanmar mit gefälschten Papieren importiert und weiterverkauft hat. Die Kollegen folgen der Spur des Holzes bis zu den Endabnehmern, und einer davon war die Nordin-Werft.«

Anna hob die Hand, in der sie einen Kugelschreiber hielt. »Soweit ich das bisher aus Nordins Korrespondenz ersehen konnte, wurde das Geschäft ordnungsgemäß abgewickelt. Anscheinend wusste Sixten Nordin nicht, dass er gesetzeswidrig handelte, aber natürlich kann die Firma trotzdem Probleme bekommen.«

»Das Holz wird beschlagnahmt, haben die Kollegen vom Zoll gesagt«, erläuterte Viveka für die anderen. »Und die Nordin-Werft muss eine Strafe zahlen.«

»Kann die Firma das verkraften?«, erkundigte sich Frederik.

»So weit bin ich noch nicht. Es dauert eine Weile, die Geschäftsbücher durchzusehen«, entgegnete Viveka.

»Kein Problem.« Frederik wandte sich an Anna. »Hast du irgendetwas entdeckt?«

»Das Material von Nordins Bürorechner ist noch nicht da. Ich habe mir seinen privaten Laptop vorgenommen und mir die Verbindungsdaten von seinem Handyprovider besorgt.« Sie breitete die Arme aus und machte ein enttäuschtes Gesicht. »Nichts. Sixten Nordin war offenbar ein absolut korrekter Mann, der mit seiner Arbeit verheiratet war. Sämtliche Gespräche, die er geführt hat, und alle Mails, die er geschrieben hat, betreffen entweder die Familie oder Geschäftliches. Freunde scheint er keine zu haben, und sein einziges Hobby war das Stand-up-Paddelboard, da hat er sich gelegentlich im Netz Seiten mit neuen Brettern angesehen.«

»Stichwort Brett.« Frederik blickte zu Khalid, der immer noch an der Wand lehnte. »Gibt es da etwas Neues?«

»Bisher nicht.«

Jeder andere hätte irgendetwas hinzugefügt, dass die Suche noch im Gang war oder dass er sich weiter darum kümmern würde, doch das war nicht Khalids Art. Frederik ließ ihn gewähren. Wichtig war nicht, was Khalid sagte, sondern was er tat, und Frederik wusste, dass Khalid die übertragenen Aufgaben sorgfältig erledigen würde.

»Was ist mit den Partygästen?«

Khalid nahm nicht einmal die Hände aus den Hosentaschen. »Ich habe eine Gästeliste erstellt, mit Namen und Adressen. Bisher habe ich nicht alle erreicht. Von denjenigen, mit denen ich gesprochen habe, hat keiner etwas beobachtet. Ein paar haben die Sache mit dem Champagnerkühler mitbekommen, sich aber lieber ferngehalten, weil sie es peinlich fanden.«

Khalid, der emotional leicht entflammbar war, sah aus, als könnte er diese Haltung der Schweden nicht recht nachvollziehen. Aber in diesem Land setzte man eben auf Vernunft und Verständigung. Man war sachlich und löste Konflikte im Gespräch, nicht durch lautstarke Streitereien oder gar Handgreiflichkeiten.

»Hat irgendjemand Lasse Hansson auf dem Fest gesehen?«

»Nein.« Khalids Miene blieb finster. »Aber die meisten, die ich gefragt habe, kennen ihn auch gar nicht. Kaum einer wusste überhaupt, dass Sixten Nordin noch einen weiteren Bruder hatte.«

»Okay. Danke.« Frederik wandte sich an Göran. »Haben wir

die Ergebnisse der Spurensicherung aus dem Dock der Nordin-Werft?«

»Ja. Der Bericht ist gerade reingekommen.« Göran hielt kurz die Zettel hoch, die vor ihm auf dem Tisch lagen. »Es gibt Blutspuren auf den Planken direkt neben dem Wasserbecken, außerdem einen Gummihammer, der ebenfalls Blutspuren aufweist. Der Abgleich aus dem Labor ist noch nicht da, aber wir können wohl davon ausgehen, dass sie von Sixten Nordin stammen. Die Kollegen haben auch eine Probe des Wassers aus dem Becken genommen. Man kann mit bloßem Auge erkennen, dass darin Rostpartikel schwimmen. Ob sie mit denen übereinstimmen, die Hedlund in Sixten Nordins Lunge gefunden hat, müssen wir abwarten.«

»Danke, Göran.« Frederik freute sich zu sehen, dass Göran auch am heutigen Tag deutlich motivierter wirkte als gewöhnlich. Der Ausflug mit dem Roller hatte ihm offensichtlich gutgetan.

Er klickte eine Datei im Explorer an und öffnete die Grafik, die er am Morgen in der Küche seines Elternhauses erstellt hatte, mit einem Becher starken Kaffees vor sich und einer Zimtschnecke in der Hand, die Lykke gebacken und Sivard in der Mikrowelle aufgewärmt hatte.

»Wir können also davon ausgehen, dass der Ablauf wie folgt war«, erläuterte er die schematische Darstellung. »Es gab Streit zwischen Sixten und Anders, und Sixten ist nach Hause gegangen, um sich umzuziehen. Dort ist er, wenn wir Halvars Aussage glauben, auf Lasse getroffen, mit dem er sich ebenfalls gestritten hat. Diese Auseinandersetzung oder irgendetwas anderes hat dazu geführt, dass Sixten nicht mit trockenen Kleidern zurück zur Feier gegangen ist, sondern sich stattdessen zu einer Fahrt mit dem Paddelbrett entschieden hat. Im Dock ist er auf seinen Mörder getroffen, der ihn niedergeschlagen und gefesselt hat.

Der Täter hat ihm Alkohol eingeflößt, ihn im Becken ertränkt und schließlich mit dem Paddelbrett aufs Meer treiben lassen, um einen Unfall vorzutäuschen.«

Frederik lehnte sich auf seinem Stuhl zurück und betrachtete das Bild an der Wand. »Die Frage ist, wer diese Person war. Anders Nordin, weil er seinen Nebenbuhler aus dem Weg räumen wollte, um freie Bahn bei seiner Schwägerin Tuva zu haben? Lasse Hansson, aus Wut darüber, dass Sixten ihm das Geld, das er für die Gründung einer eigenen Existenz braucht, nicht geben wollte? Oder irgendjemand anders, dessen Motiv wir noch gar nicht kennen?«

Anna warf ihren Kugelschreiber auf den Tisch. »Wer sollte das sein?«

Viveka hob ihre schlanke Hand und lächelte. »Die Chinesen.«

Sie genoss die verdutzten Blicke der Kollegen und wartete offensichtlich darauf, dass jemand nachfragte. Hedda tat ihr den Gefallen. »Welche Chinesen?«

»Ein Unternehmen, das die Nordin-Werft kaufen will.« Viveka machte eine Kunstpause, um die Spannung zu steigern. »Sie wollen ein Touristenresort daraus machen.«

Anna lachte verächtlich. »Das würde die Familie Nordin wohl kaum zulassen.«

Viveka hob die Augenbrauen. »Es hängt davon ab, wie weit ihnen das Wasser bis zum Hals steht, meinst du nicht?«

Die beiden Frauen hatten von Beginn an einen Konkurrenzkampf um Frederiks Gunst ausgefochten, und daran hatte sich bis jetzt auch nichts geändert.

Anna verschränkte die Arme vor der Brust. Das Leder ihrer Jacke knarrte. »Was hätten die Chinesen davon, Sixten Nordin zu ermorden?«

Viveka hob die Hände. »Mir scheint, das ist offensichtlich. Gustav Nordin ist zu alt, um die Geschäfte der Werft zu führen,

Astrid Nordin zu krank. Anders Nordin ist ein Säufer, und Lasse Hansson hat offenbar nicht einmal eine abgeschlossene Ausbildung. Sixten Nordin war der Einzige, der den Betrieb leiten konnte. Nach seinem Tod bleibt den anderen gar keine andere Wahl, als zu verkaufen.«

Frederik musste zugeben, dass die Argumentation nicht von der Hand zu weisen war. Aber würde ein ausländisches Unternehmen tatsächlich zu solchen Mitteln greifen? In Schweden hatte man wenig Erfahrung mit den chinesischen Triaden, im Gegensatz zu anderen kriminellen Vereinigungen, aber das bedeutete ja nicht, dass nicht auch die Chinesen versuchen könnten, hier ins Geschäft zu kommen.

»Wir sprechen mit der Familie darüber«, sagte er und sah Viveka eindringlich an. »Aber mich würde interessieren, woher du diese Information hast. Aus den Geschäftsbüchern geht das wohl nicht hervor?«

Vivekas selbstzufriedene Miene bröckelte ein wenig. »Ich habe mich gestern mit meinem Vater zum Kaffeetrinken getroffen«, gab sie zu. »Er war zum Mittagessen im Rotary Club, und da hat er es aufgeschnappt.«

Frederik lag ein Tadel auf der Zunge, aber er sah ein, dass sie diese Information auf andere Weise nie bekommen hätten. »Richte deinem Vater unseren Dank aus«, sagte er deshalb.

Viveka wirkte erleichtert, doch ihre Freude war trotzdem getrübt. Schließlich hatte sie die Ermittlung nicht mit einer herausragenden Leistung vorangebracht, sondern nur mit Glück.

Die Ungewissheit machte sie verrückt. Sie wollte unbedingt erfahren, ob es Frederik gelungen war, Emma in Sicherheit zu bringen, aber sie kam nicht an ihr geheimes Handy heran. Arvid ließ sie keine Sekunde aus den Augen, dabei konnte er unmöglich wissen, was sie vorhatte. Vermutlich ging es ihm auch gar nicht darum, sie zu überwachen. Er wollte sich einfach an ihrem Unbehagen weiden, wenn er ihren kahlen Schädel betrachtete.

Das Telefon lag in einer kleinen Schachtel, die sie im Schacht der Lüftungsanlage im Gästebad versteckt hatte. Wenn sie auf den Toilettendeckel stieg, reichte sie gerade eben heran. Es war kein besonders raffinierter Ort, doch etwas Besseres war ihr nicht eingefallen.

Arvid hatte sich an diesem Morgen entschieden, zu Hause zu arbeiten. Er hatte Ellinor für den Tag freigegeben und Lea angewiesen, das Frühstück im Esszimmer zu servieren. Rührei mit Speck, geröstetes Weißbrot und frisch gepressten Orangensaft, außerdem starken Kaffee, den er literweise trank. Dazu hatte er auf dem eng anliegenden schwarzen Minikleid und den hochhackigen Pumps bestanden. Die Absätze klickten auf dem Parkett, sodass er jederzeit wusste, wo sie sich aufhielt.

Ihre Hände zitterten, als sie das weiße Tuch über den Tisch breitete, das kostbare Porzellan aufdeckte und das Besteck dazulegte. Beinahe hätte sie den Saft verschüttet, als sie die Gläser vollschenkte, und mit dem Kaffee ging es kaum besser. Als alles fertig war, stellte sie sich mit gefalteten Händen neben den Tisch und wartete.

Arvid, der offensichtlich gehört hatte, dass ihre Schritte verklungen waren, kam kaum eine Minute später herein. Er trug Hemd und Hose, darüber seinen edlen Hausmantel aus Satin. Die blonden Haare waren frisch gewaschen und wie immer streng zurückgekämmt, die Lippen schmal wie ein Strich. Seine kalten blauen Augen richteten sich auf den gedeckten Tisch. »Sehr schön. Setz dich.«

Er wartete, bis sie auf ihrem Stuhl Platz genommen hatte, und setzte sich ihr dann gegenüber.

Arvid vertilgte genüsslich sein Frühstück. Lea bekam kaum einen Bissen hinunter.

Sie konnte nicht länger warten, sie musste wissen, was mit Emma war.

Entschlossen erhob sie sich.

»Entschuldige mich kurz«, sagte sie mit so viel Würde, wie es angesichts ihrer Verfassung möglich war. »Ich muss zur Toilette.«

»Tu dir keinen Zwang an.« Arvid grinste und ließ den Blick anzüglich über das enge Kleid gleiten. Er wusste, dass sie darunter nackt war, schließlich hatte er selbst es so angeordnet.

Lea eilte den langen Flur entlang und schlüpfte ins Gästebad. Rasch streifte sie die Pumps von den Füßen und kletterte auf den Toilettendeckel. Sie nahm die Schachtel aus dem Lüftungsschacht, holte das Handy hervor und schob die Schachtel zurück an ihren Platz. Dann setzte sie sich auf den Toilettendeckel und schaltete das Handy ein. Der Akku war fast leer, sie musste bald eine Möglichkeit finden, ihn wieder aufzuladen. Als das Display aufleuchtete, sah sie, dass eine Nachricht eingegangen war.

Lea wollte sie gerade öffnen, als sie leise Schritte auf dem Flur vernahm. Arvid schlich sich an.

Hektisch sah sie sich um. Ihr blieb nicht genügend Zeit, um das Handy zurück ins Versteck zu legen. Arvid würde sie auf dem Toilettendeckel stehend vorfinden und sich mühelos zusammenreimen können, was sie dort tat. Ansonsten gab es in dem kleinen Bad keine Schränke, nur ein offenes Regal, und wenn sie das Telefon zwischen die Handtücher schob, würde Arvid womöglich die Beule bemerken. In der Hand behalten konnte sie das Gerät nicht, und das Minikleid hatte keine Taschen.

Die Türklinke bewegte sich nach unten. Lea klappte rasch den Toilettendeckel hoch, ließ das Telefon in die Schüssel fallen, hockte sich auf den Toilettensitz und schlüpfte in ihre Pumps. Unter ihr zischte es leise, dann war es still.

Arvid öffnete die Tür und schaute sie an. »Dauert es noch lange?«

»Nein.«

Arvid lehnte sich mit verschränkten Armen in den Türrahmen. Lea versuchte, sich zu entspannen, aber es gelang ihr nicht. Verzweifelt übte sie Druck auf ihre Beckenbodenmuskulatur aus, und endlich begann es, unter ihr zu tröpfeln. Erleichtert wischte sie sich trocken.

»Bist du fertig?«

»Ja.« Lea erhob sich und betätigte die Spülung. Dann ging sie zum Waschbecken und wusch sich die Hände.

Arvid öffnete seinen Hosenschlitz und erleichterte sich ebenfalls. Zum Glück sah er dabei geradeaus, sonst hätte er womöglich das Telefon entdeckt. Er schüttelte die letzten Tropfen ab, spülte dann absichtlich nicht, sondern hielt nur die Hände kurz unter den Wasserstrahl im Waschbecken und trocknete sie ab.

Wieder ließ er den Blick über ihren Körper gleiten, dann durchs Bad. Als er nichts entdeckte, das sein Misstrauen erregte, nickte er. »Ich hoffe, du kommst bald zurück«, sagte er. »Ich esse nicht gern allein.«

»Ich bin sofort bei dir.«

»Schön.«

Arvid verließ endlich das Bad, und Lea stürzte zur Toilette. Sie zögerte kurz, griff dann hinein und holte das Handy heraus. Rasch trocknete sie es ab und drückte auf den Einschaltknopf.

Das Telefon reagierte nicht, der Bildschirm blieb schwarz. Offensichtlich war ihm das Bad in der Toilette nicht bekommen.

Lea schluchzte auf. Sie hatte ihre letzte Verbindung zu Frederik und Emma verloren.

Die Haushälterin führte sie in den Salon. Dort stellten sie fest, dass Astrid und Halvar bereits Besuch hatten, einen groß gewachsenen, schlanken Mann mit vollen, lässig zurückgekämmten grauen Haaren und einer imposanten Hakennase, der mit einem Whiskyglas in der Hand am Kamin lehnte. Er trug eine graue Stoffhose und ein hellblaues Hemd mit offenem Kragen. Den hellgelben Pullover hatte er um die Schultern gelegt, die Ärmel locker vor der Brust verknotet. Er mochte Mitte siebzig sein, wirkte aber dynamisch und agil.

Frederik war noch ein Junge gewesen, als er den Mann zuletzt gesehen hatte, erkannte ihn aber dennoch sofort. »Herr Nordin.« Er deutete eine Verbeugung an. »Es ist mir eine Ehre.«

Gustav Nordins eisblaue Augen nahmen ihn ins Visier. »Sie kommen mir bekannt vor.« Er legte die Stirn in Falten. Dann schnippte er mit den Fingern. »Sie haben verblüffende Ähnlichkeit mit einem meiner früheren Geschäftspartner. Sivard Forsberg.«

Frederik nickte. »Mein Vater.«

Nordin hob die buschigen Augenbrauen. »Du bist der kleine Frederik?«

»Richtig.«

»Alle Achtung. Du hast dich gemausert.«

»Papa.« Astrid Nordin, die zusammen mit Halvar auf dem Sofa saß, sah ihren Vater tadelnd an.

»Was denn? Darf man in diesem Haus keine Komplimente mehr machen?« Gustav Nordin deutete auf die Sitzgruppe. »Komm. Setz dich zu uns.« Erst jetzt entdeckte er Göran, der hinter Frederik in der Tür stehen geblieben war. »Und wer sind Sie?«

»Das ist mein Kollege Göran Persson«, sagte Frederik. »Wir sind von der Reichspolizei Göteborg.«

Eine Sekunde lang entgleisten Nordins Gesichtszüge, dann

hatte er sich wieder im Griff. »So. Polizist ist er also geworden, der kleine Frederik. Trotzdem: Nehmen Sie Platz. Ihr Kollege natürlich auch. Dürfen wir Ihnen etwas zu trinken anbieten?«

»Ein Kaffee wäre schön«, sagte Frederik, und Göran schloss sich ihm an. Gustav Nordin gab den Wunsch an die Haushälterin weiter, die in der Tür zum Salon aufgetaucht war.

Frederik staunte, dass Astrid Nordin ihren Vater gewähren ließ. Schließlich war das hier ihr Haus, und er nur ein Gast. Doch in seiner Gegenwart schien sich die kühle Geschäftsfrau in Luft aufzulösen, und was blieb, war ein kleines Mädchen, das seinem Vater gefallen wollte.

»Also. Was können wir für Sie tun?«, erkundigte sich Gustav Nordin.

»Wir wollten mit Ihnen über das Kaufangebot der Chinesen sprechen«, sagte Frederik und nickte der Haushälterin dankbar zu, die eine Tasse dampfenden Kaffee vor ihm auf den Tisch stellte.

Gustav Nordin sah seine Tochter streng an. »Ihr wollt verkaufen?«

»Nein. Sicher nicht.« Astrid Nordin saß kerzengerade auf dem Sofa, die Hände locker auf die Knie gelegt. Sie versuchte, sich nichts anmerken zu lassen, aber Frederik sah, dass sie Schmerzen hatte. »Das ist doch schon lange nicht mehr aktuell. Es gab eine Anfrage, aber wir haben selbstverständlich abgelehnt. Ein Verkauf der Werft steht überhaupt nicht zur Diskussion.«

Frederik sah sie interessiert an. »Es gab aber offenbar eine weitere Offerte in jüngerer Zeit.«

Astrid Nordin vollführte eine herrische Geste. »Nein. Das muss ein Irrtum sein. Woher haben Sie diese Information?«

»Wir haben unsere Quellen«, sagte Göran und hob die Kaffeetasse, als wollte er den anderen zuprosten.

»Dann täuschen sich Ihre Quellen«, erklärte Gustav Nordin kategorisch. »*Nordins Schiffs- und Bootsbau* ist seit fünfundsiebzig Jahren in den Händen der Familie, und daran wird sich auch nichts ändern.«

»Obwohl niemand mehr da ist, der die Geschäfte führen kann?«, fragte Göran, und Frederik staunte. So engagiert hatte er den Kollegen noch nie erlebt.

»Mein Mann ist ebenfalls Bootsbauingenieur und Betriebswirt«, gab Astrid Nordin kühl zurück. Das kleine Mädchen war verschwunden, ebenso wie die Zerbrechlichkeit, die Frederik für eine Sekunde wahrgenommen hatte. Jetzt war sie wieder die souveräne Geschäftsfrau, die alle Schwierigkeiten überwinden konnte.

Halvar wirkte überrascht, sagte aber nichts.

»Wie man hört, wollen die Chinesen die Werft stilllegen und ein Touristenresort auf dem Gelände errichten«, erklärte Göran.

»Wie bitte?« Gustav Nordin stellte sein Whiskyglas mit einem Knall auf dem Kamin ab. »Nur über meine Leiche.«

»Es war ja nur der Notfallplan«, murmelte Halvar. »Für den Fall, dass es keinen anderen Ausweg mehr gibt.«

Gustav Nordin fixierte seinen Schwiegersohn. »Keinen Ausweg woraus?«

»Die Verluste durch diese Teakholz-Geschichte. Wenn wir das Holz nicht verwenden können und womöglich eine hohe Strafe zahlen müssen.«

Gustav sah seine Tochter an. »Weißt du, wovon er redet?«

Astrid schloss kurz die Augen. »Sixten hat Teakholz von einem deutschen Großhändler gekauft. Illegal in Myanmar geschlagen und mit falschen Papieren eingeführt.«

»Wie konnte er eine solche Dummheit begehen?«

»Es wirkte alles seriös«, erklärte Halvar.

Astrid sah ihren Mann an, und Frederik konnte beobachten, wie die Erkenntnis in ihr Bewusstsein drang. »Du hast von dem Geschäft gewusst?«

Halvar nickte zerknirscht.

»Warum hast du mir nichts gesagt?«

»Ich wollte nicht, dass du dir Sorgen machst. Ich dachte, Sixten wird schon wissen, was er tut.«

»Mein Gott.« Astrid atmete schwer. »Was soll denn jetzt werden? Können wir den Betrieb überhaupt noch retten?«

»Ich weiß es nicht.« Halvar wollte ihr die Hand auf den Arm legen, doch Astrid zog ihn mit einem Ruck weg. »Es hängt davon ab, wie teuer die Sache für uns wird. Und wie unsere Kunden auf den Skandal reagieren, wenn er publik wird. Zurzeit sind die Auftragsbücher voll, aber das kann sich ändern.« Er biss sich auf die Lippen. »Vielleicht wäre es das Beste, das Angebot der Chinesen anzunehmen. Solange die Firma noch etwas wert ist, meine ich. Wenn wir erst Insolvenz anmelden müssen …«

»Das wird nicht passieren«, fiel ihm Gustav Nordin barsch ins Wort. »Ihr habt doch Rücklagen.«

Halvar schüttelte den Kopf. »Sixten hat alles investiert, was wir hatten. Er dachte ja, wir bekommen es zehnfach zurück.«

»Dann werde ich eben mit meinem Privatvermögen einspringen«, erklärte Gustav kategorisch. »Die Chinesen bekommen von uns jedenfalls keine einzige Aktie.«

Frederik rutschte auf seinem Sessel nach vorn und verschränkte die Hände. »Haben Sie die chinesischen Kaufinteressenten kennengelernt?«, fragte er Halvar.

»Nein. Wieso?«

»Wir können nicht ausschließen, dass es einen Zusammenhang mit dem Tod von Sixten Nordin gibt. Zum Beispiel, weil er den Chinesen mitgeteilt hat, dass er doch nicht verkaufen will, und die Chinesen glaubten, sie hätten bei einem anderen Familienmitglied bessere Karten.«

Er sprach es nicht aus, aber auch so war jedem im Raum klar, wer gemeint war.

»Ich kann niemandem etwas verkaufen«, erklärte Halvar und schaffte es nicht, die Bitterkeit in seiner Stimme zu unterdrücken. »Mir gehören nur zehn Prozent der Firma.«

»So ist es«, bestätigte Gustav Nordin. »Und so wird es auch bleiben.«

Frederik erhob sich. »Dann wollen wir nicht länger stören«, sagte er. »Vielen Dank für den Kaffee.«

Gustav Nordin nickte ihm zu. »Grüß deinen Vater von mir.«

»Das werde ich tun.« Frederik spürte, wie sich ein warmes Gefühl in seiner Brust ausbreitete. »Ich bin sicher, er wird sich freuen.«

Er konnte den Stechbeitel kaum halten, weil seine Finger so schmerzten. Einer der Geldeintreiber musste ihm auf die Hand getreten sein. Anders hatte das während des Angriffs gar nicht bemerkt, die Schmerzen in den anderen Körperteilen waren um ein Vielfaches größer gewesen.

Seine Nase war angeschwollen und saß wie ein dicker roter Ballon mitten in seinem Gesicht. Zum Glück brauchte er keine Brille. Selbst die federleichte Berührung des Gestells wäre unerträglich gewesen.

Schnaps, Marihuana und Schmerztabletten hatten ihm geholfen, die Nacht zu überstehen. Mithilfe eines Schutzhelms und einiger Latten hatte er ein Gerüst gebaut, das seinen Kopf fixierte, während er auf dem Rücken lag, damit er im Schlaf das Gesicht nicht zur Seite drehte und die Nase verschob. Anders hoffte, dass sie an der ursprünglichen Position festwuchs. Falls nicht, würde er sie später erneut brechen und richten lassen müssen, wenn die anderen Spuren der Misshandlung abgeklungen waren und nicht mehr die Gefahr bestand, dass jemand die Polizei rief. Eine Nase konnte schließlich auch brechen, wenn man versehentlich gegen eine geschlossene Tür lief.

Anders legte den Holzklöppel beiseite und griff nach der Schnapsflasche, die in Reichweite auf dem Tisch stand. Ohne Betäubung kam er nicht aus, und das nicht nur wegen der Nase.

Er betrachtete die Figur, die er seit dem Morgen aus einem harten Holzklotz herausgeschlagen hatte. Ein Mann, der auf dem Boden kniete, den Oberkörper vorgebeugt, das Gesicht in den Händen vergraben. Bisher war alles nur angedeutet, doch die Ähnlichkeit war trotzdem schon zu erkennen.

Der Mann war gepeinigt von Schmerz, doch irgendwie erschien Anders das nicht ausreichend. Vielleicht sollte er Neuland betreten und seine Skulpturen mit Elementen seiner Installationen verknüpfen? Er könnte dem Mann eine Dornenkrone aus Stacheldraht aufsetzen und ihm den Rücken mit Metallpfeilen spicken. Oder ihm einfach ein Messer ins hölzerne Herz bohren.

Von draußen waren das Geräusch eines Motors und das Knirschen von Rädern auf dem Kies zu hören. Gleich darauf erstarb der Motor. Eine Autotür schlug zu.

Anders runzelte die Stirn. Er hatte seine Mutter erwartet, doch Astrid würde mit ihren Krücken kaum so rasch aus dem Auto steigen können. Kamen die Geldeintreiber zurück, um ihrer Forderung weiter Nachdruck zu verleihen? Aber es waren nur die Schritte von einer Person, die sich der Tür näherten.

Anders stellte die Flasche beiseite und nahm den Dexel zur Hand, das Beil mit dem quer stehenden Blatt. Es war keine besonders geeignete Waffe, aber besser als nichts.

Die Haustür wurde aufgestoßen, und ein muskulöser Mann

mit kurzen braunen Haaren, schäbigem blauem Anzug und Sonnenbrille trat ein. Anders ließ den Dexel sinken. »Lasse.«

Sein Halbbruder nahm die Sonnenbrille ab und musterte ihn. »Kleine Meinungsverschiedenheit unter Freunden?«

»So was in der Art.« Anders griff nach der Schnapsflasche, fegte den Krempel beiseite, der sich auf dem Sessel angesammelt hatte, und ließ sich darauffallen.

Lasse tat das Gleiche mit dem Sofa und sah sich um. »Hast du Kaffee?«

Anders wies zur Spüle. »Da in der Kanne.«

Lasse nahm einen Becher aus dem Regal, schaute hinein und hielt ihn unter den Wasserhahn. Dann schüttelte er ihn aus und füllte ihn mit Kaffee aus der Kanne. Während er zu Anders zurückkehrte, nahm er kopfschüttelnd das Chaos in Augenschein. »Wie kann man so leben, Alter?«

Anders trank einen Schluck aus der Flasche. »Sag bloß, bei dir sieht es besser aus.«

Lasse ließ sich auf dem Sofa nieder. »Noch nicht. Aber bald.«

»Aha?«

»Ich werde Teilhaber und Geschäftsführer in einem Bowlingclub. Und ich heirate eine wunderschöne Frau.«

»Gut für dich.« Anders stellte die Flasche beiseite. Lasse holte eine Schachtel Filterzigaretten aus der Innentasche seiner Anzugjacke und zündete sich eine an. Anschließend steckte er die Schachtel wieder zurück, ohne Anders ebenfalls eine Zigarette anzubieten. Sein Blick blieb an der halb fertigen Skulptur kleben.

»Bist du das?«, fragte er. »Anders Nordin als reuiger Sünder?« Er grinste. »Wenn ja, musst du noch etwas an der Nase ändern. Die ist viel kleiner als deine.«

»Was willst du, Lasse?« Anders nahm sein Tabakpäckchen, drehte sich eine Zigarette und ließ das Feuerzeug aufflammen.

Seit Lasse mit achtzehn bei Astrid und Halvar ausgezogen war, hatten sie kaum noch Kontakt gehabt. Man traf sich gelegentlich in der Stadt oder im Club, aber mehr als ein paar flotte Sprüche und leere Worthülsen wurden dabei nicht ausgetauscht. Sie hatten nie eine wirkliche Beziehung zueinander gehabt, und das würde sich auch nicht mehr ändern.

Lasse sah auf die glühende Spitze seiner Zigarette. »Es gibt ein kleines Problem«, erklärte er. »Mir fehlt das Startkapital für mein Unternehmen.«

Anders musste so heftig lachen, dass er sich verschluckte. Tränen traten ihm in die Augen, und er hustete. »Damit kommst du ausgerechnet zu mir? Schau dich doch um.« Er machte eine weit ausholende Geste, die den ganzen Wohn- und Arbeitsraum mit dem billigen Mobiliar umfasste.

Lasse winkte ungeduldig ab. »Ich weiß, dass du nichts hast. Sonst hättest du kaum jemanden angebettelt, der seine Rechnungen nicht mit der Post, sondern mit ein paar fliegenden Fäusten zustellt.« Er schnippte achtlos die Asche von der Zigarette. »Aber Mutter war schon immer butterweich, wenn es um dich ging.«

Anders seufzte. Nicht nur seine Knochen schmerzten, auch sein Herz war schwer. »Das ist Geschichte. Sie hat eingesehen, dass ich gescheitert bin. Seit sie krank ist, hat sie nicht mehr die Kraft, sich um mich zu kümmern, und sie will es auch nicht mehr.«

»Aber das wird sich jetzt ändern, oder nicht?«

Anders zog an seiner Zigarette und blinzelte, weil ihm der Rauch in die Augen stieg. »Ich weiß nicht, was du meinst.«

Lasse breitete die Hände aus. »Sixten ist tot. Du bist jetzt der Königssohn.«

Anders griff wieder nach der Schnapsflasche. Darüber hatte er noch gar nicht nachgedacht, aber Lasse hatte recht. Bisher hatte Astrid Sixten mit allem überschüttet, doch das war nun vorbei. Die Villa, in der Sixten und Tuva gelebt hatten, gehörte Astrid, und nachdem sie herausgefunden hatte, dass Tuva ihren Mann betrogen hatte, würde sie sicher nicht zulassen, dass ihre Schwiegertochter weiterhin dort lebte. Ihm dagegen würde sie verzeihen, er war nur ein Mann und schwach, das wusste sie.

Vielleicht könnte er die Villa haben? Und womöglich sogar Sixtens Rolle in der Firma übernehmen? Er hatte keinen blassen Schimmer von Bootsbau und Betriebswirtschaft, aber Halvar war ja auch noch da. Was die Werft brauchte, war eine Galionsfigur, einen echten Nordin, der am Ruder stand. Astrid würde ihm ein ordentliches Gehalt zahlen, und er könnte seine sämtlichen Schulden begleichen. Und wenn sich der Sturm gelegt hätte, konnte Tuva mit den Mädchen bei ihm einziehen.

»Du wirst verstehen, dass ich auch einen Anteil will«, sagte Lasse in seine rosarote Fantasie hinein.

Anders lachte. »Frag deinen Vater. Warum sollte ich mit dir teilen?«

Lasse schlug die Beine übereinander, legte den Arm auf die Rückenlehne des Sofas und zog an der Zigarette, die bis zum Filter herunterbrannte. »Weil ich dein Geheimnis kenne. Deshalb.«

Göran steckte den Zündschlüssel ins Schloss, startete aber den Motor nicht. Stattdessen blickte er über das weitläufige Grundstück der Nordins zum Kattegat.

»Wir treten auf der Stelle, oder täusche ich mich da?«, fragte er. Er setzte seinen Helm wieder ab und drehte ihn in den Händen. »Wir wissen, dass Sixten Nordin ermordet wurde, aber die Spuren führen alle ins Leere. Oder denkst du ernsthaft, die Chinesen hätten Nordin getötet, damit die Familie die Werft verkauft?«

»Nein.« Frederik nahm ebenfalls den Helm vom Kopf und folgte Görans Blick. Es war wunderschön und idyllisch hier, doch sie wussten ja, dass der Eindruck täuschte. Hinter der schönen Fassade bröckelte es. Alles war vom Einsturz bedroht.

Die Frage, wie es mit der Werft weitergehen sollte, war interessant, aber Frederik konnte darin beim besten Willen kein Mordmotiv erkennen. Ohne Sixten Nordin schien es zweifelhaft, ob das Unternehmen tatsächlich auf lange Sicht im Besitz der Familie bleiben könnte.

Frederik holte sein Telefon aus der Tasche und sah nach, ob er mittlerweile eine Nachricht von Lea bekommen hatte, doch nach wie vor gab es kein Lebenszeichen. Langsam begann er, sich Sorgen zu machen. Hatte Arvid Ekström sie wegen der Vaterschaft unter Druck gesetzt? Wie hatte Lea sich verhalten? Und wie hatte Ekström reagiert? Vor Frederiks geistigem Auge spielten sich schreckliche Szenen ab.

Er überlegte gerade, ihr eine weitere Nachricht zu schicken, als das Telefon klingelte. Auf dem Display wurde der Name Hedda Sjögren angezeigt. Frederik tippte auf den grünen Button. »Hedda. Hast du etwas Neues?«

Hedda wirkte erschrocken, dass er das Gespräch so rasch angenommen hatte, fing sich aber. »Ich habe recherchiert. Der Tod von Casper Nordin vor zwanzig Jahren. Das ist eine sonderbare Geschichte.«

»Aha?«

»Casper Nordin ist bei einem Bootsunglück ums Leben gekommen. Casper war mit seinem alten Fischkutter unterwegs und ist mit einer Motorjacht kollidiert. Der Kutter ist gesunken, und der Sog hat Casper Nordin mit in die Tiefe gerissen. Er war wohl gestürzt und hatte sich den Kopf angeschlagen, deshalb ist er nicht wieder hochgekommen.«

»Warte mal. Ich stelle dich auf Lautsprecher«, sagte Frederik und fasste für Göran zusammen, was Hedda ihm mitgeteilt hatte.

»Also ist er ertrunken, genau wie Sixten.« Göran betrachtete den Helm, den er in den Händen hielt, als wäre er eine Glaskugel, aus der sich die Zukunft ablesen ließ.

»Ja. Aber das Verrückte kommt noch.« Hedda machte eine atemlose Pause. »Auf der Motorjacht befanden sich Caspers Bruder Halvar und Caspers Söhne Sixten und Anders.«

Frederik und Göran tauschten einen Blick. Das war in der Tat bemerkenswert.

»Die Jacht war zu einer Generalüberholung in der Werft, und Halvar und die Jungen haben eine Probefahrt gemacht«, erklärte Hedda weiter. »Dem Bericht der ermittelnden Polizisten zufolge handelte es sich um ein äußerst schnittiges und PS-starkes Boot.«

»Wie kam es zu dem Unfall?«

»Es war wohl eine Verkettung unglücklicher Umstände«, erläuterte Hedda. »Vom Fischerboot hatte sich ein Netz gelöst und drohte sich in der Antriebsschraube der Motorjacht zu verfangen. Halvar hat deshalb dem damals zwölfjährigen Sixten das Steuer der Jacht übergeben, während er selbst versucht hat, das Netz mit einem Bootshaken aus dem Wasser zu fischen. Halvar hat seinem Neffen Anweisungen zugerufen, wie er die Jacht manövrieren soll, aber der Junge hat, offenbar in Panik, den Gashebel in die falsche Richtung bewegt. Statt langsamer zu werden, ist die Jacht durchgestartet und hat den Kutter gerammt.«

»Autsch.« Göran verzog das Gesicht. Frederik versuchte, sich das Szenario vorzustellen.

Es musste für alle Beteiligten ein Schock gewesen sein. Auch wenn es ein schreckliches Unglück gewesen war und niemanden die Schuld traf, hatte das Trauma mit Sicherheit Auswirkungen auf die Familie gehabt. Ob daraus allerdings das Motiv für einen Mord resultieren konnte, der zwanzig Jahre nach Caspers Tod verübt worden war?

»Hast du noch mehr?«, fragte er.

»Nein. Den Rest kennst du schon. Halvar Nordin hat sich nach dem Unglück um die Familie seines Bruders gekümmert, und zwei Jahre später hat er Astrid Nordin geheiratet.«

Frederik dachte darüber nach. Dann fiel ihm auf, dass ihnen ein Bindeglied fehlte. »Halvar hatte bereits einen Sohn. Was ist aus dessen Mutter geworden?«

»Oh.« Frederik konnte förmlich vor sich sehen, wie Hedda erschrocken die Hand vor den Mund schlug. »Daran habe ich überhaupt nicht gedacht.«

»Niemand von uns hat das«, entgegnete Frederik sanft. Heddas Selbstwertgefühl war labil, und er gab sich alle erdenkliche Mühe, es aufzubauen, auch wenn er manchmal kurz davor war, die Geduld zu verlieren. »Mir ist es auch gerade erst aufgefallen. Aber jetzt, wo wir es entdeckt haben, sollten wir es recherchieren.«

»Ich kümmere mich darum«, sagte Hedda und verabschiedete sich. Göran verdrehte die Augen.

»Wie erträgst du das? Dieses duckmäuserische Getue? Wie schaffst du es, dass dir nicht der Kragen platzt?«

»Ich gehe davon aus, dass es einen Grund für Heddas Verhalten gibt, und ich hoffe, Hedda verrät ihn mir eines Tages. Aber das wird sie nur, wenn sie Vertrauen zu mir hat. Deshalb versuche ich, ihr die Angst zu nehmen.«

Er sah Göran an, dass dieser die unausgesprochene Botschaft verstanden hatte, aber der Kollege war ebenso wenig wie Hedda bereit, seine Sorgen zu teilen.

»Das ist eine außerordentlich spannende Geschichte, findest du nicht?«, fragte er stattdessen.

»Ja.« Frederik hatte Mühe, sich zu konzentrieren. In Gedanken war er noch bei Lea. Was könnte er tun, um zu erfahren, ob es ihr gut ging?

Die Haustür der Villa öffnete sich, und Halvar Nordin trat heraus. Er kam auf Frederik und Göran zu. »Ich habe gesehen, dass Sie immer noch vor dem Haus stehen. Gibt es ein Problem mit dem Roller? Wir sind auf Boote spezialisiert, aber wenn es der Motor ist, sollten wir ihn wieder flottkriegen.«

»Nein. Mit dem Roller ist alles in Ordnung. Wir haben nur gerade ein paar neue Informationen bekommen. Vielleicht könnten Sie uns helfen, sie einzuordnen?«

Halvar hob die Hände. »Wenn Sie meinen, dass ich der richtige Ansprechpartner bin?«

Frederik kletterte aus dem Beiwagen und legte den Helm hinein. Göran stieg vom Roller und platzierte seinen Helm auf der Sitzbank.

»Lassen Sie uns ein paar Schritte gehen«, schlug Frederik vor und deutete zum Meer, das in der Sonne glitzerte.

»Von mir aus.«

Sie liefen zum Bootssteg, der hinter dem Haus ins Meer ragte. Dort lag ein schnelles Motorboot.

»Ist das Ihr Boot?«, fragte Frederik.

»Nein. Es gehört Astrid. Sie hat es geliebt, auf dem Kattegat ihre Runden zu drehen. Seit sie krank ist, wird es nicht mehr benutzt.«

»Sie fahren nicht damit?«, erkundigte sich Göran.

»Nein.« Halvar verschränkte die Arme vor der Brust.

»Weil Ihnen die Lust am Bootfahren nach dem Tod Ihres Bruders vergangen ist?«, fragte Göran weiter.

Halvar nickte ein paarmal vor sich hin. »Das sind also Ihre neuen Informationen, ja?« Er lachte bitter. »Ich hätte mir denken können, dass Sie früher oder später damit kommen. Aber es war keine Absicht. Sixten hat den Kutter seines Vaters nicht vorsätzlich gerammt. Er war mit der Situation überfordert, und dann hat er den Gashebel eben in die falsche Richtung bewegt. Das war eine hochmotorisierte Jacht, die binnen Sekunden massiv beschleunigt hat. Sixten konnte den Hebel gar nicht so schnell zurückziehen, dass er das Unglück hätte verhindern können.« Halvar schob die Hände in die Hosentaschen. »Außerdem liegt das Ganze zwanzig Jahre zurück. Glauben Sie wirklich, diese Sache könnte etwas mit dem Mord an Sixten zu tun haben?«

»Wir müssen für alle Möglichkeiten offen sein«, sagte Göran. Irgendetwas schien die Geschichte in ihm auszulösen. Frederik hatte bisher nicht erlebt, dass der Kollege sich derart an etwas festbiss.

»Wie sind Sie damit zurechtgekommen?«, fragte Frederik. »Die Familie, meine ich. Das war ja ein furchtbares Trauma, für Ihre Frau und Sie ebenso wie für die Jungen.«

Halvar wandte ihm den Blick zu. Frederik sah, dass seine Augen feucht waren. »Casper war ein Draufgänger. Er hat in Kriegsgebieten gearbeitet und dort seine Reportagen gemacht. Astrid hat in ständiger Angst gelebt, dass ihm etwas zustößt. Und dann stirbt er ausgerechnet an einem sonnigen Sommersonntag im Göteborger Schärengarten.«

»Wie kam es dazu, dass Sie schließlich Astrid Nordin geheiratet haben?«, fragte Göran. Frederik fand seinen Stil nicht ganz glücklich, ließ ihn aber gewähren. Er selbst gab den Menschen, mit denen er sprach, lieber Zeit und Raum, in ihrem eigenen Tempo zu erzählen, aber Görans Art mochte auch ihre Vorteile haben.

»Wir sind sehr eng zusammengerückt nach dem Unglück«, entgegnete Halvar. »Ich habe versucht, zu trösten und Astrid mit den Jungen zu helfen. Meine Lebensgefährtin hat das nicht verstanden. Sie war rasend eifersüchtig. Irgendwann ist sie einfach abgehauen und hat mich mit Lasse allein gelassen.«

»Weil Sie sie mit Astrid Nordin betrogen haben?«, hakte Göran nach.

»Nein. Astrid und ich sind uns erst nähergekommen, als Meret weg war.« Halvar seufzte tief.

»Und die Jungen?«

Halvar hob die Schultern. »Sixten hat es irgendwie verkraftet. Er hat die Tür zu seinen Gefühlen verschlossen und sich ganz auf die Schule konzentriert. Seine Noten waren immer herausragend, auf dem Gymnasium und auch später im Studium. Er hat die ganze Sache so verarbeitet, wie es in der Familie Nordin üblich ist. Disziplin und Leistung.«

»Und Anders?«

»Sie haben ihn doch erlebt, oder nicht? Er ist der emotionale Typ. Wenn Sie mich fragen, hat er den Tod seines Vaters nie verkraftet. Ich denke, aus diesem Grund erschafft er all diese abstoßenden Holzkreaturen. Er säuft, und soweit ich weiß, hat er eine Menge Schulden angehäuft. Deswegen hat er Sixten bei der Feier am Wochenende angebettelt.«

»Trauen Sie ihm zu, dass er seinen Bruder ermordet, weil Sixten ihm das Geld verweigert hat?«, fragte Göran.

»Ich weiß es nicht.«

»Oder könnte Anders ihn umgebracht haben, weil er den tödlichen Unfall verursacht hat? Eine späte Rache dafür, dass er ohne Vater aufgewachsen ist?«

Frederik hob die Augenbrauen. Die Idee war nicht schlecht.

Halvar nickte, schüttelte jedoch gleich darauf den Kopf. »Kann sein, dass er Sixten das insgeheim immer vorgeworfen hat. Aber warum jetzt?«

»Vielleicht, weil ihm das Firmenjubiläum das ganze Ausmaß seines Scheiterns vor Augen geführt hat? Weil ihm der Kontrast zwischen Sixten und ihm selbst in diesem Moment besonders deutlich geworden ist?«, mutmaßte Göran.

Halvar hob die Schultern. »Möglich. Ich weiß nicht, was in seinem Kopf vorgeht. Wir haben auch kaum noch Kontakt zueinander. Die Einzige, die sich nach wie vor mit einer Affenliebe um ihn kümmert, obwohl sie kaum noch für sich selbst sorgen kann, ist Astrid.«

Göran nickte. »Danke für Ihre Offenheit.«

Halvar schaute zum Haus zurück. »Wenn Sie sonst keine Fragen mehr haben … Ich möchte Astrid nicht so lange mit ihrem Vater allein lassen. Er begreift nicht, dass diese Krankheit ihr die Kraft raubt. Er meint immer noch, es sei nur eine Schwäche, der sie mit mehr Willensanstrengung begegnen sollte. Wenn ich mich nicht vor sie stelle, macht er ihr Vorhaltungen, die ihre Moral untergraben, und das ist in Bezug auf ihre Krankheit äußerst ungünstig. Die Schübe haben auch eine starke psychische Komponente.«

»Natürlich.« Frederik machte eine einladende Geste. »Kümmern Sie sich um Ihre Frau.«

Halvar verabschiedete sich und eilte mit langen Schritten davon. Frederik sah ihm nachdenklich hinterher.

»Meinst du, ich war zu forsch?«, fragte Göran.

Frederik lächelte. »Sagen wir, ich war überrascht.«

»Diese Sache mit dem Unfall beschäftigt mich.« Göran schaute den Strand entlang in Richtung Norden. »Was hältst du davon, wenn wir Anders einen Besuch abstatten und ihn noch mal in die Mangel nehmen? In meinen Augen ist er der Hauptverdächtige.«

Frederik dachte kurz an Lea, sah aber ein, dass es ohnehin nicht viel gab, was er unternehmen könnte. Wahrscheinlich war es besser, sich vorher mit Mats zu beraten, ehe er etwas Unüberlegtes tat.

»Einverstanden«, sagte er.

16

Sixten hatte sich verlobt. Astrid wusste, dass sie sich für ihn freuen sollte, aber sie konnte nicht darüber hinwegsehen, wie Anders litt. So unterschiedlich waren diese beiden Jungen, doch ausgerechnet das hatten sie gemeinsam. Sie liebten dieselbe Frau.

Kein Wunder, Tuva liefen viele Männer hinterher, weil sie so hübsch, vor allem aber, weil sie so offenherzig und nett war. Naiv, urteilten böse Stimmen. Womit sie vermutlich nicht ganz falschlagen.

Das war das zweite Problem. Astrid wurde nicht recht warm mit dieser Frau, die in jeder Hinsicht anders als sie selbst war. So typisch schwedisch sah sie aus, mit ihren langen blonden Locken, dem roten Mund mit den vollen Lippen und den schön geschwungenen Wangenknochen. Sie war groß und schlank, hatte aber trotzdem eine mütterliche Ausstrahlung, weil sie so herzlich war. Ihr besonderes Talent – oder ihre besondere Schwäche, wie Astrid gehässig dachte – bestand darin, dass sie in allen Menschen nur das Gute sah.

Für ihren Beruf war das genau richtig. Sie arbeitete in einer Vorschule, förskola, *in der die Ein- bis Sechsjährigen betreut wurden, ehe sie in die Vorschulklasse,* förskoleklass, *kamen, die auf die neunjährige Grundschule vorbereitete. Tuva liebte Kinder. Sie war lebenslustig, immer gut gelaunt und fröhlich.*

Wahrscheinlich war es das, was Sixten und Anders so anzog. Beide trugen die Finsternis in sich, die Erinnerung an den schrecklichen Unfall, bei dem ihr Vater ums Leben gekommen war. Die Schuld, die sie womöglich immer noch empfanden, obwohl man ihnen immer wieder gesagt hatte, dass sie nichts dafürkonnten. Sie waren Kinder gewesen, mit der Situation überfordert. Aber reichte es, sie freizusprechen? Ein paar Jahre mit ihnen zum Kinder- und Jugendlichentherapeuten zu gehen?

Man sagte, dass Kinder schnell vergaßen, doch für ihre Söhne schien das nicht zu gelten. Oder das Trauma war einfach zu einschneidend, um damit fertigzuwerden.

Tuva tat den beiden gut. Sie waren oft zu dritt unterwegs, unternahmen Fahrten durch die idyllische Göteborger Schärenlandschaft, mit einem der Segel- oder Motorboote, die zur Werft gehörten, zogen gemeinsam in Göteborg durch die Lokale oder gingen tanzen.

Das Scheitern war natürlich vorprogrammiert. Als Anders herausfand, dass zwischen Sixten und Tuva mehr als nur Freundschaft war, brach eine Welt für ihn zusammen.

Tuva war fürchterlich erschrocken darüber. Angeblich hatte sie überhaupt nicht gemerkt, dass sich auch Anders in sie verliebt hatte.

Das war typisch für Tuva. Sie sah ein Problem nur, wenn man es direkt vor ihren Augen schwenkte.

Astrid gelang es nicht, ihre Wut zu zügeln. Vermutlich war es normal, dass sich Sixten eine Frau suchte, die vollkommen anders war als seine Mutter. Aber trotzdem. Tuva war wie eine Blume. Schön anzusehen in der Sommersonne, doch ohne Wert, wenn die Zeiten härter und kälter wurden. Was Sixten brauchte, war eine Partnerin, die ihm ebenbürtig war, klug und rational, die ihm beistand, wenn ihm die Arbeit über den Kopf wuchs oder er schwere Entscheidungen treffen musste.

Dafür hat er doch seine Mutter, *hatte Halvar gesagt und gelacht.*

Astrid fand das nicht komisch. Aber sie argwöhnte, dass ihr Mann ebenso vernarrt in Tuva war wie ihre beiden Söhne, auch wenn er sich hütete, es zu zeigen.

Sie fragte sich auch, was Tuva an Sixten fand. Er sah nicht schlecht aus, war blond und blauäugig wie alle Männer in der

Familie, aber er war ein stiller Typ, blass, ordentlich und ein wenig zwanghaft. Es gab weitaus attraktivere Männer, die um Tuva warben. Sixtens akademische Leistungen und seine Arbeit in der Werft waren hervorragend, doch das war es wohl nicht, was eine Frau anzog.

Ging es ihr also in Wirklichkeit um die Werft? War ihre Naivität nur gespielt? Oder verbarg sich hinter ihrem fröhlichen Äußeren eine tiefe Unsicherheit? Hätte sie sich von einem selbstbewussteren Mann bedroht gefühlt?

Zerbrich dir nicht den Kopf darüber, *sagte Halvar immer wieder.* Vielleicht ist es ein Fehler, dass er sie heiratet. Aber jeder muss seinen eigenen Weg gehen. Er ist erwachsen. Du musst ihn loslassen.

Doch das konnte sie nicht.

Als sie den Schotterweg zu Anders' Haus entlangfuhren, kam ihnen ein aufgemotzter schwarzer Sportwagen mit aufwendiger Lackierung entgegen, züngelnde Flammen in Orange und Rot auf Motorhaube und Türen. Der Mann am Steuer wirkte bullig. Er trug, soweit Frederik das durch die Scheibe erkennen konnte, einen blauen Anzug, dazu eine Sonnenbrille.

Sahen so die Kunden aus, die sich für Anders Nordins Kunst interessierten?

Göran stoppte den Roller vor dem Haus und nahm den Helm ab. »Das war Lasse Hansson«, sagte er.

»So?« Frederik wandte den Kopf, aber der Wagen war natürlich längst verschwunden.

»Vielleicht wollte er mit Anders über den Tod des Bruders sprechen. Von der Familie hat ihn niemand informiert. Von Halvar, Astrid und Gustav Nordin hat er sich offenbar distanziert, aber vielleicht versteht er sich gut mit Anders? Weil das Scheitern sie verbindet?«

»Möglich.« Frederik staunte erneut. Wenn Göran so weitermachte, würde er noch alle anderen im Team überflügeln. Was mochte ihn so nachhaltig aus seiner Lethargie gerissen haben? Die Fahrten mit dem Roller oder doch irgendetwas, das mit dem Fall zu tun hatte?

Sie ließen die Helme am Roller zurück und gingen zur Haustür. Frederik klingelte, doch von drinnen kam keine Reaktion. Sie warteten eine Weile, dann drückte Frederik die Klinke hinunter.

Anders Nordin saß mit dem Rücken zu ihnen im Sessel und starrte aus dem Fenster zu seiner Linken aufs Kattegat.

»Herr Nordin?« Frederik ging zu ihm. Anders wandte ihm den Kopf zu.

Sein Gesicht sah schlimm aus. Das linke Auge zierte ein Veilchen, die Nase war fast violett und absurd angeschwollen, die Unterlippe blutverkrustet. Auf der linken Gesichtshälfte verliefen mehrere blutige Schrammen.

Göran neben ihm zog scharf die Luft ein. »War das Ihr Bruder?«

Dann ging ihm wohl auf, dass es so nicht gewesen sein konnte. Lasse war eben erst gegangen, aber die Verletzungen waren nicht frisch. Der Angriff musste schon etliche Stunden zurückliegen. Wahrscheinlich war er am Abend zuvor erfolgt.

»Nein.« Anders verschränkte die Arme vor der Brust.

Frederik setzte sich ihm gegenüber aufs Sofa. Als Göran neben ihm Platz nahm, ächzte die Federung. Frederik hoffte, dass das Möbelstück der Belastung gewachsen war.

»Wer hat Sie so zugerichtet?«, fragte Göran.

Anders angelte die Schnapsflasche vom Tisch und trank einen Schluck. »Das geht Sie nichts an.«

»Ihr Bruder wurde ermordet. Irgendjemand hat Sie brutal zusammengeschlagen. Wundert es Sie, dass wir uns fragen, ob es da einen Zusammenhang gibt?«

»Das eine hat mit dem anderen nichts zu tun.«

Frederik deutete mit dem Kopf in die Richtung, in die der schwarze Sportwagen davongefahren war. »Was wollte Herr Hansson von Ihnen?«

»Mir kondolieren. Was sonst?«

»Warum tut er das erst jetzt?«

Anders hob die Schultern. »Man hat ihn offenbar erst gestern informiert. Meine Eltern haben es nicht für nötig gehalten, ihm Bescheid zu geben. Meine Mutter und Lasses Vater, um genau zu sein.«

Frederik fragte nicht weiter nach, auch wenn er nicht glaubte, dass Lasse nur gekommen war, um sein Beileid zu bekunden. Er beugte sich zu Anders vor. »Waren Sie beim Arzt? Die Nase sieht aus, als sei sie gebrochen.«

»Die wächst schon wieder zusammen.«

Frederik nickte. »Ich verstehe das. Man will allein zurechtkommen. Gerade nach einem so schrecklichen Unglück.«

Anders kniff die Augen zusammen. »Sagten Sie nicht, man hat Sixten ermordet?«

»Ich meinte das Unglück damals. Den Unfall mit dem Boot.«

Anders blinzelte. Bei dem entstellten Gesicht war es schwer zu sagen, aber Frederik hatte den Eindruck, dass seine Miene noch verschlossener wurde. »Wo haben Sie das denn ausgegraben? Diese alten Kamellen.«

»Wir halten es für ein Mordmotiv«, erklärte Göran.

Anders sah von Frederik zu Göran, dann wieder zu Frederik. »Keine Ahnung, was Sie meinen.«

»Sixten hat Ihnen den Vater genommen«, erklärte Göran. »Er hat den Unfall verursacht. Haben Sie ihm das verzeihen können?«

Anders lachte auf. »So ein Quatsch. Das war doch nicht Sixtens Schuld.«

»Er hat den Gashebel in die falsche Richtung bewegt, oder nicht?«, insistierte Göran.

»Und wennschon. Wir waren Kinder und in Panik, weil sich das verdammte Netz in der Schraube zu verfangen drohte. Dann hätte sich die Jacht nicht mehr steuern lassen, und es wäre auf jeden Fall zur Kollision gekommen. Onkel Halvar hat versucht, das Unheil abzuwenden. Er hat genaue Anweisungen erteilt, aber trotzdem ist das Boot plötzlich nach vorn geschossen, statt zu stoppen.« Anders schluckte. »Ich weiß bis heute nicht, warum.«

Frederik bemerkte das leichte Zögern in seiner Stimme. »Wie meinen Sie das?«

»Ich …« Anders trank erneut einen Schluck aus der Flasche. Als er sie wieder absetzte, wirkten seine Augen glasig. »Sixten hat mir geschworen, dass er den Hebel in die richtige Richtung bewegt hat.«

»Wie Sie schon sagten. Er war in Panik. Da passieren Fehler, und die Wahrnehmung verzerrt sich.«

»Ja. So wird es wohl sein.« Anders stellte die Flasche auf den Tisch und drehte sich eine Zigarette.

»Sie haben Ihrem Bruder also nichts nachgetragen?« Göran hatte die Hände auf die Knie gestützt und musterte Anders eindringlich.

»Nein.« Anders zündete die Zigarette an und inhalierte tief.

»Wer hat Sie so zugerichtet?«, erkundigte sich Frederik freundlich.

Erst dachte er, Anders würde mauern, doch der Bildhauer zuckte mit den Schultern. »Wenn Sie es unbedingt wissen wollen: Ich habe Schulden. Nicht bei der Bank, sondern bei einem Kaufmann, dem eines der Geschäfte für Bootsausrüstung unten am Hafen gehört, das *Topp Sail*. Es ist ein offenes Geheimnis, dass dort Geld verliehen wird, zu Wucherzinsen natürlich.« Er grinste schief. »Die Bank gibt mir schon lange keinen Kredit mehr.« Wieder zog er heftig an der Zigarette. »Ich bin mit den Raten im Rückstand. Die Mitarbeiter des Unternehmens haben mich freundlich an die Fristen erinnert.«

»Was haben Sie mit dem Geld gemacht?«

»Ich habe mir einen Jetski gekauft. Keine Ahnung, warum, aber wenn ich damit übers Wasser jage, hilft es mir, den Kopf frei zu bekommen. Dabei müsste es mich eigentlich ständig an den Unfall erinnern. Aber ein Jetski ist etwas anderes als eine Jacht. Für mich bedeutet er Freiheit.«

»Warum haben Sie nicht Ihre Mutter um Geld gebeten?«

»Sie gibt mir nichts mehr. Ihre Therapeutin hat ihr eingeredet, dass sie mir damit einen Gefallen tut. Ihrer Ansicht nach muss ich erst so richtig auf die Schnauze fallen, damit ich mit dem Saufen aufhöre und mein Leben langsam in den Griff bekomme.«

Frederik wusste, dass diese Einschätzung nicht falsch war. Einem Alkoholiker half es nicht, wenn seine Angehörigen sich zu heimlichen Komplizen seiner Sucht machten.

»Am Sonnabend hat sie Ihnen aber Geld gegeben. Damit Sie dem Firmenjubiläum fernbleiben.«

Anders lachte verächtlich. »Das hat genau für zwei Flaschen Schnaps aus dem staatlichen Spirituosenladen gereicht, aber nicht für die fällige Rate.«

»Deshalb haben Sie Ihren Bruder gefragt.«

»Ja. Aber Sixten hat sich die Haltung meiner Mutter zu eigen gemacht. Er wollte mir erst helfen, wenn ich trocken bin.«

»Und aus Wut darüber haben Sie ihn getötet«, mischte sich Göran ein.

Anders schaute Frederik an. »Nein. Das habe ich Ihnen bereits gesagt. Ich habe Sixten nichts getan.«

Frederik stand auf und signalisierte Göran, dasselbe zu tun.

Sie fingen an, sich im Kreis zu drehen. Ohne neue Erkenntnisse würden sie nicht weiterkommen.

Anders prostete Göran höhnisch mit der Flasche zu, als dieser sich mit sichtlicher Mühe vom niedrigen Sofa hochhievte.

Frederik sah den Künstler ernst an. »Denken Sie nicht, dass es damit schon vorbei ist«, warnte er. »Wir kommen wieder.«

Anders legte den Kopf in den Nacken. »Ich habe nichts anderes erwartet. Alle kommen immer wieder.«

Frederiks Blick fiel auf die Skulptur neben dem Sofa. Der Mann, den Anders dargestellt hatte, war eindeutig er selbst, auf Knien, den Oberkörper vorgebeugt, die Hände vors Gesicht geschlagen. Weil ihn der Tod des Bruders so schmerzte? Oder weil er mit der Schuld, den eigenen Bruder ermordet zu haben, nicht leben konnte?

Er hatte es satt.

Khalid zog die Schultern hoch und ging mit langen Schritten über den Schotterweg zur Straße. Das hohe Tor fuhr automatisch zur Seite, stoppte aber, als ein schmaler Spalt entstanden war. Dann bewegte es sich wieder zurück.

Khalid schlüpfte rasch durch die Lücke und fluchte.

Er war es gewohnt, dass man ihn argwöhnisch beäugte. Dass man ihm missbilligende Blicke zuwarf. Kaum jemand sprach es aus, aber er sah ihnen an, dass sie alle dasselbe dachten.

Was willst du hier?

Doch die Personen, mit denen er beruflich zu tun hatte, respektierten ihn gewöhnlich trotz seines fremdländischen Aussehens. Die Polizeimarke verschaffte ihm den Respekt, den er ansonsten oft vermisste.

Für die Gäste des Firmenjubiläums von *Nordins Schiffs- und Bootsbau* galt das nicht. Natürlich hatte es auch unter ihnen etliche gegeben, die ihn freundlich und höflich empfangen hatten. Eine Frau hatte ihn sogar eingeladen, auf der Terrasse eine selbst gemachte Zitronenlimonade mit ihr zu trinken.

Aber viele der Partygäste begegneten ihm mit einem Hochmut, der Khalid kränkte. Wobei er nicht zu sagen gewusst hätte, ob ihre Ablehnung seiner arabischen Herkunft galt oder seinem Beruf als Polizeibeamter. Was bei normalen Leuten Achtung hervorrief, entlockte einigen Mitgliedern der High Society nur ein abfälliges Lächeln. Sie fürchteten sich nicht vor der Polizei, weil sie Geld hatten, sich teure Anwälte leisten konnten und wussten, dass ihnen niemand etwas anhaben konnte.

Trotzdem hatte sich der letzte Besuch gelohnt. Das elegant gekleidete Ehepaar hatte ihn zwar wie einen Dienstboten in der Tür stehen lassen, während sie selbst mit ihren Whiskygläsern auf dem Sofa saßen, aber die beiden hatten bestätigt, dass sie *Halvars missratenen Sohn* auf dem Gelände gesehen hatten.

Das Alibi von Lasse Hansson war also falsch, wie Göran es bereits vermutet hatte. Khalid hätte gern gewusst, was plötzlich mit dem Kollegen los war. Seit er ihn kannte, hatte Göran immer nur schlapp auf seinem Stuhl gehangen und sich vor der Arbeit gedrückt, so gut es ging. Und nun wurde er auf einmal aktiv und engagierte sich ernsthaft für eine Ermittlung.

Wahrscheinlich lag es an Frederik. Göran blühte auf, weil Frederik ihn mitnahm. Khalid selbst war es im letzten Jahr nicht anders ergangen. Frederik besaß das seltene Talent, andere so zu akzeptieren, wie sie waren. Khalid hätte es nie zugegeben, aber er bedauerte, dass er Frederik dieses Mal nicht begleiten durfte. Frederik war jemand, mit dem er gern befreundet wäre. Zeigen würde er ihm das allerdings nicht. Khalid hatte gelernt, dass man sich nicht verletzlich machen und niemandem trauen durfte. Schließlich waren es auch Freunde seiner Eltern gewesen, die nachts ins Haus eingedrungen waren und sie erschossen hatten. Khalid sah ihre blutüberströmten Körper in seinen Träumen vor sich, und die Hilflosigkeit, als er neben ihren Leichen gekniet hatte, würde er nie vergessen.

Khalid fuhr sich durch die dichten schwarzen Locken. Er durfte sich jetzt nicht in der Vergangenheit verlieren, sondern musste Frederik über seine Erkenntnisse informieren.

Er hatte das Telefon schon in der Hand, als es klingelte. Die Nummer war ihm unbekannt.

»Khalid Rashid, Reichspolizei Göteborg«, meldete er sich. Viel zu förmlich für dieses Land, aber er konnte nicht anders.

»Hey«, sagte eine fröhliche Stimme am anderen Ende. »Hier ist Björn von der Wasserschutzpolizei Bohusläningen. Wir haben vor Hamburgsund ein herrenloses Paddlingboard aufgelesen. Wie man hört, sucht ihr so ein Paddelbrett.«

Khalid war elektrisiert. Die Wahrscheinlichkeit war nicht sehr groß, aber vielleicht war es das richtige Brett, und womöglich fanden sich noch Spuren daran, die zum Täter führten? Der Mörder musste das Brett ja angefasst haben, und möglicherweise hatte er dabei Fingerabdrücke hinterlassen.

»Ja«, sagte er aufgeregt. »Könnt ihr das Brett herschicken?«

»Es ist schon auf dem Weg zum Staatlichen Kriminallabor in Linköping«, entgegnete Björn. »Ich wollte euch nur Bescheid geben. Das SKL meldet sich bei euch, wenn die Kollegen etwas finden.«

Khalid ballte triumphierend die Faust, versuchte aber, gelassen zu klingen. »In Ordnung. Danke, Björn.«

»Jederzeit gern.« Der Kollege verabschiedete sich und beendete das Gespräch.

Khalid schrieb eine Nachricht und schickte sie an Frederiks Nummer. Es war albern, aber er brannte darauf, etwas vorzuweisen, das Frederik stolz machte.

Wahrscheinlich wäre es an der Zeit, seine abweisende Haltung aufzugeben und Frederik zu zeigen, dass er gern zu seinem Team gehörte. Aber Khalid war noch nicht so weit.

17

Die Marina von Björlanda war ein riesiger Bootsparkplatz. Insgesamt zweiundzwanzig Stege boten Platz für etwa zweitausendvierhundert Boote. Im Halbrund an Land fand man öffentliche Toiletten, Duschen, Anschlüsse für Strom und Wasser, einen Kran und eine Slipanlage, eine Tankstelle und mehrere Werkstätten für Schiffe und Motoren. Außerdem gab es Segelmacher und Jachtausrüster, dazu einige gastronomische Betriebe und weitere Einkaufsmöglichkeiten.

Göran stellte den Motorroller auf dem großen Parkplatz östlich des Hafens ab, und Frederik und er schlenderten gemeinsam die Mole entlang. Jetzt, Ende März, war noch nicht viel Betrieb, nur einige Wagemutige hatten ihre Boote schon zu Wasser gelassen und die Segel gehisst. Die meisten Jachten befanden sich noch in ihren Winterquartieren.

Als Frederik die Segelboote sah, erfasste ihn eine plötzliche Sehnsucht. Er hatte es immer geliebt, hinauszufahren, nur den Himmel und das knatternde Segel über sich, und sich treiben zu lassen. Es wurde wirklich Zeit, dass er ein neues Boot bekam. Aber die Gespräche mit seinem Vater hatten ja bereits begonnen.

Das *Topp Sail* lag im südlichen Teil des Halbrunds zwischen einem Schnellrestaurant und einem Segelmacher. Das Schaufenster präsentierte Bootszubehör aus dem gehobenen Preissegment. Der Laden war geöffnet.

Frederik und Göran betraten das Geschäft. Die Türglocke läutete, und sofort erschien ein elegant gekleideter Verkäufer auf der Bildfläche. Um die dreißig, blondes, mit viel Gel zurückgekämmtes Haar, glatt rasiertes Kinn, weiße Hose und Schuhe, dazu ein hellblaues Hemd mit dunkelblauem Sakko.

»Hey. Was kann ich für Sie tun?«, fragte er jovial.

»Wir kommen auf Empfehlung von Anders Nordin«, sagte Frederik. »Er sagte, Sie könnten uns vielleicht helfen. Es geht um einen unbürokratischen Kredit.«

Das Lächeln des Verkäufers verlor sich, die Augen wurden zu schmalen Schlitzen. »Mir scheint, Sie haben da etwas missverstanden. Wir sind ein Bootsausrüster, kein Kreditinstitut.«

»Das eine muss das andere nicht ausschließen.«

Der Verkäufer fand seine Haltung wieder. »In unserem Fall tut es das aber. Wir verleihen kein Geld. Sämtliche Transaktionen laufen nur in eine Richtung. Sie erhalten eine Ware, wir bekommen das Geld.« Er grinste flüchtig. »Es sei denn, Sie tauschen etwas um. Dann erhalten Sie Geld zurück. Allerdings nicht mehr als das, was Sie bezahlt haben.«

Der Mann war offensichtlich ein Komiker.

»Der Name Anders Nordin sagt Ihnen nichts?«

»Doch.« Der Verkäufer hob die Hände. »Leider.«

Frederik wartete, aber es kam nichts. »Könnten Sie das ein wenig näher ausführen?«, bat er.

»Herr Nordin hat hier einiges Zubehör für seinen Jetski erworben. Auf Rechnung. Leider hat er sie bisher nicht bezahlt.«

»Das ist dann ja so etwas Ähnliches wie ein Kredit«, bemerkte Göran.

»Ja. Aber einer, der unfreiwillig gewährt wird.«

Frederik nahm sein Notizbuch zur Hand. »Wir hätten gerne den Namen des Inhabers dieses Geschäfts und eine Adresse, unter der wir ihn erreichen können.«

Der Verkäufer lächelte mild. »Ich bin nicht befugt, solche Informationen herauszugeben.«

Frederik zückte seine Polizeimarke. Das Lächeln des Verkäufers wurde herablassend. »Die brauchen Sie mir nicht zu zeigen. Mir war von Anfang an klar, dass Sie von der Polizei sind. Aber ich kann Ihnen trotzdem nicht helfen. Oder haben Sie eine richterliche Verfügung?«

»Nein.« Frederik schob das Notizbuch zurück in die Tasche. »Die haben wir nicht.«

Er verabschiedete sich höflich und winkte Göran, ihm nach draußen zu folgen.

Sein Kollege stapfte missmutig die Geschäftszeile entlang. »Das war ja wohl ein Schuss in den Ofen.«

Frederik blieb vor einem Geschäft stehen, das Zimtschnecken und anderes Gebäck anbot. »Ich habe nichts anderes erwartet.« Er deutete auf die Tische, die vor dem Geschäft aufgebaut waren. »Was meinst du? Sollen wir einen Kaffee trinken und eine Zimtschnecke essen, ehe wir zurückfahren?«

Görans Miene hellte sich auf. »Unbedingt.«

»Ich lade dich ein.« Frederik ging in den Laden und kam wenig später mit zwei Bechern Kaffee und einem Teller, auf dem zwei Zimtschnecken und ein Kardamomkringel lagen, wieder heraus.

Göran leckte sich die Lippen. »Das ist sehr großzügig.«

»Ich weiß ja, dass du immer großen Appetit hast.« Frederik nahm sich eine der Zimtschnecken. »Das andere ist für dich.«

Göran zog den Teller zu sich heran und griff nach dem Kardamomkringel. »Hmm. Lecker«, sagte er, nachdem er ein großes Stück abgebissen hatte. »Wie machen wir jetzt weiter?«

»Wir lassen die Kollegen ein bisschen arbeiten.« Frederik holte sein Mobiltelefon hervor und tippte auf einen Kontakt.

»Viveka?«, sagte er, als die Kollegin sich meldete. »Ich brauche ein paar Informationen.«

Das dünne Top klebte feucht auf der Haut, aber Anna legte die schwarze Lederjacke trotzdem nicht ab. Die Sonne brannte durchs Fenster genau auf ihren Rücken, doch sie wollte nicht aufstehen und die Jalousie herunterziehen. Hedda konnte von ihrem Platz im zentralen Büro zu ihr hereinsehen, und jeder, der dort vorbeiging, konnte es ebenfalls. Anna wollte nicht, dass die anderen merkten, wie zerbrechlich sie war. Sonst würde sie untergehen.

Ihre Hand strich wie so oft unbewusst über ihre Hüfte, und ein feiner Schmerz zog von dort die Wirbelsäule hinauf. Anna ballte die Fäuste. Es war frustrierend, wie lange die Regeneration dauerte. Sie wünschte sich nichts sehnlicher, als endlich wieder im Außendienst arbeiten zu können, aber die Ärzte hatten ihr gesagt, dass sie sich gedulden müsse. Der Heilungsprozess brauchte Zeit.

Zeit, die sie nicht hatte. Viveka, die im Büro nebenan saß, lauerte nur darauf, sie zu überflügeln und sich den Platz an Frederiks Seite zu sichern. Auch wenn man zugeben musste, dass sie bisher nicht sonderlich erfolgreich damit gewesen war. Im Gegensatz zu Anna selbst schien Frederik von Viveka nicht sonderlich beeindruckt zu sein. Trotzdem kochte Anna jedes Mal die Galle hoch, wenn sie Viveka in ihrem perfekt sitzenden weißen Hosenanzug, mit den langen blonden Haaren und den weiß lackierten Fingernägeln sah. Viveka strahlte mit jeder Faser ihres Körpers aus, dass sie etwas Besseres war.

Aber Anna hatte nicht vor, tatenlos zuzusehen, wie die ehrgeizige junge Frau auf der Karriereleiter an ihr vorbeizog.

Sie nahm sich wieder die Dateien auf dem Laptop von Sixten Nordin vor.

Er war ganz offensichtlich ein Mann gewesen, der nahezu seine gesamte Zeit und Energie auf seine Arbeit verwendet hatte. Sie fand unzählige Ordner mit Rechercheergebnissen zu Bootsdesignern, Lieferanten von Material und Zubehörteilen, Messen, Ausstellungen, Wettbewerben und so fort. Dazu gab es zahllose Bilder, zum Teil selbst aufgenommen, zum Teil per Screenshot aus dem Netz abfotografiert. Da sie von diesen Dingen wenig verstand, stellte sie ein Dossier mit beispielhaften Auszügen zusammen. Vielleicht konnte Frederik ja etwas damit anfangen.

Sie wollte gerade eine Pause machen, als sie in einem der Ordner mit den Fotos eine Textdatei entdeckte. Neugierig klickte sie das Dokument an.

Es war ein Schreiben an die Universität Göteborg, in dem Sixten Nordin um die Übersendung von Zeugniskopien bat. Das allein erschien ihr schon ungewöhnlich, doch das wirklich Interessante war, dass es nicht um seine eigenen Zeugnisse ging.

Anna druckte die Seite aus und ging damit ins zentrale Büro.

»Hedda? Ich habe hier etwas, bei dem du mir helfen könntest.«

Hedda blickte von ihrem Computer auf. Anna sah, dass sie ebenfalls schwitzte, obwohl sie im Schatten saß und nur eine weite geblümte Bluse und dünne, pinkfarbene Leggings trug. Aber vermutlich lag das eher an Heddas Unsicherheit als an den Temperaturen. Anna hätte gern gewusst, warum diese warmherzige, mütterliche Frau so schüchtern und so leicht zu erschüttern war, hatte bisher aber nie den Mut aufgebracht, mit ihr darüber zu sprechen.

Hedda deutete auf die Kanne auf ihrem Tisch. »Möchtest du einen Kaffee?« Sie schob den Teller, der neben ihrer Tastatur stand, von der linken auf die rechte Seite. »Und einen Keks dazu?«

Anna musste lächeln. Hedda sorgte für das leibliche Wohl des Teams, zumindest darin fühlte sie sich sicher. Anna holte sich rasch einen Becher aus der Teeküche, und Hedda schenkte ihr Kaffee ein.

»Danke.« Anna nahm sich einen Keks.

Hedda lächelte, wirkte aber ein wenig angespannt. »Was kann ich denn für dich tun?«

»Du hast doch die Lebensläufe der Familie Nordin zusammengestellt?«, fragte Anna. Hedda nickte vorsichtig.

»Halvar Nordin«, sagte Anna. »Kannst du mir etwas über seine Berufsausbildung sagen?«

Heddas Miene entspannte sich. »Natürlich.« Sie öffnete eine Datei auf ihrem Rechner und überflog den Text. »Halvar Nordin hat auf dem Gymnasium eine Tischlerausbildung absolviert und anschließend Bootsbau und Betriebswirtschaft studiert. Ich habe bei der Universität nachgefragt. Sie haben mir bestätigt, dass Halvar von seinem neunzehnten bis zu seinem fünfundzwanzigsten Lebensjahr dort eingeschrieben war.«

»Hm.« Anna nahm sich noch einen Keks. »Das ist seltsam.«

Hedda sah sie beunruhigt an. »Habe ich irgendetwas falsch gemacht?«

»Nein, nein.« Anna wehrte ab. »Ich bin nur über eine merkwürdige Sache gestolpert. Auf Sixten Nordins privatem Laptop. Er hat einen Brief an die Universität Göteborg geschrieben, in dem er um eine Kopie der Abschlusszeugnisse seines Stiefvaters bittet.« Sie zeigte der Kollegin die ausgedruckte Seite.

Hedda kräuselte die Stirn. »Wozu brauchte er diese Dokumente?«

»Das ist die Frage.« Anna schob die Hände in die Taschen ihrer Lederhose. »Wahrscheinlich hat es gar nichts zu bedeuten, aber ich bin neugierig. Kannst du mir die Nummer geben? Ich würde dort gern noch einmal anrufen und fragen, ob sie diesen Brief erhalten haben. Und ob sie Sixten Nordin die Dokumente geschickt haben.«

»Das kann ich doch erledigen.« Offenbar sorgte sich Hedda, dass man es ihr als Nachlässigkeit auslegen könnte, in dieser Sache nicht tief genug nachgebohrt zu haben.

»In Ordnung.« Anna lächelte sie an. Es gab keinen Grund, Hedda die Aufgabe wegzunehmen. Vermutlich war es ohnehin nicht besonders wichtig. Aber es war ein Rätsel, und Anna konnte es nicht leiden, wenn Fragen offenblieben.

»Na? Plant ihr eine Verschwörung?«

Weder Anna noch Hedda hatten bemerkt, dass sich die Tür zu Vivekas Büro geöffnet hatte. Viveka stand auf der Schwelle und studierte ihre Fingernägel.

»Nein.« Anna nahm ihre Tasse und machte sich auf den Weg zurück in ihr Büro. »Ich brauchte nur eine kurze Pause. Danke für den Kaffee, Hedda.«

Viveka hielt sie auf. »Nun sag schon. Du hast doch irgendetwas herausgefunden.«

Anna blieb widerwillig stehen. »Ich möchte lieber noch nicht darüber reden. Es ist nur ein Verdacht. Ich muss erst noch eine Sache prüfen.«

Sie war von Anfang an mit Viveka nicht warm geworden, und das lag nicht nur daran, dass sie sich der Tochter des Polizeichefs in jeder Hinsicht unterlegen fühlte. Es war Vivekas Art, die Ellbogen auszufahren und sich durchzukämpfen und dabei zugleich verächtlich auf alle herabzusehen, die es anders machten. In Vivekas Welt gab es nur Erfolg und Niederlage, und alle Wege führten nur nach oben. Dabei war ihre Biografie keinesfalls makellos. Ihre alte Dienststelle in Stockholm hatte sie ausgemustert, weil Viveka eine Kollegin gemobbt hatte.

Annas eigene Geschichte war allerdings nicht viel rühmlicher. Sie hatte für ihren Chef in Malmö Beweise gefälscht, als man ihn der Vorteilsnahme im Amt bezichtigt hatte. Zu ihrer Ehrenrettung konnte man nur sagen, dass sie an seine Unschuld geglaubt und dass sie ihn geliebt hatte. Beides hatte sich indes als Trugschluss erwiesen.

Viveka lächelte. »Du hast vollkommen recht«, sagte sie. »Man sollte die Dinge genau unter die Lupe nehmen, bevor man etwas behauptet.« Damit verschwand sie in ihr Büro.

Anna knirschte mit den Zähnen. Man brauchte nicht viel Fantasie, um zu begreifen, dass sich Viveka auf die Sache in Malmö bezog. Natürlich hatte Vivekas Vater, der über alles informiert war, was an der schwedischen Westküste geschah, sie über Annas Geschichte in Kenntnis gesetzt.

Hedda lächelte ihr schüchtern zu. »Sie meint es nicht so.«

Anna lachte auf. »Doch. Das tut sie.«

»Sie hat sicherlich auch ihr Päckchen zu tragen. So wie wir alle.«

Anna sah sie nachdenklich an. Hedda hatte recht. Sie wusste von Viveka nur, dass man sie wegen Mobbings versetzt hatte, aber wer konnte schon sagen, was dahintersteckte? Sicher erwartete Vivekas Vater eine steile Karriere von ihr, und Viveka stand gewaltig unter Druck.

»Was ist denn dein Päckchen?«, fragte sie Hedda so beiläufig wie möglich.

Die Kollegin zog sich sofort in ihr Schneckenhaus zurück. »Das war nur so dahingesagt.« Sie griff nach dem Telefonhörer. »Ich rufe jetzt bei der Universität an.«

»Okay.« Anna trug die Kaffeetasse in ihr Büro und setzte sich an den Schreibtisch.

Sie wusste wirklich nicht, ob Frederik damit recht hatte, dass sich aus diesem Haufen Gestrandeter eines Tages ein echtes Team formen ließ. Aber das zu entscheiden, war ja nicht ihre Sache.

Anna widmete sich wieder ihrer Arbeit.

Zumindest war die Sonne ein Stück weiter gewandert und brannte ihr nicht mehr auf den Rücken. Zum Glück, sonst wäre sie noch zerflossen.

Er wollte es nicht, aber er musste immer wieder auf sein Smartphone schauen. Mittlerweile war es Nachmittag. Seit Leas Anruf waren mehr als vierundzwanzig Stunden vergangen. Hatte sie einfach nur keine Gelegenheit gehabt, ihr geheimes Handy zu benutzen? Oder hatte Arvid ihr etwas Schreckliches angetan?

»Eine Frau?« Göran stopfte sich den Rest seiner Zimtschnecke in den Mund und kaute.

Um sie herum herrschte mittlerweile reger Betrieb. Familien mit Kindern spazierten die Mole entlang und bestaunten die Auslagen der Geschäfte und die leuchtend weißen Segeljollen und Motorboote im Hafen. Ein Freizeitsegler beschäftigte sich damit, die Wanten seines Boots zu entwirren und neu zu befestigten, misstrauisch beäugt und mit guten Ratschlägen versorgt von seiner Frau. Die dünnen Metallseile flatterten im Wind. Die Haltung des Mannes wurde zunehmend genervter.

»Ja.« Frederik griff nach seiner Kaffeetasse. »Eine, die mir sehr viel bedeutet.«

Göran nickte und sah ebenfalls zu dem Ehepaar auf dem Boot hinüber. Er fragte nicht weiter.

Frederik dachte, dass es eine gute Gelegenheit wäre. Er könnte sich Göran gegenüber öffnen, und der Kollege würde das Vertrauen vielleicht erwidern. Aber er brachte es einfach nicht fertig, über Lea und Emma zu reden.

»Mein Sohn«, sagte Göran in seine Überlegungen hinein. »Ville.«

»Was?«

Göran hielt den Blick stur auf die Boote gerichtet. »Er hat sich das Leben genommen. Vor zehn Jahren, mit sechzehn.«

Frederik blinzelte. Er hatte mit einigem gerechnet, dass Göran Eheprobleme oder sich im Beruf früher aufgerieben hatte, aber nicht mit einem solchen Schicksalsschlag.

»Wie ist das passiert?«

»Er ist mit dem Motorrad gegen einen Baum gefahren.«

»Und du bist sicher, dass es kein Unfall war? Vielleicht hat er einfach die Kontrolle über die Maschine verloren. In dem Alter hat man noch nicht so viel Erfahrung.« Schließlich durfte man den Führerschein für Maschinen bis hundertfünfundzwanzig Kubik erst mit sechzehn machen.

»Ville schon. Er ist Motocross gefahren. Leidenschaftlich gern und sehr gut.«

Frederik schluckte. »Weißt du, warum er es getan hat?«, fragte er.

Göran holte tief Luft. »Ville dachte, sein Leben sei zu Ende.« Er wandte sich Frederik zu. »Ville wollte Motocross-Profi werden, und er hatte echte Chancen auf eine tolle Karriere. Aber dann ist er am Wochenende mit Freunden zum Vergnügen im Wald herumgefahren und gestürzt. Er hat sich die Schulter so unglücklich gebrochen, dass man sie nicht vollständig wiederherstellen konnte. Er konnte den Arm noch bewegen, aber er hatte nicht mehr genügend Kraft darin.« Göran strich die dünnen blonden Haare mit den zahllosen grauen Strähnen zurück. »Villes Karriere war zu Ende, bevor sie richtig begonnen hatte.«

»Das tut mir leid.« Frederik spürte, wie das Gewicht, das auf Göran lastete, auch sein eigenes Herz beschwerte.

Göran wischte ein paar Krümel von seiner Hose. »Meine Ehe ist daran zerbrochen. Saga hat den Schmerz nicht ausgehalten und ist einfach gegangen. Sie lebt jetzt irgendwo in Norwegen, glaube ich. Wir haben keinen Kontakt mehr.«

Frederik wusste nicht, was er sagen sollte. »Wie bist du damit umgegangen?«, fragte er schließlich.

Göran sah ihn mit einem schiefen Lächeln an. »Das weißt du doch. Ich habe die Tür zugemacht. Mir eine dicke Schutzschicht angefressen und nichts mehr an mich herangelassen.«

Frederik nickte. »Ich verstehe das.«

»Deswegen habe ich es dir erzählt. Weil du seit damals der Erste bist, der mich ein bisschen aus meinem dunklen Loch herausgeholt hat.« Er schnitt Frederik, der etwas entgegnen wollte, mit einer abwehrenden Handbewegung das Wort ab. »Das heißt nicht, dass in Zukunft alles anders wird. Was da zerbrochen ist, kann man nicht wieder kitten. Das ist wie mit Villes Schulter. Aber dieser Fall hier, der hat mich irgendwie gepackt. Frag mich nicht, warum. Wahrscheinlich wegen der drei Jungen. Sixten, Anders und Lasse. Die hatten auch ihre Träume und sind auf die eine oder andere Weise gescheitert, genau wie Ville. Ich will verstehen, was da passiert ist.« Göran kniff die Augen zusammen. »Ich habe es dir im Übrigen nicht gesagt, damit du mir verrätst, was es mit dieser Frau auf sich hat.« Er deutete auf Frederiks Smartphone, das neben ihm auf dem Tisch lag. »Das ist deine Sache. Ich höre dir zu, wenn du reden willst, aber ich bezweifle, dass ich dir helfen kann. Ich habe weder das Talent noch die Energie dazu.«

Frederik dachte, dass irgendwo unter Görans dicker Fettschicht beides verborgen lag, kam aber nicht dazu, es auszusprechen, weil sein Telefon klingelte. Hoffnungsvoll blickte er aufs Display, aber der Anruf kam nicht von Lea. Frederik seufzte leise und tippte auf den grünen Button. »Hey, Viveka.«

»Frederik, ich habe herausgefunden, wer hinter *Topp Sail* steckt.« Die junge Kollegin klang sehr mit sich zufrieden. »Es war nicht ganz leicht. Im Handelsregister ist eine Gesellschaft mit beschränkter Haftung eingetragen, die wiederum von verschiedenen Firmen vertreten wird. Aber wenn man die Fäden bis zum Ende zurückverfolgt, stellt sich heraus, dass das Geschäft einer einzelnen Person gehört.«

»Aha?«

»Ein Göteborger Spediteur, der schon des Öfteren im Fokus polizeilicher Ermittlungen stand. Er soll unter anderem mit illegalen Waffen handeln, wurde aber im Verfahren vor zwei Jahren freigesprochen, weil man ihm nichts nachweisen konnte, obwohl eine internationale Ermittlungsgruppe drei Jahre lang an dem Fall gearbeitet hatte.«

Frederik spürte ein saures Brennen in der Kehle. »Arvid Ekström.«

»Richtig.« Viveka klang verstimmt, weil er ihr die Pointe verdorben hatte. »Woher …?« Er hörte ein Geräusch, als ob etwas umgekippt wäre, ein Becher mit Stiften vielleicht, dann eine barsche Stimme, die etwas murmelte. Frederik tippte auf Anna.

»Ach du liebe Güte«, hauchte Viveka. »Das war dein Fall? Und es waren Ekströms Waffen, mit denen dein altes Team getötet wurde?«

»Ja.« Frederik biss die Zähne zusammen. Er sah die Bilder immer noch nachts im Traum. Das Gebäude, das sie umstellt hatten, Torun und die anderen Kollegen und er. Sie hatten eine Zugriffsmöglichkeit gesucht, und Frederik hatte am Wagen gestanden und Verstärkung angefordert, als aus dem Haus plötzlich das Feuer eröffnet wurde. Es waren Kriegswaffen gewesen, deren Geschosse die Schutzwesten der Beamten mühelos durchschlagen hatten. Torun und die Kollegen hatten die Aktion nicht überlebt. Nur Frederik war davongekommen, weil er sich hinter dem gepanzerten Einsatzfahrzeug verschanzt hatte, bis die Verstärkung angerückt war. Torun war zu diesem Zeitpunkt bereits tot gewesen, genau wie die meisten der Kollegen. Nur der junge Anders Lindman hatte noch gelebt. Frederik hatte drei Tage mit dessen Eltern an seinem Krankenbett gesessen. Dann war auch er gestorben.

»Frederik?« Vivekas drängende Stimme holte ihn zurück in die Gegenwart.

»Ja. Danke. Das war gute Arbeit. Ich kümmere mich darum«, sagte Frederik und drückte sie weg.

»Ekström ist der Mann, bei dem Anders Nordin Schulden hat?«, fragte Göran.

Frederik nickte.

Göran war offenbar mit der Sache vertraut. »Ekström ist skrupellos, gewaltbereit und gut vernetzt«, sagte er. »Wir dürfen wohl davon ausgehen, dass es seine Leute waren, die Anders Nordin zusammengeschlagen haben, um seine Zahlungsmoral zu fördern.« Göran rieb sich das Kinn. »Ist es das? Haben Ekströms Leute die beiden Brüder verwechselt und Sixten getötet, weil sie ihn für Anders gehalten haben?«

»Warum sollten sie das tun? Ein toter Schuldner begleicht seine Schulden nicht.«

»Womöglich sind sie übers Ziel hinausgeschossen. Sie haben ihn mit Alkohol abgefüllt und untergetaucht, um ihm Angst zu machen, aber dann haben sie ihn zu lange unter Wasser gehalten, und er ist erstickt.«

Frederik dachte darüber nach. »Die beiden Brüder sehen sich nicht besonders ähnlich.«

»Vielleicht hat jemand den Streit auf der Feier beobachtet. Danach sind beide weggegangen, Sixten und Anders. Im Dunkeln hat die Person dann den Falschen verfolgt. Oder«, Göran hob den Finger, »es war keine Verwechslung, sondern es ging darum, ein Exempel zu statuieren. Sie haben Sixten getötet, um Anders zu demonstrieren, was ihm blüht, wenn er nicht zahlt.«

Das passte schon eher zu Ekström.

Göran erhob sich. »Wir sollten mit Ekström reden, findest du nicht?«

Frederik holte tief Luft. Die Erinnerungen hielten ihn fest umklammert und raubten ihm fast den Atem. Arvid Ekström war der Mann, an dem Frederik immer wieder gescheitert war, in allen Bereichen seines Lebens. Bei der bewaffneten Auseinandersetzung auf dem alten Fabrikgelände, vor Gericht und beim Kampf um Lea und Emma.

Frederik sah über das blau glitzernde Wasser und die weißen Bootskörper.

Es wurde Zeit, etwas daran zu ändern.

18

Die Zuckerdose glitt ihr einfach aus den Fingern. Sie fiel auf den Steinfußboden in der Küche und zersprang. Die Scherben und der Zucker verteilten sich überall.

Astrid schaute auf ihre Hand. Sie begriff nicht, was da passierte. Von einer Sekunde auf die andere hatte sie keine Kraft mehr gehabt.

In letzter Zeit geschahen häufiger solche Dinge. Sie stolperte, weil ihr die Knie wegknickten. Sie verschluckte sich beim Trinken. Ihre Hände gehorchten ihr nicht mehr.

Am Anfang hatte Halvar gelacht, doch langsam hatte sie ihren Humor verloren. Er drängte sie, zum Arzt zu gehen.

Aber Astrid wollte nicht. Sie hatte Angst. Was sollte sie tun, wenn sich herausstellte, dass sie wirklich krank war?

Sie wurde doch gebraucht. Seit ihr Vater vor fünf Jahren einen Herzinfarkt gehabt und sich aus dem aktiven Geschäft zurückgezogen hatte, lenkte sie allein die Geschicke der Nordin-Werft. Oder jedenfalls nahezu allein; Gustav hielt von seinem häuslichen Sessel aus immer noch einige Fäden in der Hand. Aber ihr Vater war fünfundsiebzig und würde die Verantwortung irgendwann in naher Zukunft ganz abgeben. Sixten hatte seinen Platz in der Geschäftsführung, doch er war ein Bürokrat und nicht der Typ für wichtige Verhandlungen. Und Halvar kümmerte sich um die praktischen Dinge, die Planung und den Bootsbau. Sie leisteten gute Arbeit, doch sie traute keinem der beiden Männer zu, das Familienunternehmen ohne sie zu leiten.

Und dann war da ja auch noch Anders. Ihr Sohn. Siebenundzwanzig Jahre alt und noch immer ohne eigenes Einkommen. Was sollte aus ihm werden, wenn sie nicht mehr da war?

Nein. Es war sicher nichts Ernstes. Sie war einfach nur unkonzentriert. In Zukunft musste sie sich einfach mehr zusammenreißen, dann würde es schon gehen. So hatte sie es zu Hause gelernt. Alles war eine Frage des Willens. Es gab kein Ziel, das man nicht mit Selbstdisziplin und Durchhaltevermögen erreichen konnte.

Die Spedition von Arvid Ekström befand sich auf einem riesigen Gelände im Süden der Insel Hisingen, direkt am Göta älv, in unmittelbarer Nähe des Göteborger Containerhafens, nicht weit entfernt vom Bananenpier. Es war ein strategisch gut gewählter Ort; die Anbindung an Straße, Schiene und Wasserweg war optimal.

Der Fuhrpark umfasste mehrere Hundert Fahrzeuge. Vom Sattelschlepper über Tanklaster bis zu Fahrzeugen für Spezialtransporte war alles vorhanden. Das Verrückte war, dass Arvid Ekström auch ohne seine illegalen Geschäfte ein erfolgreicher und wohlhabender Kaufmann wäre. Aber ihn reizte wohl das Spiel mit der Gefahr. Oder ihn trieb eine unersättliche Gier, wie es erstaunlich oft bei Menschen der Fall war, die ohnehin schon mehr besaßen als die meisten anderen.

Auf dem Hof standen etliche Lastwagen. Zahlreiche Arbeiter in blauen Overalls mit aufgedrucktem Firmenlogo und einige Fernfahrer liefen herum. Die Büros befanden sich in einem Komplex, der aus viel Glas und Stahl bestand. Die riesigen Fenster boten von der Chefetage aus sicherlich einen ausgezeichneten Blick über den Fluss.

Göran stellte den Roller auf den Besucherparkplätzen in der Nähe des Eingangs ab, und Frederik und er betraten die großzügige Halle im Erdgeschoss des Gebäudes. Es gab einen Wartebereich mit fest stehenden gepolsterten Sesseln und Bänken, der an einen Flughafen erinnerte, außerdem eine imposante Theke, hinter der eine ausgesprochen hübsche junge Frau im blauen Uniformkostüm stand, die offenbar für den Empfang zuständig war.

Frederik ging zu ihr. »Guten Tag«, sagte er höflich. »Mein Name ist Frederik Forsberg, und das ist mein Kollege Göran Persson. Wir würden gern mit Herrn Arvid Ekström sprechen. Ist er im Haus?«

Die Frau hinter der Theke musterte erst Frederiks schlichtes graues Jackett, dann Görans Jeansoutfit mit der blauen Stoffjacke. »Haben Sie einen Termin?«

»Nein.«

Die perfekt gezupften Augenbrauen der Frau wanderten ein Stück nach oben. »Das ist nicht üblich. Aber vielleicht kann ich ein Gespräch mit einem von Herrn Ekströms Geschäftsführern arrangieren? Um welches Anliegen handelt es sich denn?«

»Wir haben eine Frage an Herrn Ekström persönlich.« Frederik legte seine Marke auf die Empfangstheke. »Wir sind von der Reichspolizei Göteborg.«

»Einen Moment bitte.« Die Miene der Frau blieb gleichmütig. Sie nahm den Hörer vom Telefon, das neben ihr stand, und drückte auf eine Taste. Als der Anruf angenommen wurde, schilderte sie ihrem Gesprächspartner – anscheinend Arvid Ekström persönlich – das Problem. Sie nickte ein paarmal, dann verabschiedete sie sich.

Sie holte einen Plastikanhänger unter der Theke hervor,

tippte etwas auf der Tastatur ihres Computers und nahm gleich darauf eine kleine Karte aus dem Drucker, die sie in die Plastikhülle schob. Anschließend überreichte sie Frederik den Anhänger.

»Das ist Ihr Besucherausweis. Herr Ekström erwartet Sie.« Sie deutete zu den Aufzügen im hinteren Bereich der Eingangshalle. »Drücken Sie einfach den Knopf für die oberste Etage. Herr Ekström öffnet Ihnen die Tür, wenn Sie dort sind.«

Göran trat erwartungsvoll an den Tresen, aber die Empfangsdame schüttelte den Kopf. »Herr Ekström hat ausdrücklich betont, dass er nur mit Herrn Forsberg sprechen möchte.«

Göran tauschte einen raschen Blick mit Frederik. Dann zuckte er mit den Schultern und deutete auf den Wartebereich. »Die haben da ein paar interessante Zeitschriften liegen«, sagte er. »Lass dir Zeit.«

Frederik hängte sich den Besucherausweis um und ging zu den Fahrstühlen. Unter der Taste, mit der man den Aufzug rief, befand sich ein Scanner. Frederik hielt den Strichcode auf dem Besucherausweis davor, und der Lift setzte sich mit einem leisen Klingeln in Bewegung. Gleich darauf glitten die Türen auf.

Frederik betrat die Kabine, die komplett verspiegelt war, und drückte auf den obersten Knopf. Während der Lift nach oben fuhr, musterte er sein Erscheinungsbild und stellte fest, dass es kein Wunder war, dass ihn die Empfangsdame mit einer gewissen Herablassung gemustert hatte. Sein Kinn war mit Bartstoppeln bedeckt, weil er sich am Morgen bei seinem Vater nicht rasiert hatte. Anzughose, Hemd und Sakko, die er notgedrungen einen weiteren Tag hatte anziehen müssen, wiesen Knitterfalten auf, und seine blonden Haare waren vom Motorradhelm verdrückt.

Der Fahrstuhl erreichte die oberste Etage, und die Türen glitten auf. Davor stand Arvid Ekström, von einem Strahlenkranz umgeben, der aus dem Licht resultierte, das durch die offen stehende Bürotür in seinem Rücken fiel.

Im Gegensatz zu Frederiks war Ekströms Erscheinung perfekt. Die blonden Haare waren streng zurückgekämmt, das Kinn war glatt rasiert, das Hemd mit dem offenen Kragen blütenweiß. Der teure anthrazitfarbene Anzug zeigte nicht die kleinste Knitterfalte.

Ekströms eisblaue Augen musterten Frederik. »Kommissar Forsberg. Ich hätte nicht erwartet, Sie wiederzusehen.« Er machte eine einladende Geste. »Bitte sehr.«

Frederik betrat das Büro, das so imposant war, wie er es erwartet hatte. Riesengroß, mit einem Schreibtisch aus Glas und Sitzmöbeln aus Stahl und schwarzem Leder. Durch die bodentiefen Fenster sah man das Betriebsgelände, den Göta älv und die Dächer der Göteborger Altstadt.

Frederik nahm den angebotenen Platz in der Sitzgruppe ein, Ekström setzte sich ihm gegenüber, sodass er die Fensterfront im Rücken hatte.

Der König vor seinem Reich.

Frederik tat ihm nicht den Gefallen, die Aussicht zu loben.

»Was kann ich für Sie tun?« Ekström schenkte unaufgefordert Wasser in zwei Gläser und schob Frederik eines hin.

Frederik nahm sein Notizbuch aus der Umhängetasche. Es kostete ihn gewaltige Überwindung, ruhig und professionell zu bleiben, aber es würde nichts nützen, Ekström nach Lea zu fragen. Er würde keine Antwort bekommen, und er brachte Lea damit nur in Gefahr.

»Ihnen gehört das *Topp Sail* in Björlanda?«

Ekström hob die blonden Augenbrauen. »Ich wusste, dass Sie ein Terrier sind. Ihnen bleibt nichts verborgen.« Er grinste. »Und?«

»Wie man hört, verkaufen Sie dort nicht nur Segelbedarf. Sie verleihen auch Geld.«

Ekströms Grinsen wurde noch breiter. »Nur an Freunde.«

»Und Anders Nordin ist ein solcher Freund?«

Ekström deutete nachlässig zur Wand links von Frederik. »Anders hat ein paar Arbeiten für mich angefertigt, und ich habe weitere in Auftrag gegeben. Er wollte einen Vorschuss, hat aber nicht geliefert. Deshalb habe ich jemanden geschickt, der ihn an seine Verbindlichkeiten erinnert. Entweder bekomme ich die Ware, oder er zahlt mir das Geld zurück. Daran ist nichts Illegales, oder sehen Sie das anders?«

Frederik wusste, dass Ekström ihn provozieren wollte. Er schaute zur Wand und sah drei aus Metall zusammengeschweißte Installationen aus alten Schiffsteilen, die tatsächlich von Anders Nordin stammen mochten. Was in Nordins Garten völlig fehl am Platz wirkte, machte sich in Ekströms Büro gut.

»Ihre Leute haben Anders Nordin brutal zusammengeschlagen.«

»Behauptet er das?«

»Man sieht es ihm an.«

Frederik merkte, dass das Smartphone in seiner Tasche vibrierte, kümmerte sich aber nicht darum. Er musste sich jetzt konzentrieren.

Ekström lächelte kalt. »Fragen Sie meine Leute. Sie werden Ihnen bestätigen, dass Nordin auf sie losgegangen ist. Er war offensichtlich betrunken und hat auf sie eingeprügelt. Sie haben sich nur gewehrt.«

Frederik zwang seine Kiefer auseinander, die sich verkrampft hatten. Das Vibrieren des Telefons hörte auf.

»Ich bin sicher, dass Ihre Männer das bestätigen werden«, sagte er so gelassen wie möglich. »Aber das ist nicht der Grund, aus dem ich hier bin.«

»Nein?« Ekström lehnte sich in seinem Sessel zurück und schlug lässig die Beine übereinander, aber sein Blick war der eines Raubtiers. »Was dann?«

»Der Mord an Sixten Nordin.«

»Den wollen Sie mir anhängen? Weil Sie den Waffenschmuggelprozess verloren haben?« Ekström grinste breit. »Eine reichlich billige Retourkutsche, finden Sie nicht?«

Frederik spürte, wie ihm die Galle hochkam. Wegen Ekströms Profitgier waren Menschen gestorben. Kollegen, die ihm nahegestanden hatten. Torun war nicht nur seine Partnerin, sondern auch eine sehr gute Freundin gewesen.

»Billig sind einzig und allein Ihre Geschäftsmethoden«, versetzte er. »Sie sind eine Schande für die schwedische Gesellschaft.«

Ekström lächelte. »Machen Sie nur so weiter.«

Frederik biss die Zähne zusammen. Er musste seine Wut kontrollieren. Niemandem war damit geholfen, wenn er ausfallend wurde. Ekström würde es nur gegen ihn verwenden.

Das Telefon in seiner Tasche vibrierte erneut.

Nicht jetzt, dachte Frederik frustriert. Seine Nerven waren ohnehin zum Zerreißen gespannt.

Ekström beugte sich vor, legte die Unterarme auf die Knie und verschränkte die Hände. »Jetzt hören Sie mir mal gut zu. Ich lasse mir von niemandem ins Geschäft pfuschen, aber ich mache mir nicht die Hände schmutzig. Und mit Sixten Nordin hatte ich nichts zu tun. Warum sollte ich ihn ermorden lassen?«

»Sie wollten ein Exempel statuieren«, trug Frederik die Erklärung vor, die Göran gefunden hatte. »Um Anders Nordin an seine Verpflichtungen zu erinnern.«

Das Telefon hörte endlich auf zu vibrieren.

»Dazu brauche ich keinen Mord.«

»Dann war es vielleicht eine Verwechslung? Ihre Leute sollten Anders Nordin zusammenschlagen, haben aber versehentlich seinen Bruder Sixten erwischt?«

Ekström lehnte sich wieder zurück. »Ist Sixten Nordin erschlagen worden?«

»Nein.«

Ekström breitete die Hände aus. »Davon abgesehen – was würde es mir nützen, Anders zu liquidieren? Ein Toter zahlt keine Raten.«

Das war der Schwachpunkt an Görans Argumentation. So gern Frederik irgendetwas gefunden hätte, um Arvid Ekström hinter Gitter zu bringen, in diesem Punkt glaubte er ihm. Anders Nordin von seinen Leuten ermorden zu lassen, würde dem Spediteur keinen Gewinn einbringen, und das war der einzige Parameter, an dem Ekström sein Handeln ausrichtete.

Frederik erhob sich. »Sie werden verstehen, dass ich allen Spuren nachgehen muss«, sagte er steif.

Ekström stand ebenfalls auf. »Mich würde etwas ganz anderes interessieren.« Seine eisblauen Augen fixierten Frederik. »Man hat mir gesagt, dass das Jugendamt meine Tochter aus dem Heim geholt hat. Stecken Sie dahinter?«

Frederik bemühte sich um einen gleichmütigen Gesichtsausdruck. »Warum sollte ich?«

»Sie sind doch mit meiner Frau bekannt.«

Frederik hätte den Unterton nicht gebraucht, um zu wissen, dass Ekström ihm keine Frage stellte. »Wir haben uns einige Male im Theater und in der Oper getroffen und uns im Anschluss bei einem Espresso über die Vorstellungen unterhalten. Ihre Frau ist sehr freundlich. Sie hat mir über ein paar schwere Stunden hinweggeholfen, als meine Kollegen bei einem Einsatz ums Leben gekommen waren.«

»Mehr nicht?«

»Nein.« Frederik erwiderte Ekströms Blick, ohne mit der Wimper zu zucken. Er log nicht gerne, aber in diesem Fall war es die einzige Möglichkeit, Lea zu schützen.

Ekströms Lippen waren nur ein schmaler Strich. »Gut.« Er machte eine auffordernde Geste zur Tür. »Dann hoffe ich, dass es so bleibt.«

»Ich habe Ihre Frau schon lange nicht mehr im Theater gesehen«, sagte Frederik. »Geht es ihr nicht gut?«

»Keine Sorge.« Ekströms Geste wurde herrisch. »Sie hat lediglich ihre häusliche Seite entdeckt. Und Sie sollten sich nicht in Dinge einmischen, die Sie nichts angehen. Ich meine, diesen guten Rat hätte ich Ihnen schon einmal gegeben.«

»Und ich befolge ihn.« Frederik deutete eine mehr als knappe Verbeugung an.

Ekström geleitete ihn in den Flur und holte den Fahrstuhl für ihn.

Das Letzte, was Frederik sah, bevor sich die Türen schlossen, war der Ehering an Ekströms rechter Hand.

Lea gehörte Ekström, und er, Frederik, konnte nichts daran ändern, sosehr er es sich auch wünschte.

Frederik lehnte sich erschöpft gegen die verspiegelte Rückwand der Kabine und schloss die Augen. Er war müde vom Kämpfen, aber er durfte jetzt nicht aufgeben.

Das war er Lea und Emma schuldig.

Tuva warf wahllos Kleidungsstücke in den großen Koffer. Es war eine Unverschämtheit von Astrid, sie einfach aus ihrem eigenen Haus zu werfen.

Natürlich, auf dem Papier gehörte die Villa Astrid, aber Tuva hatte hier mit Sixten seit ihrer Hochzeit gelebt. Es war ihr Zuhause, und es war auch das Elternhaus ihrer Töchter. Bedeuteten Astrid ihre Enkelinnen denn gar nichts?

Aber Astrid war so wütend wegen Tuvas Affäre mit Anders, dass sie nicht mehr klar denken konnte.

Tuva könne ja zu ihm ziehen, hatte Astrid vorgeschlagen. Als ob ein kleiner Seitensprung bedeutete, dass sie Sixten nicht geliebt hatte und nicht um ihn trauerte.

Astrid hatte ja keine Ahnung.

Sie stieß ein kurzes Lachen aus, dann gewann der Zorn wieder die Oberhand.

Astrid schloss sie von allem aus, den Gesprächen beim Bestatter, den Entscheidungen über die Trauerfeier, die Beisetzung und die Karten.

Als hätte sie den Schmerz über Sixtens Tod für sich allein gepachtet.

Zugegeben, ihre Beziehung war in den letzten Jahren abgekühlt. Sixten hatte kaum Zeit zu Hause verbracht und sich immer tiefer in seiner Arbeit vergraben. Tuva hatte es zunehmend bedauert, dass sie ihm zuliebe ihren Beruf aufgegeben hatte. Sie fühlte sich unausgefüllt, reduziert auf die Mutterrolle und viel zu oft allein in dem großen Haus.

Sie hatte Anzeigen geschaltet und ein paar Kindern Nachhilfeunterricht gegeben, aber das war kein Ersatz dafür, Teil eines Kollegiums an einer Schule zu sein. Es fehlten die Struktur, das soziale Eingebundensein, die Lebendigkeit eines ganzen Raums voller Kinder. Immer öfter hatte sich Tuva innerlich wie tot gefühlt. Sie hatte sich nach Leben gesehnt, nach Nähe und körperlicher Berührung, aber Sixten hatte dafür nicht zur Verfügung gestanden. Er unternahm gelegentlich einen Ausflug mit ihr und den Mädchen, die er innig liebte, aber die Zärtlichkeiten waren ausgeblieben. Vertraulichkeiten oder gar Küsse in der Öffentlichkeit hatte Sixten noch nie gemocht, schon als Student nicht, und je älter er wurde, desto steifer war er geworden.

Anders hatte ihr schon lange Avancen gemacht, und irgendwann, als sie an einem lauen Sommerabend zusammen zwischen den absurden Skulpturen in seinem Garten gesessen und ein Glas Wein getrunken hatten, hatte sie nachgegeben.

Danach hatte sie ein fürchterlich schlechtes Gewissen gehabt, doch das war mit der Zeit verschwunden. Das Gefühl neuer Lebensfreude dagegen war geblieben. Tuva hatte endlich eine Lösung für ihr Problem gefunden.

Jetzt allerdings schien es, als hätte sie damit geradewegs den Weg geebnet, auf dem Astrid sie aus der Familie verbannte.

Fürs Erste würde sie zu ihren Eltern ziehen. Hedvig und Wilmer liebten die Mädchen, und auf dem Apfelhof war Platz genug für sie alle. Ihre Eltern waren auch nicht arm. Trotzdem war es ein Abstieg, von der Gattin des erfolgreichen Werftbesitzers zur Apfelbäuerin. Sie würde ihr Auskommen haben, aber bewundernde Blicke würde es kaum noch geben, wenn ihre Hände abgearbeitet und ihre herrlichen blonden Locken unter einem Kopftuch versteckt wären. Sie fürchtete sich auch vor dem Mitleid der Eltern, die sie immer gewarnt hatten, sich zu sehr auf die Welt ihrer harten Schwiegermutter einzulassen. Tuva war stolz von zu Hause ausgezogen, und nun musste sie mit nichts als ein paar Kleidungsstücken zurückkehren.

Aber es war ihre eigene Entscheidung gewesen. Sie hatte dem Leben den Vorzug gegeben vor der Sicherheit. Und noch wusste man ja nicht, wie sich alles entwickeln würde. Es gab immer Möglichkeiten.

Tuva nahm ihr schönstes Kleid aus dem Schrank und lächelte. Sie würde nicht ewig allein bleiben.

19

Das Telefon vibrierte schon wieder, als Frederik und Göran die Spedition verließen und zu Frederiks Roller liefen. Dieses Mal nahm Frederik das Gespräch an.

Es war Hedda, und sie klang, als hätte sie geweint. »Frederik. Endlich. Es ist etwas Furchtbares geschehen.«

Frederik erstarrte. Hatte Arvid Ekström Lea oder Emma etwas angetan?

Aber das war Unsinn. Hedda wusste nichts von seiner heimlichen Liebe und der Tochter, die er vielleicht hatte.

»Khalid«, sagte Hedda. »Man hat ihn zusammengeschlagen. Er ist schwer verletzt im Sahlgrenska-Krankenhaus eingeliefert worden.«

»Khalid?« Frederik hatte Mühe, die Information zu verarbeiten. »Wie kann das sein? Er sollte sich doch um die Gäste der Jubiläumsfeier und das verschwundene Paddelbrett kümmern.«

»Wir wissen nicht, wie es dazu kam«, schniefte Hedda. »Aber man hat ihn vor einem Bowlingclub in Torslanda aufgefunden.«

Frederik knirschte mit den Zähnen. Er hatte aus gutem Grund Göran für die Befragung der Familienmitglieder ausgewählt. In Torslanda gab es zwar einen hohen Anteil an Immigranten, und der Clan, mit dem Lasse Hansson in Verbindung gebracht wurde, hatte rumänische Wurzeln, aber es wäre naiv zu glauben, dass zwischen den Volksgruppen, die dort lebten, ein harmonisches Miteinander herrschte. Oft war der Rassismus bei den Einwanderern, die schon länger im Land lebten, nicht weniger ausgeprägt als bei den Schweden, die generell gegen Immigration waren. Das gemeinsame Schicksal verband sie nicht, stattdessen trennte sie das Gefühl der einen, schon länger hier zu sein und sich damit ein Vorrecht erworben zu haben, während die neuen Einwanderer als Störenfriede wahrgenommen wurden, die das Gleichgewicht, das sich mittlerweile eingestellt hatte, ins Wanken bringen konnten. Hinzu kam, dass Einwanderer arabischer Herkunft generell als fremdländischer wahrgenommen wurden als eingewanderte Europäer.

Frederik hatte Khalid schützen wollen, aber aus irgendeinem Grund hatte sich der Syrer mitten hinein ins feindliche Gebiet begeben. Frederik würde herausfinden müssen, weshalb, aber vor allem musste er wissen, ob es Khalid gut ging.

Er bedankte sich bei Hedda und steckte das Telefon weg. Dann setzte er Göran ins Bild.

Der seufzte nur schwer. »Kein Wunder, meinst du nicht? Früher oder später musste so etwas passieren. Es ist einfach nicht gut, wenn einer immer mit dem Kopf durch die Wand will.«

Vermutlich hatte er recht.

Es war einer ihrer schlimmen Tage. Die körperliche Kraft schien sie vollends verlassen zu haben. Die Pflegerin, die mittlerweile dreimal am Tag kam, hatte sie am Morgen gewaschen und angezogen. Seitdem saß sie im Rollstuhl, mit dem sie sich nur im Erdgeschoss der Villa bewegen konnte.

Sie hatte sich geduldet, während des Frühstücks ebenso wie während des Mittagessens und des Kaffeetrinkens. Hatte ihren Teller leer gegessen, ihr Glas und ihre Tasse ausgetrunken, ihre Medikamente eingenommen und gehofft, dass ihre Muskeln ihr irgendwann wieder gehorchten.

Nach dem Kaffeetrinken war Halvar gegangen, um in der Werft nach dem Rechten zu sehen, und sie war allein im großen Wohnzimmer mit Blick auf das Kattegat zurückgeblieben.

An diesem Fenster hatte sie gestanden, als an jenem Sommersonntag vor zwanzig Jahren der schreckliche Knall vom Wasser aus zu hören gewesen war. Aber daran wollte sie jetzt nicht denken.

Sie musste in ihr Büro. Von dort hatte sie Zugriff auf die gesamte Buchführung der Werft, und sie wollte endlich herausfinden, was es mit diesem Teakholz-Geschäft auf sich hatte, das Sixten hinter ihrem Rücken abgewickelt hatte.

War die Werft tatsächlich in Gefahr? Würde ihnen nichts anderes übrig bleiben, als an die Chinesen zu verkaufen, die die Werft stilllegen und eine touristische Anlage aufbauen wollten?

Nein. Nicht, solange sie lebte.

Warum musste es überhaupt ausgerechnet dieser Ort sein? Gab es an der schwedischen Westküste nicht genügend unerschlossene Abschnitte für so ein Projekt? Aber wahrscheinlich war ebendies der Punkt. Hier war die Infrastruktur bereits vorhanden. Anschlüsse für Wasser, Strom und Internet, und außerdem die kleine Bucht, die sich hervorragend eignete, um Boote zu Wasser zu lassen. Aus diesem Grund hatten ihre Vorfahren genau hier die Werft errichtet.

Astrid lenkte ihren Rollstuhl ans Fußende der Treppe und biss die Zähne zusammen. Sie nahm ihre ganze Willenskraft zusammen und stemmte sich hoch.

Mit einiger Mühe bekam sie das Treppengeländer zu fassen. Ihre Beine knickten ständig ein, aber irgendwie schaffte sie es, die Treppe hochzusteigen.

Oben stand ein Paar Krücken in Reichweite. Astrid stützte sich schwer darauf und schleppte sich in ihr Büro. Sie wollte sich gerade erleichtert auf den Stuhl sinken lassen, als sie durch das Fenster sah, wie Halvar auf das Haus von Sixten und Tuva zuging.

Astrid runzelte die Stirn. Was wollte ihr Mann dort? Sie hatten gemeinsam beschlossen, dass Tuva ausziehen sollte. Zumindest hatte Halvar nicht widersprochen. Plagte ihn nun das schlechte Gewissen, und er wollte sich bei Tuva entschuldigen?

Sie beobachtete, wie Halvar auf den Klingelknopf neben dem Eingang drückte. Gleich darauf öffnete sich die Haustür, und Tuva trat heraus. Sie war immer noch eine Erscheinung mit ihren langen blonden Locken, dem hellen Leinenkleid und der jugendlichen Ausstrahlung, obwohl sie mittlerweile auf die vierzig zuging. Aber auch das war ja noch jung. Astrid selbst hatte bereits vor einigen Jahren die fünfzig überschritten. Das war definitiv nicht mehr jung, aber auch längst noch nicht alt genug, um von einer heimtückischen Krankheit dahingerafft zu werden.

Halvar umarmte Tuva. Astrid blinzelte. Halvar gab seiner Schwiegertochter nicht etwa zwei höfliche Küsschen auf die Wangen, er küsste sie auf den Mund. Tuva erwiderte seinen Kuss leidenschaftlich, und Halvars Hände wanderten von Tuvas Schultern zu ihren Hüften, dann zu ihren Brüsten. Er drängte seine Schwiegertochter rückwärts in den Hausflur, und in der nächsten Sekunde fiel die Tür ins Schloss.

Astrid schnappte nach Luft. Ihre Beine gaben nach, und sie stürzte zu Boden, genau wie am Tag zuvor vor dem Schlafzimmerfenster von Anders' Haus. Sie konnte es einfach nicht glauben.

Tuva hatte offenbar nicht nur eine Affäre mit Anders, sondern auch mit Halvar.

Astrids ganzer Körper bebte vor Empörung.

Dafür würde sie Tuva nicht nur aus dem Haus werfen. Sie würde sie vernichten.

Khalid Rashid grinste schief, als Frederik und Göran das Krankenzimmer betraten. Er hätte gemeinsam mit Anders Nordin für ein Foto posieren können, die Verletzungen der beiden ähnelten sich. Auch Khalid hatte ein blaues Auge und eine aufgeplatzte Lippe, dazu einen weißen Turbanverband um den Kopf und eine Maske, die seine offenbar gebrochene Nase schützte. Unter der Bettdecke ragte sein Brustkorb hervor, der ebenfalls dick bandagiert war.

»Drei gebrochene Rippen und ein Milzriss«, teilte Khalid den Kollegen mit. »Ich werde ein paar Wochen ausfallen, sagt der Arzt.«

Besonders besorgt schien er über seine Verletzungen nicht. Aber er kam ja auch aus einem Kriegsgebiet und hatte schreckliche Dinge gesehen. Verglichen damit waren ein paar Schläge und ein Aufenthalt in einem schwedischen Krankenhaus vermutlich harmlos.

Frederik und Göran nahmen sich Stühle und setzten sich rechts und links neben das Bett.

»Was wolltest du bei Lasse Hansson?«, erkundigte sich Frederik. Es hatte zwar niemand ausdrücklich gesagt, dass es derselbe Bowlingclub war, aber alles andere wäre mehr als unwahrscheinlich.

»Ich habe mit den Partygästen gesprochen«, erklärte Khalid. »Ein Ehepaar hat während der Feier einen Mann auf dem Gelände gesehen, dessen Beschreibung auf Lasse Hansson passt.«

»Gute Arbeit«, sagte Frederik. »Aber warum bist du damit nicht zu mir gekommen?«

Khalid sah stur an ihm vorbei. »Ich dachte, ich könnte ihm ein Geständnis abringen.«

»Allein?«

»Warum nicht? Du hast mich auch allein zu den Partygästen geschickt.«

»Die schwedische High Society ist auch nicht so gefährlich wie die Jungs in Torslanda«, warf Göran ein und beäugte das Tablett, das neben Khalid auf dem Nachttisch stand. »Willst du das nicht?«

»Nein.«

»Hast du etwas dagegen, wenn ich es esse?«

»Nein.«

Göran nahm sich das Käsebrot und biss genüsslich davon ab. Frederik hob die Augenbrauen, sagte aber nichts.

»Du bist also zu Lasse Hansson gefahren.«

»Ja.«

Frederik wartete geduldig. Er wollte Khalid nicht jedes Wort einzeln aus der Nase ziehen. Schließlich seufzte der Syrer und wandte ihm den Blick zu.

»Ich bin nicht weit gekommen«, gab er zu. »Da standen ein paar Typen vor dem Club. Sie haben mich gefragt, was ich will. Ich habe ihnen gesagt, dass ich von der Polizei bin und mit Lasse Hansson sprechen will.«

»Und dann?«, schmatzte Göran. Er schob sich den Rest des Käsebrots in den Mund und griff umgehend nach dem Mettwurstbrot.

»Die sind einfach auf mich losgegangen.« Khalids Blick war verwundert. »Es hat sie überhaupt nicht interessiert, dass ich Polizist bin. Einer hat mir die Faust ins Gesicht gerammt und mich ausgeknockt. Als ich am Boden lag, haben sie auf mich eingetreten. Irgendwann kam jemand aus dem Club und hat gesagt, sie sollen aufhören. Der hat dann wohl auch den Rettungswagen alarmiert.«

Göran schob sich den Rest des Mettwurstbrots in den Mund, öffnete den Joghurtbecher und nahm den Löffel vom Tablett. Irgendwann würde Frederik auch darüber mit ihm reden müssen. Ein Polizist musste keine Idealmaße haben, aber er sollte in der Lage sein, einen Flüchtigen zu verfolgen oder sich in einer körperlichen Auseinandersetzung zu behaupten, und das traf auf den Kollegen mit Sicherheit nicht zu. Aber der erste Schritt war immerhin gemacht. Er kannte Görans Trauma.

Jetzt galt es, auf dem Vertrauensbeweis eine stabile Beziehung aufzubauen.

»Das war dann vermutlich Lasse Hansson.«

Khalid kaute, obwohl er nichts im Mund hatte. Die Worte wollten ihm wohl nicht über die Lippen.

Frederik erhob sich.

»Da war noch etwas«, sagte Khalid rasch. »Die Kollegen vom Wasserschutz aus Hamburgsund haben sich gemeldet. Sie haben ein herrenloses Paddelbrett gefunden. Es ist bereits auf dem Weg nach Linköping ins Staatliche Kriminallabor. Die melden sich, wenn sie etwas finden.«

»Sehr gut.« Das war endlich mal eine gute Nachricht.

»Sieh zu, dass du rasch wieder gesund wirst«, sagte Frederik zu Khalid und bedeutete Göran, sich mit dem Joghurt zu beeilen. Der leerte rasch den Becher und folgte ihm zur Tür.

Frederik hatte die Klinke schon in der Hand, als Khalid sich räusperte. »Was ich noch sagen wollte …«

Frederik drehte sich zu ihm um. »Ja?«

»Es tut mir leid.« Frederik sah, wie schwer Khalid das Eingeständnis fiel. »Dass ich so unüberlegt gehandelt habe, meine ich. Es kommt nicht wieder vor.«

Frederik nickte. »Gut«, sagte er nur und winkte dem Kollegen zum Abschied. Es war nicht nötig, weiter auf der Sache herumzureiten. Er war sich sicher, dass Khalid seine Lektion gelernt hatte.

20

Die Diagnose niederschmetternd zu nennen, wäre noch untertrieben. Multiple Sklerose, diese fürchterliche Krankheit. Entzündliche Prozesse im Gehirn, die Nervenbahnen zerstörten, sodass früher oder später sämtliche Körperteile und Organe ihren Dienst versagten. Unheilbar. Es gab kein Mittel dagegen, nur Medikamente, die den Verlauf vielleicht ein wenig verzögern konnten. Wenn man Glück hatte.

Früher hatte die Krankheit unausweichlich zuerst in den Rollstuhl und dann in den Tod geführt. Heutzutage gab es bessere Behandlungsmöglichkeiten. Milde Verläufe, die ein Leben in fast völliger Normalität ermöglichten. Nur ein kleiner Teil der Betroffenen wurde noch von der vollen Wucht der Symptome getroffen. Eine Statistik, die ihr nichts nützte. Sie gehörte zu der Gruppe derer, bei denen die Prognose mehr als ungünstig war.

Natürlich hatten die Medikamente Nebenwirkungen. Nicht nur körperliche, auch psychische. Depressionen, Müdigkeit, Erschöpfung. Außerdem verlor ihr Körper seine Kontur. Er schwemmte auf und wurde unansehnlich. Sie selbst vermied den Blick in den Spiegel, doch sie musste nur in Halvars Augen sehen, um zu wissen, dass sie nicht mehr die attraktive Frau war, die er einmal begehrt und geheiratet hatte.

Die Schübe kamen trotzdem. Die Beine versagten als Erstes ihren Dienst. An schlechten Tagen konnte sie kaum noch gehen. Dazu das Zittern in den Händen, das immer gänzlich unerwartet auftrat. Die Erinnerungsprobleme, die sich mehrten, und das plötzliche Zucken ihrer Gesichtsnerven.

Sie hasste es, den eigenen körperlichen Verfall zu erleben und nichts dagegen tun zu können. Aber sie ließ sich nichts anmerken.

Sie würde die Werft führen, solange es ging, und sie würde auch für Anders sorgen.

Wer sollte es denn sonst tun?

Anders rieb sich zum wiederholten Mal die Hände an der Hose ab, nachdem er damit ein paarmal über den wilden Bart und die ungekämmten Haare gestrichen hatte. Erst jetzt ging ihm auf, dass er nicht nur wegen der zerschlagenen Visage wüst aussah. Aber was spielte das noch für eine Rolle? Seine Mutter hatte ihn oft genug in schlimmer Verfassung vorgefunden. Und wenn sie sah, was die *Topp Sail*-Leute mit ihm getan hatten, würde es sie vielleicht milder stimmen.

Am liebsten wäre er einfach wieder umgekehrt, aber er hatte keine Wahl. Er brauchte das Geld. Nicht nur die Geldeintreiber saßen ihm im Nacken, sondern nun auch noch Lasse. Anders hätte nicht zu sagen gewusst, was ihm mehr Angst machte.

Irgendwann könnte es vielleicht eine Zukunft für ihn geben, in der Firma und womöglich sogar mit Tuva an seiner Seite, doch im Augenblick konnte er nur auf Almosen hoffen. Seine Mutter war überhaupt kein mitfühlender Typ, aber für ihn hatte sie aus irgendeinem Grund immer Ausnahmen gemacht. Vielleicht weil er bei dem Unglück damals noch so jung gewesen war, gerade erst zehn. Er hatte am meisten gelitten, und das hatte ihr Herz erweicht. Weil sie die Wahrheit nicht kannte. Das war die Grundlage von allem, und daran durfte sich niemals etwas ändern.

Anders drückte versuchsweise die Klinke an der Haustür hinunter und stellte fest, dass sie unverschlossen war. Früher war das die Regel gewesen, doch seit Astrid krank war, bestand Halvar darauf, das Haus zu sichern, weil Astrid ein allzu leichtes Opfer für einen Einbrecher wäre. Was vermutlich bedeutete, dass Halvar nicht da war.

Gut für ihn selbst, befand Anders und betrat das Haus.

Er sah sofort den leeren Rollstuhl am Treppenaufgang.

»Mutter?« Anders runzelte die Stirn und blickte zur Treppe hinauf. Astrid konnte sich kaum noch aus eigener Kraft vorwärtsbewegen. Schon das Stück von der Auffahrt zu seinem Haus bewältigte sie nur mit Mühe. Er konnte sich kaum vorstellen, dass sie es ohne Unterstützung die Treppe hinaufgeschafft hatte.

Auf der anderen Seite besaß Astrid einen eisernen Willen. Disziplin und Leistung, das Motto der Familie Nordin. Wenn sie irgendetwas in ihrem Büro erledigen wollte, würde sie notfalls vermutlich auf allen vieren die Treppe hinaufkriechen.

Trotzdem warf er zunächst einen Blick in die anderen Räume im Erdgeschoss, Wohnzimmer, Esszimmer, Wintergarten, Küche, Gästetoilette, doch seine Mutter war nicht dort.

Anders ging nach oben. Die Tür zu Astrids Arbeitszimmer war nur angelehnt. Anders öffnete sie und trat ein.

Astrid hockte neben dem Fenster auf dem Boden und schaffte es offensichtlich nicht, wieder aufzustehen.

»Mutter!«

»Anders.« Astrid streckte die Arme nach ihm aus. »Ein Glück, dass du da bist.«

Anders zog sie hoch und half ihr, sich auf den Schreibtischstuhl zu setzen. Es kam eher selten vor, dass er so überschwänglich begrüßt wurde, und er war entschlossen, die Gunst der Stunde zu nutzen. »Was tust du hier oben?«

»Ich will mir einen Überblick über die Buchführung verschaffen. Ich muss wissen, wie groß der Schaden ist, den dieser Teakholz-Deal dem Unternehmen zufügt.«

Anders holte Luft. »Ich brauche auch Geld.«

Astrids blaue Augen richteten sich auf ihn, und erst jetzt schien sie sein zerschlagenes Gesicht wahrzunehmen. »Du hast dich offenbar mit den falschen Leuten eingelassen.«

»Ja.«

»Das Problem musst du selbst lösen. Wir befinden uns in einer schwierigen wirtschaftlichen Lage. Im Augenblick kann ich kein Geld aus der Firma abziehen, nicht mal eine kleine Summe. Und ich vermute, du brauchst mehr als ein paar Hundert Kronen.«

Anders neigte den Kopf. Es verstand sich von selbst, dass ihn niemand für einen Betrag zusammenschlagen würde, den man aus der Portokasse begleichen könnte.

»Was wird jetzt aus Sixtens Firmenanteilen?«, fragte er. »Gibst du sie Halvar?«

»Nein.« Astrids Lippen waren nicht mehr als ein schmaler Strich. »Aber du bekommst sie auch nicht. Du würdest sie an den Nächstbesten verscherbeln, und das ist nicht im Sinne der Familie. Es hat noch nie jemand Aktien der Werft besessen, der nicht den Namen Nordin trägt.«

»Also willst du einfach so weitermachen und so tun, als gäbe es diese Krankheit nicht?« Er schaute bedeutungsvoll auf ihre Beine.

»Es wird schon noch eine Weile gehen. Greta interessiert sich sehr für Schiffe. Eines Tages kann sie die Geschicke der Werft lenken.«

»Greta ist sechs.«

»Und ich bin noch lange keine alte Frau.«

Anders schaute aus dem Fenster über den Garten zum Haus von Sixten und Tuva. Wie sollte er es bewerkstelligen, dass man ihm einen Platz im warmen Nest der Familie anbot? »Wenn du willst, übernehme ich Sixtens Job in der Werft, bis Greta mit der Schule fertig ist und studiert hat.«

Astrid musterte ihn mit unverhohlener Belustigung. »Du?«

»Ich kann gut mit Holz umgehen.«

»Also kann ich dir einen Job in der Werkstatt anbieten. Aber du hast nicht die geringste Qualifikation, um eine Werft zu leiten.«

»Ich bin ein Nordin.«

»Das reicht nicht.«

Anders sah ein, dass sein Plan nicht aufgehen würde. Wieder wanderte sein Blick zum Haus von Sixten und Tuva. Ein Wagen stand davor, mit offener Heckklappe. Anders erkannte mehrere Pappkartons und Koffer im Stauraum hinter den Sitzen.

»Du wirfst Tuva tatsächlich aus dem Haus? Weil sie mit mir ins Bett gegangen ist?«

Astrids Miene wurde noch bitterer. »Sie geht nicht nur mit dir ins Bett, falls du das gedacht hast.«

Anders schob die Hände in die Hosentaschen. Seine Mutter wollte ihm wehtun, das war völlig klar.

»Wenn du mir nicht glaubst, geh hinüber und sieh nach.« Sie deutete zur Villa.

Anders blinzelte. »Wer?«

»Du wirst lachen.« Astrids Stimme troff vor Hass und Verachtung. »Der Mann, der mir einmal geschworen hat, mich zu lieben, bis dass der Tod uns scheidet. In guten wie in schlechten Zeiten. Aber offenbar dauern ihm die schlechten Zeiten zu lang.«

»Onkel Halvar?« Obwohl Halvar schon vor vielen Jahren seine Mutter geheiratet hatte und sein Stiefvater geworden war, hatte Anders nie aufgehört, ihn so zu nennen.

Astrid nickte.

»Also wirfst du ihn auch raus?«

»Nein.« Astrids Gesicht nahm den hochmütigen Ausdruck an, den ihre Geschäftspartner kannten. »Ich werde ihn nicht einmal wissen lassen, dass ich es herausgefunden habe. Er wird auf andere Weise dafür büßen.« Sie hob die Hand. »Du wirst es ihm auch nicht sagen.«

Anders grinste. »Kein Problem. Gib mir einen Blankoscheck, und meine Lippen sind versiegelt.«

Astrid musterte ihn einen Augenblick lang voller Abscheu. Dann öffnete sie die Schreibtischschublade und holte einen Block mit Scheckformularen hervor.

»Dieses eine Mal«, warnte sie ihn. »Aber denk nicht, dass du von jetzt an immer wieder kommen kannst.« Sie kritzelte ihre Unterschrift auf das oberste Blatt, riss es ab und reichte es Anders.

»Keine Sorge.« In Zukunft würde er klüger handeln als bisher. Dies hier war seine Chance, und er würde sie nutzen.

Es war merkwürdig, sich ohne Khalid im Besprechungsraum zu treffen. Zum ersten Mal, seit Frederik sein neues Team übernommen hatte, saßen alle am Tisch. Hedda hatte wie immer für Kaffee und Kekse gesorgt, und alle blätterten in den Unterlagen, die sie ausgedruckt hatte. Darin waren die Ergebnisse ihrer bisherigen Recherchen zusammengefasst.

Besonders interessant fand Frederik den Brief, den Sixten Nordin an die Universität Göteborg geschrieben hatte.

»Ich habe noch einmal dort angerufen, aber sie konnten keine Unterlagen über Halvar Nordins Abschlussexamen finden«, erklärte Hedda.

Göran nahm sich einen Keks. »Glaubst du, Halvar hat sein Studium gar nicht beendet?«

Hedda, die sich ungern festlegte, zuckte mit den Schultern. »Das lässt sich nicht mit Sicherheit sagen. Damals war das alles ja noch nicht digitalisiert, und als sie die alten Dokumente eingelesen haben, ist sicher auch das eine oder andere verloren gegangen.«

Anna beugte sich vor, und das Leder ihrer Kleidung knarzte leise. »Aber es könnte sein.«

Viveka lächelte und zeigte ihre strahlend weißen Zähne. »Und du meinst, das wäre ein Mordmotiv?«

Anna breitete die Hände aus. Frederik sah, dass Vivekas Provokation sie ärgerte, und freute sich darüber, dass sie nicht darauf einging.

»Haben wir ein besseres?«, fragte sie ruhig.

»Wir haben das falsche Alibi von Lasse Hansson«, resümierte Frederik. »Dem sollten wir nachgehen. Aber ich wüsste auch gern, was Halvar zu dieser Sache mit den Zeugnissen sagt.«

Er sah, wie Viveka auf ihrem Stuhl nach vorn rutschte. Sie brannte seit Langem darauf, dass Frederik sie zu einem Außeneinsatz mitnahm, aber ihm missfiel ihre Haltung. Der Status ihres Vaters spielte für ihn keine Rolle. Viveka sollte lernen, sich als Teil des Teams zu begreifen, dann würde er sie auch so behandeln. Aber er war bereit, ihr eine Chance zu geben.

»Göran und Viveka fahren nach Torslanda und befragen Lasse Hansson«, entschied er. »Ich unterhalte mich mit Halvar Nordin.«

Nur Hedda, die kein Interesse daran hatte, das Büro zu verlassen, schien mit der Entscheidung glücklich. Anna, die natürlich gerne mitgekommen wäre, durfte es wegen ihrer Hüfte nicht. Und Göran und Viveka konnten nichts miteinander anfangen. Aber auch das gehörte dazu, wenn man ein Team war. Man musste mit jedem eine Verständigungsebene finden. Es war höchste Zeit, dass sie damit anfingen.

Halvar knöpfte das Businesshemd zu und schloss den Reißverschluss seiner Hose. Tuva räkelte sich nackt vor ihm in den blassblauen Laken, die vermutlich Sixten ausgesucht hatte. Sie war so wunderschön, und Halvar wünschte sich nichts mehr, als dass sie seine Frau wurde. Doch bis dahin war es noch ein weiter Weg.

Zugleich schämte er sich, wie immer, wenn seine Erregung abgeflaut war. Er hinterging seine Frau, der er die Treue geschworen hatte, während sie einsam gegen diese fürchterliche Krankheit kämpfte. Aber er schaffte es einfach nicht, ihrem Verfall zuzusehen. Er war zu jung, um lebendig begraben zu werden.

Vielleicht, wenn sie sich dankbar zeigte und ihm die Wertschätzung entgegenbrächte, die er verdiente. Aber Astrid war nur immer kälter und härter geworden, je schlimmer das Schicksal sie herausforderte. Wenn er nichts unternahm, würde er neben ihr erfrieren.

Halvar schlüpfte in seine Schuhe und knotete die Schnürsenkel zu. »Ich melde mich bei dir«, sagte er zu Tuva, wagte es aber kaum, sie richtig anzusehen. Andernfalls würde ihn erneut die Lust überwältigen, und das war viel zu riskant, hier, nur gute fünfzig Meter von seinem Haus und Astrid entfernt.

Natürlich war Astrid nicht in der Lage, einfach herüberzugehen, aber trotzdem könnte irgendjemand Tuva und ihn sehen, der ihr davon berichtete, ein Hausangestellter zum Beispiel oder ein Arbeiter von der Werft, der sein Wissen mit Sicherheit mit Astrid teilen würde. Wenn das passierte, könnte er sich ebenso gut gleich eine Kugel in den Kopf jagen. Astrid würde den Verrat nicht hinnehmen. Sie würde ihn vernichten. Und alle seine Träume und Zukunftspläne würden sich in Luft auflösen.

Er lief rasch die Treppe hinunter und riss die Haustür auf. Und blieb wie angewurzelt stehen.

Vor ihm stand Anders, eine selbst gedrehte Zigarette im Mundwinkel, ein triumphierendes Lächeln auf den Lippen. »Sie ist eine Bombe, nicht wahr?«

Halvar versteifte sich. »Ich habe keine Ahnung, wovon du sprichst. Ich habe mich lediglich von Tuva verabschiedet und ihr angeboten, beim Umzug zu helfen.«

Aus Anders' Lächeln wurde ein breites Grinsen. »Ich sehe es in deinen Augen. Und ich wette, wenn ich nach oben gehe, finde ich sie nackt auf ihrem Bett. Sie mag es, den Sex noch eine Weile nachklingen zu lassen.«

Halvar holte tief Luft. »Schön. Du weißt es also. Was willst du jetzt damit anfangen?«

Anders sagte es ihm.

21

Halvar Nordin saß in seinem Büro am Schreibtisch, vor sich einen DIN-A4-Block mit dem Werbeaufdruck der Werft, in der Hand einen Kugelschreiber, der über dem Papier schwebte. Geschrieben hatte er noch nichts, sein Blick war aus dem großen Fenster auf das Kattegat gerichtet, das grau unter einer dunklen Wolkendecke lag. Der Frühling, der sich so hoffnungsvoll angekündigt hatte, legte erneut eine Pause ein.

Halvar hatte ihn noch nicht bemerkt, und Frederik, der in der offenen Tür zu dessen Büro stehen geblieben war, nutzte die Gelegenheit, um ihn zu mustern.

Ein unauffälliger Mann Anfang fünfzig im schlichten dunkelgrauen Anzug, mit blonden Haaren, die an den Schläfen ergrauten, leuchtend blauen Augen und glatt rasiertem Kinn. Aufrecht, anständig, bescheiden, das war der erste Eindruck, doch es gab auch die kleinen Falten in den Augen- und Mundwinkeln, die darauf hindeuteten, dass sich dahinter vielleicht noch eine andere Wahrheit verbarg. Oder interpretierte Frederik zu viel in den starren Blick hinein? Halvar Nordin hatte eine schwer kranke Frau zu Hause, er hatte gerade erst seinen Stiefsohn verloren, und die Firma hatte die Zollfahndung am Hals. Grund genug, schwermütig über das Meer zu schauen. Oder dachte Halvar an etwas ganz anderes? Sah er das schreckliche Unglück vor sich, das sich vor zwanzig Jahren in unmittelbarer Nähe auf dem Wasser ereignet hatte? Frederik war davon überzeugt, dass die alte Geschichte eine Rolle spielte bei allem, was danach in der Familie geschehen war. Die Frage war, ob das auch für den Mord galt. Aber zunächst wollte er etwas anderes wissen.

Er klopfte sacht mit dem Fingerknöchel an den Türrahmen. »Herr Nordin?«

Halvar fuhr auf und wandte sich ruckartig zu ihm um. »Kommissar Forsberg«, keuchte er. »Sie haben mich erschreckt.«

»Das war nicht meine Absicht.« Frederik trat an den Schreibtisch und deutete auf die Stühle, die davorstanden. »Darf ich?«

»Bitte.« Halvar hatte sich wieder gefangen und machte eine einladende Handbewegung. »Kann ich Ihnen etwas zu trinken anbieten?«

»Danke, nein. Ich habe nur eine Frage.«

»Ich helfe, wo ich kann.«

»Es geht um einen Brief, den Ihr Stiefsohn Sixten vor einiger Zeit an die Universität Göteborg geschrieben hat.«

»Aha.« Halvar wirkte ratlos.

»Er bittet darum, dass man ihm Kopien von Abschlusszeugnissen zuschickt.«

Halvars Augen weiteten sich. Offenbar verstand er sehr genau, worum es ging, aber er sagte nichts.

»Von Ihren Examina«, präzisierte Frederik.

Halvar seufzte schwer. »Die es nicht gibt.«

»Richtig.«

Halvar hob die Hände. »Das ist doch wohl verjährt, oder nicht? Es stimmt, ich habe bei meinem ersten Arbeitgeber nach der Universität falsche Angaben gemacht. Das Studium habe ich absolviert, aber die Prüfungen habe ich einfach nicht geschafft. Prüfungsangst, Sie verstehen?«

»Sicher.« Frederik selbst hatte dieses Problem nie gehabt, aber auf der Polizeischule hatte es einige gegeben, die so extrem davon geplagt wurden, dass fast ihre Ausbildung daran gescheitert wäre.

Halvar faltete die Hände. »Wenn es also verjährt ist, weshalb kommen Sie damit zu mir?«

Frederik nahm die gleiche Position ein. Er tat das oft, weil es dem Gegenüber unbewusst signalisierte, dass man auf einer Wellenlänge war. Es erleichterte das Gespräch. »Wir fragen uns, ob es ein Mordmotiv sein könnte.«

Halvar lachte auf. »Sie glauben, ich hätte meinen Stiefsohn getötet, weil er herausgefunden hat, dass meine Universitätszeugnisse gefälscht sind?«

Frederik erwiderte nichts. Er ließ die Menschen, die er befragte, gerne reden. Je weniger er vorgab, desto näher kam er meist der Wahrheit.

Halvar schüttelte den Kopf. »Sixten war in einer verzweifelten Situation. Er hatte dieses Teakholz-Geschäft eingefädelt und stand kurz vor einer veritablen Bauchlandung. Er hat mich dafür verantwortlich gemacht, weil ich ihm zugeraten hatte. Aber nach den Fakten, die er mir präsentiert hatte, konnte ich gar nicht anders. Es machte alles einen vollkommen soliden Eindruck. Vielleicht hätte ich selbst ebenfalls Recherchen anstellen sollen, aber ich habe Sixten vertraut.«

Frederik lehnte sich auf seinem Stuhl zurück und schlug die Beine übereinander, so wie es auch Mats Lundgren, der Psychologe der Skogome-Anstalt, tat, wenn er aufmerksam zuhörte.

»Ich weiß nicht, was in Sixtens Kopf vor sich gegangen ist«, erklärte Halvar. »Aber wenn Sie mich fragen, war er dabei, eine Verschwörungstheorie zu konstruieren. Er hat mir vorgeworfen, ich hätte die Situation heraufbeschworen, um ihn zu diskreditieren. Damit seine Mutter ihm die Geschäftsführung wieder abnimmt und sie mir übergibt, zusammen mit ihren Firmenanteilen.« Er lächelte traurig. »Ich glaube, deshalb hat er die alte Geschichte mit den Zeugnissen ausgegraben. Er wollte Astrid beweisen, dass ich nicht vertrauenswürdig bin und dass ich nicht die nötige Qualifikation besitze, um die Werft zu führen. Er selbst hatte ja beide Abschlüsse, Bootsbau und Betriebswirtschaft, und noch dazu mit ausgezeichneten Noten, genau wie seine Mutter. Aber ich frage Sie im Ernst: Welche Rolle spielt das? Die Werft gehört uns, und ich arbeite seit zwanzig Jahren im Betrieb. Denken Sie, da kräht auch nur ein Hahn danach, ob meine Zeugnisse echt sind oder nicht?«

»Ihre Frau wäre jedenfalls enttäuscht«, mutmaßte Frederik.

Halvar schnitt eine Grimasse. »Ich bin sicher, das wäre sie. Und sie würde es mir die nächsten dreißig Jahre vorhalten. Aber es würde nichts an ihren geschäftlichen Entscheidungen ändern.« Er neigte den Kopf. »Sie glauben doch nicht im Ernst, dass ich deshalb einen Mord begehe?«

In der Tat konnte Frederik sich das nicht vorstellen.

»Sie dürfen auch nicht vergessen, dass Sixten wie ein eigener Sohn für mich war. Ich habe mich nach dem Unglück um die Familie gekümmert. Die beiden Jungen waren schwer traumatisiert, vor allem Sixten. Er hatte ja am Steuer der Jacht gestanden, die den Kutter seines Vaters gerammt hat. Zwölf war er damals, und ich dachte, er sei alt genug, um meine Anweisungen zu befolgen. Er war ein großer Junge, sehr reif und vernünftig für sein Alter. Es hat lange gedauert, bis die beiden damit fertiggeworden sind. Anders ist es im Grunde bis heute nicht gelungen, aber Sixten hat es irgendwann geschafft. Dieser Junge lag mir so am Herzen, wie es ein Kind nur kann. Ich hätte ihm nie im Leben etwas antun können.«

»Mehr als ihr leiblicher Sohn?« Frederik sah in Halvars blaue

Augen. Sie waren wie ein Spiegel, weil ein feuchter Schleier darüber lag.

Halvar seufzte schwer. »Mit Lasse war es von Anfang an schwierig. Wir haben keinen Zugang zueinander gefunden. Als uns dann nach Caspers Tod noch seine Mutter verlassen hat, ist er völlig ausgerastet. Wir sind einfach nicht mit ihm zurechtgekommen. Er war eine Weile im Heim, dann bei meinen Eltern, doch die waren auch überfordert. Irgendwann ist er wieder zu Astrid und mir gekommen, aber sobald es ging, ist er ausgezogen. Er hat ständig etwas angestellt, und es ist ein Wunder, dass er nicht einen Teil seiner Jugend im Gefängnis verbracht hat. Aber wir haben ihm gute Anwälte zur Seite gestellt, das war ja das Einzige, was wir für ihn tun konnten. Ob das richtig war? Vielleicht wäre es besser gewesen, wenn er die Konsequenzen seines Handelns einmal in voller Härte zu spüren bekommen hätte.«

»Ein Gefängnisaufenthalt führt leider nur selten dazu, jemanden zurück auf den rechten Weg zu bringen«, bemerkte Frederik. »Eine Therapie hätte wohl eher geholfen.«

Halvar fuhr auf. »Glauben Sie, das hätten wir nicht versucht? Es gibt in der ganzen Provinz kein Angebot, das wir nicht ausprobiert haben. Nur genützt hat es nichts.«

Frederik hob die Hände. »Verzeihen Sie. Ich wollte Ihnen nicht zu nahe treten. Ich weiß, dass eine Therapie nur Erfolg haben kann, wenn die Person, um die es geht, zur Mitarbeit bereit ist.«

Halvar nickte bitter. »Das war Lasse nicht. Nie.«

Frederik neigte den Kopf. »Würden Sie ihm einen Mord zutrauen?«

Halvar dachte eine Weile nach. »Ich traue Lasse alles zu«, sagte er dann. »Aber er ist nicht dumm. Warum sollte er Sixten töten? Er hat nicht den geringsten Nutzen davon.«

Frederik sah ein, dass Halvar recht hatte, in Bezug auf seinen Sohn ebenso wie auf die fehlenden Universitätsabschlüsse. Die Lösung des Rätsels musste irgendwo anders liegen.

Frustriert stand er auf, und Halvar tat es ihm gleich.

»Ich weiß nicht, ob ich Sie darum bitten darf«, sagte der Bootsbauer. »Aber wenn es möglich ist, wäre ich Ihnen sehr verbunden, wenn Sie meiner Frau nichts von den gefälschten Zeugnissen erzählen. Jede Aufregung kann einen neuen Krankheitsschub auslösen.«

Frederik wusste, dass er recht hatte. »Ich denke, das wird nicht nötig sein.«

»Danke.«

Sie verabschiedeten sich höflich, und Frederik ging zurück in den Hof der Firma, wo er seinen Roller abgestellt hatte. Er konnte es drehen und wenden, wie er wollte, am Ende schien immer Anders Nordin der Einzige zu sein, der ein echtes Mordmotiv gehabt hatte. Nicht das Geld, sondern die Liebe zu Sixtens Frau Tuva.

Cherchez la femme, hieß es nicht so?

Frederik startete den Motorroller und steuerte ihn auf die Straße nach Norden. Er würde dem Skulpturenkünstler einen weiteren Besuch abstatten.

Die drei Männer, die vor dem Bowlingclub herumlungerten, hatten dunkle Haare, braune Augen und eine primitive Ausstrahlung. Machos südländischer Herkunft, mit engen Jeans, speckigen Lederjacken und albern in die zurückgegelten Haare geschobenen Sonnenbrillen. Viveka kannte diese Typen, die waren doch überall gleich. Sie pfiffen ihr auf der Straße hinterher und zeigten ihr mit unzweideutigen Gesten, was sie am liebsten mit ihr tun wollten, waren aber nicht in der Lage, einen einzigen halbwegs intelligenten Satz von sich zu geben.

Genauso war es auch hier. Die drei zogen sie mit ihren Blicken fast aus. Einer leckte sich anzüglich die Lippen, ein anderer hängte die Daumen in die Gürtelschlaufen und ließ seine Zigarette lässig von einem Mundwinkel in den anderen wandern. »Hey, Baby. Was willst du mit dem alten Mann, den du da dabeihast? Eine Runde Bowling mit Daddy?«

Viveka war sich sicher, dass es dieselben Kerle waren, die Khalid zusammengeschlagen hatten. Göran hatte ihr geraten, sich etwas anderes anzuziehen als das weiße Kostüm und die hochhackigen Pumps, doch Viveka hatte sich dagegen entschieden. Diese Typen mochten keine Skrupel haben, auf Ausländer oder Polizisten loszugehen, und sie würden vermutlich auch nicht davor zurückschrecken, eine Frau zu schlagen, aber wenn man ihnen mit dem Hochmut der Oberschicht entgegegentrat, wurden sie meistens ganz klein. Diese Erfahrung hatte Viveka schon öfter gemacht.

Also strich sie mit einer lässigen Handbewegung die langen blonden Haare zurück und hob das Kinn. »Wir sind von der Reichspolizei Göteborg«, sagte sie. »Wir wollen mit Herrn Lasse Hansson sprechen.«

Die drei lachten.

»Die Bullen in Göteborg müssen echten Personalmangel haben«, sagte einer. »Erst schicken sie einen Hammelfresser und jetzt einen Fettsack und eine Tussi.«

Viveka wollte eine scharfe Entgegnung abfeuern, doch Göran hielt sie zurück.

»Wir sind nur die Vorhut«, bemerkte er lakonisch. »Sie haben die Wahl. Entweder Sie lassen uns hinein, oder wir kommen als Nächstes mit einer Spezialeingreiftruppe. Da liegen Sie dann auf dem Boden und haben Kabelbinder um die Handgelenke, bevor Sie ›Fettsack‹ sagen können.«

Der Wortführer der drei hob die Hände. »Bitte. Wir halten Sie nicht auf. Wir wollten nur ein bisschen plaudern.« Wieder ließ er seinen Blick über Vivekas Beine gleiten.

»Schön.« Göran legte Viveka die Hand auf den Rücken und schob sie an den dreien vorbei in die Eingangshalle des Bowlingclubs.

Viveka atmete auf, als die Tür hinter ihnen ins Schloss fiel. Vielleicht hatte Göran mit seinem Vorschlag, sich etwas unauffälliger zu kleiden, doch nicht so falschgelegen. Sie folgte ihm zum Tresen, hinter dem sich mehrere Regale mit Bowlingschuhen befanden. Im hinteren Teil des Raums öffnete sich eine Tür, und ein Mann kam auf sie zu, der von Outfit und Statur gut zu den dreien vor dem Club passte. Allerdings schien er im Gegensatz zu ihrem Begrüßungskomitee ausgesprochen nervös zu sein.

»Hey«, sagte er. »Der Kommissar mit dem Bowlingtalent.« Er nahm ein Paar Schuhe aus dem Regal und stellte es auf die Theke. »Ich dachte, ich hätte alle Ihre Fragen beantwortet?«

Göran schob die Hände in die Jackentaschen. »Ihre Zeugen haben Ihre Angaben bestätigt.«

»Na also.« Lasse lachte erleichtert.

»Aber es gibt leider andere Zeugen, die Sie während des Firmenjubiläums auf dem Grundstück der Familie Nordin gesehen haben.«

Lasse schluckte. »Die Leute müssen sich irren.« Sein Blick huschte zur Tür.

»Wir könnten Sie zu einer Gegenüberstellung mitnehmen«, schlug Göran vor.

Lasse fingerte an den Schnürsenkeln der Bowlingschuhe herum. »Ich kann hier nicht weg.«

Viveka zückte ihr Tablet. »Sagen Sie uns die Wahrheit, dann sind Sie uns sofort wieder los.«

Sie sah, wie es hinter Lasses Stirn arbeitete. »Okay«, erklärte er. »Ich war da. Ich habe Sixten angebettelt, dass er mir Geld gibt. Aber er wollte nicht.«

»Warum haben Sie das nicht gleich gesagt?«

Lasse grinste schief. »Damit Sie keine falschen Schlüsse ziehen. Sie wissen, dass ich vorbestraft bin. Ich wollte nicht, dass Sie mir einen Mord anhängen.«

»Wir hängen niemandem etwas an. Wir ermitteln.«

Lasse nahm die Bowlingschuhe, schlug die Sohlen aneinander und stellte die Schuhe anschließend wieder auf den Tresen. »Schlimm genug. Ich versuche, mir hier ein Geschäft aufzubauen. Die Leute sehen es nicht gern, wenn da die Polizei ein und aus geht.«

»Der Radu-Clan, meinen Sie«, warf Göran ein.

Lasse richtete die Schuhe parallel zueinander aus, sagte aber nichts.

»Was haben Sie getan, nachdem Sixten Ihnen das Geld verweigert hat?«, fragte Viveka.

»Ich bin nach Hause gefahren.«

Viveka ließ ihr Tablet sinken. »Und das sollen wir glauben?«

Lasses Augen wurden dunkel. »Hören Sie. Ich stecke in der Klemme, weil ich den Leuten da draußen Geld schulde, das ich nicht besitze. Aber Sixten war mein Halbbruder. Er hat gesagt, dass er mir nicht helfen kann, weil er selbst in Schwierigkeiten steckt.«

»Das haben Sie geglaubt?«

Lasse hob die Arme und ließ sie wieder fallen. »Was macht das für einen Unterschied? Mir war klar, dass bei Sixten nichts zu holen ist.«

»Deshalb haben Sie ihn ermordet.«

»Nein.« Lasse stützte die Hände auf den Tresen und funkelte Viveka an. »Warum sollte ich das tun?«

»Wut. Verbitterung. Sie gehören zur Familie, aber man lässt

Sie im Regen stehen. Sie haben einfach die Kontrolle verloren.«

Lasses ausgestreckter Zeigefinger berührte fast ihre Nase. »Jetzt pass mal auf …«

Göran griff nach Lasses Arm und drückte ihn mit sanfter Gewalt nach unten. »Danke, Herr Hansson. Wir haben keine weiteren Fragen.«

Viveka wollte aufbegehren, doch Göran schob sie einfach nach draußen zu ihrem Wagen, vorbei an den drei jungen Männern, die dort immer noch herumlungerten.

Viveka rutschte auf dem Beifahrersitz herum und zupfte ihren Rock zurecht. »Was sollte das jetzt?«

»Er war es nicht.« Göran startete den Motor.

»Ach so?«

»Lasse Hansson ist der Typ, der aus Wut zuschlägt. Der jemandem die Nase bricht oder vielleicht auch eine Eisenstange über den Schädel zieht.«

»Genau das ist mit Sixten Nordin passiert, oder nicht?«

»Stimmt.« Göran fuhr an den gesichtslosen Wohnblöcken vorbei in Richtung Süden. Linker Hand tauchte der Maxi ICA auf, geradeaus ging es zum Golfplatz. Am Kreisel bogen sie auf die Straße nach Göteborg. Der Kontrast war wie immer frappierend, links die Trostlosigkeit von Torslanda, rechts das ausgedehnte Waldstück und der große See.

Zwischen den Wolken brach für einen Moment die Sonne hervor. Das Licht spiegelte sich auf dem Wasser und schuf eine Ahnung davon, wie schön es hier sein konnte.

»Aber ein Typ wie Lasse hätte ihn danach entweder liegen lassen oder noch einmal zugeschlagen«, fuhr Göran fort. »Er hätte ihn nicht mit Alkohol abgefüllt und ertränkt und ihn anschließend auf ein Paddelbrett gelegt, damit es nach einem Unfall aussieht.«

»Wenn du meinst.« Viveka verstaute ihr Tablet in der Handtasche.

Sie ahnte, dass Göran recht hatte, war aber trotzdem sauer. Lasses Geständnis brachte sie keinen Schritt weiter. Sie hatte nichts, mit dem sie bei Frederik punkten konnte.

Die Mädchen pflückten Äpfel, und das schien sie für eine Weile abzulenken. Natürlich wusste man nicht, wie die kindlichen Seelen den Tod des Vaters verarbeiten würden, aber Wilmer hoffte, dass Hedvig und er zumindest ihren Teil dazu beitragen könnten, den beiden Halt zu geben.

Ein Problem bestand allerdings darin, dass Tuva bald kommen und Tilde und Greta abholen würde. Wenn sie erst wieder mit ihnen in Björlanda war, hundert Kilometer von der Apfelplantage in Lindberg entfernt, gab es nicht viel, was sie tun könnten. Hedvig mochte mit ihrem Smartphone Nachrichten mit den Mädchen austauschen oder Bilder hin und her schicken, doch für ihn war das nichts. Er wollte Greta auf die Schaukel im Apfelbaum setzen und sie so lange anstoßen, bis sie zum höchsten Punkt schwang, und für Tilde ein Baumhaus bauen, in dem sie mit ihren Puppen spielen konnte. Er wollte mit ihnen mit dem Fahrrad an den Wiesen und Feldern entlangfahren und im Sommer in dem kleinen See in der Nähe baden. Und er wollte ihnen alles über Äpfel und Landwirtschaft beibringen, was er wusste. Nicht nur Astrid Nordin träumte davon, ein Familienunternehmen an die nächste Generation weiterzugeben.

Aber Tuva würde wohl kaum hierher zurückkehren. Das Leben auf dem Hof war einfach und schlicht, und seine Tochter hatte mittlerweile eine andere Welt kennengelernt. In der Nordin-Werft ließen reiche Geschäftsleute ihre Luxusjachten bauen, und Empfänge mit Champagner und Kaviar waren für Tuva fast alltäglich geworden. Sie war jetzt eine Dame. Nicht mehr das junge Mädchen mit den apfelroten Wangen und den zerrissenen Bluejeans, sondern eine Frau, der die Welt zu Füßen lag.

Vom Hof her war der Motor eines Wagens zu hören. Wilmer stieg ein Stück die Leiter hinunter, um nachzusehen, wer dort kam. Auch die Mädchen unterbrachen ihre Arbeit.

»Mama!« Greta ließ den Korb mit den gepflückten Äpfeln einfach fallen und rannte los. Tilde schüttelte den Kopf. Sie stellte ihren Korb ordentlich ab und tauschte einen Blick mit ihrem Großvater, ehe sie ihrer Mutter ebenfalls entgegenlief.

Tuva stellte den Wagen in der Einfahrt ab. Als Wilmer sie erreichte, war sie bereits ausgestiegen und hockte auf dem Boden, in jedem Arm eines der Mädchen. Hinter ihnen öffnete sich die Haustür, und Hedvig stürzte heraus.

Tuva erhob sich und umarmte ihre Mutter, und schließlich begrüßte sie auch ihren Vater.

Wilmer musterte ihr Gesicht. Man sah, dass sie viel geweint hatte, aber da war auch noch etwas anderes. Wut? Verbitterung? Gekränkter Stolz? Er vermochte es nicht zu sagen. Er war auch zu stark mit seinen eigenen Gefühlen beschäftigt. Sosehr er sich freute, dass seine Tochter da war, so sehr schmerzte es ihn, dass sie ihnen die Kinder wieder wegnehmen würde.

»Du willst also Tilde und Greta abholen?«, fragte Hedvig. »Bleibt ihr noch zum Abendessen, oder möchtest du dich lieber sofort auf den Weg machen?«

Tuva biss sich auf die Lippen. »Wenn ihr nichts dagegen habt … ich würde gern ein paar Tage hierbleiben.«

Hedvig schloss sie gleich noch einmal in die Arme. »Ach, das freut mich«, sagte sie herzlich.

Wilmer musterte seine Tochter.

Irgendetwas stimmte da nicht. Aber was?

Anders Nordin kniete auf dem Boden neben der Skulptur, die ihn selbst darstellte, als wollte er prüfen, ob er alles richtig getroffen hatte: die vors Gesicht geschlagenen Hände, die gequälte Miene und die gebeugten Schultern, auf denen ein tonnenschweres Gewicht zu lasten schien. Über seine Wangen liefen Tränen.

Frederik drückte die Tür ins Schloss, die er offen vorgefunden hatte. Er hatte auch angeklopft, aber Anders hatte nicht reagiert.

»Herr Nordin?« Frederik trat auf den Künstler zu, der ihn noch immer nicht wahrzunehmen schien. Er registrierte die leere Schnapsflasche, die in Reichweite auf dem Boden stand.

Frederik beugte sich zu Anders hinunter und berührte ihn sacht an der Schulter.

Anders ließ die Arme sinken. Er rang um sein Gleichgewicht, fand es aber nicht und kippte zur Seite. Sein Blick irrte haltsuchend durch den Raum, bis er Frederik fand.

»Ach. Der Kommissar«, lallte er. »Sie wollen mein Geständnis hören, richtig?«

Frederik hockte sich neben ihn und versuchte, ihm aufzuhelfen, doch der Arm, den er ergriff, war ohne jede Muskelspannung. Aus der Nähe sah Frederik, dass Anders' Augen glasig und blutunterlaufen waren. Er tastete nach seinem Puls und stellte fest, dass er viel zu schwach war.

»Bleiben Sie liegen.« Frederik sah sich um und entdeckte ein zerknülltes Hemd auf dem Sofa. Er rollte es zusammen, bewegte Anders in die stabile Seitenlage und schob das Hemd unter seinen Kopf. Anschließend zog er sein Handy hervor und forderte einen Rettungswagen an.

Anders versuchte, seine Zunge unter Kontrolle zu bekommen. »Das ist nicht nötig«, brachte er hervor. »Mich muss keiner retten.«

Frederik kniete sich neben ihn und legte ihm die Hand auf die Stirn. »Sie haben eine Alkoholvergiftung. Ihr Blutdruck ist zu niedrig, wahrscheinlich infolge Ihrer Verletzungen.« Er schaute auf die leere Flasche, und ihn beschlich ein ungutes Gefühl. »Hat Ihnen jemand den Alkohol gewaltsam eingeflößt?«

Anders keuchte. Erst mit Verspätung begriff Frederik, dass er lachte.

»Mich muss keiner zwingen, Schnaps zu trinken.« Anders hob mühsam die Hand. »Bestellen Sie den Rettungswagen ab. Ich habe es verdient, zu sterben.«

Frederik überlegte, ob er versuchen sollte, ein Erbrechen herbeizuführen, aber Anders' Zustand deutete darauf hin, dass der Alkohol den Magen längst passiert hatte. Er würde ihn nur in Gefahr bringen, an seinem eigenen Erbrochenen zu ersticken.

»War das Ihr Plan? Wollten Sie sterben?« Frederik setzte sich neben Anders auf den Boden.

Anders rang nach Luft. »Ja«, stieß er hervor. »Aber nicht so.«

Frederik hatte keine Ahnung, was das bedeuten sollte. »Warum?«, fragte er. »Weil Sie Ihren Bruder getötet haben?«

»Sixten? Nein.«

Anders' Augen rollten nach hinten. Frederik schlug ihm leicht auf die Wangen. »Nicht einschlafen. Bleiben Sie bei mir.«

Anders fokussierte ihn wieder, aber sein Blick war unstet. Frederik erkannte, dass er ihn beschäftigen musste, bis der Rettungswagen kam, sonst würde ihm der Mann unter den Händen wegsterben.

»Warum?«, fragte er erneut. »Warum wollten Sie sterben?«

»Weil ich meinen Vater umgebracht habe.«

Frederik rekapitulierte im Geist rasch die Geschichte des tragischen Bootsunglücks. Die Jacht eines Kunden war mit dem Kutter von Anders' Vater havariert, weil Halvar nach einem Netz gefischt hatte, das sich in der Antriebsschraube zu verfangen drohte, und der zwölfjährige Sixten am Steuer den Gashebel in die falsche Richtung bewegt hatte. Oder nicht?

»Es war nicht Sixten, der am Steuer stand. Das waren Sie«, erkannte Frederik.

Anders hob die Hände und versuchte zu applaudieren, aber seine Handflächen trafen sich nicht, sondern gingen weit aneinander vorbei.

»Bravo.« Er ließ die Arme kraftlos wieder sinken. »Sie sind ein kluger Mann. Aber das wusste ich gleich.«

»Sie waren damals zehn Jahre alt«, sagte Frederik eindringlich. »Sie waren in Panik und haben einen Fehler gemacht. Das kann Ihnen niemand vorwerfen.«

»*Ich* werfe es mir vor. Reicht das nicht?«

Anders verdrehte wieder die Augen, und Frederik klopfte ihm erneut auf die Wangen. Die Augäpfel rollten wieder nach vorn, und Anders fokussierte Frederik. »Wissen Sie, was mich wirklich um den Verstand bringt? Ich bin mir sicher, dass ich nichts falsch gemacht habe. Ich habe den Gashebel nach hinten gezogen, aber das Boot ist trotzdem nach vorne geschossen.«

Frederik wusste, dass Erinnerungen an Situationen, in denen das Gehirn von Adrenalin überflutet wurde, oft verzerrt waren. Er glaubte Anders, dass er davon überzeugt war, das Richtige getan zu haben. Aber das bedeutete nicht, dass es auch so gewesen war.

Er schaute erneut zu der leeren Schnapsflasche. Anders war ein Gewohnheitstrinker. Wie war es möglich, dass er nach einer einzigen Flasche derart zusammenbrach?

»Hatten Sie heute Besuch?«, erkundigte er sich.

Anders stieß wieder sein keuchendes Lachen aus. »Ja. Meinen geliebten Stiefbruder.«

»Lasse Hansson?«

»Ich wüsste nicht, dass ich noch einen habe«, gab Anders lallend zurück.

»Was wollte er?«

Anders machte eine fahrige Handbewegung zum Wohnzimmertisch. »Seinen Scheck abholen.« Sein Blick wurde unscharf. »Richten Sie meiner Mutter aus, ich konnte nicht anders. Lasse hat mich erpresst.«

Frederik griff nach Anders' Schultern. »Womit?«, fragte er. »Womit hat er Sie erpresst?«

Anders gab keine Antwort. Seine Augäpfel rollten wieder nach hinten, bis nur noch das Weiße zu sehen war.

»Verdammt.« Frederik tastete nach Anders' Puls, spürte aber nichts. Er wuchtete den Mann auf den Rücken, legte seine gefalteten Hände auf Anders' Brustkorb und begann, in schnellem Rhythmus zu pumpen.

In der Ferne hörte er die Sirene des Rettungswagens.

Sie saßen auf der kleinen Bank hinten im Garten. Tuva hatte ihren Kopf an seine Schulter gelegt, so wie früher, und Wilmer strich ihr sanft über die schönen blonden Locken, die sie schon als kleines Mädchen gehabt hatte. Eine ganze Weile verharrten sie so, und Tuva weinte leise, während Wilmer die Enkelinnen beobachtete. Greta schaukelte, und Tilde schubste sie an. Sie wirkten beide sehr erleichtert, dass ihre Mutter jetzt hier war.

Nach einer ganzen Weile hob Tuva den Kopf, zog ein Taschentuch hervor und putzte sich die Nase.

An diesem Platz hatten sie sich immer zusammengesetzt, wenn es Probleme gab. Tuva verstand sich gut mit Hedvig, aber sie war von klein auf ein Papa-Mädchen gewesen. Die wirklich wichtigen Dinge besprach sie lieber mit ihm als mit ihrer Mutter.

»Ich verstehe es selbst nicht«, sagte sie. »Ich weiß nicht, warum ich es immer wieder tue.«

Wilmer hatte keine Ahnung, wovon sie redete.

Tuva wandte ihm das Gesicht zu. »Ich habe mit Anders geschlafen. Deshalb hat mich Astrid rausgeworfen. Es ist ihr Haus, und sie will mich dort nicht mehr sehen.«

Wilmer hatte Mühe, die Information zu verarbeiten. Tuva war doch sein kleines, unschuldiges Mädchen. Er hatte sich damit abgefunden, dass sie geheiratet hatte und er nicht mehr die erste Geige in ihrem Leben spielte, aber dass sie eine Frau war, die ihren Ehemann betrog? So hatten Hedvig und er ihre Tochter sicher nicht erzogen.

»War das der Vorfall auf der Jubiläumsfeier? Halvar hat da etwas angedeutet. Hatte Sixten herausgefunden, was du getan hast? Ist er deswegen mitten in der Nacht betrunken mit dem Paddelbrett rausgefahren?«

»Nein. Sixten wusste nichts davon. Und der Streit hatte auch nichts damit zu tun. Anders wollte Geld von Sixten, und Sixten hat es ihm nicht gegeben. Anders hat ihm daraufhin einen Eiskübel über den Kopf gekippt.«

Wilmer musste kichern, obwohl es vollkommen unangebracht war. Schließlich hatte irgendjemand Sixten brutal ermordet. Aber Wilmer hatte immer schon gemischte Gefühle für den Schwiegersohn gehabt. Weil Sixten ihm sein kleines Mädchen weggenommen hatte, aber auch weil er so steif und förmlich gewesen war. Wilmer hätte Tuva einen Mann gewünscht, der ihre Lebensfreude teilte. Vielleicht war Anders Nordin ja dieser Mann?

Wilmer erinnerte sich nur vage an ihn. Man hatte sich bei der Hochzeit und einigen anderen Feierlichkeiten gesehen, aber auf dem Apfelhof war immer so viel zu tun, dass es nur selten Treffen mit der ganzen Familie gab. Trotzdem war ein Eindruck haften geblieben. Anders war ein stattlicher Mann, groß und kräftig, aber mit einem Hang zum Alkohol, wenn Wilmer sich nicht täuschte. Soweit er wusste, schlug Anders sich als Künstler durch. Mit mäßigem Erfolg, aber was machte das schon? Die Familie war gut betucht. Und das Glück an der Seite eines Partners war ohnehin wichtiger als alles Geld der Welt.

Tuva lachte, aber es klang nicht froh. »Nein, Papa. Anders ist kein Mann, mit dem man leben kann. Er ist ein großartiger Liebhaber, aber sein Leben ist ein einziges Chaos.«

Wilmer sah ein, dass diese Überlegungen vollkommen unpassend waren. Sixten war schließlich erst zwei Tage tot, und noch wusste niemand, was überhaupt geschehen war. »Ich dachte nur, er könnte dich vielleicht trösten.«

Tuva knetete die Hände. »Das Problem ist, dass Anders nicht der Einzige war«, sprudelte es aus ihr heraus. »Ich wollte Sixten nicht betrügen, weißt du, aber was er mir bieten konnte, hat einfach nicht gereicht. Ich glaube, kein einzelner Mann kann mir geben, was ich brauche.« Wieder liefen ihr Tränen über die Wangen. »Ich wollte nicht, dass Sixten stirbt. Ich habe ihn doch geliebt. Ich wollte, dass wir glücklich sind.«

Wilmer hatte plötzlich ein ganz ungutes Bauchgefühl. Hatte Sixtens Tod womöglich etwas mit Tuva und ihren Liebschaften zu tun?

Er wagte es nicht, nachzufragen. Lieber nahm er seine Tochter wieder in den Arm, legte seine Hand auf ihr weiches Haar und drückte ihren Kopf an seine Schulter. Sie würde sein schnell schlagendes Herz hören, aber zumindest würde sie nicht die schlimmen Gedanken sehen, die sich zweifellos in seinem Blick spiegelten.

Es gab Dinge, an die man besser nicht rührte. Hier auf dem Apfelhof war die Welt noch in Ordnung, und so sollte es auch bleiben.

22

Sie hatte den Kampf verloren, das wusste sie. Das Einzige, was sie noch hatte tun können, war, die Zukunft von Nordins Schiffs- und Bootsbau *zu sichern.*

Halvar hatte ihr geraten, die Firma zu verkaufen. Noch standen sie gut da. Die Auftragsbücher waren voll, die Kunden lobten die hervorragende Arbeit. Sie würden einen guten Preis für das Unternehmen erzielen, mit dem sie viele Annehmlichkeiten für Astrids letzte Jahre finanzieren könnten, hatte Halvar argumentiert. Er hatte ein paar alternative Behandlungsansätze aufgetan, die allesamt eine Eigenfinanzierung verlangten. Und er wollte mit ihr reisen, solange sie es noch konnte. Ihr Leben lang hatte sie sich für den Familienbetrieb aufgeopfert und nur wenig von der Welt gesehen. Er wollte, dass sie noch ein paar schöne Erinnerungen sammelte, von denen sie zehren konnte, wenn sie in näherer Zukunft nur noch im Rollstuhl sitzen oder im Bett liegen würde.

Aber sie wollte das nicht. Zu wissen, dass sie verloren hatte, war eine Sache; es sich einzugestehen, eine andere. Sie saß zwar nicht mehr an ihrem Schreibtisch, aber sie hielt immer noch die Fäden in der Hand.

Sixten hatte sie unterstützt. Im Gegensatz zu Halvar war er überzeugt davon, die Werft auch allein leiten zu können.

Astrid hatte zwischen Stolz und Zweifel geschwankt. Es gefiel ihr, dass ihr stiller und bescheidener Sohn endlich den Mund aufgemacht und Forderungen gestellt hatte. Aber was, wenn Halvar recht behielt und Sixten scheiterte? Dann wäre ihr Lebenswerk vernichtet, und sie hätte trotzdem nichts, um sich die letzten Jahre erträglich zu gestalten. Das Schreckgespenst der Insolvenz schwebte vor ihrem geistigen Auge.

Weit hergeholt – oder vielleicht doch naheliegender, als sie ahnte?

Sie hatte die Leitung der Werft in den letzten Monaten Stück für Stück an Sixten abgegeben. Wusste Halvar womöglich Dinge über seine Geschäftsführung, von denen sie nichts mitbekommen hatte? Oder war er in Wirklichkeit nicht fürsorglich, sondern nur eigennützig? Oder eifersüchtig auf seinen Stiefsohn?

Sie hatte lange darüber nachgedacht, ehe sie ihr Testament errichtet hatte. Viel früher als geplant. Wer hätte geahnt, dass sie schon mit Anfang fünfzig den Stab würde weitergeben müssen? Sie hatte Sixten die Geschäfte übertragen und ihn als Alleinerben eingesetzt, trotz der Bedenken, die Halvar geäußert hatte. Sixten fehle die Erfahrung und das Rückgrat, auch mit schwierigen Verhandlungspartnern zurechtzukommen, hatte er gesagt. Aber ihr Sohn würde in die Rolle hineinwachsen.

Sie wusste, dass sie Halvar damit vor den Kopf gestoßen hatte. Aber er kümmerte sich seit Jahrzehnten nur um die praktischen Dinge. Seine Talente lagen in der Planung und im Bootsbau. Natürlich hatte er genau wie Sixten und sie selbst Betriebswirtschaft studiert, aber er besaß nicht den Ehrgeiz der Nordins. Und man musste auch bedenken, dass ein Teil von dem, was sie Halvar vermachte, eines Tages seinem Sohn Lasse in die Hände fallen würde. Dass dieser Taugenichts womöglich Aktien von Nordins Schiffs- und Bootsbau *besaß, widersprach jedem ihrer Grundsätze. Genau wie Anders war er in keiner Weise geeignet, die Geschicke der Werft zum Wohle des Unternehmens zu leiten.*

Halvar war gekränkt gewesen, aber er würde sich damit abfinden. Er war ein Mensch, der sich dem Schicksal fügte. Während ihrer gesamten Ehe hatte er keine Ansprüche gestellt. Er war zufrieden mit dem, was er hatte. Er bekam ein gutes Gehalt, und er durfte bis an sein Lebensende in der Villa wohnen. Diese Klausel hatte sie im Testament eingefügt, ebenso wie die großzügige Leibrente, die er nach seinem Ausscheiden aus der Firma bezie-

hen sollte. Schließlich wollte sie nicht, dass er sie im Stich ließ, auch wenn ihre eigene Zukunft an zweiter Stelle stand.

Das Wichtigste war, dass die Werft im Familienbesitz blieb, und das bedeutete, dass jemand an der Spitze stand, in dessen Adern Nordin-Blut floss. Das galt außer für sie selbst und ihren Vater nur für Sixten und Anders, und ihr jüngerer Sohn war aus naheliegenden Gründen nicht geeignet. Auch er würde nach ihrem Tod eine großzügige Rente beziehen, aber keine Anteile an der Werft erhalten. Halvar besaß immerhin die zehn Prozent, die er zur Hochzeit bekommen hatte, und damit hatte er auch eine Stimme in der Geschäftsführung. Genug, um ihn an sie zu binden, aber zu wenig, um einsame Entscheidungen zu treffen.

Dass Halvar ernsthaft das Angebot der Chinesen in Betracht gezogen hatte, hatte sie entsetzt, auch wenn seine Motive selbstlos und edel gewesen sein mochten. Er wollte, dass sie den Rest ihres Lebens genoss, doch aus Astrids Sicht waren das die falschen Prioritäten. Die Werft kam immer an erster Stelle. Persönliche Schicksale waren nachrangig.

Sie hatte sich die Entscheidung nicht leicht gemacht, aber sie hatte auch gewusst, dass sie die Sache nicht auf die lange Bank schieben durfte. Man wusste nie, wann der nächste Schub kam und was er anrichtete. Das Testament hatte errichtet werden müssen, solange sie noch dazu in der Lage und im Vollbesitz ihrer geistigen Kräfte war. Ein Kapitän ging nicht von Bord, wenn das Schiff nicht im sicheren Hafen war, und dasselbe galt auch für die Besitzerin einer Werft.

Frederik sah dem Rettungswagen hinterher, der über den Schotterweg vor dem ehemaligen Bootshaus davonfuhr. Die Holzskulpturen mit den verzerrten Gesichtern im Garten schienen ihm nachzuwinken. Die seltsamen Installationen aus Holz, Metall und alten Schiffsteilen schepperten im Wind. Über allem hing eine schwere schwarze Wolkendecke, und das Meer auf der anderen Seite des Hauses wirkte aufgewühlt und gefährlich. All dies spiegelte seine innere Befindlichkeit wider, das war Frederik bewusst.

Er nahm sein Smartphone zur Hand und rief Birger an, um ihn über die aktuelle Entwicklung des Falls in Kenntnis zu setzen und ihn zu bitten, seine Kollegen und ein Team der Spurensicherung herzuschicken. Anders war ein Gewohnheitstrinker, und er hatte offenbar nicht mehr als diese eine Flasche Schnaps geleert. Zu wenig für einen Alkoholiker, um daraufhin ins Koma zu fallen.

Außerdem war Lasse Hansson kurz zuvor hier gewesen und hatte einen Scheck mitgenommen, den offenbar Astrid Nordin ausgestellt hatte. Das war zumindest rätselhaft und verlangte nach Aufklärung.

»Wir machen alles so, wie du es vorschlägst«, sagte Birger. »Ich benachrichtige die Spurensicherung und sage Torvald Bescheid, dass er sich mit den Kollegen im Sahlgrenska in Verbindung setzen soll, die sich um Anders Nordin kümmern.«

»Sehr gut.« Frederik wusste, dass es oft nicht so war, aber mit Birger Holm hatte er einen Vorgesetzten, der mitdachte. »Je schneller wir eine rechtsmedizinische Einschätzung haben, desto besser.«

Birger ging nicht darauf ein, er war ein bescheidener Mann. Seinen Job hatte er nicht, weil er unbedingt nach oben gewollt hatte, sondern weil er gut war. Erfolg und Macht spielten für ihn keine Rolle. Sein Interesse galt den menschlichen Schicksalen.

»Hast du etwas von Lea gehört?«, erkundigte er sich.

Frederik knirschte mit den Zähnen. Er hatte Birger berichtet, dass Emma für den Rest der Woche bei der neuen Lebensgefährtin seines Vaters in Sälvik war. Frederik hatte ihm auch erzählt, dass er Lea darüber informiert, bisher jedoch keine Reaktion erhalten hatte. Die Sorge darüber hatte er beiseitegeschoben, aber Birgers Frage beförderte sie mit Wucht zurück in den Vordergrund. »Nein.«

»Das tut mir leid. Sag mir, wenn ich irgendetwas tun kann.«

Frederik atmete langsam und bewusst ein und aus, damit der Druck in seinem Brustkorb nachließ. »Niemand kann etwas tun«, sagte er dann. »Arvid ist ihr Mann, und solange sie ihn nicht anzeigt, gibt es keine Handhabe, sie dort herauszuholen. Auch wenn es mich fast zerreißt.«

»Glaub mir, ich fühle mit dir«, versicherte Birger.

Frederik bedankte sich, und die beiden Männer verabschiedeten sich. Frederik warf erneut einen Blick auf sein Smartphone, doch es gab noch immer keine Nachricht von Lea. Frustriert steckte er das Gerät zurück in die Tasche und ging ans Meer. Er setzte sich auf einen flachen Felsen, schlang die Arme um die Knie und schaute über das Wasser, das im immer gleichen Rhythmus aufs Land rollte.

Das Meer half ihm, zur Ruhe zu kommen, und erst in diesem Augenblick ging ihm auf, wie verwunderlich das im Grunde war. Schließlich war seine Mutter ins Wasser gegangen und hatte sich ertränkt, und ausgerechnet er war es gewesen, der ihren Leichnam gefunden hatte. Aber selbst dieser Schrecken hatte all das Positive, das seit seiner Kindheit mit dem Meer verbunden war, nicht zerstören können. Er hatte noch nie mit Mats darüber gesprochen, aber wenn sich eine Gelegenheit ergab, würde er es tun.

Frederiks Gedanken schweiften für einen Moment ab, zu seinen Großeltern in Kiel, die er schon viel zu lange nicht besucht hatte. Sie würden nicht mehr ewig da sein. Frederik nahm sich vor, bei nächster Gelegenheit zu ihnen zu fahren.

Hinter ihm erklang ein schwerer Motor, und Frederik hörte das Geräusch von Reifen auf dem Kies.

Langsam stand er auf und ging zum Haus, vorbei an dem Bootssteg, an dem Anders' rot lackierter Hochleistungsjetski lag.

Er selbst konnte sich nicht recht fürs Jetskifahren begeistern. Bevor er es ausprobiert hatte, hatte er gemeint, es sei wie Motorradfahren, nur rasanter und freier, doch mittlerweile wusste er, dass es vor allem unkomfortabel war. Die Gischt spritzte einem beim Fahren die ganze Zeit ins Gesicht, und das Fahrzeug schlug hart auf jeden Wellenkamm und gab den Schlag an den Fahrer weiter. Da war ihm sein Motorroller lieber, der wie auf Wolken dahinglitt, auch wenn er beim Fahren auf die Straße achten musste und nicht einfach kreuz und quer umherkurven konnte.

Auf dem Schotterweg tauchte ein brauner Volvo XC 70 auf, einer der zahlreichen Allradkombis, die in den letzten Jahren als Dienstfahrzeuge für die schwedische Polizei angeschafft worden waren. Er stoppte vor dem Haus, und Göran und Viveka stiegen aus. Für eine Sekunde zauberte der Anblick der beiden ein Lächeln auf Frederiks Lippen, weil sie ein so ungleiches Paar waren, Viveka elegant und wie aus dem Ei gepellt, Göran behäbig und ein wenig verlottert in seiner abgetragenen Kleidung. Dann gewann die Sorge um Anders Nordin wieder die Oberhand.

Er begrüßte die beiden und erklärte ihnen, dass sie auf die Spurensicherung warten und die Kollegen einweisen sollten. Er selbst wollte ins Sahlgrenska und nach Anders sehen.

Zwei Minuten später saß er auf seinem Motorroller und beschleunigte weit über die zulässige Höchstgeschwindigkeit hinaus. Es war früher Abend, und auf den Straßen war kaum Verkehr. Solange die Sommersaison noch nicht begonnen hatte und keine Touristen unterwegs waren, kam man hier für gewöhnlich gut voran. Im Sommer dagegen staute sich der Verkehr meist in alle Richtungen.

Frederik passierte Björlanda und Östergärde und wechselte dort auf den Hisingsleden, die Schnellstraße, die direkt nach Göteborg führte. Er wurde erst langsamer, als er die Älvsborgsbron erreichte, die große Brücke, die eine Verbindung zwischen der Insel Hisingen und dem auf dem Festland liegenden Teil Göteborgs herstellte. Er nahm den Weg am Wasser entlang, vorbei am Anlegeplatz der großen Fähren, die unter anderem nach Kiel fuhren. Ein Stück dahinter bog er nach rechts in Richtung Nilssonsberg ab und erreichte kurz darauf das Gelände des Sahlgrenska-Krankenhauses. Trotz seiner Eile stellte er den Roller auf dem regulären Besucherparkplatz ab und lief dann zur Eingangshalle.

»Hey.« Er zeigte dem Pfleger am Empfang seine Polizeimarke. »Ich bin Frederik Forsberg. Ich suche Anders Nordin.«

»Hey, Frederik.« Der Pfleger tippte auf der Tastatur seines Rechners. »Oh.« Er blickte hoch. »Das tut mir leid. Der Patient war bereits bewusstlos, als er hier eintraf. Wir haben versucht, ihn zu reanimieren, aber wir hatten leider keinen Erfolg.«

Frederik fühlte sich, als hätte jemand einen Kübel Eiswasser über ihm ausgeschüttet, so, wie es Anders Nordin ein paar Tage zuvor bei seinem Bruder Sixten getan hatte. »Anders ist tot?«

»Ja. Leider.«

Frederik fuhr sich über die Augen. »Kann ich den Arzt sprechen, der ihn behandelt hat?«

»Moment.« Der Pfleger griff nach dem Telefon, wählte eine Nummer und trug seinem Gesprächspartner Frederiks Anliegen vor. Dann lächelte er und bedankte sich. »Dr. Erikson kommt gleich.«

»Danke.« Frederik trat ein paar Schritte beiseite, um den Besuchern Platz zu machen, die hinter ihm warteten. Er sah sich nach einer Sitzgelegenheit um, weil er plötzlich zutiefst erschöpft war, doch in diesem Moment öffnete sich bereits eine

Glastür am anderen Ende der Halle, und ein grauhaariger Mann im weißen Kittel und mit Vollbart und Nickelbrille trat heraus. Er schaute zum Tresen, und der Pfleger deutete auf Frederik.

»Hey. Erik Erikson«, stellte der Mann sich vor, als er Frederik erreicht hatte.

Frederik reichte ihm die Hand. »Frederik Forsberg.«

Den Bruchteil einer Sekunde lächelten sie darüber, dass sie beide Namen trugen, bei denen Vor- und Nachname mit demselben Buchstaben begannen. Dann wurde der Arzt ernst.

»Anders Nordin, richtig?«, sagte er. »Herzstillstand, augenscheinlich aufgrund einer Alkoholvergiftung. Allerdings hatte ich den Eindruck, dass noch andere Substanzen im Spiel waren. Wir haben ihm den Magen ausgepumpt, aber das hat nichts mehr an seinem Zustand geändert. Wir haben eine Probe ins Labor geschickt. Die Ergebnisse sollten morgen früh vorliegen. Ich habe mich auch mit Torvald unterhalten. Der Leichnam ist schon auf dem Weg in die Abteilung für Rechtsmedizin. Torvald wird Ihnen dann Genaueres sagen können, wenn er ihn obduziert hat. Er hat Nordin gleich für acht Uhr auf den Plan gesetzt.«

»Gut.« Frederik schob den Riemen der Umhängetasche, der heruntergerutscht war, zurück auf die Schulter. »Ich habe ihn gefunden. Gibt es irgendetwas, womit ich ihn hätte retten können?«

Der Arzt musterte ihn ernst. »Die Sanitäter sagten, Sie hätten eine Herzdruckmassage durchgeführt?«

»Ja. Unmittelbar nachdem er aufgehört hat, zu atmen.«

Der Arzt nickte. »Mehr konnten Sie nicht tun. Früher hätte man vielleicht eine Mund-zu-Mund-Beatmung empfohlen oder das Herbeiführen von Erbrechen, aber heutzutage ist man sich einig, dass die Herzdruckmassage das Wichtigste ist. Sie haben vollkommen richtig gehandelt.«

»Danke.« Frederik fühlte sich erleichtert. Anders Nordins Tod lag ihm schwer auf der Seele, aber zumindest schnürte er ihm nicht mehr die Luft ab.

»Ich muss leider weiter.« Dr. Erikson deutete zur Tür der Notaufnahme und verabschiedete sich von Frederik. Dann eilte er mit wehenden Kittelschößen davon.

Frederik blieb zurück, allein zwischen den Menschen, die sich durch die Halle bewegten, manche hastig, manche gelassen, die einen mit ängstlichen oder verzweifelten, die anderen mit hoffnungsvollen Mienen.

Irgendwann schaffte er es, den Arm zu heben und einen Blick auf die Uhr zu werfen. Es war bereits kurz vor einundzwanzig Uhr.

Er würde einer schwer kranken Frau sagen müssen, dass ihr Sohn tot war, zum zweiten Mal innerhalb weniger Tage. Aber nicht mehr heute. Es reichte, wenn sie es am nächsten Morgen erfuhr. Dann wüsste er vielleicht auch schon, woran Anders gestorben war.

Frederik nahm sein Telefon und wählte Görans Nummer.

»Die Spurensicherung ist noch bei der Arbeit«, teilte ihm der Kollege mit.

»Gut. Wenn ihr durch seid, fahrt nach Hause. Die Ergebnisse besprechen wir morgen. Treffen um zehn im Konferenzraum. Bis dahin sollte Torvald mit der Obduktion fertig sein. Er hat sie für morgen früh um acht angesetzt. Ich werde dabei sein.«

Nachdem er sich verabschiedet hatte, wischte er erneut auf dem Display herum. Noch immer keine Nachricht von Lea.

Er sollte nach Hause fahren und sich ausruhen, aber die Ereignisse der letzten Tage hatten ihn aufgewühlt. Er brauchte jetzt jemanden zum Reden.

Mats Lundgren meldete sich schon nach dem zweiten Klingeln.

»Hey, hier ist Mats.« Er klang beschwingt und gut gelaunt.

»Hey, Mats. Frederik hier.«

»Frederik.« Eine winzige Pause. »Wolltest du nicht gestern anrufen?«

»Tut mir leid. Die Ereignisse haben sich überschlagen.«

»Kein Problem. Ich habe die Gelegenheit genutzt und einen Artikel geschrieben, der schon lange fertig werden sollte. Gerade eben habe ich die letzte Zeile zu Papier gebracht, und ich glaube, er ist gar nicht so schlecht geworden.«

»Also hättest du jetzt Zeit?«

Mats fragte nicht nach. Er wusste auch so, dass Frederik einen triftigen Grund haben musste, wenn er derart kurzfristig um ein Treffen bat. »Ein Burger im *Bee?*«, schlug er vor. »In einer halben Stunde?«

Frederik spürte, wie das Gewicht auf seinen Schultern leichter wurde. »Ja. Gern.«

»Schön. Dann bis gleich.« Mats legte auf.

Frederik verließ das Krankenhaus und ging den von Laternen beleuchteten Weg zum Parkplatz entlang. Es war wirklich ein Glück, einen Freund wie Mats zu haben.

Sie hatte stundenlang in der Küche gestanden, um das Essen zuzubereiten. Eine feine Krabbensuppe als Vorspeise, Rinderfilet mit brauner Sauce, selbst gemachten Nudeln und einem raffinierten Blattsalat als Hauptgang und Crème brûlée als Dessert. Dazu hatte sie einen südafrikanischen Weißwein zur Vorspeise und einen australischen Rotwein für den Hauptgang ausgesucht und den Tisch festlich gedeckt. Zum Schluss hatte sie Arvids Lieblingskleid angezogen, knielang, hauteng, silbern und mit zahllosen kleinen Pailletten besetzt, dazu die hochhackigen silbernen Pumps.

Beim Blick in den Spiegel waren ihr Tränen in die Augen geschossen, und sie hatte mehrfach das Make-up erneuern müssen. Der Anblick ihres kahl geschorenen Schädels war verstörend, und es fühlte sich auch unangenehm an. Sie spürte die kühle Luft auf der Kopfhaut. Am liebsten hätte sie sich ein Tuch umgebunden, aber Arvid wäre das sicher nicht recht. Also hatte sie versucht, den kahlen Kopf als modische Extravaganz in ihr Outfit zu integrieren. Ein Außenstehender würde ihren Anblick vermutlich als elegant beschreiben, aber sie selbst fühlte sich erbärmlich. Arvids Ziel war es gewesen, sie zu demütigen, und es war ihm gelungen.

Trotzdem setzte sie ein Lächeln auf, als er das Esszimmer betrat und erst den Tisch mit den dampfenden Schüsseln, dann sie in Augenschein nahm.

»Wie ich sehe, hast du dir Mühe gegeben«, sagte er und breitete die Leinenserviette über seine Anzughose.

Lea füllte die Suppenteller. »Ich hoffe, es schmeckt dir.«

Arvids eisblaue Augen bohrten sich in ihre. »Das hoffe ich auch.«

Er hob sein Weinglas, prostete ihr zu und trank einen Schluck. Dann nahm er den Löffel, probierte die Suppe und nickte.

Lea griff ebenfalls zum Löffel und pustete vorsichtig über die heiße Suppe.

Arvid zog die Augenbrauen zusammen. »Lass das.«

Lea schob den Löffel folgsam in den Mund und verbrannte sich die Zunge. Sie hatte noch nie so heiß essen können, ganz im Gegensatz zu Arvid. Rasch griff sie zu ihrem Weinglas, um die Hitze zu löschen.

Arvid hob den Zeigefinger.

Lea zögerte. Dann stellte sie das Glas unberührt zurück.

Arvid deutete auf ihren Teller. »Iss.«

Lea tauchte den Löffel in die Suppe und schob ihn in den Mund. Wieder brannte Hitze auf der Zunge und am Gaumen, aber sie löffelte tapfer weiter. Der Schmerz ließ nach und wich einer unangenehmen Taubheit. Das zarte Aroma des Rinderfilets würde sie vermutlich überhaupt nicht schmecken.

Arvid beobachtete sie, während er ebenfalls weiteraß. »Ich hatte heute Besuch«, sagte er. »Von einem guten Bekannten von dir.«

»So?« Lea versuchte, gelangweilt zu klingen, aber ihr Herzschlag beschleunigte sich von einer Sekunde auf die andere. Ihre Hand, die den Löffel hielt, begann zu zittern. Rasch schob sie ihn in den Mund, damit Arvid es nicht bemerkte.

»Frederik Forsberg«, sagte Arvid und sah sie lauernd an.

Lea wäre beinahe der Löffel in die Suppe gefallen. Im letzten Moment gelang es ihr, ihn festzuhalten und neben den Teller zu legen. »Was wollte er denn?«

»Er dachte, ich könnte etwas mit seinem aktuellen Mordfall zu tun haben.«

Lea fragte nicht nach. Es war ihr noch nie gut bekommen, wenn sie sich in Arvids Angelegenheiten mischte.

Arvid betrachtete sie lauernd. »War er es?«

Lea blinzelte. »Ich weiß nicht, was du meinst.«

»Der Mann, mit dem du mich betrogen hast.«

»Nein.« Lea versteckte ihre Hände unter dem Tisch, damit Arvid nicht sah, wie sehr sie zitterten. Auf keinen Fall durfte er herausbekommen, dass Frederik ihr heimlicher Geliebter war. »Wir haben uns nur gelegentlich im Theater getroffen und uns danach bei einer Tasse Kaffee über die Aufführungen unterhalten. Er ist ein sehr kulturinteressierter Mann.«

»Dasselbe hat er auch gesagt.« Arvid legte seinen Suppenlöffel ebenfalls beiseite.

Lea zwang ein Lächeln auf ihre Lippen. »Siehst du.«

Arvid griff in seine Hosentasche und holte einen kleinen, metallisch glänzenden Gegenstand hervor, den er mit einer demonstrativen Bewegung neben seinem Suppenteller platzierte.

Lea schluckte. Es war eine Pistole.

Arvid faltete die Hände auf dem Tisch. »Ich hätte jetzt gern eine Antwort. Wer war es?«

Lea hatte den gesamten Tag damit zugebracht, sich eine Ausrede zurechtzulegen. Sie hatte gewusst, dass Arvid früher oder später mit Gewalt den Namen des Mannes aus ihr herauspressen würde, von dem sie dachte, dass er Emmas Vater sein könnte, sofern Arvid es nicht war. Sie musste ihm eine Geschichte präsentieren, die glaubhaft war und mit der sie zugleich Frederik und Emma schützte.

Sie senkte den Blick und schaute auf ihre Hände. »Ich kenne seinen Namen nicht.«

Aus dem Augenwinkel sah sie, wie Arvid nach der Pistole griff, sie entsicherte und den Lauf auf sie richtete. »Du bist also mit einem wildfremden Mann ins Bett gestiegen?«

Lea hob den Kopf. »Nein. Ich bin nicht mit ihm ins Bett gestiegen. Er hat mich überfallen, als ich nach einer Theatervorstellung noch einen Spaziergang gemacht habe. Er hat mich hinter einen Busch gezerrt und sich mit Gewalt genommen, was er wollte.«

In Arvids Gesicht zuckte es. Der Mund war noch schmaler als sonst, und seine blauen Augen brannten auf ihrem Gesicht wie Laserstrahlen. Sie sah ihm an, dass er unsicher war, ob er ihr glauben sollte. Misstrauen und Wut hielten sich die Waage.

Schließlich legte er die Waffe beinahe sanft auf den Tisch zurück. »Warum hast du nichts gesagt?«

Lea biss sich auf die Lippen. »Weil … ich mich geschämt habe.«

Arvid sprang mit einer so heftigen Bewegung vom Stuhl, dass Lea erschrocken zusammenzuckte. Er griff wieder nach der Waffe, trat mit zwei Schritten auf Lea zu und umfasste ihr Kinn mit der freien Hand.

»Du hast ihn provoziert, richtig? Weil du dich angezogen hast wie eine Nutte. Wahrscheinlich hast du ihm auch noch geile Blicke zugeworfen.«

»Nein«, presste Lea hervor. Arvids Griff schmerzte und presste ihren Mund in eine Form, die das Sprechen beinahe unmöglich machte.

»Deswegen ist dieses Kind so bescheuert«, spuckte Arvid. Seine Augen sprühten vor Zorn. »Weil du einen Geistesgestörten angemacht und dich dann auch noch von ihm hast vögeln lassen.«

Lea wollte protestieren, aber Arvid drückte ihre Kieferknochen so brutal zusammen, dass sie nur unartikulierte Laute hervorbrachte.

Dann ließ er sie plötzlich los und warf die Waffe mit einer nachlässigen Bewegung auf den Tisch. Die Pistole schlitterte über die Platte, bis sie mit der Suppenschüssel zusammenstieß und liegen blieb. Arvid griff mit beiden Händen nach dem Ausschnitt ihres Kleids und zerrte daran. Der Stoff riss mit einem hässlichen Geräusch und gab den Blick auf ihre nackte Brust frei.

Arvid leckte sich die Lippen. »Aber es ist gut zu wissen«, sagte er und zerrte weiter, bis sich der Riss bis hinunter zum Saum öffnete und Leas Körper entblößt war. »Dass du es magst, wenn man dich mit Gewalt nimmt.«

Als Frederik eine halbe Stunde später vor dem *Bee* eintraf, bog Mats gerade mit seinem Fahrrad um die Ecke in den Kungstorget ein. Er schloss es sorgfältig an, ehe sie das Lokal betraten. Der Kellner wies ihnen einen ruhigen Tisch in der Ecke am Fenster zu, und sie bestellten beide ein Leichtbier, dazu Burger und Pommes. Nach Frederiks Ansicht waren die Burger im *Bee* die besten, die man in ganz Göteborg bekam.

Das Bier wurde rasch gebracht, und die beiden Männer stießen an. Mats nahm die eckige, schwarz gerahmte Brille ab, die seinem Gesicht ein ernstes und ein wenig Furcht einflößendes Aussehen verlieh – Zugeständnis an seine Arbeit mit Gewaltstraftätern. Ohne die Brille wirkte er jugendlich und ein wenig schüchtern, mit seinen halblangen blonden Haaren und den freundlichen graublauen Augen.

»Hast du eine Lösung für Emma gefunden?«, erkundigte er sich.

»Für diese Woche, ja.«

Mats legte den Kopf schief. Frederik lachte leise. Natürlich war ihm klar, dass Mats sich nicht mit einer derart vagen Antwort zufriedengab. »Lykke verbringt die Woche mit ihr und ihrer Tochter Nellie in ihrem Sommerhaus in Sälvik.«

Mats sah ihm tief in die Augen. »Wer ist Lykke?«

Frederik grinste. Er hatte die Sache absichtlich spannend gemacht. »Die zweite Frau meines Vaters.«

Mats strahlte ihn an. »Du bist zu ihm gegangen? Endlich!«

Frederik nickte. »Es war viel leichter, als ich dachte. Er trägt mir nichts nach und hat mich mit offenen Armen aufgenommen. Und seine neue Familie ist sehr nett.«

Mats hob die Hände, sagte aber nichts.

»Ja. Ich weiß.« Frederik trank einen Schluck von seinem Bier. »Das ist genau das, was du mir immer prophezeit hast.«

»Ich bin eben ein guter Psychologe.« Mats' bescheidenes Lächeln zeigte, dass er keinesfalls in Gefahr stand, abzuheben. Er wusste einfach nur, was er konnte.

»Das bist du wirklich.« Frederik sah ihn ernst an.

Mats ging nicht darauf ein. »Und was passiert nach dieser Woche?«, fragte er stattdessen.

»Ich weiß es nicht.« Frederik nickte dem Kellner dankbar zu, der ihnen die Burger samt Pommes servierte. Er breitete die

Serviette über seine Hose und griff nach dem Besteck. »Lass uns erst mal essen.«

»Hm.« Mats säbelte ein Stück von seinem Burger ab und kaute genussvoll. Er wusste, dass Frederik nicht gern redete, wenn warmes Essen vor ihm auf dem Tisch stand. Beim Frühstück oder einem Stück Kuchen unterhielt er sich durchaus, aber er konnte es nicht leiden, wenn sein Essen kalt wurde, weil ihm jemand Löcher in den Bauch fragte.

Seine Gedanken jagten indessen weiter, von Emma zu Lea und Arvid Ekström, zu Sivard und Lykke, zu seinen Großeltern in Kiel und schließlich zur Familie Nordin. So viele Fragen, und so wenige Antworten.

Nach dem Essen berichtete er Mats von seinem Fall, der ihn unvermittelt direkt zu seinem Widersacher geführt hatte, dann von Anders' Tod.

Mats bestellte Espresso für sie beide und sah Frederik eindringlich an. »Du kommst direkt aus dem Krankenhaus? Und du machst dir Vorwürfe?«

»Der Arzt sagt, es besteht kein Grund dazu. Ich hätte nichts weiter tun können. Aber trotzdem. Vielleicht hätte ich es verhindern können, wenn ich im Vorfeld aufmerksamer gewesen wäre.«

»Was genau hast du denn übersehen?«

»Ich weiß es nicht. Aber irgendeinen Hinweis muss es doch gegeben haben.«

Mats schüttelte den Kopf. »Du besitzt ein Talent, auch die Dinge zu sehen, die man vor dir verbergen will. Aber auch deine Intuition hat Grenzen.«

Frederik seufzte. »Ja. Das ist wohl so.«

»Erzähl mir von der Familie«, sagte Mats, und Frederik berichtete chronologisch, was er wusste, vom alten Werftbesitzer Gustav Nordin über den tragischen Bootsunfall vor zwanzig

Jahren bis zum Mord an Sixten Nordin. Der Kellner brachte den Kaffee, danach zwei weitere Flaschen Leichtbier.

Mats beugte sich zu Frederik vor. »Du denkst, die ganze Sache hat etwas mit der alten Geschichte zu tun?«

Frederik trank von seinem Bier und legte ebenfalls die Arme auf den Tisch. Normalerweise hielt er zu anderen Menschen lieber Distanz, aber mit Mats fühlte er sich auch wohl, wenn sie die Köpfe zusammensteckten. »Hältst du das für falsch?«

»Nein. Ich glaube, ein solches Trauma kann lange fortwirken, gerade wenn es nicht bearbeitet wird.« Mats schüttelte den Kopf. »Der arme Junge! Sein Bruder Sixten wollte ihm sicher einen Gefallen tun, indem er behauptet hat, dass er am Steuer stand und nicht Anders, aber letztlich hat er ihm damit einen Bärendienst erwiesen.«

Frederik versuchte, die Puzzleteile zu einem Bild zusammenzufügen. »Meinst du, Anders könnte seinen Bruder getötet haben, weil er genau das erkannt hat? Und anschließend hat er sich das Leben genommen, weil er mit der Schuld nicht leben konnte? Mit der alten so wenig wie mit der neuen?«

»Ausschließen kann man es nicht.« Mats betrachtete nachdenklich seine Bierflasche. »Aber es müsste etwas hinzugekommen sein. Ein Auslöser. Irgendeine neue Entwicklung. Der Unfall liegt schließlich zwanzig Jahre zurück, und die beiden Jungen von damals waren längst erwachsene Männer.« Er füllte das restliche Bier in sein Glas.

Frederik dachte darüber nach. Ihm fehlten immer noch entscheidende Informationen, so viel war sicher. Bisher wusste er ja nicht einmal, ob Anders Nordin sich das Leben genommen hatte oder ermordet worden war, und, falls Letzteres zutraf, welche Rolle Lasse Hansson dabei gespielt hatte.

»Was wird jetzt aus Emma?«, wechselte Mats das Thema. Er blickte auf die Uhr und zeigte damit, dass er den Abend langsam zu beenden gedachte, Frederik aber nicht mit dieser ungelösten Frage zurücklassen wollte.

»Ich weiß es nicht.« Frederik leerte sein Glas. »Am liebsten würde ich sie zu meinen Großeltern nach Kiel bringen. Sie haben mir eine wunderbare Kindheit und Jugend bereitet, und Emma wäre außer Ekströms Reichweite. Aber die beiden sind schon alt.«

Mats, der mit den Umständen vertraut war, nickte. »Also solltest du mit deinem Vater darüber sprechen, meinst du nicht? Er hat doch eine neue Familie?«

»Ja. Sie sind alle sehr nett, und Emma würde sich bei ihnen vermutlich wohlfühlen. Aber ich weiß nicht, ob es sicher genug ist. Für Ekström wäre es ein Leichtes, sie dort aufzuspüren, und das könnte nicht nur für Emma, sondern auch für Sivard und seine Familie böse Folgen haben.«

Der Psychologe lehnte sich auf seinem Stuhl zurück. »Das würde sich vermutlich ändern, wenn die Frage der Vaterschaft geklärt ist. Ich könnte mir vorstellen, dass Ekström das Interesse verliert, wenn sich herausstellt, dass Emma nicht seine Tochter ist.«

Frederik dachte, dass Mats vermutlich recht hatte, auch wenn Emma natürlich weiterhin Ekströms Druckmittel gegen Lea blieb. Aber Ekström hatte bisher erfolgreich alle strafrechtlichen Konsequenzen seines kriminellen Handelns unterbunden und würde nicht wegen eines Verbrechens aus persönlichen Motiven ins Gefängnis wandern wollen, nachdem er mit seiner Waffenschieberei erfolgreich davongekommen war. Wahrscheinlich würde er sich damit begnügen, Lea zu drohen, aber Emma nicht wirklich etwas antun. Zumindest konnte man das hoffen.

»Das Testergebnis liegt noch nicht vor.«

Mats winkte dem Kellner, um zu zahlen. »Du könntest selbst einen Test veranlassen, oder nicht?«

»Ja.« Frederik scheute immer noch davor zurück. Er liebte Emma so sehr. Wenn sie nicht seine Tochter war, wollte er es gar nicht wissen.

Mats gab dem Kellner seine Kreditkarte und unterschrieb auf dem Display des Kartenlesegeräts.

»Hey«, sagte Frederik, der ganz in Gedanken versunken gewesen war. »Ich wollte dich einladen.«

Mats blinzelte ihm zu und erhob sich. »Zu spät. Beim nächsten Mal vielleicht.«

Frederik stand ebenfalls auf und zog sein Jackett an.

Draußen umarmten sich die beiden Männer kurz, und Frederik sah zu, wie Mats sein Rad aufschloss.

»Danke«, sagte er. »Es hat gutgetan, mit dir zu reden.«

»Das freut mich.« Der Psychologe schwang sich auf den Sattel und trat in die Pedale. »Melde dich, wenn du deinen Fall gelöst hast. Ich will wissen, wer der Täter war.«

»Das mache ich.« Frederik winkte ihm nach, bis das rote Rücklicht hinter der nächsten Häuserecke verschwunden war.

Dann ging er zu seinem Roller.

Mats hatte etwas sehr Wichtiges gesagt.

Jedes Handeln brauchte nicht nur ein Motiv, sondern auch einen Auslöser.

Welcher mochte das im Fall Nordin gewesen sein?

23

Torvald Hedlund, sein Kollege und der Obduktionsassistent begannen mit der äußeren Inaugenscheinnahme. Sie dokumentierten sämtliche Verletzungen an Anders Nordins Körper. Frederik, der an der Wand des Obduktionssaals lehnte, machte sich im Geist Notizen, während Torvald in das Mikrofon sprach, das über dem Sektionstisch hing.

Nasenbeinbruch, angebrochene Rippen, Hämatome am ganzen Körper, doch keine diese Verletzungen war lebensgefährlich, und alle waren ein bis zwei Tage alt.

»Er ist von zwei Geldeintreibern zusammengeschlagen worden«, erklärte Frederik fürs Protokoll.

Torvald sah den toten Mann auf dem Tisch mitleidig an. Er drückte einen Knopf am Mikrofon und unterbrach die Aufnahme. »Schade, wenn jemand sein Leben so wegwirft«, sagte er, ehe er den Mitschnitt weiterlaufen ließ.

»Keine Hinweise auf eine gewalttätige Auseinandersetzung unmittelbar vor Eintritt des Todes«, diktierte er dann in sachlichem Ton weiter. »Wir gehen zunächst von einer Alkoholvergiftung aus.« Wieder stoppte er die Aufnahme und sah zu Frederik. »Wir warten noch auf die Ergebnisse aus dem Labor.«

Frederik nickte nur knapp. Der bevorstehende Teil der Obduktion brachte ihn jedes Mal an seine Grenzen. Er musste sich konzentrieren, um die Sache professionell durchzustehen.

Torvald sparte sich weitere Bemerkungen und nahm ruhig und effizient die Leichenöffnung vor. Sein Kollege unterstützte ihn dabei. Der Obduktionsassistent trug die Schalen mit den entnommenen Organen zur Waage und notierte die Ergebnisse auf der großen Tafel an der Wand.

»Der Zustand der Organe weist auf einen über Jahre andauernden Alkoholabusus hin«, diktierte Torvald und wandte sich an Frederik. »Wie viel hat er vor seinem Herzstillstand getrunken?«

»Eine Flasche Schnaps«, sagte Frederik. »Soweit ich das erkennen konnte jedenfalls.«

»Das passt«, vermeldete der Obduktionsassistent. »Der festgestellte Blutalkohol bei Einlieferung lag bei drei Komma acht Promille.«

Torvald wiegte den Kopf. »Das wäre viel für jemanden, der kein gewohnheitsmäßiger Trinker ist, und würde vermutlich für eine Alkoholvergiftung ausreichen, aber ein Alkoholiker dürfte daran nicht sterben. Nicht, wenn er so jung und kräftig ist wie dieser Mann hier.« Er nickte dem Obduktionsassistenten zu. »Ruf doch mal im Labor an. Vielleicht haben sie den Mageninhalt schon analysiert.«

Der Assistent ging zum Telefon, das an der Wand des Obduktionssaals hing, und tippte eine Nummer ein. Nach einem kurzen Wortwechsel beendete er das Gespräch.

»Er hatte nicht nur den Alkohol im Blut, sondern auch eine Überdosis eines Schmerzmittels.« Er nannte den Namen des Präparats. »Sie schicken uns die Analysedaten runter.«

Torvald hob die Augenbrauen. »Das ist ein Medikament für Patienten mit starker Schmerzsymptomatik. Meistens wird es bei Migräne verschrieben.«

Frederik beschlich ein böser Verdacht. »Oder bei MS?«

Torvald sah ihn interessiert an. »Das lässt sich nicht pauschal sagen. Die Verläufe sind unterschiedlich. Einige MS-Patienten haben überhaupt keine Schmerzen, bei anderen führen die Nervenentzündungen dazu, dass das ganze System verrücktspielt.«

Der Assistent aktivierte den Rechner, der auf einem Tisch in der Nähe der Tür stand, und auf dem Bildschirm erschienen die

Laborbefunde. Torvald trat an das Gerät und betrachtete die Grafiken.

»Ja. Das Ergebnis ist eindeutig. Todesursächlich war in diesem Fall zweifellos der Cocktail aus Alkohol und dem Schmerzmittel, der zu multiplem Organversagen geführt hat.«

Torvald zog die Latexhandschuhe von den Fingern und blickte Frederik scharf an. »Um es noch einmal in aller Deutlichkeit zu sagen: Du hättest ihn nicht retten können. Auch dann nicht, wenn du eine halbe Stunde früher vor Ort gewesen wärst. Die Analyse des Stoffwechsels zeigt, dass er die Substanzen mindestens eine Stunde vor seiner Einlieferung ins Krankenhaus zu sich genommen hat. Die Giftstoffe waren bereits in den Blutkreislauf gelangt. Selbst wenn man ihn sofort gefunden hätte, wäre es mit ziemlicher Sicherheit bereits zu spät gewesen. Die Dosis war absolut toxisch, und dieses Präparat wird sehr rasch resorbiert.«

»Okay. Danke.« Frederik sah zu, wie Torvalds Kollege den Brustkorb des Toten mit groben Stichen wieder verschloss. »Dann sind wir hier fertig?«

Torvald nickte. »Wir schicken dir den Bericht. Ich hoffe, du findest heraus, was passiert ist.«

Frederik verabschiedete sich von dem Rechtsmediziner und seinen Kollegen und ging durch die langen Flure ins Freie. Als er endlich vor der Tür des Krankenhauses stand, atmete er tief durch.

Die erste Hürde war geschafft, doch der Besuch, der ihm nach der Teambesprechung bevorstand, würde kaum leichter werden.

Die Wut verlieh ihr Kraft. Ihre Schritte waren fester als sonst, und die Krücken waren beinahe nur Requisite. Sie nahm sie beide in die linke Hand, um mit der rechten an die Tür zu hämmern.

»Anders? Hier ist deine Mutter. Ich will mit dir reden.«

Sie wartete, doch von drinnen war kein Geräusch zu hören.

Wahrscheinlich lag ihr Sohn noch im Bett. Als Künstler brauchte er kein geregeltes Leben zu führen. Durchgesoffene Nächte waren bei ihm keine Seltenheit, das wusste sie. Aber sie hatte nicht die Geduld zu warten, bis er seinen Rausch ausgeschlafen hatte.

Sie drückte die Klinke hinunter und öffnete die Tür. Dann blieb sie verwundert stehen.

Der große Raum, in dem Anders lebte und arbeitete, war genauso chaotisch wie immer, und doch war irgendetwas anders. Als hätte jemand das Chaos geordnet. Die leeren Flaschen standen in einer Reihe auf dem Tisch, die Kleidungsstücke, die über der Sessellehne hingen, waren glatt gestrichen, die Werkzeuge neben der knienden Skulptur lagen in gleichmäßigen Abständen nebeneinander.

Hatte ihr Sohn eine neue Freundin?

Astrid ging weiter zur Schlafzimmertür und zog sie auf. Es war mühsam, weil das verquollene Holz über den Boden schrammte und Widerstand leistete, aber schließlich gelang es.

Das Bett war leer, die Decke lag akkurat gefaltet darauf. Von Anders keine Spur.

Astrid spürte, wie sich ihr Puls beschleunigte. Irgendetwas stimmte hier nicht.

Sie kehrte ins Wohnzimmer zurück und warf einen Blick in das kleine Bad, doch auch dort war niemand.

Astrid verließ das Haus wieder.

Anders' Jetski lag am Steg, sein alter, verrosteter Volvo stand auf dem Weg. Andere Fortbewegungsmittel besaß er nicht. Sollte er etwa beschlossen haben, sein Leben umzukrempeln, und machte gerade einen Spaziergang? Falls ja, konnte sein Ziel nur die Werft sein.

Vielleicht hatte er ja eingesehen, dass er einen Fehler gemacht hatte?

Astrid lachte auf.

War sie wirklich so naiv? Anders würde sich niemals ändern.

Manche Wünsche gingen eben nicht in Erfüllung. Die Dinge, die man selbst in der Hand hatte, konnte man steuern, aber in diesem Fall war sie machtlos.

Sie ging zurück zum Wagen und merkte, wie die Schwäche zurückkehrte. Als sie auf den Fahrersitz sank, fühlte sie sich erschöpft.

Eine Weile saß sie einfach nur da und schaute über das Kattegat. Die Wolken vom Vortag hatten sich verzogen. Das Meer lag blau und verheißungsvoll in der Morgensonne.

Genau wie damals, an diesem schrecklichen Sommersonntag vor zwanzig Jahren.

Frederik schrieb den Namen des Arzneimittels an das Whiteboard im Konferenzraum.

»Anders Nordin hatte eine erhebliche Menge Alkohol im Blut, drei Komma acht Promille, aber es war diese Substanz, die einen tödlichen Cocktail daraus gemacht hat. Das Medikament ist verschreibungspflichtig.« Er wandte sich an Hedda, die er schon vom Sahlgrenska-Krankenhaus aus angerufen hatte. »Hast du herausgefunden, ob man Anders Nordin dieses Präparat verschrieben hat?«

Hedda zog einen Zettel aus ihren Unterlagen. »Ich habe mit der Krankenversicherung telefoniert. Anders hatte einen Hausarzt, den er aber selten aufgesucht hat, das letzte Mal vor mehr als einem Jahr. Es sind keine Rezepte abgerechnet worden, weder für ein Schmerzmittel noch für irgendetwas anderes.«

»Also hat er es sich auf andere Weise besorgt«, sagte Göran und nahm sich eine Zimtschnecke von dem großen Teller, der in der Tischmitte stand. »Ich meine, die Sache ist doch eindeutig, oder nicht? Sixten wollte ihm das Geld nicht geben, das Anders dringend brauchte, um seine Außenstände zu begleichen. Oder es ging um die Frau, Tuva.« Göran blätterte mit der freien Hand in den Papieren, die vor ihm auf dem Tisch lagen. »Die Kriminaltechnik hat den Bericht geschickt. Das Wasser in Sixten Nordins Lunge passt zu der Probe aus dem Dock in der Nordin-Werft. Selber Salzgehalt, identischer Algentyp, und die Rostpartikel weisen dieselbe chemische Struktur auf.« Göran breitete die Arme aus. »Anders hatte Motiv, Mittel und Gelegenheit. Er hat seinen Bruder ermordet, aber dann konnte er mit der Schuld nicht leben. Deswegen hat er sich umgebracht. Oder vielleicht wollte er auch einfach Ekströms Schlägern zuvorkommen.«

Anna und Viveka nickten. Hedda sah Frederik fragend an. »Astrid Nordin hat MS, oder nicht? Vielleicht hat man ihr dieses Mittel verschrieben.«

Frederik schlug sein Notizbuch auf. »Ich werde sie fragen«, sagte er. »Aber ich glaube nicht, dass es Selbstmord war.«

Vivekas weiß lackierte Nägel strichen durch ihre langen blonden Haare. »Hast du dafür auch einen Beweis, oder ist das nur dein Bauchgefühl?«

Die Provokation war kaum zu überhören, doch Frederik ging darüber hinweg. »Ich habe mit ihm gesprochen, als er im Sterben lag. Er hat bestritten, Sixten getötet zu haben. Stattdessen hat er sich für den Tod seines Vaters verantwortlich gefühlt.« Er berichtete, was ihm Anders erzählt hatte.

»Dann hat er sich eben deswegen umgebracht«, meinte Viveka.

Frederik nickte. »Das wäre eine Möglichkeit. Aber wir sollten auch andere Erklärungen in Erwägung ziehen.«

»Er hat am Steuer gestanden? Ein zehnjähriger Junge?« Göran runzelte die Stirn. »Warum denn das? Ich dachte, Halvar hätte Sixten das Ruder übergeben? Nicht, dass ein Zwölfjähriger eine so viel bessere Wahl wäre, aber Sixten war doch wohl schon etwas reifer. Warum hat er seinen jüngeren Bruder ans Steuer gelassen?«

»Das werden wir wohl nie erfahren«, erwiderte Frederik. »Es ist keiner mehr da, den wir fragen könnten.«

Für einen Augenblick legte sich bedrücktes Schweigen über den Raum. Eine halbe Familie war ausgelöscht worden. Drei Mitglieder der Familie Nordin waren auf unnatürliche Weise ums Leben gekommen.

»Du meinst also, jemand hat Anders Nordin das Präparat heimlich in den Schnaps getan?«, meldete sich Anna schließlich zu Wort.

»Wir können es jedenfalls nicht ausschließen.«

»Aber wer?« Anna runzelte die Stirn. Sie erhob sich und kam zu Frederik an die Tafel. Er bemerkte, dass sie das rechte Bein immer noch leicht nachzog. An einen gemeinsamen Außeneinsatz war wohl so bald nicht zu denken.

Anna betrachtete die Fotos, die sie an die Tafel geheftet hatten.

Frederik deutete auf das Bild von Lasse Hansson. »Anders hat behauptet, dass Lasse bei ihm war, bevor ich gekommen bin. Er sagte, Lasse hätte einen Scheck mitgenommen, den Anders von seiner Mutter bekommen hatte. Angeblich hat Lasse ihn erpresst.«

Viveka betrachtete ihre langen Fingernägel. »Womit denn?«

»Das konnte er mir nicht mehr sagen.« Frederik biss die Zähne zusammen. Der Moment, in dem Anders ihm entglitten war, stand ihm deutlich vor Augen.

Anna nahm einen Stift und malte einen roten Kreis um Lasses Foto. »Er ist aber nicht der Einzige mit einem Motiv für den Mord an Anders.«

»Wer denn noch?« Göran zog den Teller von der Tischmitte zu sich heran und nahm sich ein paar Kekse.

Anna hielt den Stift hoch. »Sixtens Frau Tuva. Weil sie herausgefunden hat, dass Anders ihren Mann Sixten getötet hat. Oder seine Mutter, aus demselben Grund. Also, wegen Sixten, meine ich.« Sie malte auch um Tuvas und Astrids Fotos jeweils einen roten Kreis.

»Aber Astrid ist krank. Wie soll sie einen Mord begehen?«, wandte Hedda schüchtern ein.

»Man braucht keine Kraft, um jemandem ein Schmerzmittel in den Schnaps zu kippen. Das vermag auch eine schwer kranke Frau.«

Frederik hätte einiges dazu sagen können, hielt sich aber zurück. Er war froh, dass die Mitglieder seines Teams sich engagierten und miteinander diskutierten. Das hatte es bisher nur selten gegeben.

»Was ist mit Halvar?« Göran hob den Zeigefinger, an dem noch Kekskrümel hafteten. »Vielleicht geht es ihm um das Erbe, dann musste er den zweiten Sohn ebenfalls ausschalten.«

Anna nickte. »Du hast recht.« Sie zog auch um Halvars Foto einen roten Kreis.

Frederik betrachtete die Grafik nachdenklich. »Wir müssen herausfinden, wer von diesen Personen Zugriff auf das Medikament gehabt hat.« Er sah Hedda fragend an.

»Das kann ich übernehmen.« Sie lächelte schüchtern.

»Außerdem sollten wir klären, ob es ein Testament gibt, in dem Anders bedacht wird, und wir müssen mit jedem der vier sprechen.« Er wies auf die rot eingekreisten Fotos und blickte dann die Kollegen der Reihe nach an.

Hedda wollte nicht hinaus, Anna durfte es nicht. Blieben also Göran und Viveka, was die Entscheidung leicht machte.

»Viveka, du fährst zu Tuva Nordin. Göran, du kümmerst dich um Lasse. Anna klärt die Erbschaftsfrage, und ich übernehme Astrid und Halvar.«

Die Kollegen erhoben sich und machten sich an die Arbeit. Hedda räumte den Tisch ab und stellte das Geschirr in die Spülmaschine.

Frederik blieb noch einen Moment vor dem Whiteboard stehen, um sich zu sammeln. Es würde für alle ein Schock sein, von Anders' Tod zu erfahren, doch die Eltern würde es am härtesten treffen.

Halvar stand am Fenster und schaute hinaus in den Garten.

Es hatte keinen Sinn, er musste mit Astrid reden. Ihr die Wahrheit sagen.

Anders' Versuch, ihn zu erpressen, hatte ihm bewusst gemacht, dass es so nicht weitergehen konnte.

Er konnte nicht mit Astrid leben, wenn diese Lüge zwischen ihnen stand. Und er konnte sich auch nicht von ihr trennen. Die schwere Krankheit kettete sie aneinander. Auch wenn er sich alles einmal ganz anders vorgestellt hatte, er würde für sie da sein, solange sie lebte.

Auf dem Weg tauchte ihr umgebauter Golf auf und hielt gleich darauf vor dem Haus. Halvar eilte die Treppe hinunter, öffnete die Haustür und ging ihr entgegen.

Sie sah blass aus, und ihre Kraft schien kaum noch auszureichen, sich auf den Krücken zu halten. Halvar griff ihr unter die Arme und stützte sie.

Er führte sie ins Haus, nahm ihr den Mantel ab und hielt ihre Hände, damit sie sich in dem bequemen Sessel im Wohnzimmer niederlassen konnte. Dann half er ihr aus den Schuhen und brachte Mantel und Schuhe in den Flur. Er nahm ihre Hausschuhe aus dem Regal und streifte sie über Astrids Füße. Flüchtig dachte er daran, wie sehr sie es früher genossen hatte, wenn er ihr die Fußsohlen massierte. Jetzt spürte sie es kaum noch, egal, wie fest er drückte.

»Setz dich.« Astrid wies mit einer herrischen Geste auf den Sessel am Fenster.

Halvar nahm Platz, strich die schwarze Stoffhose glatt und rückte die Krawatte zurecht.

»Ich wollte mit Anders sprechen, aber er ist nicht zu Hause. Der Jetski und das Auto sind da, aber von ihm fehlt jede Spur. Und irgendetwas ist anders. Als hätte jemand aufgeräumt.«

Halvar faltete die Hände. »Ich glaube, Anders steckt in Schwierigkeiten.«

»So?« Astrids Augen richteten sich auf ihn, das Nordin-Blau wie ein Laserstrahl.

Halvar hielt ihrem Blick stand. »Er hat versucht, mich zu erpressen.«

»Aha? Womit denn?«

Halvar nahm seinen ganzen Mut zusammen. Er hätte sich lieber davor gedrückt, aber er musste diesen Weg jetzt gehen.

»Ich habe mit Tuva geschlafen.« Er hob die Hände. »Ich weiß, dass es nicht richtig war. Aber die Ereignisse der letzten Tage ... Ich stand so unter Druck, und Tuva hat Trost gesucht ...« Er merkte, wie schwach seine Argumente waren, und verstummte.

Astrid lachte bitter. »Das müssen die Gene eurer Eltern sein, anders kann ich es mir nicht erklären. In meiner Familie achtet man auf Anstand und Moral, aber bei Anders und dir hat wohl das Erbe der Arbeiterschicht durchgeschlagen.«

Halvar knirschte mit den Zähnen. »Rut und Emil waren rechtschaffene Menschen.«

»Woher kommt es dann? Dass ihr so auf Abwege geraten seid, Anders und du? Von deinem missratenen Sohn gar nicht zu reden.«

Halvar blickte sie fest an. »Ich denke, das weißt du.«

Astrids Wut fiel in sich zusammen, und er bemerkte einen feuchten Schimmer in ihren Augen.

»Keinen von uns hat dieser Tag unberührt gelassen«, fuhr er fort. »Wir sind nur auf unterschiedliche Weise damit umgegangen.«

Astrid hatte sich bereits wieder im Griff. Das war ihre Strategie, die stählerne Härte, mit der sie sich selbst ebenso behandelte wie andere.

»Anders hat mich ebenfalls erpresst«, sagte sie. »Aber ich habe entschieden, ihm das nicht durchgehen zu lassen. Ich habe bei der Bank den Scheck gesperrt, den ich ihm gegeben hatte.«

Halvar blinzelte verständnislos. »Womit sollte er dich erpressen?«

Astrid war eine aufrechte und geradlinige Frau. Hart und unbarmherzig im Geschäft, aber moralisch ohne Fehl und Tadel. Alles andere wäre für eine echte Nordin überhaupt nicht denkbar.

»Ich wollte nicht, dass er dir erzählt, dass ich Tuva und dich gesehen habe.«

Halvar brauchte einen Moment, um die Information zu verarbeiten. »Du hast es gewusst?«

Astrid wies zum Fenster. »Es war reichlich dumm, sie vor ihrer Haustür zu küssen. Dir muss doch klar sein, dass mein Bürofenster in diese Richtung geht.«

»Ich dachte nicht, dass du dich dort noch aufhältst.«

»Irgendjemand muss die Geschäfte der Familie jetzt in die Hand nehmen, meinst du nicht?«

»Du wolltest einen Geschäftsführer einstellen.«

Er sagte nicht, wie sehr es ihn kränkte, dass sie ihn nicht wollte. Es war nicht der richtige Zeitpunkt. Im Moment musste er froh sein, wenn sie ihm wegen seines Seitensprungs mit Tuva nicht den Kopf abriss.

»Das werde ich tun. Aber eine geeignete Person findet sich

nicht von heute auf morgen. Bis dahin werde ich selbst wieder die Werft leiten.«

»Wenn du es dir zutraust.« Halvar überlegte, wie er den Karren wieder aus dem Dreck ziehen könnte. Was erwartete Astrid von ihm?

»Es tut mir leid«, sagte er. »Das mit Tuva. Glaubst du, du kannst mir verzeihen?«

Astrid schnaubte. »Tuva ist eine Schlampe, das habe ich immer gewusst. Du bist auch nur ein Mann. Und ich ...«, sie schlug mit den geballten Fäusten auf ihre Beine, »bin in dieser Hinsicht nutzlos geworden.«

Halvar stand auf und kniete sich neben sie. Er nahm ihre Hände und hielt sie fest. »Du bist immer noch eine schöne Frau. Und ich liebe dich.«

»Du hast schon besser gelogen.«

Es hatte wohl hart klingen sollen, aber er vernahm die Sehnsucht in ihrer Stimme.

Von draußen drang das Knirschen von Rädern auf Kies herein.

Astrid hob den Kopf. »Vielleicht ist das Anders.«

Halvar erhob sich. »Ich sehe nach.«

Während er auf die Eingangstür der Villa zuging, zog er das Smartphone aus der Tasche und warf einen Blick darauf. Er wusste, dass sein Verhalten langsam zwanghafte Züge annahm, aber er konnte nicht anders. Irgendwann musste sich Lea doch melden und auf seine Nachricht reagieren, dass er Emma in Sicherheit gebracht hatte.

Doch der Posteingang war leer, und es gab auch keine verpassten Anrufe oder Nachrichten auf der Mailbox.

Frederik steckte das Handy in die Tasche und wollte auf den Klingelknopf drücken, doch die Haustür schwang bereits auf.

Halvar stand vor ihm, akkurat gekleidet wie immer und mit

einem freundlichen Lächeln auf den Lippen, aber trotzdem wirkte er anders. Wie ein Mann, der endlich akzeptiert hatte, dass sich sein größter Traum nicht erfüllen würde.

»Kommissar Forsberg.« Halvar trat beiseite, um Frederik ins Haus zu lassen. »Meine Frau ist im Wohnzimmer.«

Frederik ging den Flur entlang und blieb in der offenen Tür stehen.

Astrid Nordin saß in einem Sessel, den Blick auf das Fenster gerichtet. Ihr Gesicht wirkte weniger aufgedunsen als in den Tagen zuvor. Dafür traten jetzt die tiefen Falten umso deutlicher hervor.

Als sie ihm den Blick zuwandte, verschwand der Gram und machte dem überlegenen Ausdruck Platz, den sie der Welt wohl für gewöhnlich präsentierte.

»Frederik. Haben Sie Neuigkeiten für uns?«

»Ja. Leider.« Er betrat das Wohnzimmer, setzte sich Astrid gegenüber in einen der Sessel und signalisierte Halvar mit einer knappen Geste, dass er sich zu ihnen gesellen sollte. Halvar wählte die breite Armlehne von Astrids Sessel und legte Astrid die Hand auf die Schulter. Seine Frau entzog sich ihm unwillig. Halvar behielt seinen Platz bei, aber Frederik sah, wie gekränkt er war.

»Also? Was ist es?«, fragte Astrid herrisch. »Haben Sie endlich herausgefunden, wer Sixten ermordet hat?«

»Nein.« Frederik holte tief Luft. »Ich bin hier, weil ich Ihnen eine traurige Nachricht überbringen muss. Ihr Sohn Anders ist tot.«

»Das kann nicht sein.« Astrid schüttelte den Kopf. Sie sah durch ihn hindurch. »Ich war doch eben noch bei ihm.«

»Aber er war nicht da«, warf Halvar ein.

»Er ist nicht tot«, fuhr Astrid ihn an. »Wie sollte denn das passiert sein?«

»Er ist an der Überdosis eines Schmerzmittels gestorben.«

Astrid schüttelte den Kopf. Frederik sah, wie sie die Zähne zusammenbiss. Ihre Augen schimmerten feucht, aber sie zwang offenbar mit purer Willenskraft die Tränen zurück. Ihr ganzer Körper wirkte steif. Sie versuchte, den Schmerz nicht an sich heranzulassen. Frederik wusste, dass die Trauer sie irgendwann überwältigen würde, doch das würde Astrid sich vermutlich erst gestatten, wenn sie allein war. Es war ihre Art, damit umzugehen, und er wollte es ihr nicht schwerer machen als nötig. Also blieb er ebenfalls sachlich und nannte den Namen des Präparats. »Ich muss Sie fragen, ob Sie dieses Medikament einnehmen.«

Astrid machte eine ungeduldige Handbewegung in Richtung Obergeschoss. »Sehen Sie nach. Die Schachteln liegen auf meinem Nachttisch. Ich muss so viele Tabletten schlucken, dass ich mir beim besten Willen nicht alle Namen merken kann.«

Halvar erhob sich. »Kommen Sie. Ich zeige es Ihnen.« Er hatte sich die ganze Zeit still verhalten und sein Bestes gegeben, keine Miene zu verziehen, aber in seinen Augen sah Frederik, wie es in ihm arbeitete. Halvar war ein empfindsamer Mann. Es musste schwer für ihn sein an der Seite einer Frau, die keine sentimentalen Gefühle duldete.

Frederik folgte ihm durch den Flur, die Treppe nach oben, dann ins Schlafzimmer. Ein Doppelbett stand darin, von dem aber nur die eine Seite bezogen war.

»Wir schlafen getrennt, seit Astrid krank ist«, erklärte Halvar mit rauer Stimme, aber ohne irgendeinen Unterton. »Ihr ist es lieber so.«

Frederik versuchte, an seinem Gesicht abzulesen, wie er dazu stand, doch Halvars Miene gab nichts preis.

»Ich schlafe im Gästezimmer.«

»Wie kommt Ihre Frau über die Treppe nach oben?«, erkundigte sich Frederik. Er hätte es praktischer gefunden, wenn man für die kranke Frau ein Schlafzimmer im Erdgeschoss eingerichtet hätte.

»Wenn sie nicht laufen kann, trage ich sie«, antwortete Halvar. »Sie wiegt ja kaum noch etwas. Sie sieht nur so aufgeschwemmt aus wegen der Medikamente.«

Frederik nahm Astrids Nachttisch in Augenschein, auf dem sich etliche Tablettenpackungen stapelten. Das meiste waren Kortisonpräparate und Schmerzmittel, aber das Medikament, an dem Anders gestorben war, war nicht darunter.

Halvar, der mit verschränkten Armen an der Tür stand, ließ ihn nicht aus den Augen. »Haben Sie gefunden, was Sie suchen?«

»Nein.« Frederik ließ den Blick noch einmal durch den Schlafraum schweifen. Dann trat er den Rückweg an. Halvar folgte ihm.

Im Wohnzimmer setzte sich Frederik wieder in den Sessel. Astrid saß noch in derselben Haltung da wie zuvor, doch Frederik entging nicht, dass ihre Wimpern feucht schimmerten und dass unter dem Sitzpolster ein zerknülltes Taschentuch hervorlugte.

Halvar ließ sich auf dem Sofa nieder. Er wollte wohl keine weitere Abfuhr von seiner Frau kassieren.

Frederik überlegte, ob er die beiden auf ihre abwehrende Haltung ansprechen sollte. Vermutlich war es nur ein dünner Vorhang, hinter dem sie ihre Erschütterung verbargen. Aber er war nicht als Therapeut hier, sondern als Ermittler. Er musste herausfinden, wer für den Tod von Sixten und Anders Nordin verantwortlich war. Wie Astrid und Halvar mit ihrer Trauer umgingen, war ihre Sache.

Er neigte sich zu Astrid. Sie war eine kluge Frau. Wenn sie eines ihrer eigenen Präparate für den Mord an ihrem Sohn verwendet hätte, hätte sie die Schachtel natürlich verschwinden lassen.

»Würden Sie mir eine Liste der Ärzte überlassen, bei denen Sie in Behandlung sind? Und sie von der Schweigepflicht in Bezug auf die Ihnen verordneten Medikamente entbinden?«

Astrids blaue Augen fixierten Frederik. »Nein.«

Frederik hatte nichts anderes erwartet, fragte aber trotzdem nach. »Warum nicht?«

»Mein Gesundheitszustand geht Sie nichts an. Und es ist vollkommen absurd zu glauben, ich könnte meinen Sohn getötet haben. Warum sollte ich das tun?«

»Weil er seinen Bruder ermordet hat? Oder weil Sie verhindern wollten, dass er die Werft erbt?«

Astrid lachte bitter. »Das eine ist so unsinnig wie das andere. Anders hat Sixten nicht getötet. Die beiden haben gestritten, und Anders hat Sixten sicher oft beneidet, aber vor allem hat er zu ihm aufgesehen.«

»Weil er sich vor ihn gestellt und die Schuld an dem Bootsunfall auf sich genommen hat, obwohl in Wirklichkeit Anders am Steuer stand«, mutmaßte Frederik.

Zum ersten Mal bröckelte Astrids Fassade. »Wer hat Ihnen denn diesen Unfug erzählt?«

»Anders. Kurz vor seinem Tod.«

Astrid schüttelte den Kopf. Sie hatte sichtlich Mühe, die neue Information zu verarbeiten, und Halvar ging es offenbar nicht anders.

»Warum hat er denn nie etwas gesagt?«, flüsterte er.

»Wen meinen Sie? Anders? Oder Sixten?«

»Keine Ahnung. Beide.« Halvar hob die Hände. »Wie kann man so viele Jahre mit einem solchen Geheimnis leben?«

Frederik versuchte, sich in die Situation einzufühlen. »Nicht besonders gut, nehme ich an. Ich vermute, deshalb hat Anders getrunken, und Sixten hat sich in seiner Arbeit vergraben.«

Halvar nickte schwer. »So wird es wohl gewesen sein.«

Frederik hatte den Eindruck, dass Halvar noch etwas anderes durch den Kopf ging, aber er sprach es nicht aus. Frederik wechselte das Thema.

»Anders hat behauptet, dass Ihr Sohn Lasse ihn erpresst hat.«

»So?« Halvars Blick flackerte. »Womit denn?«

»Das hat er mir nicht mehr sagen können.«

»Also müssen Sie wohl Lasse fragen.« Halvar fuhr sich mit der Hand über den Mund.

»Keine Sorge. Das werden wir tun.« Frederik wandte sich wieder an Astrid. »Warum behaupten Sie, der Erbanspruch Ihres Sohnes Anders spiele als Motiv keine Rolle?«

»Weil er nur hätte erben können, was mir gehört. Seinen Pflichtteil, mehr hätte er ohnehin nicht bekommen. Aber ich hätte auch meine Firmenanteile und die Häuser meinem Mann oder meinen Enkelinnen überschreiben können, dann wäre er komplett leer ausgegangen. Das wäre doch einfacher gewesen, als ihn deshalb zu ermorden, meinen Sie nicht?«

Die Trauer, die Frederik hatte aufblitzen sehen, war verschwunden. Stattdessen hatte sich Astrid wieder vollständig hinter die Fassade der unantastbaren Geschäftsfrau zurückgezogen.

»Gut.« Frederik stand auf und hängte sich seine Tasche über die Schulter. »Dann lasse ich Sie jetzt allein. Aber ich werde sicher noch einmal mit Ihnen sprechen müssen.«

Astrid hob den Blick. »Kommen Sie, so oft Sie wollen. Hauptsache, Sie finden heraus, was mit Sixten und Anders passiert ist. Und tun Sie es schnell. Ich weiß nicht, wie viel Zeit mir noch bleibt.«

»Astrid!« Halvar sah seine Frau tadelnd an, aber Astrid erwiderte den Blick ungerührt.

»Es ist so, auch wenn du es nicht wahrhaben willst.« Sie wandte sich wieder Frederik zu. »Haben Sie sich in der Zwischenzeit mit Ihrem Vater ausgesprochen?«

»Ja.« Frederik lächelte. »Es war viel leichter, als ich gedacht hatte.«

»Das freut mich.« Für einen Moment wurde Astrids Miene weich, und Frederik sah ihr an, dass sie meinte, was sie sagte.

Als er zur Tür ging, wurde das kurze Glücksgefühl allerdings bereits wieder von der Sorge um Lea überschattet. Bevor er den Roller startete, sah er erneut auf sein Handy, aber er hatte immer noch keine Nachricht von ihr.

24

Die Fahrt zum Apfelhof in Lindberg dauerte fast neunzig Minuten, obwohl auf den Straßen nur wenig Verkehr war. Viveka umklammerte das Steuer ihres Toyota und trat das Gaspedal durch, doch der Wagen gab nicht viel her. Ihr Vater hatte ihr einen Neuwagen versprochen, wenn ihr der berufliche Wiederaufstieg gelang, doch davon schien sie weiter entfernt als je zuvor.

Lasse Hansson, der Sohn von Halvar Nordin, der in kriminelle Aktivitäten mit diesem Clan in Torslanda verstrickt war, war definitiv der Hauptverdächtige im Mordfall Nordin, sofern sich Anders Nordin nicht umgebracht hatte. Aber statt sie mit Göran dorthin zu schicken, um den jungen Mann in die Mangel zu nehmen, hatte Frederik sie mit der Befragung von Sixtens Witwe beauftragt.

Dabei war doch sonnenklar, dass die Frau kein Motiv hatte. Sie hatte ihren Mann betrogen und sich mit Anders Nordin vergnügt, aber welchen Grund sollte sie haben, ihren Geliebten zu töten? Oder ihren Mann zu ermorden? Viveka war sich sicher, dass Tuva eine Frau war, die wusste, was sie wollte. Sie würde darauf bedacht sein, sich und ihren Töchtern jeden Vorteil zu sichern, den es gab. Was bedeutete, dass sie versuchen würde, von ihren Schwiegereltern so rasch wie möglich wieder aufgenommen zu werden.

Wer wollte schon die Anteile an einer Werft, die sie oder ihre Töchter früher oder später erben würden, und ein Haus am Meer gegen ein Leben auf einer Apfelplantage irgendwo im Nirgendwo tauschen?

Seit einer halben Stunde wurde die Besiedelung immer dünner, und rings um sie herum erstreckten sich Wiesen und Felder. Das Meer, das rechts von ihr lag, schimmerte nur hier und da durch, und nach Lindberg musste sie noch ein Stück weiter ins Landesinnere fahren, mitten hinein in die Einöde. Keine junge Frau, die halbwegs bei Verstand war, würde sich freiwillig für ein solches Leben entscheiden.

Er war sich nicht ganz sicher gewesen, welchen Betrag er eintragen konnte. Gab es eine Obergrenze bei Schecks? Er wusste es nicht. Das war nicht die Währung, mit der man in seiner Welt zahlte.

Nach einigem Grübeln hatte er entschieden, es einfach zu versuchen. Man musste hoch pokern, sonst stand man am Ende mit leeren Händen da.

Damit sie ihn bei der Bank nicht gleich wieder hinauswarfen, hatte er seine besten Sachen angezogen, den blauen Anzug von der Stange, den er gekauft hatte, als er bei Dragos um Anuschas Hand angehalten hatte. Er hatte auch Anuscha gebeten, ihn zu begleiten. Sie trug ein gelbes Kleid aus irgendeinem festen Stoff, der edel aussah, dazu eine Perlenkette. Die langen dunklen Locken umrahmten ihr anmutiges Gesicht. Wahrscheinlich hielt man ihn eher für ihren Bodyguard als für ihren Verlobten, aber das war nicht zu ändern.

Lasse öffnete die Tür des Bankhauses und ging entschlossen auf den Schalter zu. Der Bankangestellte begrüßte ihn höflich und nahm den Scheck entgegen, den Lasse ihm hinhielt. Er warf einen Blick darauf und erhob sich von seinem Platz.

»Einen Moment bitte.« Er lächelte immer noch, aber es wirkte nicht mehr ganz so entgegenkommend. Lasse war das egal. Hauptsache, er bekam sein Geld.

Er wartete, während der Mann in einem Gang hinter den Schaltern verschwand.

Kurz darauf kehrte der Bankangestellte zurück.

»Es tut mir leid«, sagte er. »Wir können den Scheck nicht einlösen.«

»Warum nicht?«

»Die Ausstellerin hat ihn bei ihrer Bank sperren lassen.«

Lasse atmete schwer. Ohne es zu merken, ballte er die Fäuste. Vor seinen Augen flimmerte es rot.

Astrid, diese verdammte Hexe! Sein Leben lang hatte sie ihm sämtliche Türen vor der Nase zugeschlagen, und nun verbaute sie ihm schon wieder seine Zukunft.

Aber dieses Mal würde er sich nicht damit abfinden. Er würde dafür sorgen, dass er bekam, was ihm zustand, und er wusste auch schon, wie er es anstellen musste. Es war höchste Zeit.

»Komm.« Er griff nach Anuschas Hand.

»Möchten Sie Ihren Scheck wieder mitnehmen?«, erkundigte sich der Bankangestellte.

Lasse kniff die Augen zusammen. »Er ist wertlos, oder nicht?«

»Richtig.«

»Dann stecken Sie ihn sich in den …«

»Lasse.« Anuschas Stimme war sanft, und ihr Atem streichelte seinen Nacken.

Lasse würgte seine Wut hinunter.

»Stecken Sie ihn in den Müll, wollte ich sagen.« Er rang sich ein

Lächeln ab, das wahrscheinlich eher nach einem Zähnefletschen aussah. Dann zog er Anuscha nach draußen zu seinem Auto.

Viveka entdeckte ein Hinweisschild zum Hofladen der Nilssons und folgte ihm.

Kurz darauf fuhr sie auf den Hof, stieg aus dem Wagen und strich ihr helles Kostüm glatt. Sie ging auf das kleine, rot gestrichene Holzhaus mit den weißen Fensterrahmen zu, dessen Tür offen stand. Davor stapelten sich Kisten mit Äpfeln. Im Inneren erspähte sie Flaschenregale. Apfelsaft vermutlich.

Von irgendwoher kamen zwei kleine Mädchen gelaufen und bauten sich vor ihr auf.

»Hey. Willst du was kaufen?«

Das kleinere Mädchen, mit kurzen blonden Haaren und einem roten T-Shirt mit einem blauen Einhorn auf der Brust, griff nach ihrer Hand. »Komm. Ich zeige dir alles.«

Viveka ließ sich widerwillig mitziehen. Die Hand des Mädchens war warm und klebrig. Was, um alles in der Welt, mochte sie angefasst haben?

Hinter dem Tresen im Laden stand eine Frau, etwa Ende fünfzig, mit langen, lockigen und offensichtlich gefärbten blonden Haaren, die einen verwaschenen blauen Overall trug. »Hey.« Sie strich dem Mädchen, das Viveka endlich wieder losließ, über den Kopf. »Bringst du mir Kundschaft?«

Viveka beugte sich zu dem Tisch neben dem Tresen hinunter, auf dem eine Reihe von Apfelsaftflaschen stand, und tat so, als würde sie die Etiketten studieren. Nebenbei wischte sie heimlich ihre klebrigen Finger an der bunten Decke ab, die unter den Flaschen lag.

Das größere Mädchen, mit Zöpfen, einem weißen Kleid und rosafarbenen Ballettschläppchen, hüpfte ebenfalls in den Laden. »Sie hat nicht gesagt, dass sie etwas kaufen will.«

Viveka richtete sich wieder auf und wandte sich an die Frau hinter dem Tresen. »Ich suche Tuva«, sagte sie.

Die Frau legte den Kopf schief. »Sind Sie eine Freundin? Ich kann mich nicht erinnern, Sie schon einmal hier gesehen zu haben.«

»Nein. Ich bin von der Polizei.« Viveka zog ihre Dienstmarke hervor.

»Zeig mal.« Das kleinere Mädchen griff nach der Marke. Viveka hielt sie rasch außer Reichweite. Was immer an den Fingern des Mädchens klebte, sollte nicht den Weg in ihre Designerhandtasche finden.

»Meine Tochter hat Migräne«, erklärte die Frau und trocknete sich die Hände an einem Tuch ab. »Verzeihen Sie. Ich bin Hedvig Nilsson.«

»Viveka Nyström. Ich müsste trotzdem mit ihr sprechen.«

Hedvig schaute die beiden Mädchen an und wedelte mit den Armen, als wollte sie eine Schar Gänse vertreiben. »Geht mal zu Opa spielen.« Sie wartete, bis die beiden verschwunden waren, und schaute dann Viveka an. »Haben Sie eine Spur? Wissen Sie, wer Sixten ermordet hat?«

»Nein. Im Augenblick habe ich nur eine Frage.« Viveka seufzte unhörbar. Sie hasste es, sich mit Leuten herumzuschlagen, die so schwerfällig waren. Das ganze Unternehmen war ohnehin sinnlos, und sie hatte schon ewig im Auto gesessen deswegen. Sie wollte einfach nur so schnell wie möglich ihren Auftrag erledigen.

»Seit wann ist Ihre Tochter hier?«, fragte sie.

»Sie ist gestern am späten Nachmittag gekommen.«

»War sie danach noch einmal weg?«

»Nein. Wir haben gemeinsam zu Abend gegessen, und danach ist sie früh zu Bett gegangen. Heute Morgen ist sie gar nicht erst aufgestanden, weil die Migräne so heftig war.«

Was alles und nichts bedeuten konnte. Wer wusste schon, wann das Schmerzmittel in die Schnapsflasche gelangt war? Das konnte auch lange vor Tuvas Fahrt nach Lindberg passiert sein.

»Hat sie das öfter?«

»Die Migräne? Ja, leider. Schon seit der Pubertät. Der Arzt hat ihr ein starkes Schmerzmittel verordnet, aber selbst damit geht es ihr nicht gut.«

Viveka merkte auf. Vielleicht war es doch keine so schlechte Idee gewesen, Nordins Witwe aufzusuchen. »Wissen Sie, wie das Präparat heißt?«

»Nein. Keine Ahnung. Ist das wichtig?«

»Wir ermitteln in einem Mordfall. Da ist alles wichtig.«

Hedvig nickte eingeschüchtert. »Ja. Natürlich.« Sie überlegte kurz. »Kommen Sie. Ich bringe Sie zu meiner Tochter. Vielleicht ist sie ja mittlerweile in der Verfassung, kurz mit Ihnen zu sprechen.«

Das Handy klingelte, als Frederik gerade den Roller vor dem ehemaligen Bootshaus abstellte. Er wollte sich noch einmal bei Anders Nordin umsehen, obwohl die Spurensicherung natürlich jeden Winkel abgesucht hatte. Aber Frederik ging es auch nicht um die Dinge, die er vielleicht finden könnte. Er wollte die Atmosphäre des Tatorts aufnehmen und sich in Anders Nordin hineinversetzen. Vielleicht würde ihm das helfen, dem Täter näher zu kommen.

Er warf einen Blick auf das Display und sah, dass es sich bei dem Anrufer um Göran handelte. »Hey«, begrüßte er ihn. »Was sagt Lasse Hansson?«

»Nichts«, entgegnete der Kollege lakonisch. »Er ist nicht im Bowlingclub. Die Typen vor der Tür sagen, dass er weggefahren ist. Zusammen mit seiner Freundin. Anuscha Radu, die Tochter des Clanchefs, so viel habe ich herausbekommen.«

»Aha.« Frederik schaute zum Meer und wandte sich dann um, weil er das Geräusch eines herannahenden Wagens hörte.

»Was soll ich jetzt tun?«, fragte Göran. »Lasse Hansson zur Fahndung ausschreiben?«

Das Auto war jetzt zu erkennen, es war ein schwarzer Sportwagen mit orangeroten Flammen auf Kühlerhaube und Türen.

»Das ist nicht nötig. Er taucht gerade hier auf«, gab Frederik zurück. »Fahr ins Büro und frag beim SKL nach, ob sie sich das Paddelbrett schon angesehen haben. Wir brauchen dringend einen konkreten Hinweis.«

»Klar. Mach ich.« Göran verabschiedete sich und beendete den Anruf.

Der schwarze Wagen hielt ein paar Meter vor dem Haus. Ein muskulöser Mann in einem etwas aus der Mode geratenen blauen Anzug und eine dunkelhaarige Schönheit in einem gelben Kleid stiegen aus. Frederik steckte sein Handy in die Tasche und ging auf die beiden zu. »Hey. Herr Hansson?«

Der Mann musterte ihn misstrauisch. »Kennen wir uns?«

»Nicht persönlich bisher. Aber ich habe Ihren Wagen schon einmal gesehen. Frederik Forsberg, Reichspolizei Göteborg.«

Er merkte dem Mann an, dass er sich zusammenreißen musste, um nicht auf dem Absatz kehrtzumachen und davonzulaufen. Ein Reflex, der offenbar so ausgeprägt war, dass er sich kaum unterdrücken ließ.

»Und Sie sind Anuscha Radu?«, wandte er sich an die junge Frau.

Lasses Blick verfinsterte sich. »Woher wissen Sie das?«

»Kombinationsgabe.« Frederik lächelte. »Sie waren bei der Bank, nehme ich an. Hat man Ihren Scheck nicht eingelöst?«

Lasse ballte die Fäuste. »Ich wüsste nicht, was Sie das angeht.«

»Sie haben den Scheck widerrechtlich an sich gebracht.«

»Sagt er das?« Lasses ausgestreckter Zeigefinger wies zum

Bootshaus. »Glauben Sie ihm kein Wort. Anders ist ein Säufer. Der weiß nicht, was wahr ist und was nicht.«

»Es stimmt also nicht, dass Sie ihn erpresst haben?«

»Womit denn?«

»Sagen Sie es mir.«

Lasse grinste ihn nur an.

Frederik hob die Schultern, als sei ihm Lasses Aussage vollkommen gleichgültig. »Es liegt bei Ihnen. Wir können uns hier und jetzt unterhalten oder auf dem Polizeipräsidium. Nachdem wir Sie festgenommen und in Polizeigewahrsam gebracht haben.«

»Hey.« Lasse richtete den Zeigefinger auf Frederik. »Sie können mich nicht verhaften, nur weil der Penner Lügen über mich verbreitet.«

»Ich nehme Sie fest, weil Sie *den Penner*, wie Sie ihn nennen, ermordet haben.«

»Was?« Lasse starrte ihn an. Sein Arm sackte kraftlos herunter. »Anders ist tot?«

Frederik sparte sich die Antwort. »Kommen Sie.« Er ging zur Tür und öffnete sie. »Ich habe ein paar Fragen.«

Dieses Mal leistete Lasse keinen Widerstand. Er folgte Frederik ins Haus und ließ sich auf das Sofa fallen. Seine Freundin setzte sich neben ihn.

»Lasse ist kein Mörder«, sagte sie.

Frederik nahm im Sessel gegenüber Platz. »Fangen wir noch einmal von vorn an«, schlug er vor. »Womit haben Sie Anders Nordin erpresst?«

Lasse seufzte. »Mit der alten Geschichte. Dass er am Steuer der Jacht stand, die den Kutter seines Vaters gerammt hat, nicht Sixten.« Er zuckte mit den Schultern. »Fragen Sie mich nicht, warum ihm das so wichtig war. Aber er dachte wohl, seine Mutter unterstützt ihn nicht mehr, wenn sie erfährt, dass er schuld am Tod seines Vaters war.« Lasse lachte bitter. »Dabei bin eigentlich ich schuld. Aber das hat Anders nie kapiert.«

Frederik neigte fragend den Kopf. Vor seinem geistigen Auge formte sich ein Bild, aber er wollte von Lasse hören, ob er damit richtiglag.

Lasse zog ein Zigarettenpäckchen aus der Tasche und zündete sich eine an. »Ich war damals auch auf der Jacht«, stieß er hervor. »Es gab Zoff, und mein Vater hat mich in der Kajüte eingesperrt. Mir war das egal. Die Jacht hatte eine tolle Bar, und ich habe mich durch sämtliche Flaschen durchprobiert.«

Frederik runzelte die Stirn. »Sie waren zwölf.«

Lasse nickte. »Deswegen habe ich auch nicht viel vertragen.« Er fuhr sich mit der flachen Hand übers Gesicht. »Irgendwann fing draußen das Geschrei an. Ich wollte wissen, was los ist, und habe so lange gegen die Kajütentür getreten, bis sie aufgesprungen ist. Das war ja kein Stahl, nur dünnes Holz. Na ja, und dann habe ich es gesehen. Mein Vater stand vorne am Bug und hat versucht, mit der Bootsstange ein Netz aus dem Wasser zu fischen. Sixten hatte das Steuer in der Hand, und mein Vater hat ihm Anweisungen zugerufen.« Lasse schluckte. »Ich habe Sixten gesagt, dass er mich ans Ruder lassen soll. Sixten war doch ein Schwächling. Ich hatte schon öfter ein Boot gesteuert. Aber Sixten wollte nicht. Ich habe versucht, ihn wegzuziehen, und wir haben uns geprügelt. Da hat Anders das Ruder übernommen. Mein Vater hat gerufen, dass er den Hebel nach hinten ziehen soll. Gas weg! Aber Anders war wohl zu aufgeregt, jedenfalls ist das Boot im nächsten Moment wie eine Rakete nach vorn geschossen und hat den Kutter von Onkel Casper gerammt.«

Anuscha schlug entsetzt die Hand vor den Mund.

Frederik betrachtete Lasse. »Was haben Sie getan?«

»Ich habe mich wieder in der Kajüte verkrochen und die Tür hinter mir zugemacht. Ich dachte, Sixten verpetzt mich, aber stattdessen hat er behauptet, er selbst hätte am Steuer gestanden und den Hebel versehentlich nach vorn statt nach hinten gedrückt. Er wollte Anders schützen, das war ihm wichtiger, als mich hinzuhängen.«

»Ihr Vater hat nicht mitbekommen, dass Sie an Deck waren?«

»Nein. Er hatte ja den Blick aufs Wasser gerichtet, um dieses Netz herauszufischen, und zwischen ihm und uns war der Kajütaufbau. Als er mich dann später im Hafen aus der Kajüte geholt hat, ist ihm nicht aufgefallen, dass die Tür beschädigt war. Das hat ja ewig gedauert, bis die Wasserschutzpolizei uns abgeschleppt hatte, und alle standen unter Schock. Er hat die Wahrheit nie herausgefunden. Als das Boot später repariert wurde, dachte man, die Tür sei bei dem Unfall kaputtgegangen, wie so vieles andere auch.«

»Und Sixten und Anders haben Sie nicht verraten, weil sie die Lüge aufrechterhalten wollten, dass Sixten am Ruder stand.«

Lasse hob die Hände. Es war offensichtlich, dass es so war. »Was ist nun mit Anders passiert?«, fragte er. »Hat man ihn totgeprügelt? Das war ich nicht. Das waren die Geldeintreiber von dem Typen, bei dem er Schulden hatte.«

Frederik beugte sich zu ihm vor. »Sie waren doch gestern hier. Sie haben Anders gesehen.«

»Ja. Da lag er zugedröhnt am Boden, und ich habe den Scheck auf dem Tisch entdeckt und mitgenommen. Den wollte er mir ja ohnehin geben. Aber daran stirbt er doch nicht. Anders hat immer gesoffen.«

»Dieses Mal war der Schnaps mit einem starken Schmerzmittel versetzt.«

»Und Sie glauben, das war ich?«

Frederik musterte ihn eine ganze Weile. Dann stand er auf. »Nein«, sagte er.

Eine solche Mordmethode war nicht Lasses Stil, und Anders'

Stiefbruder hatte auch kein echtes Motiv. Er hatte Geld von Anders gewollt, und das bekam er nach dessen Tod ebenso wenig wie Ekströms Geldeintreiber.

Der Mord musste einen anderen Grund haben.

Viveka folgte Hedvig Nilsson über den Hof zu dem größeren Haus, das ebenso wie der Hofladen im typischen Schwedenrot gestrichen war und die obligatorischen weißen Fensterläden und Kanten hatte. Die Einrichtung im Inneren war schlicht, so als würden die Besitzer nicht viel Wert auf Äußerlichkeiten legen. Aber wenn man auf dem Land lebte, kamen vermutlich auch selten Gäste, die etwas Stilvolles erwarteten.

Hedvig ging auf der Treppe voran und öffnete im oberen Stockwerk eine Tür. »Tuva? Hier ist eine Frau von der Polizei, die dich sprechen möchte.«

Die Antwort bestand in einem kläglichen Stöhnen.

Viveka hatte keine Lust, länger zu warten. Sie drängte sich an Hedvig vorbei ins Zimmer, das klein war und dunkel, weil die Vorhänge zugezogen waren.

Tuva lag im Bett, das Gesicht schmerzverzerrt, die blonden Locken zerzaust, aber trotzdem erkannte Viveka, dass sie eine äußerst attraktive Frau war. Kein Wunder, dass sich Sixten und Anders um sie gerissen hatten.

Viveka zog den Vorhang ein Stück beiseite, damit ein wenig Licht hereinkam. Tuva hob die Hand, um ihre Augen abzuschirmen. Das Sonnenlicht fiel auf den Nachttisch, auf dem eine Pillenschachtel lag.

Viveka lief ein Schauer über den Rücken. Es war dasselbe Medikament, mit dem Anders Nordin vergiftet worden war.

25

Wilmer Nilsson sah dem Wagen hinterher, der seine Tochter wegbrachte. Hedvig stand neben ihm, an jeder Hand eines der Mädchen, die ebenso verstört aussahen, wie Wilmer sich fühlte.

Konnte das wahr sein? Seine Tochter eine Mörderin? Hatte sie ihren Mann und ihren Liebhaber getötet? Und wenn ja – warum?

Wilmer legte Hedvig den Arm um die Schultern.

Wenn es stimmte, würden sie beide sich um die Mädchen kümmern müssen. Tuva würde nicht aus dem Gefängnis kommen, ehe sie erwachsen waren.

Der Wagen verschwand über den holprigen Weg, und Wilmer schaute seine Frau an. In ihren Augen standen dieselben Fragen, die auch ihn quälten, aber was sie sagte, war: »Wir schaffen das schon. Wir haben noch immer alles geschafft.«

Wilmer straffte sich. Er fühlte sich schon lange nicht mehr jung, aber für Tilde und Greta würde er stark sein.

»Kommt, Kinder«, sagte er so munter, wie er es vermochte. »Wir spielen noch eine Runde Federball. Und eure Oma macht heute Abend leckere Nudeln mit Fleischwurst.«

Tilde jubelte und sprang hinter ihm her. Greta dagegen blieb stehen und sah weiter in die Richtung, in die der Wagen mit ihrer Mutter davongefahren war. Sie mochte zwei Jahre jünger sein als ihre Schwester, aber an Klugheit war sie ihr ohne Frage schon jetzt überlegen.

Frederik setzte sich auf einen Stein und schaute über das Meer. Das Wasser sah einladend aus, sauber, klar und von einem intensiven Blau. Noch war es eiskalt, aber wenn der Sommer kam, würde er schwimmen gehen.

Sich treiben lassen. Danach sehnte er sich, aber stattdessen fühlte er sich getrieben. Sein Leben war kompliziert, die ständige Sorge um Lea und Emma, und der Job, den er nicht einfach abstreifen konnte. Seine Fälle beschäftigten ihn, und auf der anderen Seite drängte die Vergangenheit, die er noch nicht bewältigt hatte. Es gefiel ihm, mit Mats daran zu arbeiten, aber es kostete auch Kraft.

Frederik blickte den Felsenstrand entlang in Richtung Süden, dorthin, wo sich die Nordin-Werft und die Häuser der Familie befanden. Er war sich sicher, dass die Morde an Sixten und Anders etwas mit der Familiengeschichte zu tun hatten, doch ihm fehlte nach wie vor das entscheidende Puzzleteil. Irgendetwas gab es, das er nicht sah.

Sein Handy klingelte, es war Göran.

»Hey.« Der Kollege klang beschwingt. »Ich habe mit dem SKL gesprochen. Sie haben tatsächlich etwas gefunden.«

Der Anklopfton zeigte an, dass eine weitere Person versuchte, ihn zu erreichen. »Warte mal kurz.« Frederik nahm das Smartphone vom Ohr und warf einen Blick aufs Display. Es war nicht Lea, sondern Viveka.

»Okay. Weiter.« Die junge Kollegin musste sich in Geduld üben. Frederik würde sie zurückrufen, wenn er mit Göran fertig war.

»Das SKL hat einen Fingerabdruck entdeckt. An der Innenseite des Plättchens, mit dem man die Finne unter dem Brett befestigt, haben sie gesagt. Ich verstehe nichts davon, aber dort war der Abdruck offensichtlich vor dem Wasser geschützt und ist nicht abgespült worden.«

»Also brauchen wir nur einen Vergleichsabdruck.« Frederik dachte kurz nach. Im Grunde hatte er Lasse Hansson bereits ausgeschlossen, aber es war immer besser, alle Möglichkeiten zu prüfen. »Die Abdrücke von Lasse Hansson müssten in der Kartei sein, er ist ja schon einige Male verurteilt worden. Kannst du die Kollegen vom Staatlichen Kriminallabor bitten, sie abzugleichen?«

»Klar. Mache ich. Sonst noch etwas?«

Frederik überlegte. »Ich würde mir gern die Akte von dem Bootsunfall damals ansehen. Meinst du, du kannst sie besorgen?«

»Ich versuche es.«

Frederik bedankte sich und beendete das Gespräch. Dann tippte er auf Vivekas Nummer.

»Frederik.« Die junge Kollegin klang euphorisch. »Ich bin auf dem Weg ins Präsidium. Ich habe Tuva Nordin festgenommen.«

»So?«

»Sie leidet an Migräne. Ich habe auf ihrem Nachttisch eine Schachtel mit dem Medikament gefunden, mit dem Anders vergiftet worden ist.«

Frederik verspürte ein Prickeln im Nacken. »Was sagt sie dazu?«

»Nichts. Sie schweigt und erdolcht mich mit bösen Blicken.«

»Okay. Wir sehen uns im Präsidium.«

Frederik verabschiedete sich von Viveka und steckte das Telefon zurück in die Tasche.

War es also tatsächlich so gewesen, dass Anders seinen Rivalen um Tuvas Gunst getötet und Tuva deshalb ihn ermordet hatte?

Irgendetwas daran erschien ihm falsch.

Musste er Tuva womöglich auch für den Mord an Sixten in Erwägung ziehen? Aber die Ausführung sprach gegen eine Täterin. Sixten war niedergeschlagen, gefesselt, mit Alkohol abgefüllt und ertränkt worden. Das erforderte ein gehöriges Maß an

Skrupellosigkeit, Brutalität und Körperkraft. Sicher gab es Frauen, die dazu in der Lage wären, doch Tuva gehörte Frederiks Meinung nach nicht dazu. Darüber hinaus sprach die Tat für einen tief sitzenden Hass. Tuva mochte ihrem Mann untreu gewesen sein, doch es gab keinen Hinweis darauf, dass die Ehe von Tuva und Sixten zerrüttet gewesen war.

Auf der anderen Seite war das alles nur graue Theorie, und das Leben hatte ihn gelehrt, dass die Dinge oft anders waren, als sie schienen.

Aber wenn Tuva ihren Mann getötet hätte, warum dann auch ihren Geliebten?

Er konnte es drehen und wenden, wie er wollte, das eine ergab für ihn so wenig Sinn wie das andere. Es sei denn …

Frederik kniff die Augen zusammen und sah das Bild vor sich, die beiden Boote, die unaufhaltsam aufeinander zurasten, ehe sie mit einem lauten Knall kollidierten.

War es das, was er übersehen hatte?

Er ging zu seinem Roller, setzte den Helm auf und startete den Motor. Er musste noch einmal mit Astrid und Halvar reden. Bis Viveka zurück in Göteborg war, würde es noch gut eine Stunde dauern. Bis dahin wollte er versuchen, seine Theorie zu untermauern.

Die Gedanken wirbelten in ihrem Kopf durcheinander. Zugleich dröhnte ihr der Schädel, und vor ihren Augen flimmerte es.

Sie hatte das doch alles nicht gewollt, und jetzt war Anders tot. Wie hatte es nur dazu kommen können?

Niemand hatte ihr Steine in den Weg gelegt. Ihre Eltern hatten sie liebevoll großgezogen. Sie war behütet und geliebt gewesen. Der Mann, in dessen unfassbar blaue Augen sie sich gleich bei der ersten Begegnung verliebt hatte, hatte sie geheiratet und auf Händen getragen. Und ihre beiden kleinen Mädchen waren perfekt.

Aber vielleicht lag ja genau da das Problem. Ihre Eltern waren immer ihr Fels in der Brandung gewesen, ihr sicherer Hafen und Zufluchtsort. Sie hatten sie nie kritisiert oder gedrängt. Mehrere Studiengänge hatte sie abgebrochen, weil sie sich nicht entscheiden konnte und sich auf dem Apfelhof wohler gefühlt hatte als im Hörsaal. Bis zu dem Tag, an dem sie Sixten in der Cafeteria begegnet war.

Sie hatte vor ihm andere Männer gehabt, flüchtige Liebschaften, aber sie hatte geglaubt, das hätte nur daran gelegen, dass es nie der Richtige gewesen war. Mit Sixten würde sich das alles ändern.

Tatsächlich hatte es das getan. Sie hatte die Ausbildung und den Beruf gefunden, die zu ihr passten, die Arbeit mit den Kindern in der Vorschule, und auch innerlich war sie zur Ruhe gekommen. Das Zusammensein mit Sixten hatte ihr genügt, und nach der Geburt der Mädchen war ihr Interesse an erotischen Aktivitäten ohnehin abgeflaut. Aber irgendwann war es zurückgekehrt, drängender als je zuvor, und sie hatte einfach nicht widerstehen können.

Wahrscheinlich war es eine Krankheit, genau wie Anders gesagt hatte.

Nymphomanie.

Ihm hatte das gefallen. Genau wie sie bekam er nie genug.

Tuva wusste, dass Anders sie geliebt hatte. Schon als sie ihm das erste Mal begegnet war, hatte sein Blick ihr alles gesagt. Sie selbst hatte sich ebenfalls zu ihm hingezogen gefühlt, aber da sie wusste, wie wankelmütig ihr Herz war, hatte sie die Wahl des Ehepartners mit dem Kopf getroffen. Sixten war der designierte Erbe der Nordin-Werft. Er würde ihr und ihren Kindern ein schönes und sorgenfreies Leben ermöglichen.

Ein Leben, das sie einfach weggeworfen hatte, weil sie ihre Lust nicht zügeln konnte, und nun war sowieso alles verdorben. Aber ins Gefängnis gehen würde sie dafür nicht.

Frederik nahm sein Notizbuch zur Hand. Astrid und Halvar saßen ihm auf dem Sofa gegenüber, und er fühlte sich wie in einer Zeitschleife gefangen. Die Ermittlung führte ihn immer wieder an diesen Ort zurück, und immer wieder prallte er an Astrids harter Fassade und Halvars freundlicher Hilflosigkeit ab.

Trotzdem versuchte er es noch einmal.

»Sie hatten sich entschieden, Anders nicht mehr finanziell zu unterstützen, aber gestern haben Sie ihm einen Blankoscheck ausgehändigt.«

Astrid zuckte nicht mit der Wimper. »Das war nur ein schwacher Moment.«

»Deshalb haben Sie auch kurz danach die Bank informiert, dass sie den Scheck nicht einlösen sollen.«

»Richtig.« Sie blinzelte. »Woher wissen Sie das? Anders hatte doch keine Gelegenheit mehr …«

»Nicht er hat versucht, den Scheck einzulösen, sondern Ihr Sohn.« Frederik sah Halvar an.

»Also hat Lasse ihn wirklich erpresst? Aber womit?«, fragte Astrid.

»Lasse wusste, was damals wirklich passiert ist. Dass es Anders war, der am Steuer der Jacht stand, die mit dem Kutter Ihres Mannes kollidiert ist. Anders wollte verhindern, dass Sie es erfahren.«

Halvar schüttelte den Kopf. »Woher sollte Lasse das wissen? Er war doch nicht dabei. Ich hatte ihn in die Kajüte gesperrt, weil er sich mit Sixten und Anders gestritten hatte.«

»Er hat sich befreit, Sixten vom Steuer weggezerrt und sich

mit ihm geprügelt. Er war wohl betrunken. Deshalb hat Anders das Ruder übernommen.«

Halvar starrte ihn betroffen an. »Das wollte ich nicht.«

Astrid richtete sich auf. »Was genau wolltest du nicht?«, fragte sie scharf.

»Dass so etwas passiert. Dann ist es doch Lasses Schuld. Sixten hätte den Gashebel sicher in die richtige Richtung bewegt. Und wenn Lasse der Verursacher ist, bin ich dafür verantwortlich. Ich habe ihn mit aufs Boot genommen, obwohl mir von vornherein klar war, dass er Ärger machen würde.«

Astrid winkte ungeduldig ab. »Niemand hätte vorhersehen können, was geschehen ist.«

Halvar wirkte nicht sonderlich getröstet.

Frederik wandte sich wieder an Astrid. »Warum haben Sie gegen Ihre Prinzipien verstoßen und Anders einen Scheck ausgestellt? Sie sind doch eine Frau, die nichts ohne Grund tut.«

Astrids blaue Augen schienen ihn zu durchbohren, aber Frederik hielt ihrem Blick stand. »Sie sind Ihrem Vater ähnlich«, sagte sie schließlich. »Genauso scharfsinnig und hartnäckig.«

Frederik, der nicht wusste, ob Astrid es als Kompliment gemeint hatte, schwieg. Das war für gewöhnlich ohnehin der beste Weg. Den meisten Menschen fiel es leichter, zu reden, wenn man ihnen Raum gab, als wenn man sie mit Fragen bedrängte.

»Ich wollte, dass Anders ein Geheimnis für sich behält«, sagte Astrid.

Frederik begriff, dass er von ihr nicht mehr erfahren würde, doch Halvar hielt die Spannung im Raum nicht aus. »Astrid hat mich gesehen. Mit Tuva. Sie hat es Anders erzählt, aber sie wollte nicht, dass er es mir verrät.«

Frederik war überrascht, und man sah es ihm offensichtlich an.

»Tuva ist krank«, erklärte Astrid. »Sie ist süchtig nach Sex.«

Frederik nickte. Das erklärte zumindest, warum sie nicht einmal vor ihrem Schwiegervater haltgemacht hatte.

»Warum wollten Sie nicht, dass Ihr Mann erfährt, dass Sie Bescheid wissen?«, erkundigte er sich.

»Ich wollte ihm das schlechte Gewissen ersparen.« Astrid hob das Kinn. »Ich weiß sehr wohl, dass ich als Frau nicht mehr attraktiv bin. Ich möchte, dass Halvar bei mir bleibt, aber ich will nicht, dass er an meiner Seite unglücklich ist.«

Das Schweigen, das darauf folgte, war erdrückend.

Frederik dachte nach. Anders hatte durch seine Mutter von Halvars Affäre mit Tuva erfahren. Was hatte das bei ihm ausgelöst? Eifersucht? Wut? Oder hatte er vielmehr eine günstige Gelegenheit gewittert und auch seinen Stiefvater erpresst, der nicht ahnte, dass seine Frau schon Bescheid wusste? In diesem Fall hätte auch Halvar ein Motiv für den Mord an Anders gehabt.

Frederik wollte ihn danach fragen, aber Halvar kam ihm zuvor.

»Er hat es auch bei mir versucht«, erklärte er. »Er wollte Geld, damit er seiner Mutter nichts sagt. Aber ich habe abgelehnt. Ich wusste, dass ich ihn nie wieder loswerde, wenn ich mich darauf einlasse. Deshalb habe ich mich entschieden, Astrid die Wahrheit zu sagen.«

»Das hat er getan«, bestätigte Astrid bitter. »Aber im Grunde muss ich darüber froh sein, meinen Sie nicht auch? Er hat sich für mich entschieden, nicht für die Frau, die jünger, gesünder und schöner ist.«

Halvar griff nach ihrer Hand. »Sag so etwas nicht. Du weißt, dass ich dich immer noch liebe.«

Frederik wusste nicht, ob die beiden Theater spielten, aber selbst wenn Halvar log, war er vermutlich nicht Anders' Mörder. Er hatte schließlich keinen Grund gehabt, Sixten zu töten, und man musste wohl davon ausgehen, dass beide Morde von derselben Person verübt worden waren. Davon abgesehen hatten sie mittlerweile eine dringend Tatverdächtige in Gewahrsam. Frederik überlegte, wie er das, was er zu sagen hatte, besser verpacken könnte, doch es gab keinen eleganten Weg.

»Ihre Schwiegertochter leidet an Migräne«, begann er.

Astrid lachte verächtlich. »Ja. Dieses Problem hatte sie schon immer.«

»Es ist eine Krankheit, keine Marotte«, warf Halvar ein. »Sie hat fürchterliche Schmerzen, wenn sie einen ihrer Anfälle bekommt.«

»Wir haben bei ihr ein Medikament gefunden«, fuhr Frederik fort, ohne auf den Disput der Ehepartner einzugehen. »Es ist dasselbe Präparat, mit dem Anders vergiftet wurde.«

»Also hat sie ihn ermordet?« Astrid starrte ihn mit aufgerissenen Augen an.

Frederik hob die Schultern. »Danach sieht es im Moment aus.«

Über das Motiv konnte er nur spekulieren, aber die Informationen, die er bekommen hatte, warfen ein neues Licht auf den Fall. Hatte Tuva ihren Mann und ihren Liebhaber getötet, um für Halvar frei zu sein? Aber die Theorie hatte Lücken. Frederik würde später in Ruhe darüber nachdenken und sich mit seinem Team besprechen.

Halvar federte vom Sofa hoch. »Danke, dass Sie uns informiert haben. Wenn Sie sonst keine Fragen mehr haben? Meine Frau braucht dringend Ruhe.«

»Selbstverständlich.« Frederik erhob sich ebenfalls. Nach wie vor hatte er das Gefühl, dass die beiden etwas vor ihm verbargen, aber er bekam es nicht zu fassen. Er musste abwarten, was die Befragung von Tuva ergab. Danach würde man weitersehen.

Viveka hätte am liebsten das Radio angestellt und laut mitgesungen, aber das verbot sich natürlich von selbst, wenn man eine Mordverdächtige im Wagen hatte. Trotzdem schaffte sie es nicht, ihre Mundwinkel in eine normale Position zu bewegen. Sie hatte geglaubt, wieder einmal die Niete bekommen zu haben, doch stattdessen hatte sie das große Los gezogen.

Dieses Mal würde Frederik nicht umhinkönnen, ihre Leistung anzuerkennen.

Sie war sich nicht ganz sicher gewesen, ob sie Tuva Handschellen anlegen sollte, aber noch war es ja nur ein Verdacht. Solange jemand freiwillig mitkam, konnte man auf die Handschellen auch verzichten.

Natürlich gab es auch den Aspekt der Eigensicherung, doch Tuva schien dermaßen von ihren Kopfschmerzen geplagt zu sein, dass sie nur mit blassem Gesicht neben Viveka auf dem Beifahrersitz saß und die Finger an die Schläfen presste. Eine Gefahr, die von Tuva ausging, konnte Viveka beim besten Willen nicht erkennen.

Viveka ließ ihren Blick über die liebliche Landschaft mit den grünen Wiesen, den blühenden Bäumen und den weiten Feldern wandern, die ihr plötzlich viel hübscher vorkam als auf dem Hinweg. Als ob die Sonne, die darauf fiel, nun auch aus ihr heraus leuchtete.

Was für ein kitschiger Gedanke, aber irgendwie auch schön, fand Viveka.

»Können wir mal anhalten?«, durchbrach Tuvas matte Stimme ihre rosaroten Träumereien. »Ich muss mal.«

»Wir sind in einer halben Stunde in Göteborg«, gab Viveka zurück. »So lange können Sie doch wohl noch warten?«

»Ich glaube nicht«, jammerte Tuva. »Wenn es nicht schnell geht, mache ich mir in die Hose.«

Viveka drosselte das Tempo. Das hätte ihr gerade noch gefehlt! Der Kleinwagen war nur geleast, und wenn sie das versprochene schicke Auto von ihrem Vater bekam, wollte sie den Toyota zurückgeben. Wenn die Sitze dann verschmutzt waren, müsste sie eine erhebliche Nachzahlung leisten.

Warum hatte sie nicht einen der Dienstwagen genommen? Sie hatte vorgehabt, nach der Befragung direkt nach Hause zu fahren und nicht noch einen Abstecher ins Präsidium zu machen, aber den zeitlichen Vorteil hätte der leistungsstärkere Motor eines Volvo XC 70 problemlos wettgemacht.

Nun, jetzt war es zu spät, um mit dem Schicksal zu hadern.

Viveka hielt Ausschau und erspähte einen kleinen Waldweg, in den sie einbog. Nach fünfzig Metern stoppte sie.

»Bleiben Sie sitzen!«, warnte sie Tuva und stieg aus dem Wagen. Sie ging zur Beifahrertür und öffnete sie. »So. Jetzt dürfen Sie raus.«

Tuva schlüpfte aus dem Auto und streckte sich. Viveka deutete auf einen niedrigen Busch. »Bitte sehr.«

Tuva nickte, lief zu dem Busch und hockte sich dahinter. Viveka sah, wie sie ihren Rock anhob, doch mehr passierte nicht.

»Ich kann nicht, wenn Sie zugucken«, klagte Tuva.

Viveka verdrehte die Augen. Sie wandte sich ab und verschränkte die Arme vor der Brust. Ungeduldig wartete sie darauf, dass das Plätschern einsetzte, doch stattdessen hörte sie das Geräusch brechender Zweige.

Sie wirbelte herum und sah gerade noch, wie Tuva durch den Wald davonrannte. Auf einmal wirkte sie gar nicht mehr kränklich.

Viveka lief hinter ihr her, hatte aber keine Chance. Ihre Pumps waren für den Waldboden absolut ungeeignet, Tuvas Turnschuhe dagegen perfekt.

»Stehen bleiben! Oder ich schieße!« Viveka zog ihre Pistole aus dem Holster und richtete sie nach oben.

Natürlich durfte sie nicht auf die Flüchtende schießen, aber sie konnte zumindest einen Warnschuss abgeben, in der Hoffnung, dass Tuva vor Schreck innehalten würde.

Viveka drückte ab.

Der Schuss hallte laut durch den Wald. Vögel flogen erschrocken auf, und direkt neben Viveka huschte ein Reh vorbei.

Tuva blieb nicht stehen. Sie rannte weiter und war gleich darauf Vivekas Blicken entschwunden.

Viveka fluchte laut.

Wie dumm konnte man sein? Sie hatte den Zettel mit dem Lotto-Sechser in der Hand gehabt, und dann hatte sie ihn höchstpersönlich in der Toilette hinuntergespült.

Wütend steckte sie die Waffe ins Holster und stakste zu ihrem Wagen zurück.

Ihr Zorn auf sich selbst war schlimm genug, aber noch schlimmer war, dass sie Frederik informieren musste.

Andererseits war Tuvas Flucht ja wohl ein klares Schuldeingeständnis. Warum sollte sie weglaufen, wenn sie nichts mit dem Mord an Anders Nordin zu tun hatte?

Im Grunde war das sogar noch besser. Tuva mithilfe einer Hundestaffel wieder einzufangen, würde ein Leichtes sein. Und dann würde der angeblich trauernden Witwe gar nichts anderes übrig bleiben, als die Morde zu gestehen.

Viveka lächelte und griff nach dem Handy.

Der Lottoschein war soeben auf wundersame Weise wieder aus der Kanalisation aufgetaucht.

26

Frederik hätte gelacht, wenn er nicht so ärgerlich gewesen wäre.

Viveka hatte es tatsächlich geschafft, die Hauptverdächtige in einem Mordfall entkommen zu lassen.

Trotzdem hatte er ihr keine Vorwürfe gemacht. Es nützte nichts, über verschüttete Milch zu jammern. Viveka würde aus ihrem Fehler lernen, und es würde sie für die Zukunft zu noch besseren Leistungen anspornen. Wichtig war, dass sie den Respekt vor ihm behielt, und das erreichte er nicht, indem er sie zusammenstauchte.

Nachdem sich sein Zorn gelegt hatte, entschied er, die Zeit bis zur Ergreifung der Flüchtigen für einen Besuch bei seinem Vater zu nutzen. Es war bereits Mittwoch, und spätestens in der nächsten Woche musste Lykke wieder den Unterricht in ihrer Schule aufnehmen und konnte sich nicht länger mit Emma in Sälvik verstecken. Frederik musste eine andere Lösung finden.

Wie immer waren seine Gefühle zwiespältig, als er sich mit dem Motorroller dem Hafenort Långedrag näherte, in dem er geboren war und bis zu seinem zwölften Lebensjahr gelebt hatte, bis zu jenem verhängnisvollen Tag, als er seine tote Mutter im Wasser gefunden hatte. Seine schönsten, aber auch seine schrecklichsten Erinnerungen waren mit diesem Ort verknüpft. Immerhin wusste er mittlerweile, dass nicht sein Vater die Schuld am Selbstmord seiner Mutter trug, und er hatte nach all den Jahren den Kontakt zu ihm wiedergefunden.

Auf der rechten Seite tauchte das Gelände von *Forsbergs Bootsfabrik* auf, und Frederik fuhr über den Hof zu dem kleinen Holzhaus, in dem sich Sivards Büro befand. Die Tür stand offen, und er konnte sehen, dass sein Vater am Schreibtisch saß und über einem großen Papierbogen brütete, wahrscheinlich der Konstruktionsskizze für ein neues Boot.

Der Betrieb seines Vaters war viel kleiner als *Nordins Schiffs- und Bootsbau,* und Sivard baute auch keine Luxusjachten, aber davon abgesehen waren die beiden Unternehmen ähnlich aufgebaut. Es gab Werkshallen und Docks, Kräne und Slipanlagen und jede Menge Boote, die vor den Hallen aufgebockt waren. Alte, die einen neuen Anstrich brauchten, und neue, die ihrem Auftraggeber vorgeführt werden sollten, ehe man sie zu Wasser ließ.

Sivard kam auf ihn zu, als Frederik gerade den Helm verstaut hatte, zog ihn in die Arme und schlug ihm kräftig auf die Schulter.

»Deine Emma ist ein tolles Mädchen«, sagte er. »Lykke ist ganz begeistert, wie klug sie ist, und die drei haben jede Menge Spaß, Lykke, Nellie und Emma.«

Frederik lächelte. Er bezweifelte, dass es wirklich so einfach war, aber es tat gut, Lykkes und Sivards Fürsorge zu spüren.

Sivard legte ihm den Arm um die Schultern. »Komm. Ich zeige dir die Werft. Sie ist gewachsen, seit du das letzte Mal hier warst. Damit meine ich nicht deinen Kurzbesuch im letzten Jahr, als du diese merkwürdigen Typen am Hals hattest, sondern damals, als du ein Junge warst.«

Die merkwürdigen Typen waren die Handlanger von Arvid Ekström. Sie waren auf der Suche nach Lea und Emma gewesen, die Frederik ins Frauenhaus gebracht hatte. Leider hatte sich Lea entschieden, zu ihrem Mann zurückzukehren, unter der Bedingung, dass er Emma in Ruhe ließ. Aber Arvid Ekström gehörte nicht zu den Männern, die sich an solche Verabredungen hielten.

Frederik folgte seinem Vater über das Gelände und bestaunte

das neue Trockendock und die modernen Kräne und Slipvorrichtungen. Das Geschäft seines Vaters lief offenbar gut.

»Die Touristen kommen gerne zu mir«, bestätigte Sivard. »Weil hier alles schnell und unkompliziert geht. Wenn einer auf seinem Urlaubstörn ein Leck hat, will er sich nicht ans Ende einer langen Warteliste setzen lassen. Wir legen dann einfach eine Nachtschicht ein, und der Urlaub ist gerettet.«

Frederik betrachtete seinen Vater. Er war grau geworden, aber er strahlte immer noch dieses ruhige Selbstbewusstsein aus, das Frederik als Kind das Gefühl vermittelt hatte, es gäbe kein Problem, das sein Vater nicht lösen konnte. Plötzlich wünschte er sich, dass es immer noch so wäre, dass er einfach nur den Kopf an Sivards Schulter legen müsste, und sein Vater würde ihm übers Haar streichen und die Dämonen vertreiben.

Aber so war das Leben nicht.

»Wie soll es jetzt weitergehen mit Emma?«, fragte Sivard, während sie über den Hof zu einer Werkshalle gingen, aus der laute Hammerschläge ertönten.

»Ich weiß es nicht«, gestand Frederik. »Am liebsten würde ich sie bei den Großeltern in Kiel unterbringen, aber ich fürchte, sie sind zu alt.«

Sivard blieb stehen. »Fast neunzig, wenn ich mich nicht täusche?«

»Ja. Oma Anna ist siebenundachtzig, Opa Franz neunundachtzig. Er ist furchtbar vergesslich geworden, und sie sieht kaum noch etwas, aber irgendwie kommen sie zurecht.«

»Das ist schön, aber sicher nicht das richtige Umfeld für ein autistisches Mädchen.«

»Nein.«

»Also.« Sivard holte tief Luft. »Deshalb wollte ich dich fragen, ob du dir vorstellen kannst, dass wir sie nehmen, Lykke und ich.«

Frederik blinzelte. Die Rührung schnürte ihm die Kehle zu. Er wollte zustimmen, wusste aber, dass er das nicht tun durfte.

»Es geht nicht«, sagte er. »Ekström würde sie aufspüren, und dann wäre nicht nur Emma in Gefahr.«

»Ich habe mit meinem Anwalt gesprochen«, erwiderte Sivard. »Du müsstest es offiziell machen. Wenn Ekström das Sorgerecht entzogen wird, wird er die Füße stillhalten. Der hat den Behörden zu oft ein Schnippchen geschlagen, als dass er jetzt wegen Kindeswohlgefährdung oder dergleichen in den Knast wandern will.«

Frederik überlegte. Was sein Vater sagte, war in etwa das, was er selbst bei seinem Gespräch mit Mats gedacht hatte. Vermutlich stimmte es, und genau betrachtet gab es ohnehin kaum eine andere Möglichkeit. Die Alternative wäre, Emma zurück ins Heim zu bringen, und da war sie auf keinen Fall sicher.

»Aber wie soll das gehen, Ekström das Sorgerecht zu entziehen?«

Sivard hob die Augenbrauen. »Das muss ich dir doch nicht sagen.«

Frederik schnitt eine Grimasse. Sein Vater hatte natürlich recht. Lea musste Anzeige erstatten, und Frederik musste herausfinden, ob Ekström oder er Emmas Vater war.

»Wir holen sie erst einmal zu uns«, sagte Sivard. »Und du kümmerst dich um den Rest.«

Sein Vater ging weiter, und Frederik blieb an seiner Seite, tief in seine Gedanken versunken.

Aus der Werkshalle waren plötzlich laute Stimmen zu hören. Jemand brüllte wütend, ein anderer schrie in kaum geringerer Lautstärke zurück.

Sivard beschleunigte seine Schritte, und Frederik lief hinter ihm her.

In der Halle standen zwei Männer vor einem Boot, der eine um die vierzig, mit dichten schwarzen Locken und in einem abgewetzten blauen Overall, der andere Anfang zwanzig, mit Haaren, die so blond waren wie Frederiks, und Augen, die das gleiche Grau hatten. Er trug Bluejeans und eine neongelbe Arbeitsjacke.

»Neo. Folke. Was ist hier los?«, polterte sein Vater.

Der Schwarzgelockte drehte sich zu Sivard um. »Dein Sohn«, er deutete auf Neo, »hat Mist gebaut. Das kommt davon, wenn man einen von den Studierten hier rumschrauben lässt.«

Sivard hob beschwichtigend die Hände. »So schlimm wird es schon nicht sein. Was ist es denn?«

Folke wollte sich offensichtlich nicht beruhigen. »Du glaubst es nicht«, schimpfte er. »Er hat den Motor falsch herum eingebaut. Jetzt fährt das Boot rückwärts, wenn man Gas gibt, und nach vorn, wenn man den Rückwärtsschub betätigt.«

Frederik lief ein Schauer über den Rücken. »Moment. Das ist möglich?«

Sivard wandte ihm den Blick zu. »Interessierst du dich jetzt doch fürs Bootsbaugeschäft?«

»Nur für diesen einen Punkt.«

»Aha?« Sivard hob die Augenbrauen, fragte aber nicht weiter.

Frederik wartete ungeduldig. »Also?«

»Ja«, sagte Sivard. »Bei manchen Motortypen geht das.«

»Was muss man dafür tun?«

»Nichts Besonderes. Du musst den Motor einfach nur andersherum einbauen.«

»Ist das auch bei einem fertigen Schiff möglich? Und wie lange würde es dauern?«

»Du stellst vielleicht Fragen. An den Motor kommt man bei den meisten Schiffen gut heran, es kann schließlich jederzeit ein Schaden auftreten, den man reparieren muss. Und der Umbau? Je nach Bootstyp zwanzig bis dreißig Minuten, wenn man weiß, wie es geht, schätze ich.«

»Wenn man es so schnell in Ordnung bringen kann, warum regst du dich dann so auf?«, fragte Neo seinen Kollegen.

Folke gestikulierte. »Es geht nicht um die Arbeitszeit, sondern darum, was passiert wäre, wenn ich es nicht gemerkt hätte.«

Frederik konnte sich das sehr gut vorstellen. Ein Boot, das nach vorn schoss, obwohl man den Rückwärtsschub betätigte. Genauso hatte Anders Nordin beschrieben, was auf der Jacht geschehen war, die den Kutter seines Vaters gerammt hatte. Eine durch die Aufregung des Zehnjährigen ausgelöste falsche Erinnerung, hatte Frederik gedacht. Doch was, wenn es die Wahrheit war?

»Kannst du mir eine Liste der Motortypen zusammenstellen, bei denen das möglich ist?«, fragte er seinen Vater.

»Ich kümmere mich darum.« Neo ergriff die Gelegenheit beim Schopf. »Ich gehe rasch ins Büro und drucke sie dir aus.«

Bevor jemand widersprechen konnte, spurtete er über den Hof davon.

»Guter Junge«, bemerkte Folke und grinste.

Frederik sah ihn verdattert an. »Du bist gar nicht sauer?«

»Ach was. Es ist noch kein Meister vom Himmel gefallen.« Der Bootsbauer blinzelte ihm zu. »Ich wollte nur, dass es ihm im Gedächtnis bleibt. Damit es ihm nicht noch einmal passiert.«

Sivard klopfte Folke auf die Schulter und ging mit Frederik zurück auf den Hof. »Jetzt sag schon«, drängte er. »Was ist an diesem falsch eingebauten Motor so interessant für dich?«

»Er ist möglicherweise die Lösung«, erwiderte Frederik. »Für ein Rätsel, das mich schon seit einer ganzen Weile beschäftigt.«

Tuva Nordin stolperte durch den lichten Wald.

Was hatte sie sich nur dabei gedacht? Welchen Sinn hatte es, vor der Polizei davonzulaufen? Sie hatte ohnehin keine Chance.

Sie hatte weder Geld noch Papiere dabei. Nichts, um einen Fahrschein oder ein Flugticket zu kaufen. Nicht einmal ihr Smartphone hatte sie eingesteckt. Das hing im Wohnzimmer ihrer Eltern am Ladekabel. Sie trug nichts am Leib als das bequeme Hauskleid, mit dem sie sich hingelegt hatte, und die dünne Strickjacke, die sie rasch übergezogen hatte, als die Polizistin ihr mitteilte, sie würde sie mitnehmen. Vollkommen kopflos war sie gewesen, sonst hätte sie zumindest an das Handy gedacht. Das einzig Sinnvolle waren die Turnschuhe, in die sie geschlüpft war und mit denen es ihr gelungen war, der Polizistin in den hochhackigen Pumps davonzulaufen.

Aber das war typisch für sie. Sie handelte, ohne nachzudenken. Sonst hätte sie kaum eine Affäre mit ihrem Schwager und gleichzeitig auch noch mit ihrem Schwiegervater angefangen. Sie hatte Sixten doch nie verlassen wollen! Er war der Vater ihrer Kinder, und sie liebte ihn. Es war nur diese unstillbare Sehnsucht nach dem Kitzel der Erregung und jenem köstlichen Moment, wenn sie den Gipfel erklomm und alle Spannung von ihr abfiel.

Halvar hatte sie in Versuchung geführt. Er war die ältere und reifere Ausgabe von Sixten. Ein Mann, der mitten im Leben stand, stark und erfolgreich, und der darüber hinaus genau wusste, wie man eine Frau anfassen musste. Nicht so wild und leidenschaftlich wie Anders, der jedes Mal wie eine Flutwelle über sie hereingebrochen war, aber Halvar kannte jeden sensiblen Punkt ihres Körpers und wusste vortrefflich auf dieser Klaviatur zu spielen.

Immer stärker war das Gefühl geworden, dass er der bessere Partner wäre. Dabei hatte sie im Grunde von Anfang an gewusst, dass ihr Halvar allein ebenso wenig genügen würde wie Sixten.

Aber nun war ja ohnehin alles verloren. Astrid hatte sie aus dem Haus gejagt, und solange sie lebte, würde sich Halvar niemals von ihr trennen. Nicht jetzt, wo sie so krank war und seine Hilfe brauchte. Dazu war er viel zu anständig. Das Rebellische hatte er sich für ihre gestohlenen Stunden aufgespart. In seinem wirklichen Leben war er ein rationaler und vollkommen auf sein Ziel konzentrierter Mann. Er würde Tuva nicht retten, und sie selbst konnte es auch nicht.

Erschöpft blieb sie stehen und hockte sich dann auf den Boden. Die Polizistin hatte sie rasch abgeschüttelt, aber nun hatte sie keine Ahnung, wo sie sich befand. Und sie hatte nicht die leiseste Idee, wohin sie gehen sollte.

Halvar würde sie nicht vor der Polizei verstecken, und Anders war tot. Sonst hatte sie niemanden. Die Freundinnen aus der Schule und dem Studium hatte sie aus den Augen verloren, genau wie die Kolleginnen, mit denen sie damals in der Vorschule zusammengearbeitet hatte. Sie war ja mit ihren Kindern und später mit ihren Männergeschichten beschäftigt gewesen.

Ein kalter Windstoß fuhr ihr unter die dünne Strickjacke, und sie fröstelte.

Zum ersten Mal sah sie ihr Leben so, wie es wirklich war. Eine lange Kette falscher Entscheidungen. Astrid hatte recht gehabt. Tuva hatte geglaubt, es sei nur Missgunst, weil ihr Sohn aus ihrer Sicht unter Stand geheiratet hatte, aber in Wahrheit hatte Astrid den Nagel auf den Kopf getroffen.

Tuva hatte nichts aus ihren Chancen gemacht.

Aber noch war es ja nicht zu spät, etwas daran zu ändern. Sie könnte einfach noch einmal von vorn anfangen, gemeinsam mit den Kindern.

In einiger Entfernung hörte sie Hunde bellen, und kurze Zeit später tauchten zwischen den Bäumen Menschen auf, die eine Kette bildeten. Uniformierte Beamte, die im Abstand von zwanzig, dreißig Metern nebeneinanderher gingen und den Wald durchkämmten, einige davon mit aufgeregten Hunden an der Leine.

Tuva blieb, wo sie war. Wegzulaufen hatte keinen Sinn. Bevor sie in eine neue Zukunft startete, musste sie sich der Vergangenheit stellen.

Es war wie bei einer Reihe von Dominosteinen, von denen der erste umkippte. Die restlichen fielen dann einer nach dem anderen.

Frederik war auf halbem Weg in die Stadt und hatte eben den Västra kyrkogården passiert, als das Handy in seiner Jacke vibrierte. Er lenkte den Roller an den Straßenrand, nahm den Helm ab und hielt sich das Telefon ans Ohr.

Zuvor hatte er bereits mit Jule Döring telefoniert, einer der beiden deutschen Studentinnen, die den toten Sixten Nordin am Strand von Sillvik gefunden hatten. Sie hatte sich daran erinnert, dass sie bei ihrem Besuch der Nordin-Werft tatsächlich über das Phänomen des umgekehrten Schubs gesprochen hatten. Sixten Nordin hatte sich, wie er ihnen erklärt hatte, immer mehr mit dem Geschäftlichen als mit den praktischen Fragen des Bootsbaus befasst und erst kürzlich herausgefunden, dass es diese Möglichkeit gab. Jule hatte den Eindruck gewonnen, dass er darüber aus irgendeinem Grund, den er ihnen nicht genannt hatte, sehr verstört zu sein schien. Frederik hatte Jule versprochen, sie erneut zu kontaktieren, wenn der Fall geklärt war.

Gleich darauf hatte er eine Nachricht von Viveka erhalten, dass man die flüchtige Tuva Nordin festgenommen hatte, doch das erschien ihm plötzlich vollkommen nebensächlich. Er hatte angeordnet, Tuva in Polizeigewahrsam bringen zu lassen. Wenn er sich täuschte, könnte er sie später immer noch vernehmen. Aber seine Intuition sagte ihm, dass er der anderen Spur folgen sollte.

Dieses Mal war Anna am Telefon. Frederik hatte sie gebeten,

Recherchen zu Lasses Mutter Meret Grahn anzustellen. Bisher wussten sie nur, dass Halvars Lebensgefährtin sich von ihm getrennt und ihn mit dem Sohn allein gelassen hatte, weil sie nicht damit zurechtgekommen war, dass Halvar sich nach dem Bootsunglück so intensiv um die Familie seines Bruders gekümmert hatte. Sie hatten diesen Punkt nicht weiterverfolgt, aber Frederik hatte plötzlich das Gefühl, dass es wichtig war.

»Hast du herausgefunden, wo die Frau heute lebt?«, fragte er.

»Du wirst lachen«, erwiderte Anna. »Sie lebt gar nicht mehr.«

Frederik fröstelte unwillkürlich. »Was ist passiert?«

»Man hat sie leblos in einer kleinen, heruntergekommenen Wohnung in Torslanda gefunden. Gar nicht weit von der Adresse, unter der ihr Sohn Lasse heute lebt. Der Notarzt hat ihren Tod festgestellt und auf Suizid erkannt.« Anna machte eine kleine, bedeutungsvolle Pause. »Sie hatte Tabletten genommen und sie mit Wodka hinuntergespült. Jedenfalls deuteten die leeren Flaschen und Pillenschachteln darauf hin.«

In Frederiks Kopf fand ein weiteres Puzzleteil seinen Platz. »Was hat die Obduktion ergeben?«

»Tod durch multiples Organversagen. Der Rechtsmediziner hat Verletzungen an den Zähnen sowie in Mund und Rachen gefunden, aber die hätte sie sich im betrunkenen Zustand auch selbst zugefügt haben können. Die ermittelnden Beamten haben Halvar Nordin befragt. Er hat ausgesagt, dass Meret nach der Trennung von ihm in ein tiefes Loch gefallen sei.«

Frederik blinzelte. Warum hatte Halvar ihnen diese Geschichte verschwiegen und behauptet, seine Lebensgefährtin habe ihn verlassen? Hatte er das Drama auf diese Weise für sich umgedeutet, weil er anders nicht mit seinen Schuldgefühlen zurechtgekommen wäre? Oder gab es noch einen anderen Grund?

»Die Ermittlungen wurden daraufhin eingestellt. Das Ergebnis lautete Tod durch Suizid.«

»Danke, Anna.« Frederik wollte das Gespräch beenden, aber Anna hielt ihn zurück.

»Warte. Da ist noch etwas. Du hattest mich doch gebeten, die Erbschaftsfrage zu klären.«

»Ja?«

»Ich habe mit dem Notar von Astrid Nordin gesprochen. Es gibt ein Testament, das Sixten Nordin zum Alleinerben bestimmt. Astrids Ehemann Halvar bekommt nur den Pflichtteil, genau wie Astrids zweiter Sohn Anders.«

Ein weiteres Teil, das ins Bild passte.

Frederik bedankte sich noch einmal und drückte das Gespräch weg. Er wollte das Telefon in die Tasche stecken, doch es vibrierte bereits wieder. Dieses Mal war es Göran.

»Ich habe die technischen Daten der Unglücksjacht mit der Liste abgeglichen, die du mir gefaxt hast«, erklärte er ohne Vorrede. »Bei der Jacht war tatsächlich ein Motor verbaut, bei dem man durch simples Umdrehen beim Einbau den Schub umkehren kann.«

»Gute Arbeit, Göran.« Frederik beendete auch dieses Gespräch und fuhr sich durch die Haare.

Konstruierte er gerade eine vollkommen abstruse Theorie? Oder war er einer unglaublichen Wahrheit auf die Spur gekommen?

War die Ursache für den Tod von Casper Nordin gar nicht der Fehler eines in Aufregung handelnden Zehnjährigen gewesen, sondern eine Falle, in die Anders getappt war? Hatte Sixten Nordin sterben müssen, weil er dieses Verbrechen aufgedeckt hatte, und Anders, weil er ebenfalls dahintergekommen war?

Frederik verstaute das Telefon und setzte den Helm auf. Er startete den Motor und wendete den Roller.

Zum Glück befand er sich in unmittelbarer Nähe der Älvsborgsbron, der größeren der beiden Göteborger Brücken, über die man vom Festland auf die Insel Hisingen kam. Wenn nicht allzu viel Verkehr herrschte, könnte er in einer knappen Viertelstunde in Björlanda bei der Nordin-Werft sein.

Er hatte plötzlich das Gefühl, dass er keine Sekunde verlieren durfte.

27

Sie wollte es nicht glauben. Dabei sprachen die Dokumente eine eindeutige Sprache.

Halvar hatte die Verkaufsgespräche mit den Chinesen vorangetrieben. Obwohl sie entschieden hatte, dass die Werft im Familienbesitz bleiben sollte. Sie hatte Sixten als Alleinerben eingesetzt. Sixten, der jetzt tot war.

Weil er Halvars Plänen im Weg gestanden hatte?

Sie schaute aus dem Fenster seines Büros auf den Hof der Werft.

Kannte sie diesen Mann noch? Hatte sie ihn überhaupt jemals gekannt? Oder verbarg sich hinter der Fassade des freundlichen, aufrechten, bescheidenen Mannes an ihrer Seite eine Person, die ein gänzlich anderes Gesicht hatte?

Ihr Blick fiel auf die Schiffe, die aufgebockt vor der Werkshalle standen. Schnelle, teure Jachten. Und der Kutter, den seit damals niemand mehr angerührt hatte. Ein Mahnmal, eine Erinnerung an das schreckliche Unglück.

Übelkeit stieg in Wellen aus ihrem Magen auf. Waren das die Medikamente? Oder der schreckliche Verdacht, der sich plötzlich in ihr breitmachte?

Dass Halvar nicht der Engel war, der zu sein er vorgab. Sondern ein Teufel.

Das Grundstück der Nordins wirkte verwaist. Nur der umgebaute Golf und eine silbergraue Limousine, vermutlich Halvars Wagen, standen vor dem Haus. Alles wirkte wie eine Filmkulisse, die beiden weißen Villen auf dem großen Grundstück mit dem gepflegten, dichten grünen Rasen vor dem blau schimmernden Wasser des Kattegats. Eine prachtvolle Fassade, doch wenn Frederik recht hatte, sah es dahinter ganz anders aus.

Er stellte den Roller neben den beiden Fahrzeugen ab und ging zur Haustür. Sie war verschlossen, und auf sein Klingeln antwortete niemand. Frederik wartete eine Weile und lief dann ums Haus herum. Vielleicht könnte er durch eines der Fenster oder durch die Terrassentür ins Innere spähen.

Beim dritten Fenster hatte er Glück, doch was er sah, ließ ihm das Blut in den Adern gefrieren.

Astrid Nordin saß in einem der Sessel im Wohnzimmer. Ihre Beine waren mit einem breiten Gymnastikband zusammengebunden. Ihr Oberkörper war mit einem ähnlichen Band an der Rückenlehne des Sessels fixiert. Ihre Arme waren eng an den Körper gepresst und mit einem dritten Band umwickelt. Sie konnte sich keinen Millimeter rühren, aber zugleich würde diese Fesselung kaum Spuren hinterlassen.

Halvar Nordin stand hinter seiner Frau. Er hatte eine Hand um ihren Unterkiefer gelegt und hielt damit gleichzeitig ihren Mund geöffnet und ihren Kopf nach hinten gedrückt. In der anderen Hand hatte er eine Flasche, deren Inhalt er in den Trichter goss, der in Astrids Rachen steckte.

Frederik zögerte nicht lange. Er zog sein Smartphone hervor und wählte die Nummer der Rettungsleitstelle, während er bereits weiter um das Haus herumlief. Rasch informierte er die Kollegen und forderte Verstärkung und einen Notarzt an. Dann schob er das Handy in die Gesäßtasche und stellte die

Umhängetasche an die Hauswand. Er öffnete den Knopf des Gürtelholsters und schlich auf die Terrasse.

Die Türen waren geschlossen. Frederik sah sich um. Er brauchte irgendetwas, mit dem er eine Scheibe einschlagen konnte. Besser wäre es gewesen, wenn er sich lautlos hätte anschleichen können, doch in diesem Fall galt es vor allem, keine Zeit zu verlieren. Halvar würde den Lärm zweifellos hören, aber das Überraschungsmoment wäre dennoch auf Frederiks Seite.

Frederik entschied sich für einen Tonkübel, in dem ein kleiner Baum mit zartgrünen Blättern steckte. Er packte den dünnen Stamm am oberen Ende und schwang den Topf wie ein Hammerwerfer gegen die Terrassentür.

Das Glas splitterte mit einem lauten Knall, und ein Scherbenregen ergoss sich in den Wintergarten. Frederik ließ den Baum fallen und zog sein Jackett aus. Er wickelte den Stoff um Hand und Unterarm und schlug die scharfen Zacken aus der Scheibe. Als das Loch groß genug war, um hindurchzusteigen, warf er das Jackett beiseite.

Er durchquerte den Wintergarten und stürmte ins Wohnzimmer.

Astrid starrte ihn aus glasigen Augen an. Halvar war verschwunden.

Frederik rannte durch den Flur zur Haustür und riss sie auf.

Die graue Limousine wendete mit durchdrehenden Reifen und schoss über den Kiesweg davon.

Frederik lief zurück ins Wohnzimmer. Er zog das Handy aus der Hosentasche, rief Hedda an und bat sie, eine Fahndung nach Halvar Nordin und dem silbergrauen Wagen herauszugeben. Dann kümmerte er sich um Astrid Nordin.

Wie hatte nur alles so schiefgehen können?

Halvar schaffte es nicht, die Tränen zurückzudrängen. Sie liefen ihm über das Gesicht und tropften auf seine Hände, die das Lenkrad umklammerten. Die Straße verschwamm vor seinen Augen, und er hatte Mühe, die Spur zu halten.

All seine Hoffnungen waren dahin. Seine Träume waren geplatzt, seine Pläne gescheitert. Die zweite Chance in der Werft und die neue Familie. Ein Leben mit Tuva und ihren beiden süßen Mädchen. Nichts davon würde wahr werden.

Stattdessen hatte dieser Kommissar herausgefunden, was er getan hatte. Nachdem er gesehen hatte, wie er Astrid das Schmerzmittel verabreichte, war es ein Leichtes, darauf zu schließen, dass er auch für Sixtens und Anders' Tod verantwortlich war. Und vielleicht hatte Forsberg auch begriffen, was damals wirklich geschehen war, als die Luxusjacht ihres Kunden mit Caspers Fischkutter havariert war.

Dabei war der Plan absolut narrensicher gewesen, und zwanzig Jahre lang hatte alles genauso funktioniert, wie er es sich ausgemalt hatte. Er hatte die Frau geheiratet, die er liebte, und ein sicheres Auskommen in der Werft gefunden. Doch dann war diese heimtückische Krankheit gekommen. Aus der wunderschönen Frau war ein Wrack geworden, das er kaum noch ansehen konnte. Das Teakholz-Geschäft hatte sich zum Desaster entwickelt, und schließlich hatte Sixten auch noch herausgefunden, was sein Stiefvater damals getan hatte.

Halvar war gar nicht so rasch mit dem Löschen hinterhergekommen, wie sich neue Feuer entzündet hatten.

Dass er dann noch hatte erfahren müssen, dass Tuva nicht nur mit ihm, sondern auch mit Anders schlief, und dass Anders auch noch die Stirn gehabt hatte, ihn mit seiner Affäre zu erpressen, hatte dem Fass den Boden ausgeschlagen. Die ganze Welt hatte sich gegen ihn verschworen.

Aber er war noch nicht am Ende. Es gab immer noch eine Chance. Er musste sie nur nutzen.

Es war so etwas wie ein Déjà-vu. Astrid Nordin war ebenso benommen, wie es ihr Sohn Anders am Tag zuvor gewesen war, und Frederik war genauso hilflos. Er hatte sie von den Fesseln befreit und in die stabile Seitenlage auf das Sofa gelegt, aber damit waren seine Möglichkeiten erschöpft.

Das Einzige, was er tun konnte, war, mit Astrid zu reden, damit sie nicht in die Bewusstlosigkeit abglitt. Er hoffte, dass der Rettungswagen rasch kam.

Astrids Blick irrte durch den Raum.

»Er war das, nicht wahr?«, brachte sie mühsam hervor. »Halvar. Er wollte mich loswerden und die Firma zu Geld machen. Deshalb hat er auch meinen Sohn ermordet. Weil Sixten meine Anteile geerbt hätte. Auf diese Weise hätte Halvar nach meinem Tod alles bekommen.« Sie starrte an Frederik vorbei auf die Wand. »Dabei hat er mich einmal so geliebt.«

Frederik dachte an das Drama, das vor mehr als zwanzig Jahren seinen Anfang genommen hatte. »Dennoch ist Ihre Wahl damals auf seinen Bruder gefallen.«

Ein Lächeln erschien auf Astrids Lippen, wie er es noch nie auf ihrem harten Gesicht gesehen hatte. »Casper war so lebendig. Er hat mir die Lebensfreude vermittelt, die es in meiner Familie nicht gab.«

Frederik zog einen Sessel heran und setzte sich so, dass er sie anschauen konnte. »Halvar war eifersüchtig auf ihn.«

»O ja.« Astrid seufzte. »Sie haben mich beide umworben, und als ich mich für Casper entschied, war Halvar am Boden zerstört.«

Frederik nickte. »Deshalb hat er Ihren Mann später getötet.«

Astrid blinzelte. »Nein. Sie wissen doch, was passiert ist. Es war ein tragisches Unglück.«

Frederik hätte sie gern in dem Glauben gelassen, aber sie musste die Wahrheit erfahren.

»Ich fürchte, das war es nicht. Halvar hat den Motor der Jacht so eingebaut, dass sich Vorwärts- und Rückwärtsschub umgekehrt haben. Er hat Ihrem Sohn zugerufen, er solle den Gashebel zurückziehen, und genau das hat Anders auch getan. Nur dass das Boot aufgrund der Manipulation daraufhin nicht langsamer wurde, sondern massiv beschleunigt hat und außer Kontrolle geraten ist.«

Astrid starrte ihn an. »Das ist … teuflisch.«

Frederik griff nach ihren Händen. »Ich glaube, Ihr Sohn Sixten hatte herausgefunden, was damals wirklich passiert war. Deshalb musste er sterben.«

Astrid schloss die Augen. Als sie sie wieder aufschlug, war ihr Blick klarer.

»Ich war ihm so unendlich dankbar, dass er sich um die Jungen und mich gekümmert hat nach dem Unfall. Dabei …« Ihre Stimme versagte. Sie schluckte ein paarmal, ehe sie in bitterem Ton weitersprach. »Was für eine Ironie des Schicksals. Damals hat er meinen Mann aus Liebe zu mir getötet. Und jetzt hat er meine Söhne ermordet, weil er mich nicht mehr lieben kann, seit diese Krankheit meinen Körper zerstört.«

Frederik drückte stumm ihre Hand. Viel mehr gab es dazu nicht zu sagen.

»Warum Anders?«, fragte sie leise.

»Vermutlich weil Anders versucht hat, Halvar mit seiner Affäre mit Tuva zu erpressen. Oder weil Halvar den Kampf um Tuva für sich entscheiden wollte.«

»Mein Gott.« Astrid stöhnte auf. »Was ist das nur mit den Männern, dass die Vernunft aussetzt, wenn sie eine Frau begehren?«

Frederik wollte protestieren, hörte aber von draußen die Sirene eines Rettungswagens, die schnell näher kam. Rasch erhob er sich, um den Sanitätern die Tür zu öffnen.

An die Wand gelehnt sah er zu, wie Astrid Nordin versorgt und auf eine Trage gehoben wurde. Er begleitete die Sanitäter nach draußen.

Die Trage wurde in den Rettungswagen geschoben, und der Wagen fuhr mit Blaulicht und Martinshorn davon.

Frederik setzte sich auf die Stufen vor dem Haus. Er war mit seinen Kräften am Ende.

Aber seine Arbeit war noch nicht erledigt.

Frederik zog sein Smartphone hervor und rief Hedda an.

Die Fahndung nach Halvar Nordin war eingeleitet, hatte bisher aber keinen Erfolg erbracht.

Frederik dachte nach. Was würde er an Halvars Stelle tun? Halvar wusste, dass er enttarnt war. Er musste versuchen, das Land zu verlassen und irgendwo unterzutauchen. Geld hatte er im Zuge seiner Bemühungen, die Firma in seinen Besitz zu bringen, wahrscheinlich längst beiseitegeschafft.

Mit dem Wagen würde er nicht weit kommen, das war ihm vermutlich klar. Das Beste wäre ein schnelles Boot. Oder ein Jetski, wie ihn Anders Nordin besessen hatte.

Frederik eilte zu seinem Roller, setzte den Helm auf und startete den Motor.

Einen Versuch war es allemal wert.

Wie konnte man nur in einem derartigen Chaos hausen?

Halvar wühlte aufgebracht in Anders' Sachen. Irgendwo musste der Schlüssel für den Jetski doch sein. Aber was Halvar fand, waren nur Schnapsflaschen, Tabakpäckchen, Dosen mit einer Substanz, bei der es sich vermutlich um Cannabis handelte, Werkzeuge zur Holzbearbeitung und Berge schmutziger Wäsche, alles in einem munteren Durcheinander. In der Spüle stapelte sich dreckiges Geschirr, auf dem Boden lagen Späne und feiner Holzstaub.

Wenn er damit gerechnet hätte, fliehen zu müssen, hätte er ein Boot klargemacht, aber irgendwie hatte er die ganze Zeit geglaubt, damit durchzukommen.

Halvars Blick blieb an der Skulptur hängen, die Anders nach Sixtens Tod erschaffen hatte. Sie zeigte ihn selbst, kniend, die Hände vors Gesicht geschlagen. Es war eine großartige Arbeit. Anders hatte wirklich Talent besessen. Er hatte nur nichts daraus gemacht.

Halvar sah aus dem Fenster in den Garten, wo sich Anders' bildhauerische Abscheulichkeiten versammelt hatten. Kurz streifte ihn der Gedanke, dass es seine Schuld war. Es war das Trauma, den Tod seines Vaters verursacht zu haben, das Anders in ein menschliches Wrack verwandelt hatte.

Er, Halvar, hatte diesen Schaden nicht wiedergutmachen können, weil er nichts davon gewusst hatte. Bis heute hatte er geglaubt, dass Sixten am Steuer der Jacht gestanden hatte. Der war nach dem Unfall zwar auch traumatisiert gewesen, hatte sich aber wieder gefangen.

Wie hätte er ahnen sollen, dass sein missratener Sohn Lasse alles durcheinandergebracht hatte? Weil er sich mit Sixten geprügelt und deshalb Anders das Ruder übernommen hatte?

Er hätte ihn an diesem Tag einfach zu Hause lassen sollen, aber es hatte wieder einmal Streit mit Meret gegeben, und er hatte einfach keine Lust auf eine weitere Auseinandersetzung gehabt. Er wollte in ein neues Leben starten, mit einer neuen Frau an seiner Seite.

Aber es nützte nichts, zu hadern. Die Fehler von damals ließen sich nicht mehr korrigieren.

Halvar wühlte in den Regalen, in denen Anders seine Kleidung aufbewahrt hatte, ohne Erfolg. Plötzlich überfiel ihn Panik. Die Polizei war hier gewesen und hatte alles durchsucht. Was, wenn sie den Schlüssel mitgenommen hatten?

Aber warum sollten sie das tun?

Halvar versuchte, sich wieder zu beruhigen. Systematisch tastete er die Taschen aller Kleidungsstücke ab, fand aber nichts. Er wollte sich gerade frustriert auf das Bett sinken lassen, als ihm ein Gedanke kam.

Anders war schlampig gewesen. Vielleicht hatte er den Schlüssel einfach im Zündschloss des Jetskis stecken lassen, damit er ihn nicht suchen musste?

Mit neuer Energie durchquerte er den Wohnraum und riss die Tür auf.

Links von sich registrierte er eine Bewegung. Ein Motorroller mit Beiwagen in Blaumetallic kam lautlos auf das Haus zu.

Halvar rannte los.

Frederik beschleunigte, als er Halvar sah, und folgte ihm mit dem Roller bis zu dem Steg, an dem der Jetski lag. Er riss sich den Helm vom Kopf und warf ihn einfach beiseite. Vom Wasser her hörte er einen unterdrückten Triumphschrei. Rasch stieg er ab und lief ans Ende des Stegs. Fast wäre er auf einer nassen Planke ausgeglitten, fing sich aber gerade noch.

Halvar hatte bereits die Leinen gelöst. Anders' schnittiger Jetski trieb einige Meter vom Steg entfernt auf dem Wasser. Frederik zog seine Waffe und richtete sie auf Halvar.

»Kommen Sie zurück.«

Halvar lächelte ihn an. »Sicher. Sobald die Maschine anspringt.« Er drehte den Schlüssel im Zündschloss und betätigte irgendwelche Schalter, hatte jedoch keinen Erfolg. Kopfschüttelnd sah er zu Frederik. »Wie kann man so viel Technik an einem so kleinen Wasserfahrzeug verbauen? Jeder Führerstand einer Luxusjacht ist übersichtlicher.«

Frederik hielt die Pistole fest in beiden Händen. Über Kimme und Korn peilte er Halvars linke Schulter an.

»Lassen Sie sich Zeit. Aber kommen Sie nicht auf dumme Gedanken. Ich bin ein guter Schütze.«

»Das bezweifle ich nicht.« Halvar fummelte weiter an der Elektronik herum.

»Warum?«, fragte Frederik. »Warum mussten Ihre beiden Söhne sterben?«

Halvar unterbrach seine Versuche, den Jetski in Gang zu setzen. »Haben Sie sich das nicht längst zusammengereimt? Sixten hatte herausgefunden, dass ich die Luxusjacht unseres Kunden manipuliert hatte, damit sie beschleunigt, wenn man den Gashebel zurückzieht. Der Rest ergab sich quasi von selbst. Dass ich das Netz absichtlich ins Wasser geworfen habe, damit einer der Jungen das Steuer übernehmen musste.«

»Sie haben Ihren Bruder eiskalt ermordet.«

»Er hatte die Frau, die ich über alles geliebt habe.«

»Und die Sie jetzt ebenfalls töten wollten.«

»Ja.« Halvar sah gedankenvoll in die Ferne. »Das Leben geht seltsame Wege, finden Sie nicht auch?«

»Was wollte Sixten mit seinem Wissen anfangen? Wollte er Sie erpressen?«

»Sixten?« Halvar lachte laut. »Sixten war der aufrechteste Mensch, den ich kenne. Er hat verlangt, dass ich seiner Mutter die Wahrheit sage und mich der Polizei stelle. Wenn nicht, wollte er es tun. Er hat mir bis zum Tag nach der Feier Bedenkzeit gegeben.«

Frederik nickte. Das also war der Auslöser gewesen, mit dem das ganze Unheil begonnen hatte.

»Aber das konnten Sie nicht zulassen«, sagte er. »Also haben Sie Sixtens Tod geplant.«

»Nein.« Halvar wandte ihm den Blick zu. »Das war das Verrückte. Ich habe überhaupt nichts geplant. Ich wusste, dass ich ihn irgendwie davon abhalten musste, aber ich hatte einfach keine Idee, wie ich es anstellen soll. Und dann ist mir das Schicksal zu Hilfe gekommen.«

»In Gestalt von Anders, der sich mit Sixten gestritten und ihm den Eiskübel über den Kopf gegossen hat. Und in Gestalt Ihres Sohnes, mit dem es vor Sixtens Haus einen weiteren Streit gab.«

»Ja.« Halvar nickte versonnen. »Danach war Sixten so aufgebracht, dass er nicht zur Feier zurückgekehrt ist, sondern stattdessen ins Dock gegangen ist und sich seinen Neoprenanzug angezogen hat, um eine Runde mit dem Brett rauszufahren.«

»Und Sie haben die Gelegenheit genutzt und ihn niedergeschlagen.«

»Nein. Ich habe versucht, mit ihm zu reden, aber er wollte nicht einsehen, dass es besser ist, nicht an der Vergangenheit zu rühren. Er hat gesagt, er hätte die Schnauze voll von mir und seinen Brüdern. Ich solle ihn in Ruhe lassen. Und dann hat er sich einfach weggedreht.« Halvar hob die Hände. »Ich habe das Mittelstück von seinem Paddel genommen und ihm über den Kopf gezogen.« Wieder lachte er, als könnte er selbst kaum fassen, wie leicht alles gewesen war. »Die Flasche mit dem Wodka hatte ich in der Hand. Eigentlich wollte ich mich einfach volllaufen lassen, aber als Sixten dann da vor mir lag, hatte ich plötzlich die Idee. Ich habe ein paar Seile genommen, die herumlagen, und ihn gefesselt. Dann habe ich ihm den Schnaps eingeflößt, und als die Flasche leer war, habe ich ihn so lange im Becken untergetaucht, bis er sich nicht mehr gerührt hat. Zuletzt habe ich die Finne am Brett angebracht, das Paddel zusammengebaut und ihm die Fesseln abgenommen. Ich habe ihn auf das Brett gelegt und hinaustreiben lassen, damit es so aussieht, als wäre er betrunken verunglückt.« Er hob die Schultern. »Ich dachte, das wäre ein guter Plan, aber offensichtlich haben Sie trotzdem die Wahrheit herausgefunden.«

»Die Rechtsmedizin vermag so einiges«, gab Frederik zurück. »Die Flasche hat Spuren in Sixtens Rachen hinterlassen. Wir konnten auch feststellen, dass er nicht im offenen Meer, sondern hier im Dock ertrunken ist, weil wir Rostpartikel in seiner Lunge gefunden haben. Und die Spuren der Fesselung konnte man erkennen, obwohl der Neoprenanzug den Druck reduziert hat.«

»Tja. Pech.« Halvar schaute etwas ratlos auf das Armaturenbrett des Jetskis.

»Und Anders? Warum musste er sterben?«, fragte Frederik weiter. Halvar wandte ihm wieder den Blick zu.

»Ich dachte, das wüssten Sie. Ich wollte frei sein für ein Leben mit Tuva, aber er hat sie mir weggenommen. Und dann hatte er auch noch die Stirn, mich mit meiner Affäre mit ihr zu erpressen.«

»Also haben Sie ihm das hoch dosierte Schmerzmittel in den Schnaps getan. Ein Medikament, das Tuva gegen ihre Migräne nimmt.«

»Sie hat Unmengen davon herumliegen, damit immer eine Schachtel in Reichweite ist, wenn es sie plötzlich erwischt. Nachdem sie weggefahren war, bin ich noch einmal zurückgegangen. Sie hatte nur das Nötigste eingepackt. Von dem Migränemittel war immer noch mehr als genug im Haus.« Er legte den Kopf schief. »Der Rest war leicht. Anders schließt ja nie ab. Ich habe das Medikament einfach in ein paar der Flaschen getan, die herumstanden. Ich wusste, dass es nur eine Frage der Zeit ist, bis er sie austrinkt.«

Halvar wandte sich wieder der Steuereinrichtung des Jetskis zu. Er drehte den Schlüssel im Zündschloss, betätigte einen Knopf, und der leistungsstarke Motor röhrte auf.

»Na also.« Halvar lächelte.

Frederik hielt die Waffe auf ihn gerichtet. »Schön. Dann kommen Sie jetzt zurück zum Steg. Ganz langsam.«

Halvars Lächeln wurde noch breiter. Er betätigte das Gas, und der Jetski schoss in einer Fontäne davon. Nicht in Richtung Steg, sondern aufs offene Meer hinaus.

Frederik drückte ab, doch die Kugel verfehlte ihr Ziel. Der Jetski war zu schnell, und Halvar hatte geistesgegenwärtig einen Zickzackkurs eingeschlagen. Es war unmöglich, ihn zu treffen.

Frederik fluchte. Er steckte die Waffe zurück ins Holster und holte stattdessen sein Mobiltelefon hervor.

Wenn er gleich bei seiner Ankunft die Küstenwache verständigt hätte, wären die Kollegen vermutlich längst vor Ort gewesen, bis Halvar herausgefunden hatte, wie man den Jetski startete. Aber dass er damit Probleme haben würde, hatte Frederik nicht voraussehen können.

Er wählte die Nummer der Einsatzzentrale und sah dem rot glänzenden Jetski hinterher, der in Richtung Norden davonraste und rasch kleiner wurde.

Der Diensthabende der Leitstelle meldete sich. Frederik wollte etwas sagen, doch im selben Moment gab es einen ohrenbetäubenden Knall.

Über dem Wasser erschien ein Feuerball, und rot lackierte Karosserieteile spritzten in alle Richtungen davon. Gleich darauf versank das geborstene Wrack des Jetskis im Meer, und nur die schwarze Rauchwolke über der Unglücksstelle zeigte, dass Frederik keine Halluzination gehabt hatte.

»Frederik?«, hörte er die Stimme des Diensthabenden an seinem Ohr. »Bist du noch da?«

»Ja.« Frederik atmete tief durch und versuchte, sich zu sammeln. »Es hat eine Explosion gegeben. An der Küste vor Björlanda ist ein Jetski in die Luft geflogen. Ich brauche die Küstenwache.«

»Was ist mit dem Piloten?«

»Tot, nehme ich an. So etwas überlebt keiner. Aber wir brauchen trotzdem Taucher, die nach der Leiche suchen.« Eher nach den Teilen der Leiche, dachte er, sagte es aber nicht.

»Verstanden«, erwiderte der Diensthabende. »Ich kümmere mich darum. Du bleibst vor Ort?«

»Ja.« Frederik beendete das Gespräch und schaute über das Wasser. Er fühlte sich plötzlich unendlich müde und setzte sich einfach auf die Planken des Stegs.

Wie konnte ein Jetski explodieren?

Er schaute zum Haus mit dem Garten, in dem all die gequälten Figuren standen, und die Erkenntnis traf ihn wie ein Blitz.

Anders Nordin hatte am Boden gelegen, benommen von Alkohol und Schmerzmitteln, und ihm gesagt, dass er sterben wollte.

Aber nicht so.

Anders selbst hatte das Fahrzeug manipuliert, weil ihm sein Leben nicht mehr lebenswert erschien. Er hatte sich selbst töten wollen, nicht seinen Onkel Halvar.

Frederik fuhr sich mit der flachen Hand übers Gesicht. Das war wirklich eine Ironie des Schicksals – dass Halvar, der seinen Bruder mithilfe eines manipulierten Bootsmotors getötet hatte, nun selbst mit einem manipulierten Fahrzeug ums Leben gekommen war.

28

Frederik hatte entschieden, die abschließende Teambesprechung in Khalids Krankenzimmer abzuhalten. Es hatte einige Mühe gekostet, den syrischen Kollegen wenigstens halbwegs ins Team zu integrieren, und Frederik wollte nicht, dass ihn der Krankenhausaufenthalt und die nachfolgende wochenlange Krankschreibung zurück in die Isolation trieben.

Khalid gab sich alle Mühe, gleichgültig zu wirken, doch Frederik sah ihm an, dass er sich freute. Als Hedda ihm einen Becher Kaffee und eine Zimtschnecke reichte, huschte ein Lächeln über sein Gesicht, und er bedankte sich artig. Vorsichtig biss er ein Stück von der Zimtschnecke ab, und wieder hoben sich seine Mundwinkel.

»Die ist großartig«, sagte er. »Eine schöne Abwechslung zum Essen aus der Krankenhausküche.«

Hedda strahlte und reichte den Teller mit dem Gebäck herum.

Als alle versorgt waren, zog Frederik sein Notizbuch hervor.

»Die Kollegen von der Wasserschutzpolizei haben die Wrackteile des Jetskis geborgen. Die Untersuchung läuft noch, aber es war wohl ein Zeitzünder, der den Sprengstoff zur Explosion gebracht hat. Er war offenbar mit dem Zündschloss des Jetskis gekoppelt. Anders wollte anscheinend sichergehen, dass niemand außer ihm selbst zu Schaden kommt. Deshalb hat er die Zeit so eingestellt, dass er ein gutes Stück vom Ufer entfernt ist, wenn er in die Luft fliegt.«

»Und es ist sicher, dass es Anders war, der die Bombe angebracht hat?«, fragte Anna, die ebenfalls in ihren Notizen blätterte.

Frederik spürte, wie ihm die Kehle eng wurde. Vor zwei Jahren war sein eigenes Segelboot explodiert. Frederik hatte nie herausgefunden, ob seine Ermittlungen auf Kalvsund oder die Handlanger seines Widersachers Arvid Ekström dafür verantwortlich gewesen waren. Und nun war der Jetski von Anders Nordin explodiert, der bei Ekström Schulden gehabt hatte.

»Genau werden wir das wohl nie wissen. Wenn es Spuren am Jetski gegeben hat, sind sie bei der Explosion zerstört worden.«

Falls Ekström dafür verantwortlich war, würde er wieder einmal ungestraft davonkommen.

»Die Fingerabdrücke, die das SKL an der Finne von Sixten Nordins Paddelbrett gefunden hat, stammen von Halvar Nordin«, wechselte er das Thema. Ein Beweis, den sie nicht mehr brauchten. Halvar hatte ein Geständnis abgelegt, und darüber hinaus war er tot. Es würde keine Anklage geben. Aber trotzdem war es gut, wenn alles seine Ordnung hatte.

Hedda schüttelte den Kopf. »Wie konnte er das tun? Seinen eigenen Sohn töten?«

»Stiefsohn«, korrigierte Göran mit vollem Mund. Er war bereits bei seiner zweiten Zimtschnecke angelangt.

Anna hob die Hand. »Ich habe mit Gustav Nordin telefoniert. Er hat mir berichtet, dass Astrid Fehlstände auf dem Firmenkonto entdeckt hatte. Sie wollte mit Halvar darüber sprechen, ehe sie uns informiert, aber dazu ist es dann ja nicht mehr gekommen.«

Frederik musste schlucken, weil er wieder vor sich sah, wie Halvar seiner hilflosen Frau gewaltsam den Inhalt der Wodkaflasche einflößte. Das Labor hatte festgestellt, dass er auch dieses Getränk mit Tuvas starkem Schmerzmittel versetzt hatte. Astrids Glück war, dass Frederik das Schlimmste verhindert hatte. Man hatte ihr den Magen ausgepumpt, und sie würde den Anschlag überleben. Welche Auswirkungen die Zufuhr des Gifts auf ihre Krankheit hatte, ließ sich noch nicht abschätzen.

Zurzeit lag sie zwei Etagen tiefer im Sahlgrenska und wurde versorgt. Frederik hatte vor, ihr nach der Teamsitzung einen Besuch abzustatten.

»So, wie es aussieht, hat Halvar größere Beträge abgezweigt und auf ein Nummernkonto in der Schweiz transferiert«, fuhr Anna fort. »Er war es auch, der Sixten zu diesem Teakholz-Geschäft überredet und den Kontakt zu den Chinesen gehalten hat.«

»Halvar hat alles getan, um möglichst großen Profit aus der Firma herauszupressen und sich von seiner kranken Ehefrau zu befreien«, bestätigte Frederik. »Derselben Frau, für die er vor zwanzig Jahren erst seinen Bruder und dann seine Lebensgefährtin getötet hat. Mit dem Geld wollte er ein neues Leben anfangen, mit der Frau seines Schwiegersohns.«

Alle Augen richteten sich auf Viveka, die ihre Hände hob. »Beim nächsten Mal rufe ich die uniformierten Kollegen, wenn eine Verhaftung vorzunehmen ist. Und zu Außeneinsätzen stecke ich praktisches Schuhwerk ein.«

Frederik sah, wie schwer ihr das Eingeständnis fiel.

»Es war trotzdem gute Arbeit«, lobte er. »Wenn wir nicht gewusst hätten, dass Halvar Tuvas Schmerzmittel verwendet hat, hätten die Ärzte Astrid womöglich nicht retten können.«

»Hm.« Viveka schaute auf ihre weiß lackierten Nägel.

Hedda hielt ihr den Teller mit dem Gebäck hin, aber Viveka wehrte ab. Göran, der neben ihr saß, streckte die Hand aus und nahm sich ein paar Kekse.

»Wusste Tuva von Halvars Plänen? Oder war sie vollkommen ahnungslos?«, fragte er.

»Sie ist offenbar krank«, erklärte Frederik. Nach ihrer Verhaftung war Tuva von einem Polizeipsychologen befragt worden, und Frederik hatte den Bericht gelesen. »Sie ist süchtig nach erotischer Bestätigung, und dieser Drang ist so stark, dass er ihr rationales Denken und Handeln beeinträchtigt. Offenbar hatte sie nie vor, sich von Sixten zu trennen. Er konnte nur ihre Bedürfnisse nicht vollständig befriedigen. Deshalb hat sie sich zusätzliche Sexualpartner gesucht.«

Khalid schnaubte. »Was es nicht alles gibt.«

Frederik nahm an, dass es für jemanden aus seinem Kulturkreis ein besonderer Affront war, wenn eine Frau mehrere Männer hatte.

»Was wird jetzt aus ihr?«, fragte Hedda, die offenbar Mitgefühl mit der Frau hatte, auch wenn ihr diese spezielle psychische Störung vermutlich genauso fremd war wie allen anderen hier im Raum.

»Sie zieht wieder zu ihren Eltern«, berichtete Frederik. »Für die Mädchen ist es schön dort auf dem Apfelhof, und vielleicht gelingt ja eines Tages sogar die Versöhnung mit Astrid.«

Khalid kniff die Augen zusammen. »Du bist ein Romantiker.«

Es klang nicht nach einem Kompliment, aber Frederik nickte trotzdem. »Stimmt.«

Er schaute erneut in sein Notizbuch, aber da waren nur noch leere Seiten. Die offenen Fragen im Fall Nordin schienen geklärt.

»Ich denke, damit sind wir durch«, sagte er und erhob sich.

»He. Warte.« Khalids dunkle Augen funkelten ihn an. »Was ist mit den Typen, die mich zusammengeschlagen haben? Und mit diesem Lasse Hansson?«

Frederik lächelte. »Die Typen haben wir. Die Kollegen aus Torslanda haben die Aufzeichnungen der Überwachungskamera vom Kiosk gegenüber dem Bowlingclub ausgewertet, und man kann die drei darauf gut erkennen. Es sind alte Bekannte, und die Kollegen haben sich gefreut, dass es endlich einen Grund gab, sie festzunehmen.«

»Gut.« Khalid wirkte überrascht und zufrieden zugleich. Er hatte wohl nicht damit gerechnet, dass man irgendwen zur Rechenschaft ziehen würde. Schließlich glaubte er immer noch, dass er auch für die Kollegen bei der Polizei nur der Ausländer war, den man hier nicht haben wollte. Aber vielleicht würde sich ja jetzt etwas daran ändern.

»Lasse Hansson ist untergetaucht, genau wie seine Verlobte Anuscha, die Tochter des Clanchefs Dragos Radu«, fügte Frederik hinzu. »Es gibt aber keinen Grund, die beiden zur Fahndung auszuschreiben. Mit den Morden an Sixten und Anders Nordin hatte Lasse erwiesenermaßen nichts zu tun.«

»Vielleicht hat er sich ja entschieden, das Richtige zu tun«, sagte Anna und verstaute ihr Notizheft in der Innentasche ihrer Lederjacke. »Dem Verbrechen den Rücken zu kehren und in Zukunft ein anständiges Leben zu führen.«

Alle lachten.

Frederik betrachtete sein zusammengewürfeltes Team. Es war immer noch ein weiter Weg, aber es gefiel ihm, wie sie hier um Khalids Krankenbett saßen. Sie würden immer noch eine Menge Zeit brauchen, doch sie waren wieder einen Schritt vorangekommen.

Lasse drehte sich zum hundertsten Mal um und ließ den Blick durch die große Halle schweifen. Jeden Moment erwartete er, jemanden von der *Familie* auftauchen zu sehen oder einen von Dragos' Männern fürs Grobe. Nie im Leben würde Dragos Radu zulassen, dass seine Tochter und sein Ziehsohn sich einfach aus dem Staub machten.

»Nun hör schon auf.« Anuscha lachte ihn an. »Mein Vater weiß nichts, und meine Mutter verrät uns nicht.«

»Bist du sicher?« Lasse suchte das Abflugterminal weiter mit den Augen ab. Er hatte noch nie Glück gehabt. Das Schicksal hatte ihm immer wieder ein Bein gestellt. Warum sollte es jetzt anders sein?

Anuscha nahm seine Hand und zog ihn zum Check-in-Bereich. Das wenige Gepäck hatten sie bereits aufgegeben und ihre Bordkarten in Empfang genommen.

Oslo stand auf den Tickets.

Sie hatten lange beratschlagt und schließlich entschieden, dass es am besten war, den Neuanfang in einem Land zu wagen, in dem die Sprache dem Schwedischen ähnlich war. Sie würden es leichter lernen als Deutsch, Italienisch oder Französisch. Natürlich hätten sie sich auch für England oder gar Amerika oder Kanada entscheiden können, doch die Mentalität in diesen Ländern schien ihnen zu andersartig. Die Vorstellung, in Skandinavien zu bleiben, gefiel ihnen beiden.

Lasse hatte keine Ahnung, was sie in Oslo tun würden, aber irgendetwas würde sich finden. Sie waren jung, und sie waren zusammen. Irgendwie würden sie sich schon durchschlagen. Auf der richtigen Seite des Gesetzes.

Es hatte eine Weile gedauert, bis Anuscha ihn überzeugt hatte. Er selbst hatte sich längst daran gewöhnt, dass in Torslanda die Clans die Gesetze schrieben, nicht die Regierung. Die Clans waren kriminell, aber auch beinahe unantastbar. Bisher hatten die Behörden kein Mittel gegen die Organisierte Kriminalität gefunden. Aber Anuscha war davon überzeugt, dass sich das irgendwann ändern würde. Und dann wollte sie nicht Teil eines kriminellen Systems sein.

Lasse hatte keine Ahnung, wie die junge Frau, die nie etwas anderes kennengelernt hatte, zu dieser Einstellung gelangt war, aber irgendwie gefiel ihm ihre Haltung. Und was gab es schon für Alternativen? Der Bowlingclub hätte ihm sein Auskommen gesichert, aber die geforderte Mitgift hätte er ohnehin nicht aufgebracht. Der Scheck, den er Anders abgeluchst hatte, war gesperrt, und Anders war tot.

Auf einem der Monitore, die Nachrichten aus aller Welt präsentierten, erschien das Bild eines Mannes, den er nur allzu gut kannte.

Es war sein Vater.

Vierfachmörder bei Explosion ums Leben gekommen, lautete die fette Überschrift. Lasse las den dazugehörigen Text.

Halvar Nordin hatte vermutlich seinen Bruder Casper, seine beiden Stiefsöhne Sixten und Anders sowie seine frühere Lebensgefährtin Meret Grahn getötet. Er selbst war gestorben, als der Jetski von Anders Nordin, mit dem er zu fliehen versucht hatte, in die Luft geflogen war.

Lasse hatte plötzlich das Gefühl, keine Luft mehr zu bekommen. Bisher hatte er immer geglaubt, sein Leben stünde einfach unter einem unglücklichen Stern. Aber das stimmte nicht. Es war keine fremde Macht. Sein eigener Vater hatte alles zerstört.

Wenn er jemals die Hoffnung gehabt hatte, das Schicksal würde ihm irgendetwas von dem zurückgeben, was er vermisst hatte, war sie spätestens jetzt gestorben. Er hatte keine Wurzeln mehr. Sie waren soeben komplett herausgerissen worden.

Der Vorteil war, dass er jetzt frei war. Er konnte das alles hinter sich lassen und neu anfangen.

Anuscha, die bereits ein paar Schritte vorausgeeilt war, drehte sich zu ihm um. »Lasse? Kommst du?«

Auf dem Monitor wurde die nächste Nachricht eingeblendet. Lasse wandte sich der Frau zu, die auf ihn wartete. Sie war so wunderbar, dass er kaum fassen konnte, dass sie sich für ihn entschieden hatte.

»Ja«, sagte er und setzte sich wieder in Bewegung.

Ab sofort würde er nicht mehr zurücksehen, sondern nur noch nach vorn.

Wenn er erwartet hatte, Astrid Nordin kläglich und erschöpft in ihrem Krankenbett vorzufinden, so hatte er sich getäuscht. Sie trug zwar ein Krankenhausnachthemd, hatte darüber aber eine elegante rosafarbene Strickjacke gezogen, und das Rückenteil des Betts hatte sie so weit hochgestellt, dass sie beinahe aufrecht saß. Eine Position, die vermutlich der Anwesenheit des Mannes geschuldet war, der neben dem Bett saß.

Volles graues Haar, eisblaue Augen und buschige Augenbrauen, dazu ein grauer Dreiteiler, der definitiv nicht von der Stange stammte. Frederik, der ebenfalls Wert auf gute Kleidung legte, hatte für sein Jackett mit Sicherheit nur einen Bruchteil dessen bezahlt, was Gustav Nordins Schneider erhalten hatte. Die achtundsiebzig Jahre sah man dem alten Werftbesitzer nicht an, er wäre auch problemlos für zehn Jahre jünger durchgegangen.

Was sicher auch an der Haltung lag, auf die man in der Familie Wert legte. Disziplin und Leistung, das war das Credo der Nordins, und deshalb zeigte auch Astrid Nordin keine Schwäche. Ihr Lächeln war kühl wie immer. Nur in ihren Augen sah er für einen kurzen Moment den Schrecken aufblitzen, den ihr Mann ihr zugefügt hatte.

»Frederik.« Gustav Nordin erhob sich und reichte Frederik die Hand. »Man hat mir gesagt, dass du meiner Tochter das Leben gerettet hast. Nun stehe ich für alle Zeit in deiner Schuld.«

Frederik wehrte ab. »Ich habe nur meine Arbeit getan.«

Nordin setzte sich wieder auf seinen Stuhl. Offenbar war er doch mitgenommener, als er es zeigen wollte.

»Ich habe Halvar immer gemocht«, sagte er. »Nie im Leben hätte ich geglaubt, dass er zu solchen Abscheulichkeiten fähig sein könnte. Vier Menschen zu töten, und das alles angeblich aus Liebe.« Er schüttelte den Kopf. »Und ganz nebenbei hat er den Betrieb, der seit fünfundsiebzig Jahren im Familienbesitz ist, an den Rand des Ruins gewirtschaftet. Das Teakholz, das Sixten auf seinen Rat hin eingekauft hat, wird konfisziert, und wir werden eine erhebliche Strafe zahlen müssen. Und darüber hinaus hat er fast fünf Millionen Kronen beiseitegeschafft, von denen in den Sternen steht, ob wir sie jemals zurückbekommen. Aber das Angebot der Chinesen werden wir trotzdem nicht annehmen. Ein Freund von mir hat einen Sohn, der ebenfalls Bootsbauer und Betriebswirt ist. Mit echten Abschlüssen, nicht mit gefälschten wie Halvar.« Gustav schüttelte den Kopf über diese Dreistigkeit. »Der junge Mann wird die Geschäfte der Werft übernehmen, gemeinsam mit Astrid, solange sie dazu noch in der Lage ist. Auf diese Weise kommen wir hoffentlich über die Runden, bis eines der Mädchen Interesse am Familienbetrieb zeigt.«

»Das freut mich.«

Frederik hatte das Gefühl, dass es nichts mehr zu sagen gab. Das Verbrechen war aufgeklärt, und alles Weitere war Sache der Familie.

»Grüß deinen Vater von mir«, sagte Gustav Nordin zum Abschied. »Er soll mich mal in Nolvik besuchen kommen.«

»Das richte ich aus«, entgegnete Frederik und winkte Astrid Nordin zu, ehe er die Tür des Krankenzimmers hinter sich schloss.

Eilig verließ er das Sahlgrenska und warf einen Blick auf sein Smartphone.

Noch immer keine Nachricht von Lea.

Frederik überlegte, Mats anzurufen, doch im Grunde wusste er selbst, dass es nur eine Lösung gab.

Er konnte nicht länger warten. Er musste nachsehen, ob alles in Ordnung war.

29

Als er in die Straße einbog, in der sich Ekströms Villa befand, hätte er vor Schreck beinahe die Kontrolle über den Roller verloren. Auf dem Gehweg parkten zwei Polizeifahrzeuge und ein Rettungswagen. Der Bereich um das Haus herum war mit blau-weißem Flatterband abgesperrt. Zwei uniformierte Polizisten bewachten die Absperrung.

Frederik stellte den Roller ein Stück entfernt am Straßenrand ab. Er hätte zu den Kollegen gehen und nachfragen können, was geschehen war, beschloss aber, zunächst abzuwarten. Wenn es nicht unbedingt nötig war, wollte er nicht erklären müssen, warum er hier war.

Die wenigen Schaulustigen, die sich an der Absperrung versammelt hatten, verhielten sich geduldig. In einer teuren Gegend wie dieser kam es selten zu Tumulten.

Frederik überlegte gerade, ob er Birger anrufen sollte, um zu fragen, ob ihm irgendwelche Informationen vorlagen, als sich am Haus etwas rührte.

Zwei Sanitäter trugen eine Trage über den Kiesweg, der zur Straße führte, und schoben sie in den Rettungswagen. Die Person, die darauf lag, konnte Frederik nicht erkennen, weil sie von den Sanitätern in ihren gelb-grünen Uniformen verdeckt wurde.

Hatte Ekström endgültig die Kontrolle verloren und Lea so schwer verletzt, dass sie notfallmedizinisch versorgt werden musste? Oder war sie tot? Aber dann würde man sie nicht mit einem Rettungswagen abholen.

Wieder bewegte sich etwas vor dem Haus. Zwei weitere uniformierte Beamte erschienen, die eine Person in Handschellen zur Straße führten. Im ersten Moment dachte Frederik, es wäre ein Mann, erkannte aber dann, dass es sich um eine Frau mit rasiertem Schädel handelte.

Es nützte nichts, er musste näher herangehen. Von seiner Position aus sah er einfach zu wenig.

Rasch warf er den Helm in den Beiwagen und lief auf die Absperrung zu.

Die Frau mit dem kahl geschorenen Kopf wurde gerade in einen der Streifenwagen bugsiert, und Frederik konnte für einen kurzen Moment ihr Gesicht sehen.

Ihn traf beinahe der Schlag.

Die Frau war Lea.

Was um alles in der Welt hatte sie mit ihren herrlichen langen Haaren angestellt?

Frederik schüttelte über sich selbst den Kopf. Die Frage war im Augenblick völlig belanglos.

Rasch ging er zu der Beamtin, die neben den Fahrzeugen an der Absperrung stand.

»Was ist denn passiert?«, fragte er.

Der Rettungswagen setzte sich mit Blaulicht und Martinshorn in Bewegung, und das Polizeiauto, in dem Lea saß, folgte gleich darauf.

Die Beamtin sah ihn freundlich an. »Tut mir leid. Ich darf Ihnen keine Auskunft geben.«

Frederik zog seinen Ausweis aus der Tasche. »Frederik Forsberg, Reichspolizei.«

»Ach. Das ging ja schnell«, wunderte sich die Beamtin und hob das Flatterband an, damit er darunter hindurchschlüpfen konnte.

»Die Ehefrau, Lea Ekström, hat auf ihren Mann, Arvid Ekström, geschossen«, erklärte sie dann.

»Ekström ist tot?« In das Entsetzen mischte sich ein anderes, verbotenes Gefühl. Frederik konnte nur hoffen, dass die Beamtin nicht bemerkt hatte, wie sehnsüchtig seine Frage geklungen hatte.

»Nein«, entgegnete sie. »Aber Ekström ist schwer verletzt. Er ist auf dem Weg ins Krankenhaus.«

Natürlich. Das hatte Frederik ja selbst gesehen. Wenn die Person auf der Trage nicht Lea gewesen war, musste es sich um Ekström gehandelt haben. Aber Frederik stand unter Schock, und er wusste, dass die Denkfähigkeit darunter litt.

Das Smartphone in seiner Jackentasche vibrierte.

»Verzeihen Sie.« Frederik zog es hervor und drehte sich von der Beamtin weg.

Der Anrufer war Birger.

»Frederik? Ich habe schlechte Nachrichten. Es geht um Arvid Ekström.«

»Lea hat auf ihn geschossen«, sagte Frederik tonlos.

»Das weißt du schon?«

»Ich stehe gerade vor dem Haus. Ich wollte mit ihr reden.«

»Du solltest besser verschwinden. Die Kollegen von Mord zwei sind bereits unterwegs. Es ist nicht nötig, dass sie dich am Tatort antreffen.«

»Aber …«

Birger ließ ihn nicht ausreden. »Frederik. Du weißt, dass du den Fall nicht bearbeiten kannst.«

»Ja. Sicher.« Frederik drückte seinen Vorgesetzten einfach weg und winkte der Beamtin zu. »Die Zuständigkeiten haben sich geändert«, erklärte er. »Da kommen gleich Kollegen, die den Fall übernehmen.«

Ihre Augen musterten ihn forschend, aber sie nickte nur. »Klar. Es ist ja immer dasselbe. Erst schicken sie einen irgendwohin, und dann soll es doch jemand anders machen.«

Frederik verließ rasch das Grundstück und eilte zu seinem

Roller. Er hätte gewettet, dass die Polizistin ihn durchschaut hatte, war sich aber beinahe ebenso sicher, dass sie ihn nicht verraten würde.

Er nahm den Helm aus dem Beiwagen, stülpte ihn über den Kopf und startete den Motorroller. Als er an der nächsten Ecke den Lenker einschlug, sah er im Rückspiegel gerade noch, wie eines der Dienstfahrzeuge der Mordkommission in die Straße einbog.

Frederik beschleunigte und fuhr zurück ins Zentrum.

Mats Lundgren saß bereits mit einem Glas Leichtbier in der Hand in einem der Liegestühle vor der Kaffeebar *GrindStugan,* als Frederik den Bältespännarpark mit dem kreisrunden künstlichen Teich und der großen Fontäne durchquerte. Den Roller hatte er auf dem Parkplatz des Stora-Theaters auf der gegenüberliegenden Seite der Kungsportavenue abgestellt. Er ging ins Lokal, um sich ebenfalls ein Leichtbier zu besorgen, und setzte sich dann zu Mats in die Sonne.

Der Psychologe warf einen Blick auf seine Armbanduhr. »Ich habe leider nicht viel Zeit. In einer Stunde habe ich den nächsten Patiententermin in der Anstalt. Aber du hast am Telefon geklungen, als sei es dringend.«

»Das ist es allerdings.« Frederik stieß mit Mats an und leerte das halbe Glas in einem Zug. Mats hob die Augenbrauen. Er wusste, dass Frederik ein äußerst maßvoller Trinker war. Natürlich enthielt das Leichtbier ohnehin nur wenig Alkohol, aber trotzdem war es nicht Frederiks Art, es einfach hinunterzukippen.

»Also?« Mats stellte das Glas ab, an dem er bisher nur genippt hatte.

Frederik trank noch einen Schluck und stellte sein Glas dann ebenfalls auf den Tisch zwischen den Liegestühlen.

»Lea hat auf Ekström geschossen«, sagte er. »Er ist schwer verletzt und schwebt in Lebensgefahr. Sie operieren ihn gerade. Man weiß noch nicht, ob er es schafft.« Diese Information hatte er mittlerweile von Birger bekommen.

Mats verschränkte die Hände auf den Knien.

»Hm. Und wie geht es dir damit?«, fragte er, die typische Reaktion eines Psychotherapeuten.

»Was denkst du denn?«, erwiderte Frederik aufgebracht. »Ich habe Angst. Was ist, wenn er stirbt, und sie verurteilen Lea wegen Mordes? Und was, wenn er nicht stirbt und sich für ihre Tat rächt?«

Mats betrachtete ihn gelassen. Er war daran gewöhnt, dass sein Gegenüber emotional reagierte. Seine Patienten in der Skogome-Anstalt waren in dieser Hinsicht sicherlich weniger zurückhaltend als Frederik.

Der Psychologe nahm die Brille mit dem eckigen schwarzen Metallgestell ab, und Frederik blickte in sein jungenhaftes Gesicht.

»Das ist schlimm«, sagte Mats ernst. »Und es gibt nicht viel, was du tun kannst. Aber wie immer die Sache ausgeht, sie hat auch etwas Gutes.«

»Ach ja? Und was sollte das sein?« Frederik hatte keinen Nerv für Mats' Ratespielchen.

»Im Augenblick gibt es kein Gezerre um Emma. Ekström liegt in der Klinik, Lea sitzt in Untersuchungshaft. Du kannst Emma aus Sälvik zurückholen und zu der Familie deines Vaters bringen. Es wird sicher Ermittlungen geben, und dann wird sich vielleicht auch herausstellen, wer Emmas Vater ist. Setz dich mit den zuständigen Leuten beim Jugendamt in Verbindung. Vielleicht könnt ihr gemeinsam eine Lösung für Emma finden.«

Die Wut und die Verzweiflung, die Frederik gewürgt hatten, lockerten ihren Griff, und eine zarte Hoffnung schlüpfte wie ein

Schmetterling aus einem engen Kokon hervor. Das Gefühl der Aussichtslosigkeit ebbte ab, und Frederik hatte den Eindruck, plötzlich wieder atmen zu können. Es war wirklich verblüffend, wie leicht es Mats ein ums andere Mal gelang, den Dingen eine vollkommen neue Farbe zu geben.

»Danke.« Frederik prostete ihm zu. »Du hast mir geholfen. Wie immer.«

»Gern.« Mats nahm einen Schluck und sprang auf. »Ich muss wieder los. Bis ich mit dem Rad in Skogome bin …« Er lief ein paar Schritte und drehte sich dann noch einmal um. »Ruf mich an, ja? Ich möchte wissen, wie Emma sich bei deinem Vater einlebt.«

Frederik hob sein Glas. »Versprochen.«

Er trank den letzten Rest Bier und sah zu, wie Mats sein Fahrrad aufschloss und davonradelte. Dann griff er nach Mats' halb vollem Glas und leerte es ebenfalls.

30

Emmas Gesicht hatte keine Regung gezeigt, als sie den gelben Kinderhelm von Frederik entgegengenommen hatte und in den Beiwagen des Elektrorollers geklettert war. Natürlich nicht. Für Emma war der Zugang zu ihren Gefühlen schwierig, und noch schwieriger war es, sie zu zeigen.

Aber Frederik merkte, dass Emma sich wohlfühlte, als sie von Sälvik aus in Richtung Süden fuhren. Er hatte sich für den etwas längeren Weg entschieden, die Straße, die von Fjällbacka bis Gerlesborg über weite Strecken an der Küste entlangführte, ehe es ins Landesinnere zur Schnellstraße nach Göteborg ging. Der

Bohusläner Schärengarten war von einer einzigartigen Schönheit, und Frederik wusste, dass Emma den Blick über das klare Wasser zu den grauen Felseninseln genoss, ebenso wie er selbst. Sie saß ganz still, die Augen auf die malerische Landschaft gerichtet, und nahm die Bilder in sich auf. Ganz anders, als eine nicht autistische Person es getan hätte, aber Frederik war sich sicher, dass sie auf ihre Art dennoch Freude daran hatte.

Lykke und Nellie waren vorausgefahren, auf dem kürzeren Weg. Sie hatten auch Emmas Gepäck mitgenommen. Frederik hatte nicht gefragt, wie die Tage mit Emma in Sälvik verlaufen waren. Er hatte die Wärme gesehen, mit der die beiden Frauen Emma betrachteten, und alles gewusst, was nötig war. Sie hatten Emma in ihr Herz geschlossen und waren offenbar gut mit ihr zurechtgekommen.

Er wusste auch, wie Emma war, wenn sie sich innerlich im Ungleichgewicht befand. Das maskenhaft starre Gesicht, die marionettenhaften Bewegungen, die Leere in den Augen. Er hatte das alles schon gesehen.

Heute dagegen war ihr Blick nach außen gerichtet. Auf jemanden, der Emma nicht kannte, mochte sie dennoch steif wirken, aber Frederik spürte, dass sie mit sich selbst im Einklang war.

Der Elektroroller rollte lautlos über den Asphalt, vorbei an Felsenstränden und dichten Wäldern, an grünen Wiesen und braunen, frisch gepflügten Feldern. Über ihnen wölbte sich der wolkenlose blaue Himmel, und die Frühlingssonne tauchte die Landschaft in ein weiches, goldgelbes Licht.

Als sie nach etwas mehr als einer Stunde Göteborg erreichten, hatte sich Emma noch immer nicht bewegt. Ihre gesamte Konzentration war auf die Verarbeitung der Eindrücke gerichtet, die in langsamer Folge an ihnen vorbeizogen, das ausgedehnte Industriegebiet im Süden der Insel Hisingen, die große

Brücke über den Göta älv und die Straße am Fluss entlang in Richtung Saltholmens Brygga. Dort, wo sich der Göta älv zum Kattegat hin öffnete, tauchten die Göteborger Schären auf, ebenso einzigartig und malerisch wie ihr Pendant oben in der Provinz Bohuslän.

In Långedrag stoppte Frederik vor seinem Elternhaus. Lykkes Wagen stand bereits in der Einfahrt, und als Frederik Emmas Helm entgegennahm und zusammen mit seinem eigenen im Roller verstaute, öffnete sich die Haustür, und Sivard, Lykke, Neo und Nellie traten heraus.

Sie warteten, bis Emma aus dem Beiwagen geklettert war und mit Frederik zur Tür kam. Dann machten Lykke und die Kinder Platz, um sie hereinzulassen. Frederik sah ihnen an, dass sie Emma gerne überschwänglich begrüßt hätten, aber sie beließen es bei einem gedämpften »Hallo, Emma«. Frederik rechnete es ihnen hoch an.

»Kommt.« Sivard ging voraus, die Treppe hinauf ins Obergeschoss, wo Frederik sein Kinderzimmer gehabt hatte, und Frederik und Emma folgten ihm.

Es war ein merkwürdiges Gefühl. Seit über dreißig Jahren war er diesen Weg nicht mehr gegangen, aber trotzdem war alles unglaublich vertraut. Das leise Knarren der Treppenstufen, die er so oft hinauf- und hinuntergelaufen war, erfüllte ihn mit Wehmut.

Oben steuerte Sivard die Tür seines früheren Zimmers an und öffnete sie.

Emma blieb zögernd im Flur stehen.

Sivard verharrte in einer einladenden Geste und wartete.

Frederik sah, wie es in Emma arbeitete. Dann entschied sie sich und betrat den Raum. Frederik blieb direkt hinter ihr.

Das Zimmer hatte nichts mehr mit dem gemein, in dem Frederik seine ersten zwölf Lebensjahre verbracht hatte. Damals waren die Wände mit Postern von Schiffen und seinen Lieblingsspielern des Göteborger Fußballclubs IFK tapeziert gewesen. Es hatte Regale gegeben, die mit Büchern, Spielzeug, Stofftieren und Dingen aus der Werft vollgestopft gewesen waren. Frederik hatte eine ganze Sammlung Kompasse besessen, und auf dem großen Schreibtisch hatten die Teile von den Bootsminiaturen herumgelegen, die er gebaut hatte. Die Bettwäsche war blau gewesen, mit weißen Segelbooten, das wusste er noch, und die blau-weißen Vorhänge waren mit Leuchtturmmotiven bedruckt.

Jetzt sah der Raum vollkommen anders aus. Das Mobiliar bestand aus Schrank, Schreibtisch, Stuhl und Bett in Birkenholzoptik. Bettwäsche und Vorhänge hatten denselben zarten hellblauen Farbton. Auf dem Boden lag ein beigefarbener Wollteppich. Die Schranktüren standen offen und zeigten, dass es im Inneren auf beiden Seiten Fächer und Schubladen gab. Links lagen fein säuberlich gefaltet Emmas Kleider, die Frederik aus dem Heim mitgenommen hatte, rechts befanden sich die Kästen mit ihren Bausteinen und der neue Lego-Technic-Kasten.

Sivard sah Emma ernst an. »Dies war früher Frederiks Zimmer, und danach hat Neo hier gewohnt. Aber jetzt gehört es dir. Das ist dein neues Zuhause, Emma.«

Frederik konnte nicht verhindern, dass ihm die Tränen in die Augen traten. »Wie habt ihr das geschafft, in zwei Tagen?«

Sivard zuckte mit den Schultern. »Neo hat die Gelegenheit genutzt. Er hatte ohnehin gerade darüber nachgedacht, zu Freunden in eine Wohngemeinschaft in Göteborg zu ziehen, und wenn er hier ist, nimmt er das kleine Zimmer unten, wo früher die Nähmaschine stand. Die paar Möbel hatten wir schnell zusammengebaut, das ist schließlich unser Beruf, nicht wahr? Und bei der Einrichtung haben wir Lykkes Rat befolgt. Nicht mehr als unbedingt nötig, keine grellen Farben und so aufgeräumt und ordentlich wie möglich.«

Frederik legte seinem Vater die Hand auf die Schulter. »Das habt ihr toll gemacht.«

Sie sahen beide zu Emma, die noch immer bewegungslos im Raum stand und alles in Augenschein nahm. Schließlich wandte sie sich dem Schrank zu, holte die Kiste mit dem Legobausatz heraus und setzte sich auf den Boden. Langsam und systematisch begann sie, den Containerlader zusammenzusetzen. Als sie fertig war, blickte sie auf und nickte.

Frederik fiel ein Stein vom Herzen. Er hatte keine Ahnung, was die Zukunft bringen würde, wie es mit Lea und Arvid weiterging und wie er es schaffen sollte, dass Emma bleiben durfte, aber für den Moment zählte nur, dass sie hier war und endlich das hatte, was er ihr immer gewünscht hatte: eine Familie, in der sie willkommen war.

DANK

Mein Dank gilt wie immer zuallererst meiner Frau, die mich durch alle Höhen und Tiefen des Lebens begleitet, meinem Agenten Dirk Meynecke, der stets ein offenes Ohr für mich hat, sowie Silvia Kuttny-Walser, die dem Buch mit ihrem behutsamen und liebevollen Lektorat den letzten Schliff gegeben hat.

Ein besonders herzlicher Dank geht außerdem an Dr. Olaf König, Oberstaatsanwalt bei der Staatsanwaltschaft Frankfurt am Main, der das gesamte Manuskript gründlich gelesen und mich nicht nur auf juristische und rechtsmedizinische, sondern auch auf einige literarische Fallstricke hingewiesen hat. Die Fehler, die sich vielleicht dennoch eingeschlichen haben, hat allein der Autor zu verantworten.

Zuletzt möchte ich zwei Menschen danken, die auf ihre ganz besondere Weise meinen Lebensweg geprägt haben und die beide in den ersten Wochen dieses Jahres verstorben sind: Prof. Dr. Dr. h.c. Reinders Duit, dem ich für tiefschürfende wissenschaftliche Diskurse ebenso wie für viele gute Gespräche über andere Dinge danke. Und Christine Steffen-Reimann, die bei Droemer Knaur die Tür aufgehalten und nicht nur die produktive Zusammenarbeit mit meinem Freund und Kollegen Daniel Holbe an der Kaufmann/Angersbach-Reihe ermöglicht, sondern auch der Reihe um Frederik Forsberg eine Heimat gegeben hat.